U0856704

吉林师范大学学术著作出版基金资助

梦演红楼

《红楼梦》之梦的神话原型研究

张丽红　著

中国社会科学出版社

图书在版编目(CIP)数据

梦演红楼:《红楼梦》之梦的神话原型研究/张丽红著. —北京:中国社会科学出版社，2022. 2
ISBN 978-7-5203-9953-1

Ⅰ. ①梦… Ⅱ. ①张… Ⅲ. ①《红楼梦》研究 Ⅳ. ①I207. 411

中国版本图书馆 CIP 数据核字(2022)第 045871 号

出 版 人 赵剑英
责任编辑 张 玥
责任校对 李 莉
责任印制 戴 宽

出 版 中国社会科学出版社
社 址 北京鼓楼西大街甲 158 号
邮 编 100720
网 址 http://www.csspw.cn
发 行 部 010-84083685
门 市 部 010-84029450
经 销 新华书店及其他书店

印 刷 北京君升印刷有限公司
装 订 廊坊市广阳区广增装订厂
版 次 2022 年 2 月第 1 版
印 次 2022 年 2 月第 1 次印刷

开 本 710×1000 1/16
印 张 17
插 页 2
字 数 271 千字
定 价 88.00 元

凡购买中国社会科学出版社图书，如有质量问题请与本社营销中心联系调换
电话：010-84083683

目　录

序言　梦演《红楼梦》

一

《红楼梦》的书名有一个变化过程：曾被称为“石头记”，后来才改称为“红楼梦”，中间还曾称为“情僧录”“风月宝鉴”和“金陵十二钗”。作家是根据作品的主题内容为其赋名的。但是，曹雪芹创作的《红楼梦》太丰富、太复杂、太深邃，甚至太混沌了，作家很难从一个方面为其赋名。曹雪芹很可能经历了一个赋名的艰难选择过程，或在赋名过程中重新调整角度和内容。当他选择“石头记”的时候，他是充分强调了石头变形所带来的寓言性意义，但他又觉得没有把“情僧录”——由“情”而“僧”的内容变化表现出来；当他把作品的名字拟为“风月宝鉴”的时候，他当然想把真与假、有与无、正与反、情与淫等内容凸显出来，他又觉得遗漏了“金陵十二钗”的重要内容；当他选择“金陵十二钗”的时候，他又觉得对“石头记”神话内容有所忽略。最后他还是把这部作品的名字确定在了“红楼梦”上。很有可能，当确定了《红楼梦》这个名字之后，曹雪芹又根据这个名字所包含的意义，对作品进行了较大幅度地调整、深化与丰富。

曹雪芹将他倾注了十年心血的这部作品定名为“红楼梦”，是有深意在焉的。曹雪芹以小说总纲式的回目拟定来诠释小说的内涵，第五回就是《红楼梦》的总纲，它记述了《红楼梦》中最重要的梦——贾宝玉的“太虚幻境梦”。这一回在《红楼梦》不同的版本中有不同的命名：或者称为

"贾宝玉神游太虚境　警幻仙曲演红楼梦"（程甲本、程乙本、甲辰本），或者称为"游幻境指迷十二钗　饮仙醪曲演红楼梦"（庚辰本、己卯本、蒙府本、梦稿本），或者称为"开生面梦演红楼梦　立新场情传幻境情"（甲戌本）。这些版本中可分为二组：一个是"曲演红楼梦"，另一个是"梦演红楼梦"。所谓"曲演红楼梦"的"曲"是指"红楼梦仙曲十二支"，"红楼梦仙曲十二支"正是贾宝玉"太虚幻境梦"中所看到的十二个舞女所唱之曲。因而，那个"曲演红楼梦"，其实就等于是"梦演红楼梦"。"梦演红楼梦"的"梦"指的是贾宝玉在太虚幻境中所看见的"金陵十二钗簿册"和听见"红楼梦仙曲十二支"的梦；"红楼梦"指的当是整部作品。曹雪芹已经用回目的题目清晰地告诉读者，贾宝玉的梦是对整部《红楼梦》的预演，"梦演红楼梦"是对整部作品内容的最深刻、最本质的概括。

然而长期以来，学界却始终缺少"梦演红楼梦"方面的研究。《脂砚斋重评石头记·凡例》指出："《红楼梦》是总其全部之名"①；"宝玉做梦，梦中有曲，名曰《红楼梦》十二支，此则《红楼梦》之点睛"②；"雪芹题曰《金陵十二钗》，盖本宗《红楼梦》十二支曲子之义"③。脂砚斋非常精准地看到了十二支曲子与《红楼梦》的关系，但是遗憾的是，脂砚斋看到的只是曲子与《红楼梦》的关系，而没有进一步揭示出贾宝玉的"太虚幻境梦"是对整部《红楼梦》人物和故事原型性的象征。

曹雪芹把他殚精竭虑耗费十年心血的作品定名为《红楼梦》，源自他的伟大想象：《红楼梦》人物命运悲剧结局是被贾宝玉事先梦到的；而四大家族及其女性悲剧命运正是对贾宝玉梦见的"金陵十二钗簿册"和"红楼梦仙曲十二支"的重演。这才是真正的"梦演红楼梦"，"梦演红楼梦"才把《红楼梦》的悲剧主题表现到了最深刻、最深邃的程度。

《红楼梦》的悲剧主题，或者说《红楼梦》的意义是由贾宝玉的"太虚幻境梦"和《红楼梦》的现实故事结构在一起生发出来的。"梦演红楼梦"，已经说明"梦"是《红楼梦》最重要的组成部分，因而书名就叫《红楼梦》。

---

① 邓遂夫校订：《脂砚斋重评石头记甲戌校本》，作家出版社 2001 年版，第 75 页。

② 邓遂夫校订：《脂砚斋重评石头记甲戌校本》，作家出版社 2001 年版，第 75 页。

③ 己卯夹批，朱一玄：《红楼梦脂评校录》，齐鲁书社 1986 年版，第 250 页。

二

细心的读者一定注意到了《红楼梦》结构上的一大特点，那就是先前的梦和后面的人物命运构成一种对应结构：梦成为人物命运的一种象征，人物命运成了对梦的一种重演。

《红楼梦》的梦主要由两大类梦构成：一大类是贾宝玉的“太虚幻境梦”，他梦见在太虚幻境看到了“金陵十二钗簿册”和听到了“红楼梦仙曲十二支”，贾府那些青年女性的悲剧命运几乎完全重演了贾宝玉“太虚幻境梦”梦见的命运样式。另一大类是林黛玉、王熙凤、妙玉等人的梦，林黛玉、王熙凤、妙玉等人的命运样式也几乎是她们梦中命运样式的重演。由此可见：《红楼梦》很大程度上是以梦的方式进行叙述的，是以梦的方式作为人物命运的象征的，也是以梦的方式结构它的作品的。

贾宝玉梦见的“金陵十二钗簿册”和听到的“红楼梦仙曲十二支”是有着深邃的象征内涵的：警幻仙姑告诉贾宝玉，孽海情天中的各司——“痴情司”“结怨司”“朝啼司”“暮哭司”“春感司”“秋悲司”——“存的是普天下所有的女子过去未来的簿册”①，“金陵十二钗簿册”和“红楼梦仙曲十二支”是贾宝玉在警幻仙姑的引导下在“薄命司”中看到的。曹雪芹描写警幻仙姑提示贾宝玉注意这一点，其实也是在提醒读者要充分注意这一点：“普天下所有的女子过去未来”。这就指示了贾宝玉梦的两方面意义：一是以数字“十二”象征了普天下所有的女子；二是判词既象征了普天下所有女子的“过去”，又象征了普天下所有女子的“未来”。

“红楼梦仙曲十二支”是对女性悲剧命运的整体性象征。这种女性悲剧命运的整体性象征当然是由每个女性悲剧命运的具体象征构成的。金陵十二钗为代表的红楼女性的簿册在“薄命司”中又分为正册（12 人为：林黛玉、薛宝钗、贾元春、贾探春、史湘云、妙玉、贾迎春、贾惜春、王熙凤、贾巧姐、李纨、秦可卿）、副册（1 人：香菱）、又副册（2 人：晴

---

① 本书中所引原文，如无特殊标注，均出自曹雪芹、高鹗《红楼梦》，启功注释，人民文学出版社 2018 年版。

雯、袭人）。由簿册中显露的信息来判断：正册中以公府千金、豪门贵妇为代表，都是上层贵族女性；副册中以香菱为代表，是侍妾类的女子；又副册中以晴雯和袭人为代表，是社会底层的丫鬟、奴仆系列。可以说，“金陵十二钗簿册”囊括了男权社会上、中、下各阶层的女性。曹雪芹既是以“薄命司”中的簿册和“红楼梦仙曲十二支”象征了这些女性在现实人生中遭遇的不幸命运，更是以这三类女性来象征男权社会中所有女性遭遇到的悲剧命运。

“金陵十二钗簿册”和“红楼梦仙曲十二支”，象征的是普天下所有女子“过去未来”。这就指示读者，既不能仅仅是从对未来结局“暗示”的角度理解贾宝玉梦的意义，又不能仅仅是从对过去象征的角度理解贾宝玉的梦，而应该把“金陵十二钗簿册”理解成既是对“未来”的象征，也是对“过去”的象征。而这种“过去未来”双重象征意义也是指向“红楼梦仙曲十二支”的。《红楼梦》也是以“十二”来象征普天下所有女子的，因而也是象征普天下所有女子“过去未来”的。那些对林黛玉等女子的判词，就不仅是对林黛玉等人未来命运的象征，还同时是对林黛玉等女性悲剧类型的象征。那些判词既表现了“过去”女性悲剧的种种模式，又表现了女性悲剧的种种具体情形；是女性悲剧命运模式和女性悲剧具体样式的结合形式；是在女性悲剧命运“过去”模式中表现女性具体悲剧的“未来”样式。

在这双重象征中还呈现出最为重要的思想内涵：女子“未来”的悲剧结局是被女子“过去”悲剧模式决定的。而正是这种结构形式决定了《红楼梦》的结构：贾宝玉梦见的金陵十二钗悲剧模式决定了贾府女性未来悲剧命运样式。正是这种结构方式使《红楼梦》有了更深刻的悲剧主题。“金陵十二钗簿册”和“红楼梦仙曲十二支”构成了对所有女性悲剧命运原型的象征；贾府中女性悲剧命运样式又成了对梦所表现的命运样式的重演。

梦与现实的对应结构，是《红楼梦》叙事最基本也是最重要的叙事方式，或者称为叙事结构原则。林黛玉、薛宝钗和晴雯等贾府女性命运都是按照贾宝玉梦见的“金陵十二钗簿册”和“红楼梦仙曲十二支”的模式发展的。也就是说，林黛玉等女性悲剧命运正是贾宝玉的“太虚幻境梦”的重演。

作家除了用贾宝玉“太虚幻境梦”作为一个总的叙述线索之外，还围绕这种对应性，讲述了其他 19 人的梦。如果说贾宝玉的“太虚幻境梦”是以“金陵十二钗簿册”和“红楼梦仙曲十二支”的整体的方式，——这种整体方式是以警幻仙姑“神谕”的方式表现了女性悲剧命运的先在模式，那么，《红楼梦》中 20 人的 42 个梦则是以个体的梦表现了个人命运的先在模式。这 20 人的 42 个梦分别是：第一回甄士隐的识通灵之梦、第五回贾宝玉的太虚幻境梦、第十二回贾瑞入风月宝鉴之梦、第十三回贾宝玉梦中听见秦可卿死了、第十三回王熙凤梦见秦可卿托梦、第十六回秦钟临终之梦、第十九回万儿母亲之梦、第二十四回小红的相思之梦、第三十回袭人梦中疼痛嗳呦、第三十二回贾宝玉向黛玉诉肺腑之梦、第三十三回贾宝玉梦见蒋玉菡和金钏的恍惚梦、第三十六回贾宝玉的绛芸轩之梦、第三十九回刘姥姥说梦、第四十八回香菱的学诗之梦、第五十一回贾宝玉梦中唤袭人、第五十六回贾宝玉梦见甄宝玉、第五十七回贾宝玉梦有人来接林黛玉、第五十八回贾宝玉的杏花神之梦、第六十二回史湘云的酒酣之梦、第六十六回柳湘莲梦见尤三姐、第六十九回尤二姐梦见尤三姐、第七十二回王熙凤的夺锦之梦、第七十七回贾宝玉的晴雯辞行之梦、第七十九回贾宝玉梦中唤晴雯、第八十二回林黛玉的噩梦、第八十三回贾宝玉梦中嚷心疼、第八十六回贾母之梦、第八十七回妙玉的走火入魔梦、第八十九回黛玉梦中听见有人叫宝二奶奶、第九十三回甄宝玉的太虚幻境梦、第九十八回林黛玉临终之梦、第九十八回贾宝玉入阴司的梦、第九十八回贾宝玉梦见林黛玉要回南之梦、第一百一回王熙凤大观园感幽魂之梦、第一百二回尤氏的谵语绵绵之梦、第一百九回贾宝玉欲梦林黛玉而不得、第一百十一回鸳鸯的梦、第一百十三回王熙凤对尤二姐忏悔之梦、第一百十三回王熙凤梦见一男一女要上炕、第一百十六回贾宝玉重游太虚幻境之梦、第一百十七回栊翠庵道婆之梦、第一百二十回袭人的梦。与 20 个人物的 42 个梦对应的是 20 个人物现实中的悲剧命运样式——她们每一个人的悲剧人生之路，都是她们梦的重演。

无论是贾宝玉表现女性悲剧的大梦，还是诸多女性表现个人悲剧的小梦，都成了贾府女性后来人生悲剧的先在模式。因为大梦和小梦都是女性悲剧命运模式的象征，因而，女性人生故事对贾宝玉梦的重演，就相当于对女性悲剧命运先在模式的重演。《红楼梦》深邃的悲剧主题正是由林黛玉等女性悲剧命运对贾宝玉梦的重演而激发出来的。

三

在读者看来，林黛玉等女子的命运重演了林黛玉等人的梦，也包括贾宝玉重演了他自己的梦（十二支曲子中的《终身误》），这就必然地产生了这样一个大问题：贾宝玉“太虚幻境梦”为什么可以预示他家族女性悲剧命运呢？林黛玉等人的梦又为什么可以预示她们自己的命运呢？

对贾府女性重复了贾宝玉“太虚幻境梦”的悲剧命运和林黛玉等人又重复了自己梦的悲剧命运，“红学”中一种很重要的解释观点是“暗示说”，即曹雪芹用贾宝玉的“太虚幻境梦”和林黛玉等人的梦“暗示”了人物未来的悲剧命运。这种“暗示说”最大的问题是，它把曹雪芹全部梦的叙事方式，都归结为对人物未来命运结局的暗示，这就把原型叙事方式解读成“暗示”的技巧，从而遮蔽了一个《红楼梦》最重要的结构及主题内容。

贾府的女性悲剧命运之所以重演了贾宝玉“太虚幻境梦”女性悲剧样式，林黛玉等人的人生悲剧之所以重复了自己梦到的悲剧样式，绝对不是梦对人物未来命运的“暗示”，而是对历史先例和原型的重复。这是因为，贾宝玉的“太虚幻境梦”和林黛玉等人的梦是他们的潜意识投射，他们潜意识投射的就是女性悲剧的历史先例和范型；正因为贾宝玉的“太虚幻境梦”和林黛玉等人的梦是对女性悲剧历史先例和范型的表现，因而，贾府女性悲剧命运重演了贾宝玉的“太虚幻境梦”和林黛玉等人的梦，其实就是对女性悲剧命运的历史先例和原型的重演。《红楼梦》悲剧的最深刻主题就是在女性悲剧命运对贾宝玉“太虚幻境梦”和自身梦对应的结构中产生的。女性悲剧命运是被历史先例和原型所规定的，那是一种不可改变、不可抗拒的永恒的悲剧模式。贾宝玉“太虚幻境梦”和林黛玉等人的梦之所以可以称梦的叙事，就是因为梦是一种神话原型的表现方式，因而可以称之为原型叙事。是梦的叙事即原型的叙事方式，才呈现了现实对原型的重演的对应结构形式，也才使《红楼梦》生发了更凝重的悲剧主题。

贾宝玉做“太虚幻境梦”的时候，即梦见“金陵十二钗簿册”和听到

“红楼梦仙曲十二支”的时候，还是十几岁的少年，他真正的人生才刚刚展开，还没有什么社会生活经验，梦中的人和事都不是他现实生活的经验与记忆。贾宝玉的“太虚幻境梦”梦见的“金陵十二钗簿册”和听到的“红楼梦仙曲十二支”，以及林黛玉等人所有的梦，都是以他们在意识之深层存在另一种潜在意识为基础的表现。

在贾宝玉看见“金陵十二钗簿册”和听“红楼梦仙曲十二支”的梦的描写中，十分清楚地表现了曹雪芹关于梦的深刻思想：梦是具有神秘性的，梦是可以梦见做梦者没有经历过的事情的；梦是具有重要意义的，梦是对人的未来命运的一种象征性表现，即是一种人生模式的象征，这种人生模式既象征着“过去”，同时又象征着“未来”，是过去与未来结合在一起的双重象征；人的梦和人的命运形成一种对应性结构，梦是人物后来命运的一种预演，而人物的命运就是对梦的重演。这个“梦演红楼梦”，表现了曹雪芹对人内心深处思想意识前所未有的重大发现和前所未有的艺术表现。

长期以来，我们的研究没有能够对曹雪芹用梦的叙事方式（即神话原型的）表现他的故事意义有一个基本的理解与认识。一直到 20 世纪 80 年代后，中国文学批评界引进了荣格的分析心理学和神话原型批评方法，才为解开《红楼梦》梦之谜提供了可能。荣格分析心理学认为，人有两个意识系统，一个是意识系统，另一个是潜意识系统。意识系统是人在现实中获得的心理内容，潜意识系统则是由心理遗传下来的祖先的心理内容。荣格进一步指出：“或多或少属于表层的无意识无疑含有个人特性，作者愿称其为‘个人无意识’，但这种个人无意识有赖于更深的一层，它并非来源于个人经验，并非从后天中获得，而是先天就存在的。作者将这更深的一层定名为集体无意识。选择‘集体’一词是因为这部分无意识不是个别的，而是普遍的。它与个性心理相反，具备了所有地方和所有个人皆有的大体相似的内容和行为方式。换言之，由于它在所有人身上都是相同的，因此它组成了一种超个性的共同心理基础，并且普遍地存在于我们每一个人的身上”①；“集体无意识不能被认为是一种自在的实体；它仅仅是一种

① ［瑞士］荣格：《心理学与文学》，冯川、苏克译，生活·读书·新知三联书店 1987 年版，第 2 页。

潜能，这种潜能以特殊形式的记忆表象，从原始时代一直传递给我们，或者以大脑的解剖学上的结构遗传给我们”①。潜意识系统常常是由神话模式构成，人类的梦是潜意识的投射；由于神话模式就是原型的表现方式，因而，人们的梦就经常梦见神话模式即梦见原型。用潜意识和神话原型理论方法，可以非常清楚地看到曹雪芹对贾宝玉等人梦的描写中关于潜意识、神话原型的秘密表现。

四

贾宝玉在“太虚幻境梦”看见的“金陵十二钗簿册”和听到的“红楼梦仙曲十二支”就是对女性悲剧命运模式即历史先例和范型即原型的象征性表现。曹雪芹是通过对贾宝玉潜意识表现的方式实现这一艺术目的的。贾宝玉虽然还涉世未深，对人生和社会还没有什么更多的认识与感受，但是，他的内心承载的祖先的心理内容却成为他深藏的潜意识。荣格曾反复论述，人出生后的心理并不是白板，而是有先在的心理内容。这就像动物本能一样，人是以先在的心理模式进行反应的。“每一个原始意象中都有着人类精神和人类命运的一块碎片，都有着在我们祖先的历史中重复了无数次的欢乐和悲哀的一点残余，并且总的说来始终遵循同样的路线。它就像心理中的一道深深开凿过的河床，生命之流在这条河床中突然奔涌成一条大江，而不是像先前那样在宽阔然而清浅的溪流中漫淌。无论什么时候，只要重新面临那种在漫长的时间中曾经帮助建立起原始意象的特殊情境，这种情形就会发生。”② 曹雪芹表现贾宝玉的“太虚幻境梦”显然是以对人的这种潜意识有着深刻理解为前提、为基础、为依据的，换一句话说，曹雪芹所描写的梦就揭示了人的这种潜意识秘密。虽然贾宝玉还没有完全进入那个由男性主导的社会，对那个男性主导的社会没有更多的思想和认识，但是，在他的潜意识之中却先在地存在着关于男性统治社会中女

---

① ［瑞士］荣格：《心理学与文学》，冯川、苏克译，生活·读书·新知三联书店 1987 年版，第 120 页。

② ［瑞士］荣格：《心理学与文学》，冯川、苏克译，生活·读书·新知三联书店 1987 年版，第 121 页。

性悲剧命运的模式。按照荣格分析心理学理论来说，那是由世世代代女性悲剧命运的反复经验，在祖先心理中镌刻下的深深的原始意象。这种深深的原始意象就成为贾宝玉一种先验的心理形式，贾宝玉的“太虚幻境梦”就是这种先验心理形式即潜意识原型的象征性表现。

贾宝玉是以梦见女性悲剧历史先例和范型而预示了女性未来悲剧命运及其结局的。在人类的潜意识表现中，对以往记忆的表现常常是以现实人和事来象征的。它所表现的梦是现在的，但却是对历史的原型性表现；它虽然表现的是历史原型模式，但是它却又是指向当下的。因而梦就由对历史模式的表现而构成了对当下的象征。曹雪芹对贾宝玉等人梦的描写所运用的就是这种方法。贾宝玉梦见的是女性悲剧命运的历史先例和范型，但女性悲剧历史先例和范型是一种原型形式，而原型形式是一种抽象的东西，是不具体的，因而是需要具体人和事来赋形的，而具体人和事的赋形就只能用现实中的人和事。就这样，历史先例和范型的潜意识就有了现实人和事的表现方式。

贾宝玉的“太虚幻境梦”是女性悲剧命运的整体象征，而林黛玉、王熙凤、妙玉等许多女性个体梦则是在她们命运走向的原型式情境中产生的“原型意象”。每个女性的命运走向都分别是对贾宝玉“太虚幻境梦”的重演，这种重演的命运悲剧就构成了原型式情境，而原型式情境就“激活”了她们各自的原型意象。

《红楼梦》的大梦和小梦构成了一种内在联系，大梦、小梦又与生活构成一种内在联系，是这种内在联系形成了女性个体梦的原型式情境，正是原型式情境激发了她们的原型意象。这些原型意象既成了女性历史先例和范型，又成了她们未来悲剧命运结局的预示。

不仅如此，林黛玉等几乎所有的女性悲剧命运都既是对贾宝玉“太虚幻境梦”“大梦”的重演，又是对她们各自“小梦”的重演。由于贾宝玉的“太虚幻境梦”的“大梦”和女性各自的“小梦”都是他们潜意识的投射，而潜意识则是神话式的模式，因而就形成了他们神话式的梦；因为神话是原型的象征方式，因而他们的梦实质就是原型的表现；原型又可以理解成历史先例和范型，所以他们的梦就是女性历史和范型的表现；他们的悲剧命运是对他们“大梦”和“小梦”的重演，因为他们的梦是历史先例和范型的原型，因而，他们的“大梦”和“小梦”所重演的就是历史先例和范型。

梦是通过对集体潜意识的表现而呈现出神话原型的。因而，以梦的方式的叙述就是神话原型叙事的变形，梦与现实构成的对应其实就是神话原型与现实的对应，梦对现实的“神谕”其实是一种神话原型的象征，现实对梦的重演就是对神话原型的重演。“梦演红楼梦”就是以原型的方式讲述《红楼梦》的故事。《红楼梦》的悲剧主题正是从这种梦与现实即神话原型对现实的象征和现实对神话原型的重演中生发出来的。

第一章 《红楼梦》的结构

神话与现实对应的形式

从表现形态上来看，《红楼梦》主要由神话、梦和现实生活三种形态构成。“石头记”和“木石前盟”“太虚幻境”是神话形态的表现形式。比起神话形态，《红楼梦》梦的形态更为丰富，它主要由贾宝玉、甄士隐、林黛玉等人的梦组成。神话与梦的外部形态的实质是为《红楼梦》的现实生活形态建构诸种原型。但梦的形态的实质仍然是神话的形态，现实生活形态对梦的重演实质还是对神话形态的重演，这种对应结构形成了《红楼梦》独特的形态结构。然而，长期以来，《红楼梦》的这种结构形态处于被遮蔽状态，并没有将其作为一种“有意味的形式”来领略。

一 “不调和”说和“暗示”说及其局限

《红楼梦》是一部表现现实生活的长篇小说，作家却创造了多种神话，于是就出现了神话与现实相结合的文本。正是根据神话与现实相结合的特点，有些学者就指出，可以分出两种“红楼梦”，即现实的“红楼梦”和神话的“红楼梦”。对于《红楼梦》中的神话研究，迄今为止有两种观点很有影响，一种是产生在现代的“不调和”说，另一种是当代的“暗示”说。“不调和”说以著名作家兼批评家茅盾先生为代表，茅盾先生认为“‘通灵宝玉’、‘木石姻缘’、‘金玉姻缘’、‘警幻仙境’等等神话，无非是曹雪芹的烟幕弹，而‘太虚幻境’里的‘金陵十二钗’正副册以及‘红楼梦新曲’十二支等等‘宿命论’又是曹雪芹的逋逃薮，放在‘写实精神’颇见浓厚的全书中，很不调和，论文章亦未见精采”①，茅盾的“不调和”说可以说是对神话创作的否定。陈独秀也认为《红楼梦》中那些神话描写属于无关宏旨的，“我尝以为如有名手将《石头记》琐屑的故事尽量删削，单留下善写人情的部分，可以算中国近代语的文学作品中代表著作。”② 当代学者也提出过类似的观点：《红楼梦》“书中最大的缺点，是太虚幻境的几段神话。其实作者删去这几节，不必把他插入，与这书的价值，毫无所损。如今多了这几节，反觉得近于神秘派的小说，不是实在有价值的书”③。郑振铎先生则在肯定《金瓶梅》的价值的同时，否定了神话对于《红楼梦》的意义，他在《长篇小说的进展》中也指出“《红楼梦》的什么金呀，玉呀，和尚，道士呀，尚未能脱尽一切旧套。惟《金瓶梅》则是赤裸裸的绝对的人情描写；不夸张，也不过度的形容。像她这样的纯然以不动感情的客观描写，来写中等社会的男与女的日常生活（也许有点黑暗的，偏于性生活的）的，在我们的小说界中，也许仅有这一部而已”④。

与上述观点相对应的，对于《红楼梦》中的神话创作，当代最有影响的还是“暗示”说，即《红楼梦》中的神话是《红楼梦》结局的暗示。其代表性观点如：“人物结局用暗示法。作者既要让人物在性格的规定性中去行动，又要将人物性格的逻辑轨道告诉读者，这在结构上便出现了一个困难：明示则不符合现实主义对情节发展要隐蔽的要求，不示则不能满足读者关心人物结局的阅读心理。在这种矛盾中，作者找到了结构的秘密，那就是暗示。如第七回周瑞家的送宫花送到惜春那儿，惜春笑道：‘我这里正和智能儿说，我明儿也剃了头，同他作姑子去呢。可巧又送了花儿来，若剃了头，把这花可戴在那里！’惜春的话是随口说出的，但却如脂砚斋所批的：‘将后半部线索提动’——暗示了惜春将来出家的结局。

---

① 茅盾：《节本红楼梦导言》，参见吕启祥、林东海主编《红楼梦研究稀见资料汇编》，人民文学出版社 2001 年版，第 630 页。

② 陈独秀：《红楼梦新叙》，参见吕启祥、林东海主编《红楼梦研究稀见资料汇编》，人民文学出版社 2001 年版，第 63 页。

③ 佩之：《红楼梦新评》，参见吕启祥、林东海主编《红楼梦研究稀见资料汇编》，人民文学出版社 2001 年版，第 60 页。

④ 郑振铎：《插图本中国文学史》（下），上海人民出版社 2005 年版，第 1068 页。

还有宝玉经常对黛玉说的，‘你死了我当和尚去’也是如此。《红楼梦》中大量暗示法的应用，不仅是曹雪芹对小说结构艺术的贡献，而且也成了考证八十回后佚稿内容的重要依据之一。曹雪芹这个天才，好像预感到他的作品将来会成为‘断尾巴蜻蜓’，所以先用暗示法‘立此存照’。暗示之妙，真可谓遗泽深远矣。”① 再如：“太虚幻境，暗示了贾府的衰败和封建主义的道统、伦常的昏惨惨似灯将尽的必然崩溃的趋势，这是对外事境界的否定，太虚幻境实际上也暗示了闺阁中诸色人等的悲剧命运，也即对闺阁境界的否定。外事境界被闺阁境界否定，闺阁境界又为虚幻境界所否定。”② “第5回‘游幻境指迷十二钗，饮仙醪曲演红楼梦’，通过贾宝玉梦游太虚幻境，暗示了作品主要人物的命运和贾府的最终结局。金陵十二钗薄命册的判词，预示了书中主要女子的命运，如晴雯判词：‘霁月难逢，彩云易散。心比天高，身为下贱。风流灵巧招人怨。寿夭多因诽谤生，多情公子空牵念。’这里有对晴雯的评价和赞叹，也为后来王善宝家对她的诽谤，王夫人将她赶出贾府死去，以及贾宝玉为她写《芙蓉女儿诔》等情节埋下伏笔。《红楼梦》12支曲子，进一步暗示主人公的命运、作品的主要情节以及最终大结局。‘金玉良缘’和‘木石前盟’，暗示贾宝玉、薛宝钗、林黛玉的爱情纠葛。‘飞鸟各投林’暗示了贾家的大结局：‘好一似食尽鸟投林，落了片白茫茫大地真干净。’所有这些，都使这部巨著前后照应，浑然一体。”③ “在第五回里，借宝玉游太虚幻境暗示人物的命运和遭遇”④；“根据书中第五回的暗示，《红楼梦》中的所有女儿都是应入‘薄命司’的，实际上都是悲剧人物。婢女们无力把握自己的命运，她们的悲剧自然是不可避免的”⑤，等等。

无论是否定神话的“不调和”说，还是肯定神话的“暗示”说，两种观点都忽略了一个最重要的问题，即神话与现实的结构关系问题。

从结构关系角度看《红楼梦》，《红楼梦》仿佛一座由巨石构成的巍峨

---

① 霍松林主编：《中国古典小说六大名著鉴赏辞典》，华岳文艺出版社1988年版，第984页。

② 智量主编：《比较文学三百篇》，上海文艺出版社1990年版，第217页。

③ 贺立华、汤顺文主编：《中国文明的阶梯 历史上最有影响的33部书》，安徽文艺出版社1996年版，第304页。

④ 张毅蓉：《现代批评视野中的〈红楼梦〉》，广西师范大学出版社2004年版，第12页。

⑤ 张俊：《清代小说史》，浙江古籍出版社1997年版，第376—377页。

宏伟建筑，这座巍峨宏伟的巨石建筑有一种对称的结构，而这种对称的结构正是由神话和现实构成的。神话是一座建筑，现实是另一座建筑，但这两种建筑是结构成一个整体的。在这两者之间还穿插了若干个神话与现实的两两对称的结构。这就使《红楼梦》整个建筑结构既恢宏阔大，又室廊丰富，从而形成了一座由多层结构关系构成的巨大建筑。这种由多层结构关系构成的巨大建筑最基本的间架结构就是神话和现实。神话与现实结构在一起，是曹雪芹的匠心之所在，也是《红楼梦》的伟大之所在。神话和现实结构在一起肯定有更深刻的意义。我们理应从神话与现实结构关系中探讨《红楼梦》神话的意义。

“不调和”说的弊端主要体现在：它不能解释神话是《红楼梦》重要的组成部分；不能解释神话与现实的关系；也没有认识到神话与现实构成一种结构和形式关系。

现实主义角度的《红楼梦》神话观，是从强调现实的意义否定神话的，但是，由于它是以舍弃或遮蔽与现实另一极的神话，而这神话由于是现实原型的象征，因而它可以给现实带来更大的甚至现实无论如何表现都不能替代的深刻意义，反而是大大地削弱了对《红楼梦》现实意义的阐释。由于缺少神话与现实结构的眼光，这种从现实出发的对神话的否定，却走向了现实的反面，并没有发掘出《红楼梦》神话与现实结构的更深邃的现实主义精神。

“暗示”说比“不调和”说有了很大的进步，它的价值在于并没有彻底否定《红楼梦》的神话，这种研究集中于神话是对未来结局的暗示，是一种小说的创造手段，是小说艺术性的体现。它肯定了神话的价值是在小说开始与结局之间建立了一种呼应关系，草蛇灰线、伏脉千里，增加了小说的艺术性；同时也是在小说预设和结局之间创造了一种艺术难度，在预先告诉读者结局的前提下，详尽展开了正处在风华正茂、青春烂漫的少男少女走向青春毁灭的结局，由此增加了作家创作的难度，并增加了读者阅读的兴趣；还具有某种神秘性，故事的结局和人物的命运是被“金陵十二钗簿册”和“红楼梦仙曲十二支”所预设了的，警幻仙姑具有超越凡人的预设能力，这就使小说平添了浓重的神秘性。

“暗示”说的局限主要表现在：它不能解释神话对现实的（原型）作

用；同“不调和”说一样，也是不能解释神话与现实的结构关系；不能把神话与现实的排列、组合看成是一种“有意味的形式”；不能解释现实中人物的命运为什么重复了神话的所谓“暗示”。

“不调和”说和“暗示”说显然没有揭示出《红楼梦》神话的意义，而要真正揭示出《红楼梦》神话的意义，就必须在与现实的关系中进行探讨。

二 神话与现实的对应关系

《红楼梦》神话与现实的结构关系首先体现在神话与现实故事的严格对应性上。这里所说的严格对应性，是指所有的现实故事都有一个神话相对应，都可以归纳到与神话的对应上去。《红楼梦》在表现一种现实生活之前，总是要创造一种神话，来使神话与现实相对应。《红楼梦》的现实故事可以说是极为丰富多彩，涉及了人生的方方面面，它的人生感受也是深入到了心理的潜意识方面，而生活内容还涉及了文学、诗词、典故、建筑、园林、音乐、绘画、医药、烹饪、服饰等几乎所有文化门类，它们与人生故事水乳交融地集合在一起，具有登峰造极的复杂性、丰富性和渊博性。所有这些内容都达到了那个时代无可比拟、后来也无法超越的程度，但是，如果仔细研读文本，我们就会发现这些现实生活内容都可以找到一个神话的对应，都有一个神话的统领，都有一个神话的象征。

“红楼梦”“石头记”“金陵十二钗”“情僧录”“风月宝鉴”这五个书名表面看来既有神话的特点，比如“红楼梦”“石头记”等；又有现实生活的特点，比如“情僧录”“风月宝鉴”等，但是，从对作品整体概况的角度看，作家既不是从现实生活角度的赋名，也不是从神话角度的赋名，而是从神话与现实相对应角度的赋名。

“红楼梦”的命名是由“太虚幻境梦”而来的，“红楼梦”不单纯是一个梦，更是一个神话原型，它对应的是整个现实故事。“红楼梦”神话也即太虚幻境神话，是《红楼梦》神话的最初原型，是《红楼梦》神话世界中的主体神话，其他神话都是从属于它的。太虚幻境神话是以原型的方式先在地呈现了“补天弃石”所要经历的爱情婚姻悲剧、人生命运悲剧、家族政治悲剧。它既阐明了“石头历劫”的具体内涵，石头虽然变成了无瑕美玉，“失去本来真面目，幻来新就臭皮囊”，但最终还要还原为一块石头，真的是“枉入红尘若许年”；它也阐明了“木石前盟”神话的悲剧内涵，它以“终身误”“枉凝眉”两支曲子不独象征宝黛钗三人的爱情婚姻悲剧，更象征了男权社会中，所有被动地接受“父母之命，媒妁之言”所撮合在一起的“终身误”的婚姻悲剧，因而，男权社会中，青年男女不如意的爱情婚姻，只能令他们“想眼中能有多少泪珠儿，怎禁得秋流到冬，春流到夏!”太虚幻境神话是对顽石历劫神话与木石前盟神话的总概括总象征。

贾宝玉的“太虚幻境梦”主要表现了三大方面的神话内容：第一种神话是一个相当于女儿国的仙境，它由美丽的警幻仙姑、众多美丽的仙女和“清净女儿”的仙境组成；第二种神话是“孽海情天”中“金陵十二钗簿册”和“红楼梦仙曲十二支”表现的十二个女子红楼女儿的命运；第三种神话是贾宝玉与警幻仙姑之妹“兼美”的性爱。这三种神话是对应于后面现实叙事的三种故事的，第一种美丽仙女神话是对应于大观园故事的，第二种“金陵十二钗簿册”是对应于贾府众女儿的悲剧命运的，第三种神话对应于贾宝玉、林黛玉、薛宝钗的爱情与婚姻。“太虚幻境梦”的重点是警幻仙姑让贾宝玉看见的“金陵十二钗簿册”及“红楼梦仙曲十二支”表现红楼女儿的悲剧命运，小说故事的最主要内容又确实是对红楼女儿悲剧命运的表现，因而就把整部小说称为“红楼梦”了。小说的“红楼梦”名称的确定恰恰是从神话和现实的对应特点上着眼的。

“太虚幻境梦”是《红楼梦》最主要的神话，是以梦的方式表现的神话，《红楼梦》的神话又不止这个“太虚幻境梦”表现的神话，还有其他诸种神话。而这些神话也是与现实故事相对应的。其他几个神话最有影响的是“石头记”书名所蕴含的神话。

“石头记”是《红楼梦》的另一个重要神话，它由两部分构成：一部分为“石头”的“变形记”大寓言，大荒山一块石头，经由女娲锻炼之后，幻形为“宝玉”，被一僧一道引入红尘世界，历经十九年的尘世人生的生活之后又重返大荒山成为一块石头。贾宝玉的人生历程是与这个大寓言相对应的。另一部分则是对女娲补天神话改写，实际是贾宝玉源于女娲补天的神话。经由女娲锻炼之后的“顽石”被警幻仙姑安排为赤霞宫的神

瑛侍者，神瑛侍者“灌溉”三生石畔灵河岸边的绛珠仙草，使之脱去草木之形，幻化为女体。然后神瑛侍者转世投胎成为衔玉而生的贾宝玉，绛珠仙草则转世为林黛玉。关于女娲补天所剩弃石与神瑛侍者与通灵宝玉与贾宝玉的关系，“程高本的叙述蕴含着这样一个幻化的线索：顽石——神瑛侍者——贾宝玉；贾宝玉又‘衔玉而生’，并几乎终其一生都戴着那块被称为‘通灵宝玉’的美玉。石头神话就这样嵌入了贾宝玉的人生之中。《红楼梦》是以贾宝玉为中心的，但却是以顽石幻化为玉、又幻化为贾宝玉为开篇的”①。曹雪芹是既以“宝玉”经由神瑛侍者转世投胎为贾宝玉，又以贾宝玉衔玉而生来象征贾宝玉带着女娲所炼“宝玉”的精神品质。

源于女娲所炼“顽石”这个神话成为贾宝玉人生的一种最重要的原型，它虽然是神话的，但却成为贾宝玉进入现实世界所有思想行为的源头。贾宝玉的性格特征和思想行为方式都是由这个神话原型决定的，在这个神话源头中，贾宝玉所有的思想情感，诸如，“女儿是水做的骨肉，男子是泥做的骨肉，我见了女儿便清爽，见了男子便觉浊臭逼人”；对仕途经济道路的抗拒，对青春女儿的崇拜与热爱，对不幸女性的怜悯与同情，愿意与青春女儿的“厮混”，厌烦与达官贵人的接触等，都可以得到顺理成章的解释。而离开了这个神话原型，贾宝玉所有的行为都不能得到合理的解说。

“金陵十二钗”的书名同样蕴含着一个神话。这个神话是把“金陵十二钗”从贾宝玉的“太虚幻境梦”中单独辟出来确立的神话，它指的是贾宝玉在“太虚幻境梦”中看到的“金陵十二钗簿册”，它对应的是《红楼梦》故事中十二个女性的命运的。这其实是与“太虚幻境梦”中的“红楼梦仙曲十二支”所概括的“红楼梦”有异曲同工之妙的。所不同的是，它所特别强调的是十二个女性的命运。

“情僧录”的神话色彩虽然不像“红楼梦”“石头记”和“金陵十二钗”三个神话那样明显，但从一僧一道对贾宝玉情与僧的命运的设计与规定来看，它同样是神话。贾宝玉情与僧的命运不是自己选择的，而是被命

---

① 张丽红：《石头神话的原型性象征——对〈红楼梦〉结构与主题的一种新探讨》，《红楼梦学刊》2016 年第 3 辑。

定的，这命定者是一僧一道，一僧一道又是代表神意的，而这所谓的“神意”则是历史限定的一种人生模式。历史限定了金陵十二钗的女性悲剧命运，限定了“好了歌”及其注解所象征的“荒唐”生活，因而，也就限定了贾宝玉出家的命运。一僧一道对贾宝玉情僧命运变化就不是一般的叙事，也是神话原型。曹雪芹同样把这样一个情僧变化的神话置于贾宝玉情僧变化故事之前，使情僧神话与贾宝玉情僧变化的现实人生故事形成了一种严格的对应。

还有“风月宝镜”也是一个神话。它是由跛足道人给贾瑞送来的，这实际上是等于神授，更重要的是，这块宝镜具有不可思议的神秘力量。它对应的是贾瑞的色情与性欲故事：在正面看见的是美丽的王熙凤，反面则是狰狞的骷髅，而且还可以使贾瑞不断梦遗，最后使贾瑞不能自已，终于以死亡而告终。

除了这五个书名所蕴含的神话之外，还有“木石前盟”的神话和“金玉良缘”的准神话。“木石前盟”讲述了贾宝玉和林黛玉前世因缘。林黛玉在神话世界中是西方灵河岸边三生石畔的一棵绛珠仙草，而贾宝玉在神话世界中是三生石畔的神瑛侍者。贾宝玉的使命是日夜灌溉绛珠仙草，而林黛玉的使命是承受神瑛侍者的灌溉。这就决定了来世，林黛玉要以眼泪回报贾宝玉的灌溉之恩。这个“木石前盟”的神话也是置于贾宝玉与林黛玉爱情故事之前，木石前盟同宝黛爱情形成了一种严格的对应。

“金玉良缘”可以看作一个准神话，或者就是一个神话，就在于，薛宝钗那个锁是没有现实来由的，那个锁与贾宝玉的玉形成一对的配饰，也是没有现实来由的，锁上的文字“不离不弃，芳龄永继”与贾宝玉的玉上的文字“莫失莫忘，仙寿恒昌”形成天成的对句，也是没有现实来由的。薛宝钗的金锁是针对贾宝玉的玉而生成的，它与贾宝玉的“木石前盟”构成一种对抗、矛盾和冲突，因而，它也是具有神话性的。这种神话性同样对应于贾宝玉与薛宝钗的实际婚姻生活。

综上所述，《红楼梦》形成了一种特殊的叙述模式，就是在叙述现实故事之前总是先叙述一个神话，使神话置于现实故事之前，由此就形成了神话与现实故事的对应性，贾宝玉的太虚幻境梦是被这个神话与现实相对应的结构方式所支配的。

三　神话与现实结构的形式意义

神话与现实的对应，是《红楼梦》一种最重要的形式。这种最重要的形式就是结构。“结构是指作品中各个成分或单元之间关系的整体形态”[①]。正是这种结构形式才赋予作品更深刻的意义。著名艺术理论家贝尔曾经对艺术下了一个定义，叫“有意味的形式”，“在各个不同的作品中，线条、色彩以某种特殊方式组成某种形式或形式间的关系，激起我们的审美感情。这种线、色的关系和组合，这些审美的感人的形式，我称之为有意味的形式”[②]。著名艺术理论家苏珊·朗格说：“艺术符号的情绪内容不是标示出来的，而是接合或呈现出来的”[③]，这个“接合”其实指的就是结构。苏珊·朗格进一步阐释说：“艺术品作为一个整体来说，就是情感的意象。对于这种意象，我们可以称之为艺术符号。这种艺术符号是一种单一的有机结构体，其中的每一个成分都不能离开这个结构体而独立地存在，所以单个的成分就不能单独地去表现某种情感。……在一件艺术品中，其成分总是和整体形象联系在一起组成一种全新的创造物。虽然我们可以把其中每一个成份在整体中的贡献和作用分析出来，但离开了整体就无法单独赋予每一个成分以意味。这样一种特征，就是一切有机形式的特有的性质”[④]。“这些互相结合在一起的符号所包含的意义，可以增加作品的丰富性、强烈性、重复性、相似性，甚至还可以造成非凡的非现实主义效果或使作品产生出一种全新的平衡作用。”[⑤] 在苏珊·朗格看来，艺术表现性就是形式，而形式其实就是结构。这就特别地指出了结构对艺术形式和艺术表现的重要性。贝尔和苏珊·朗格所强调的是结构所形成的形式产生新的

---

① 童庆炳主编：《文学理论教程》，高等教育出版社2007年版，第248页。

② ［英］克莱夫·贝尔：《艺术》，周金环、马钟元译，中国文联出版公司1984年版，第4页。

③ ［美］苏珊·朗格：《艺术问题》，滕守尧、朱疆源译，中国社会科学出版社1983年版，第129页。

④ ［美］苏珊·朗格：《艺术问题》，滕守尧、朱疆源译，中国社会科学出版社1983年版，第129—130页。

⑤ ［美］苏珊·朗格：《艺术问题》，滕守尧、朱疆源译，中国社会科学出版社1983年版，第131页。

意义，而不是叙述性的内容。

结构，在一般理解中，是对内容的安排，属于艺术形式方面，但是，这个“通过相互依存的因素形成的整体”却有着自身的形式意义。这种意义不是对所谓内容的安排，而是属于“相互依存的因素形成的整体”的形式及其意义，是形式结构生成的意义，而不是安排的内容的意义，如果一定要用形式与内容这对概念，那就可以说，是形式生成了内容，而不仅仅是形式对内容的安排。一部作品的结构的确是对作品内容的排列方式，形式本身并未产生超越内容即事件的意义，而那些优秀的作品就大大不同了，它们的结构形成一种表现性形式，而不只是对内容的安排，而那些在一般作品被安排成的内容，在这种优秀作品的结构中，却成了被创造结构形式的“材料”，而那结构形式反而生发出超越于被安排内容的新的内容。

《红楼梦》的结构不只是对神话和现实的安排，曹雪芹要表现的最重要的主题思想是这些玉石变化的神话与贾宝玉人生变化故事的对应，“红楼梦仙曲十二支”与“金陵十二钗”女性命运悲剧的对应，以及我们在前所阐述的其他神话与现实的对应等。这种神话与现实的对应，是《红楼梦》的结构形式。正是这种结构形式的创造才表现了曹雪芹的伟大匠心之所在。

第一，神话与现实的对应，形成了《红楼梦》的一种结构模式。神话与现实相对应，是指《红楼梦》大的结构和小的结构所呈现的统一结构方式。这里所说的“大”的结构，是指贯穿全书的整体结构方式，而“小”的结构则是套叠在大结构中的小结构。贯穿全书的大结构是第五回的“贾宝玉神游太虚幻境　警幻仙曲演红楼梦”。贾宝玉的梦是一种神话式的梦，是神话的象征，贾宝玉梦到的“金陵十二钗簿册”和“红楼梦仙曲十二支”，是一种神话式的表现，这种神话式的表现与结尾倒数第五回贾宝玉又梦到太虚幻境，形成了一种极为严格的对应结构。贾宝玉重新梦见太虚幻境，可以说是现实故事最高表现，这样，第五回的神话式的梦就与倒数第五回代表的现实故事形成了一种极为严格的对应结构。和这个大结构相平行的是石变玉神话和贾宝玉走向世俗生活又出家的现实故事。而在这两个大结构中，又套叠着其他诸多小结构，比如，“木石前盟”神话与贾宝

玉和林黛玉的爱情故事，“金玉良缘”准神话与贾宝玉和薛宝钗的婚姻故事，“风月宝鉴”与贾瑞的故事，等等。这些大结构与小结构都非常鲜明地表现出，神话与现实的对应，是红楼梦的一种结构模式。

第二，这种统一的神话与现实对应的结构模式表现出一种极为重要的形式意义。神话与现实对应的结构模式，是曹雪芹创造《红楼梦》最重要的形式。神话与现实的对应，就是神话与现实排列、组合在一起的结构方式。这种排列、组合方式构成神话与现实的一种关系：神话是历史原型的象征，现实是神话的重演。贾宝玉的“太虚幻境梦”是以梦见过去的方式梦见了未来，因为未来就是对过去的重复。贾宝玉的“太虚幻境梦”是一个神话，贾府十二个女性悲剧命运是对“金陵十二钗簿册”和“红楼梦仙曲十二支”神话的重复。这是《红楼梦》的结构形式所表现出的形式意义。它突破了神话是神话的内容，现实是现实的内容，而在神话和现实之间构建了一种内在关系，从而把神话素材化了，把现实也素材化了，神话与现实的结合形成了一种新的结构形式，表现了新的意义。

第三，神话与现实的对应结构是曹雪芹的“绝对艺术意志”。“绝对艺术意志”的概念是对德国艺术理论家沃林格概念的借用。沃林格在其影响巨大的《抽象与移情》一书中指出：“对于‘艺术意志’人们应理解成那种潜在的内心要求，这种要求是完全独立于客体对象和艺术创作方式的，它自觉地产生并表现为形式意志。这种内心要求是一切艺术创作活动的最初的契机，而且，每部艺术作品就其最内在的本质来看，都只是这种先验存在的绝对艺术意志的客观化。”① 曹雪芹的“绝对艺术意志”决定了他的绝对形式创造。曹雪芹在《红楼梦》中要表现的不是贾宝玉梦见了“金陵十二钗簿册”和“红楼梦仙曲十二支”，不是贾府的十二个女性命运悲剧，不是石与玉的变化，也不是贾宝玉的变化人生；不是木石前盟，也不是贾宝玉与林黛玉的爱情；不是金玉良缘，也不是贾宝玉与薛宝钗的婚姻，而是他体验到的生命感受和他认识到的人生命运，他要以神话和现实之间的对应结构贯彻他的“绝对艺术意志”，即他的创作目的，使之形成一种结构形式，从而超越具体叙述故事——既超越了神话的单独叙述，又超越现

① ［德］W. 沃林格：《抽象与移情》，王才勇译，辽宁人民出版社 1987 年版，第 10 页。

实的孤立表现，而表现出神话是现实的原型，现实是神话原型的重复。这就把《红楼梦》的主题深化到无以复加的深邃程度，使女性悲剧命运的永恒性、人生悲剧命运的永恒性、爱情悲剧命运的永恒性、家族悲剧命运的永恒性得以表现。神话与现实对应结构，是曹雪芹的匠心之所在，伟大的形式创造之所在。

《红楼梦》的梦与神话原型

在《红楼梦》中，曹雪芹为阅读它的读者设置了一个谜：人物特别是女性人物的悲剧命运都重复了贾宝玉的梦（“金陵十二钗簿册”和“红楼梦仙曲十二支”）和她们自己的梦，她们的悲剧命运仿佛是被贾宝玉和她们自己的梦决定的。这也许就是《红楼梦》描写了那么多梦和书名被赋名为“红楼梦”的根本原因之一吧。《红楼梦》的叙述存在两个系统：一个是神话（梦）的系统，另一个是现实生活的系统。这两个叙述系统是紧紧地缩结在一起的，其缩结的方式就是梦预先表现了人物的悲剧命运，而人物实际的悲剧命运是对梦的重演。曹雪芹的匠心、《红楼梦》的深刻主题就隐藏在这种梦的预示和人物对梦的重演过程之中。

从原型批评的角度看，《红楼梦》的梦是神话的象征。《红楼梦》的梦的系统很大程度上是神话系统，因而，《红楼梦》的梦和现实的两个系统实际上就是神话系统和现实系统，梦和现实的缩结实际上就是神话与现实的缩结。曹雪芹之所以写了那么多梦，就是要以梦的方式表现象征神话，进而表现人的潜意识和原型，而人物对梦的重演就是对神话的重演，对原型的重演。对原型的重演这才是曹雪芹最伟大的创造目的之所在，也正是《红楼梦》核心主题之所在。《红楼梦》的梦是属于神话性质的，因而就必须在神话系统中解释《红楼梦》的梦。

一　梦的谜底：梦见的是神话

《红楼梦》为什么要写那些梦，那些梦究竟要表现什么，有什么意义？这在小说中是有非常隐秘交代的，但这个交代并非是直接说出的，而是隐

藏在梦的艺术表现里。

甄士隐做的那个石头变成神瑛侍者的梦是接着开篇作者叙述的“石头记”神话而出现的，甄士隐的梦与开篇的“石头记”神话共同构成了“石头记”神话的整体。但是，甄士隐的梦与开篇的“石头记”神话仍然属于两个单元，一个单元是神话，另一个单元是梦。

开篇第一回作者就叙述了一个“石头记”神话，这个“石头记”神话是起源于女娲补天神话的。女娲炼石补天所剩的顽石，幻形入世，经历了尘世的沧桑变幻之后，最终又复还于石头。之所以会有这一系列的变化，是因为三个神话人物所致：两个是一僧一道，他们来到青埂峰下，见着那块鲜莹明洁的石头，又缩成扇坠一般，觉得形体是个灵物，“只是没有实在的好处，须得再镌上几个字，使人人见了便知你是件奇物”（第一回），然后携它到那昌明隆盛之邦、诗礼簪缨之族、花柳繁华地、温柔富贵乡去走一遭。

然后又交代了这个“石头记”神话的结尾：“又不知过了几世几劫”，那块几经变幻的石头重新回到女娲炼石补天之处——大荒山无稽崖青埂峰下。

作为这个神话的重要组成部分，第一百二十回，还叙述了一僧一道，夹住宝玉，三人登岸飘然而去。三人其中一人歌曰：

> 我所居兮，青埂之峰；我所游兮，鸿蒙太空。谁与我逝兮，吾谁与从？渺渺茫茫兮，归彼大荒！

从大荒山无稽崖青埂峰下的顽石幻形为一块玉，还变成神瑛侍者，又变成贾宝玉，经过十九年的现实生活——“下凡历劫”之后，又重新回到大荒山无稽崖青埂峰下，这当然是一个完完全全的神话。按照原型批评家弗莱的界定，“主人公在性质上超过凡人及凡人的环境，他便是个神祇；关于他的故事叫做神话，即通常意义上关于神的故事。这种故事在文学中占有重要地位，但通常并不列入规定的文学类型之内”①。石头下凡历劫的

① ［加］诺斯罗普·弗莱：《批评的解剖》，陈慧、袁宪军、吴伟仁译，百花文艺出版社 2006 年版，第 45—46 页。

故事，石头在“性质”上就是超人，而它又超越于它的生存环境，从大荒山无稽崖青埂峰这个远离世俗社会的石头可以变成现实中的玉和贾宝玉，然后又回到大荒山无稽崖青埂峰下。

在这个神话中还包含着另外的情节性内容，即，贾宝玉从大荒山无稽崖青埂峰到现实世界，并不是一僧一道直接变化的结果，而是经过了太虚幻境中的警幻仙姑的“挂号”批准，警幻仙姑要使一些“情鬼”从孽海情天“下凡”，经历现实世界对其“警幻”。这些内容补充到“石头记”神话内容之中，从而使“石头记”神话更为连贯、丰富和完整。

《红楼梦》的“石头记”神话是与贾宝玉的现实人生形成了一体化的表现形式的。曹雪芹之所以要在展开贾宝玉具体的现实人生故事之前，先叙述一个“石头记”神话，并且还使这个“石头记”神话与贾宝玉现实人生故事水乳交融地结合在一起，其目的就是要以“石头记”神话作为贾宝玉人生的原型。从大荒山无稽崖青埂峰下的一块石头，到现实世界走了一遭之后，又重新回到大荒山无稽崖青埂峰下——形成了一个圆形的原型，而贾宝玉的现实人生重演的就是这个圆形的原型。

甄士隐的石头变成神瑛侍者的梦，就是接着开篇的这个“石头记”神话而来的，甄士隐的梦既交代了神瑛侍者这个神话人物的来历，又讲述了神瑛侍者与绛珠仙子的“木石前盟”，还阐明了贾宝玉为何衔玉而生。甄士隐梦的主要内容都是隶属于整个“石头记”神话的，毫无疑问，甄士隐梦见的就是神话。

关于“石头记”神话，曹雪芹可以有几种构思方式：第一，曹雪芹完全可以像“太虚幻境梦”那样，以贾宝玉或以甄士隐梦见的方式来表现“石头记”神话；第二，曹雪芹完全可以像开篇的“石头记”神话那样，把甄士隐的梦换成叙述人角度的叙述。但是，曹雪芹完全舍弃了这两个视角的叙述，而采取了神话与梦的结合，以甄士隐梦见神话的形式来表现，这样，甄士隐的梦便与开篇叙述的“石头记”神话形成了一种结构完整的神话形式。

文学作品的意义不仅是以故事即人的行为表现它的意义的，情节性的意义是一种显在的形式和意义。文学作品还以形式的排列组合形成的结构来生发成一种新的形式意义。这种形式的排列组合结构及其生成的意义是

潜隐的，常常是不易被人察觉的。艺术理论家贝尔说，所谓艺术，就是“有意味的形式”，著名的艺术形式研究学者苏珊·朗格曾深刻指出，艺术家的创造常常体现在抽象形式的创造上：“这种最抽象的形式是指某种结构、关系或是通过互相依存的因素形成的整体。更准确地说，它是指形成整体的某种排列方式。”① 从内容方面看，甄士隐的梦与开篇的“石头记”神话确实构成了一个更具体、更连贯、更丰富、更完整的“石头记”神话，没有甄士隐的梦，“石头记”神话将是不具体、不连贯、不丰富、不完整的。

甄士隐的梦是有着丰富内涵的：

首先，甄士隐的梦和开篇的“石头记”神话是两种形式。甄士隐的梦虽然表现的也是“石头记”神话内容，但其形式是梦的形式，是由梦的意象构成的。梦的形式虽然也表现了“石头记”神话内容，但是梦的形式毕竟与神话还有截然不同的形式意义。梦是由甄士隐做的，这源于甄士隐的心理，是甄士隐心理内容的外化形式。而神话虽然也有心理内容，但是它毕竟是由叙述者讲述的一个现成的文本。尽管“石头记”神话是曹雪芹改写再造的神话，它也是以一个既定的先在的神话而被叙述出来的，这就明显区别于梦的心理表现的形式。而既定的先在的神话文本是有它固定不移、约定俗成、形成传统的内容的。

其次，甄士隐梦见的是神话，说明神话已经成为甄士隐的心理内容。甄士隐的梦，梦见的是来自大荒山无稽崖青埂峰下的那块石头，到太虚幻境被警幻仙姑变成了神瑛侍者，后来又转世成为贾宝玉。这种内容是对开篇叙述的“石头记”神话的接续，但它却是被甄士隐梦到了。这就说明，甄士隐的心理是与神话相通的。为了特别强化它的神话性质，曹雪芹还把这个石头故事的起源与女娲炼石补天相衔接。石头变成通灵宝玉又变成贾宝玉的故事，是发源于女娲炼石补天故事的，而女娲炼石补天是一个最典范的神话，石头故事与这个典范神话相衔接，这就毫无异议地把整个石头故事定性为神话。这就说明，甄士隐梦见了石头故事就确定不移地是梦见

① ［美］苏珊·朗格：《艺术问题》，滕守尧、朱疆源译，中国社会科学出版社 1983 年版，第 14 页。

了神话。

最后，甄士隐梦见了神话，还隐喻了后面所有人的梦都是梦见了神话。曹雪芹之所以不是采取像贾宝玉梦见太虚幻境那样，而是先叙述了“石头记”神话的部分内容，然后让甄士隐梦见了“石头记”神话的另一些重要内容，这是一种把梦的形式嫁接在神话形式上的创作方法。曹雪芹是要以梦的形式嫁接在神话形式上的方法告诉人们：甄士隐虽然做的是一个关于石头故事的梦，但它实际上梦见的是“石头记”神话。更为重要的是，曹雪芹还要以这个嫁接在神话形式上的梦告诉人们，他后面所写的大多数梦都可以像理解甄士隐梦见神话这样来理解。作为《红楼梦》的第一个梦，甄士隐的梦生发出这样的必然逻辑：因为甄士隐的梦是等于神话的，又因为其他的梦与甄士隐的梦相类似，因而，所有的梦也都是等于神话的。曹雪芹以把甄士隐的梦嫁接在神话形式上的方法，把所有的梦都嫁接在了神话上。甄士隐的梦具有隐喻的意义，它隐喻了《红楼梦》所有的梦都是具有神话性质的梦。

就这样曹雪芹通过把梦嫁接在神话形式上的方法，将《红楼梦》所有的梦都再造成了种种神话。《红楼梦》的梦就是《红楼梦》的神话。因而，《红楼梦》梦的系统实际就成了《红楼梦》的神话系统。

二　梦见神话就是梦见集体无意识

曹雪芹以甄士隐梦见神话为例，意在表明小说中所有的梦都是在表现神话。曹雪芹之所以要强调他所描写的梦的神话性质，就在于曹雪芹要用神话表现人内心深处不为人理智所察知的集体无意识。

关于神话表现集体无意识，我们还不能看到曹雪芹这方面阐释的具体材料，但是，可以肯定的是，对甄士隐“石头记”神话和贾宝玉“太虚幻境梦”表现的神话，——包括整部《红楼梦》的梦的描写，无疑是建立在他充分的梦的知识背景和神话学背景基础上的。

整部《红楼梦》的梦都属于曹雪芹再造的神话，因而，探讨神话的意义就显得十分重要。曹雪芹开篇就运用了上古女娲补天的神话，就包含着对神话表现集体无意识的运用，并以这个神话统领着整部《红楼梦》神话

的意义和潜意识表现。女娲补天的那个“天”，其实是象征宇宙或者说象征世界的。我们把满族最早的神话《天宫大战》与女娲补天神话进行比较，就会获得明朗的认识。《天宫大战》是一种创世神话，天母阿布卡赫赫创造了宇宙即创造了“天”，但是恶魔耶鲁里却给宇宙带来了冰天雪地和黑暗，所有生命几乎都灭绝了，是阿布卡赫赫又重新创造了宇宙即创造了“天”。在《天宫大战》中有一种二元对立的结构：阿布卡赫赫是创造“天”的女神，而耶鲁里则是毁灭“天”的恶魔；是女神战胜恶魔重新创造了宇宙。注意到神话背后的文化语境，也就是叶舒宪先生强调的文化大传统，我们就会明了女娲补天神话的文化意义：在女性文明被男性文明转换大背景的语境中看《天宫大战》，我们就会清楚，创造“天”并在恶魔破坏“天”重新“补天”的阿布卡赫赫女神是人们崇拜女性文明的象征，而恶魔耶鲁里则是毁灭女性文明价值的男性文明价值的象征。在《天宫大战》的参照下，看女娲补天神话的“天”，就是以女性文明模式为主导的社会。女娲补天神话正是在那个女性文明模式被转换为男性文明模式的大背景下产生的。女性文明创造、奉献、产出、涵养、和平等价值观的“天”正在被男性文明的征战、杀戮、掠夺、占有、践踏的价值观所破坏。因而，人们想象了那个曾经创造了人类即创造了宇宙（“天”）的女娲重新“补天”，即重新创造以女性文明为价值标准的世界。女性文明在男性文明模式的压迫下，它变成了一种潜意识。这种属于潜意识的思想人们不能明确表达，只能用一个意象化故事来表现。女娲补天便成为对女性文明呼唤的潜意识表达的神话。人们创造、重新聆听或阅读这个神话的时候，意识层面听到和看到的是女娲补天的故事，但在潜意识层面所感到的则是对女性文明眷恋和呼唤。女娲补天和《天宫大战》神话所表现的意义是同样的。在《红楼梦》的一开篇，曹雪芹就表现了女娲补天神话，可见他的良苦用心。

坎贝尔对神话的力量给予高度评价：“把神话说成是无穷无尽的宇宙力量注入人类文化现象的孔道也绝非言过其实。原始的和历史的人类的宗教、哲学、艺术、社会形式、科学技术的主要发明，使人不得安眠的梦，全都产生于基本的神话魔法指环”①。一切都产生于神话，那么，神话产生

① ［美］约瑟夫·坎贝尔：《千面英雄》，张承谟译，上海文艺出版社2000年版，第1页。

于什么呢？坎贝尔发出这样的提问：“这种永恒的幻象的秘密是什么？这种幻象衍生于头脑深处的什么地方？为什么在多种多样的服装下面，任何地方的神话都是相同的？神话所能给人的教诲又是什么？”[①] 坎贝尔所说“永恒的幻象”和“幻象衍生于什么地方”指的就是潜意识。坎贝尔说：“梦是个人化了的神话，神话是消除了个人因素的梦。在相同的一般情况下，神话和梦都是心灵动力的象征。”[②] 坎贝尔是深受荣格影响的原型理论家，荣格关于幻象和神话的关系的阐释，对于理解神话的文化内涵是大有裨益的。

荣格说：“在潜意识的这种层面存在着神话模式，它产生的内容不能被归属于个体，甚至与做梦者的个人心理完全相反。”[③] 这在我们的理解中是非常神秘的，人之所以可以梦见他没有经验过的内容，就在于这是人对祖先心理的继承。荣格说：“我们的心灵有它自身的历史，正像我们的身体有其历史一样。……我们的潜意识，像我们的身体一样，是过去记忆的仓库和纪念馆。对潜意识集体心灵的结构的研究，将会获得和比较解剖学一样的发现。……在数百万年的过程中，大脑被建构起来，并且它代表着以其作为结果的历史。正像身体一样，它自然地带有它这种历史的痕迹。如果你深入探索心灵的这种基本结构，你自然会发现原始观念的痕迹。”[④] 正是这种原因，个体的心灵中包含着他所由来之的集体记忆。荣格进一步揭示：“我们对潜意识心灵的探索所能企及的最深处，是这样一种层面：在这里，人不再是截然不同的个体，他的心灵扩展并融合到人类心灵当中——不是有意识心灵，而是人类的潜意识心灵。在潜意识心灵方面，我们是完全相同的。”[⑤] 荣格认为，人的意识内容有三种来源：“意识的外部心理内容首先源自于环境。此外这些内容还有其他来源，例如，记忆和判断过

---

① ［美］约瑟夫·坎贝尔：《千面英雄》，张承谟译，上海文艺出版社 2000 年版，第 2 页。

② ［美］约瑟夫·坎贝尔：《千面英雄》，张承谟译，上海文艺出版社 2000 年版，第 14 页。

③ ［瑞士］卡尔·古斯塔夫·荣格：《象征生活》，储昭华、王世鹏译，国际文化出版公司 2011 年版，第 35 页。

④ ［瑞士］卡尔·古斯塔夫·荣格：《象征生活》，储昭华、王世鹏译，国际文化出版公司 2011 年版，第 35 页。

⑤ ［瑞士］卡尔·古斯塔夫·荣格：《象征生活》，储昭华、王世鹏译，国际文化出版公司 2011 年版，第 36 页。

程。此两者属于内部心理区域。意识内容的第三种来源是心灵的黑暗区域，即潜意识。”[①] 关于潜意识，荣格这样界定：“无意识的表层或多或少是个人性的；我称之为个人无意识。但是个人无意识有赖于更深的一个层次；这个层次既非源自个人经验，也非个人后天习得，而是与生俱来的。我把这个更深的层次称为集体无意识。我之所以选择‘集体’这一术语，是因为这部分无意识并非是个人的，而是普世性的；不同于个人心理的是，其内容与行为模式在所有地方与所有个体身上大体相同。换言之，它在所有人身上别无二致，并因此构成具有超个人性的共同心理基础，普遍存在于我们大家身上。”[②] 但是，这种“普遍存在于我们大家身上”的集体无意识，集体无意识投射成了神话、传说、童话等，因而，在神话等解读就可以把握到集体无意识。

曹雪芹表现的神话理念在荣格的原型理论那里得到了深刻的揭示。在女娲补天神话中，曹雪芹深刻地把握到了集体潜意识投射成为神话的秘密，深刻地把握到了神话是集体潜意识对应物的象征方式，也深刻地把握到了人们用神话方式表现集体潜意识的秘密。正是基于对梦表现神话的这种理解，曹雪芹才创造《红楼梦》的梦。

甄士隐梦见神话，说明了甄士隐梦的深刻内容。《红楼梦》虽然创造了那么多的梦，但是关于梦，除了借贾宝玉的嘴说过：“有这梦便有这事”等极少的话语之外，曹雪芹极少表现他的梦的理念。因而，我们也就只能根据梦的描写来探测曹雪芹梦的理念。甄士隐梦见“石头记”神话、贾宝玉梦见太虚幻境神话等，非常清楚地表现了一个最大的特点，他们梦到的内容不属于他们自己的生活经验，而是完全超出了他们自己的生活经验，是他们自己根本没有经历过的生活经验。甄士隐梦见的“石头记”神话，是甄士隐的现实生活所不曾经历的。贾宝玉梦见的太虚幻境，看到的“金陵十二钗簿册”和“红楼梦仙曲十二支”，也是贾宝玉在现实世界从未接触过的经验与知识。但是，甄士隐和贾宝玉偏偏就梦到了它们。在甄士隐

---

① ［瑞士］卡尔·古斯塔夫·荣格：《象征生活》，储昭华、王世鹏译，国际文化出版公司2011年版，第32页。

② ［瑞士］卡尔·古斯塔夫·荣格：《原型与集体无意识》，徐德林译，国际文化出版公司2011年版，第5页。

的梦和贾宝玉的梦的描写里，显然蕴含着曹雪芹借梦表现神话的理念。

现实对神话原型的重复

《红楼梦》的主体是对现实生活的描写，贾宝玉与众多女儿在大观园中的诗意生活、贾宝玉与林黛玉的爱情、贾宝玉与薛宝钗的婚姻、贾府中众多女性的命运悲剧、贾宝玉的尘世生活及出家结局、贾府的由烈火烹油到白茫茫大地真干净，等等，当然有它们各自的深刻的意义，然而，《红楼梦》最终极、最深刻、最深邃的悲剧意义是在这些现实人生悲剧与神话原型的大结构中产生出来的，即现实人生命运悲剧是对神话原型的重演。因为神话原型是历史规律、历史模式、历史先例、历史范式、历史原型。这就使《红楼梦》的悲剧主题，超越了单纯的现实描写而具有了一种永恒性。

一　贾宝玉重演了石玉变化的神话

贾宝玉的人生悲剧是对石变玉、玉变石神话的重演。贾宝玉的现实生活无论怎样的丰富多彩、绚烂多姿，都可以在石玉互变神话那里得到解释。这是因为，曹雪芹的“绝对艺术意志”决定着《红楼梦》的“形式意志”，他要表现的现实被历史范式规范的主题，决定了他必须要以神话与现实相结合的结构形式来实现他的创作意图。从大的结构方面看，《红楼梦》是由神话与现实两个大的单元构成的，这两个大的单元并非是平行排列关系，而是一种象征关系，即神话是现实的象征。这种神话对现实的象征关系便决定了现实的神话原型意义。神话原型为认识现实提供了原型范式，使人们在神话范型的指引下去看现实，理解现实的思想意义；在石与玉的变化中理解贾宝玉的人生变化。神话与现实的结构关系的认识为我们重新理解贾宝玉的思想性格提供了一条新的途径，即在石与玉互变的神话中去探究贾宝玉多变的人生。

《红楼梦》一开篇就讲述了一个神话，这个神话由两部分构成，第一部分是女娲炼石补天的神话：

> 那女娲氏炼石补天之时，于大荒山无稽崖炼成高十二丈、见方二十四丈大的顽石三万六千五百零一块。那娲皇只用了三万六千五百块，单单剩下一块未用，弃在青埂峰下。谁知此石自经锻炼之后，灵性已通，自去自来，可大可小；因见众石俱得补天，独自己无才，不得入选，遂自怨自愧，日夜悲哀。
>
> 一日，正当嗟悼之际，俄见一僧一道，远远而来，生得骨格不凡，丰神迥异，来到这青埂峰下，席地坐谈。见着这块鲜莹明洁的石头，且又缩成扇坠一般，甚属可爱；那僧托于掌上，笑道："形体倒也是个灵物了！只是没有实在的好处，须得再镌上几个字，使人人见了便知你是件奇物，然后携你到那昌明隆盛之邦、诗礼簪缨之族，花柳繁华地、温柔富贵乡那里去走一遭。"石头听了大喜，因问："不知可镌何字？携到何方？望乞明示。"那僧笑道："你且莫问，日后自然明白。"说毕，便袖了，同那道人飘然而去，竟不知投向何方。

第二部分是记载在石头上的"石头记"故事，即空空道人访道求仙从这大荒山无稽崖青埂峰下经过，"忽见一块大石，上面字迹分明，编述历历；空空道人乃从头一看，原来是无才补天、幻形入世，被那茫茫大士、渺渺真人携入红尘、引登彼岸的一块顽石：上面叙着堕落之乡、投胎之处，以及家庭琐事，闺阁闲情，诗词谜语，倒还全备。只是朝代年纪，失落无考"（第一回）。女娲补天神话和记载在石头上的故事其实是一个神话的两个方面，由这两个方面构成了一个完整的"石头记"神话。

前一部分是女娲补天神话的改写，把女娲补天故事改写成了贾宝玉源于女娲补天所剩弃石幻形为"宝玉"的故事；后一部分是表现这个来源于"宝玉"的贾宝玉幻形入世，经历了十九年尘世生活，之后又重返大荒山成为一块石头的故事。这两部分形成了一个完整的"石头记"神话。

曹雪芹在讲述贾宝玉人生故事之前为什么要讲述这样一个"石头记"神话呢？当读者读完整部《红楼梦》，就会发现，贾宝玉现实人生经历其实是对"石头记"那块石头幻形入世，又重返大荒山成为一块石头经历的一次重演。在"石头记"神话和贾宝玉现实人生的两相对应中，读者明白了那个"石头记"神话是贾宝玉人生故事的一个基本框架，一种寓言性的抽象。在把贾宝玉人生故事抽象为“石头—宝玉—石头”的变形记的时候，就使贾宝玉人生故事超越了具体故事内容而具有了更深刻的悲剧意义。虽然它是对贾宝玉现实人生故事的一种抽象性表现，但是它出现在贾宝玉现实人生故事之前，就又有了先在的性质，从而使贾宝玉现实人生故事成了对神话原型的重演。而《红楼梦》的深刻主题又正是在贾宝玉对“石头记”神话重演中生发出来的：贾宝玉重演了由石到玉、又由玉到石的变化。

贾宝玉现实人生故事是被包容在这个神话框架之中的，是这个“石头记”神话的具体化展开。为贾宝玉确立了神话性出身，是“石头记”神话最重要的意义。贾宝玉虽然出生于现实世界中的贾府，但他是“神瑛侍者”的转世投胎，而“神瑛侍者”却是由女娲补天弃石变形而来的，是警幻仙子看到这个石头——“宝玉”“有些历来”，就安排他为赤霞宫的神瑛侍者。女娲炼石的目的是补天。神话的性质是象征的，那个天即是社会的象征，天崩塌了，是隐喻社会文明、价值观被毁灭了。女娲补天就是用女性文明的价值观来重新建立新的文明、价值观。而用来补天的玉也是美好高尚的象征，著名学者叶舒宪先生指出“从西汉淮南王组织修撰的官书《淮南子》到清代小说《红楼梦》开篇，女娲补天的事迹在华夏文明中流传广远，可是为后人所熟知的神话情节却潜含着炼石补天观念在前文字阶段的文化大传统的古老信仰渊源：史前先民将苍天之体想象为玉石打造而成的，所以天的裂口还要用五色石去弥补”①。女娲炼石就把女娲补天精神融入石头幻形为“宝玉”的想象之中。警幻仙姑根据“宝玉”源于女娲补天所炼的“来历”为他安排合适的角色。而神瑛侍者“灌溉”三生石畔的绛珠仙草，使其成为女体，就体现了女娲补天精神，对女性不幸命运的怜悯与关怀。这个“灌溉”行为，也成为神瑛侍者转世投胎进入现实世界行为的一种原型暗示。

曹雪芹讲述贾宝玉源于女娲所炼弃石幻形为“宝玉”的神话，其目的不是为了讲述一种与贾宝玉现实人生没有关系的神话，而是为贾宝玉进入现实人生预先设置一种不同于所有人的思想精神。贾宝玉衔玉而生、带着“通灵宝玉”进入现实社会就是带着女娲补天精神进入现实社会的象征。

---

① 叶舒宪：《玉石神话信仰与华夏精神》，复旦大学出版社 2019 年版，第 33 页。

贾宝玉现实中的思想行为都是由他的“宝玉”神话性出身决定的。

贾宝玉有一种令人觉得非常奇怪的“女儿观”，他说“女儿是水做的骨肉，男子是泥做的骨肉，我见了女儿便清爽，见了男子便觉得浊臭逼人!”（第二回）这显然是从“宝玉”那里带来的思想情感。“玉”一方面在中国文化达传统中是美好、神圣的象征，另一方面，这玉又通过女娲所炼而成，就融进了女娲补天精神。女娲补天神话包含着一种对立的结构，用女性文明和女性主义价值观，替代男性文明和男性价值观。女性文明和女性价值观是孕育、创造与奉献，男性文明和价值观是占有、贪婪和杀戮。当“宝玉”经由神瑛侍者转世投胎成为贾宝玉的时候，这种补天思想就同时成为贾宝玉的基本思想精神。但是，补天思想精神的两种内在结构，在贾宝玉那里是有转换的，把对女娲补天神话那种开辟宇宙的创造精神的崇拜，转换成了对青春女儿的一种如花似玉的美丽与纯洁热爱和欣赏，把神话中对男性文明和价值观的替代转换成了对男性价值观的厌恶和拒绝。正是这种来自“宝玉”思想精神，才使贾宝玉的人生表现为三个方面的特点：一方面极为陶醉与清纯女儿的“厮混”；另一方面，又极为反感与达官贵人交往；还有一个更重要的方面，就是对仕途经济人生道路的反抗。这些都是源于“宝玉”出身所致。

对女性价值观的崇拜与对男性价值观的厌恶，导致贾宝玉对不幸青春女性的怜悯与呵护。贾宝玉对林黛玉的“天情”（王蒙语）当然是灵魂的相通，情趣的相投，当然是志同道合，但也是“木石前盟”的决定。木石前盟不只是“木石”之间的爱恋，还有神瑛侍者对绛珠仙草的“灌溉”，这“灌溉”才使得绛珠仙草幻化人形，修成女体。但这“灌溉”却始于神瑛侍者觉得绛珠仙草娇娜可爱，或者她还不是一个完整意义上的人，神瑛侍者对绛珠仙草“灌溉”的爱就带有怜悯和关爱的成分。“木石前盟”神话是作为贾宝玉现实世界与林黛玉爱情的原型来表现的，这种怜悯和关爱同样带入了贾宝玉与林黛玉的情感关系之中。从另外一个角度看，由于贾宝玉对女性崇拜和尊重，因而，贾宝玉是把林黛玉作为一个同等地位的对象来看待的。贾宝玉对林黛玉没有性欲要求，这就使贾宝玉大大区别于贾琏等所有男人。这种对女性的怜悯和尊重都是贾宝玉从“宝玉”那里带来的思想基因促成的。

贾宝玉的生命感受中总是或深或浅地弥漫着一种隐隐的悲剧感。他常常感到他太虚幻境梦中“金陵十二钗簿册”和“红楼梦仙曲十二支”的意象被现实所重复了，比如去探望秦可卿生病的时候，“宝玉正把眼瞅着那‘海棠春睡图’并那秦太虚写的‘嫩寒锁梦因春冷，芳气袭人是酒香’的对联，不觉想起在这里睡晌觉时梦到‘太虚幻境’的事来”（第十一回）。再如，当贾宝玉得知黛玉已死之后，他梦入“阴司泉路”，梦中有人对他说“且黛玉已归太虚幻境，汝若有心寻访，潜心修养，自然有时相见；如不安生，即以自行夭折之罪，囚禁阴司，除父母之外，图一见黛玉，终不能矣”（第九十八回）。他常常感到他家族的女性正在重复他太虚幻境梦中的悲剧人生。正是这种悲剧感导致他喜聚不喜散的行为方式；导致了他的审美感受，比如面对一株杏树就感到一种子落枝空的悲凉感；导致他对不幸的女孩子有着特别的敏感，进而对之进行怜悯和关爱。比如，他看见龄官痴迷的在地上画“蔷”而被雨浇湿了，就提醒她去躲雨，而他全然忘了自己也被雨淋着。他对晴雯的态度最为典型，当晴雯出屋外感到寒冷的时候，他就叫晴雯钻到自己的被窝。而在晴雯被逐出大观园回到家里生命奄奄一息的时候，他还去探望她。在晴雯死去之后，他还特意做了一首悲痛至极的“芙蓉女儿诔”去祭悼她。晴雯只是一个丫鬟，并不是他的恋人，贾宝玉是把他作为一个悲剧命运的青春女性来对待她的。

贾宝玉之所以具有一种挥之不去的悲剧感，是因为他曾经做过的那个“太虚幻境梦”，那个梦成为一种神谕，一种神话式的原型，一种先在的命运模式，使人人都必须按照那神谕、那神话原型、那命运模式去走完他们一生的悲剧。贾宝玉思想深处还有另外一种使命，那就是他的补天情结，他来到现实世界是为了进行补天，即对女性悲剧命运的改变、怜悯和关爱。但是，他在现实中感到了女性悲剧命运正在沿着他梦中原型形式持续地发生着，他觉得了他补天的任务是不可能完成的，他感到了悲剧的不可改变性。贾宝玉想要过着一种自由自在的诗意生活，但是他的父母连同他几乎所有的亲人都要他走仕途经济之路。贾宝玉认为走读书做官、仕途经济的人生道路，那就是对人性本真的毁灭，因为，读那些虚假的道学文章，本身就是对人性的扭曲，而走上做官的道路，就必然会蝇营狗苟、腐朽堕落，就会完全失去人的诗意自由。正是贾宝玉的这种思想意识构成了

他与他周围除了林黛玉之外所有亲人的矛盾。因为走读书做官、仕途经济的人生道路，几乎是那个社会所有男性的人生观、世界观和价值观。如果有人不这样做，就会被认为是一个“混世魔王”。贾宝玉拒绝走这条人生道路，就被他父亲管制着、逼迫着，被最疼爱他的祖母和母亲以及命定的妻子薛宝钗规劝着、帮助着。贾宝玉面对的是所有的亲人，贾宝玉要坚持自己人性的纯真和人生道路几乎是不可能的。在一僧一道的一再启发下，贾宝玉产生了出家做和尚的意愿，最终他被一僧一道“夹住”出家了。贾宝玉的出家不是他自己各种欲望的不能实现因而产生无穷的痛苦使然，而是他实实在在地感到了生活中那种必然使女性成为悲剧性命运的强大力量。那种力量是不可战胜的，连同他自己的爱情和人生理想都毁灭于那种强大的力量。贾宝玉的出家不是出于对佛教思想的信仰，不是出于他想要摆脱生命欲望所带来的无穷痛苦，而是他感到了生活中那种毁灭青春女性、毁灭自由、毁灭爱、毁灭人的强大的力量。这毁灭一切的强大力量使他产生了绝对的悲剧感，他对生活失去了任何希望，他感到了生命没有任何意义，因而他才出家了。

出家了的贾宝玉，最后又回到大荒山重新成为一块石头。贾宝玉—“宝玉”—石头，又回到了生命的原点，贾宝玉的人生故事重复了“石头记”神话。曹雪芹用贾宝玉人生故事对“石头记”神话的重复，把人生的悲剧表现到了极为深刻的程度。

二 对“木石前盟”神话的重演

贾宝玉与林黛玉是一见如故的。这在第三回就有十分精彩的描写。林黛玉刚刚来到贾府，贾宝玉与林黛玉素未谋面，却都有着惊人的似曾相识的感觉：

> 黛玉一见便吃一大惊，心中想道：“好生奇怪，倒像在那里见过的，何等眼熟！……”
>
> ……
>
> 宝玉看罢，笑道：“这个林妹妹我曾见过的。”贾母笑道：“又胡

说了！你何曾见过？”贾宝玉笑道：“虽没见过，却看着面善，心里倒像是远别重逢的一般。”（第三回）

著名作家王蒙把贾宝玉与林黛玉这种爱情称为“天情”，“天然的、性格类型和素质上的感情禀赋，即天生的情种，自来的感情化、情绪化人物，超常的、天一样大的即弥漫于宇宙之间的强烈感情”①。“天情”是最精彩的比喻。这种一见如故的感觉，在原型心理学看来，就是贾宝玉和林黛玉彼此看见了自己深藏在内心深处的恋人原型。一见如故的“故”不是此前真的相识，而是内心当中的形象，是眼前看见的形象与内心中的恋人原型形象相吻合了。也就是说，贾宝玉与林黛玉在真的相识相爱之前他们在彼此内心中作为一种原型形象已经认识了许多年，相恋了许多年。这种一见如故的感觉就决定了两个人的爱情。我们中国人对这种一见如故、一见倾心的恋爱现象有一个传统的说法，叫“前世姻缘”。

曹雪芹也确实为贾宝玉和林黛玉的爱情设计了一种“前世姻缘”，那就是“木石前盟”的神话故事。“木石前盟”的神话故事虽然是由甄士隐梦中交代出来的，但是，这个神话却为贾宝玉的现实爱情提供了一个原型。当曹雪芹把贾宝玉和林黛玉的现实爱情看作是“前世姻缘”进行描写的时候，他实际上就已经把贾宝玉和林黛玉的现实爱情当作了对“木石前盟”的神话原型的重复。“木石前盟”是一个凄美的爱情故事，只因神瑛侍者日夜浇灌三生石畔的那株绛珠仙草，修成女体的绛珠仙子就要同他一起下世为人，并用一生的眼泪酬报神瑛侍者的“灌溉”之恩。据此，大多数学者认为，贾宝玉与林黛玉的爱情就是一个还泪的故事，这是把贾宝玉与林黛玉的现实爱情与“木石前盟”的神话作了一种因果联系性的解释。实际上，“木石前盟”与他们的现实爱情不仅是连续的关系，更是一种原型与现实的关系。这种原型与现实的结构关系，是《红楼梦》整体的结构关系，它既表现在石与玉互变神话与贾宝玉的现实人生结构关系中，又表现在“金陵十二钗簿册”“红楼梦仙曲十二支”与大观园和贾府女性命运悲剧的结构中，当然也还表现在“木石前盟”与贾宝玉和林黛玉的现实爱

① 王蒙：《话说红楼梦》，作家出版社 2005 年版，第 48 页。

情中。虽然曹雪芹对“木石前盟”神话作了来世还泪的说明，我们还是应该把“木石前盟”的神话作为一种象征来理解，它的根本作用不是对故事做出解释，而是象征。它象征的是绛珠仙子对神瑛侍者“灌溉”实际是爱情的回报。作为一个自足的神话，“木石前盟”就是一个原型性的爱情故事，它是为贾宝玉和林黛玉现实爱情而构设的，当然它也为贾宝玉与林黛玉的爱情发生作了自己的解释。

如果作了这样的理解，即把神瑛侍者对绛珠仙草的“灌溉”和绛珠仙草对神瑛侍者的“还泪”，当作表达爱情情感的象征，那么，作为神话的“木石前盟”就主要是作为贾宝玉和林黛玉现实爱情的神话原型而呈现的。现实中的贾宝玉与林黛玉的爱情，贾宝玉对林黛玉的痴迷的爱，林黛玉为爱贾宝玉而流泪，就是对“木石前盟”神话原型的一种重演性表现。

贾宝玉、林黛玉重演了“木石前盟”至真至情的爱情。三生石畔的一块石头和一株仙草的爱情，是最自然、最淳朴、最真挚、最原始的感情，他们转化为贾宝玉和林黛玉的爱情，其实是用“木石前盟”象征着贾宝玉与林黛玉爱情的原始性、先天性、淳朴性和真挚性。爱就是爱，爱是没有缘由的，爱就是唯一的缘由。但人们一定要为爱找到一种缘由，那就是“前世姻缘”，“前世姻缘”说到底也就只能是人们对爱的姻缘的一种解释。贾宝玉与林黛玉的爱情，是最典型的爱情，它发源于他们的内心，是由他们内心生发出的一种最原始、最本真、最强烈的感情。这源于他们的相互认同，而且是来自潜意识的认同：贾宝玉与林黛玉都认同了现实中的对方，这是因为现实生活中的林黛玉（贾宝玉）与他们内心的情人原型形象统一了、同一了，内心深处的情人原型现实化了。曹雪芹极为真实而生动地表现出了爱情发生的心理秘密，也许正是对这种爱情发生心理的难以解释，才创造了一个“木石前盟”的神话作为他们爱情的范型。曹雪芹是用神话范型解释他们爱情发生的神秘性。

这种内心原型的认同成了他们进一步思想精神认同的基础。在贾府即在他的家里，包括在他最自由的大观园中，林黛玉是贾宝玉唯一的志同道合者，唯一的知己，唯一的贴心人。贾府中那么多丽人，比如秦可卿，贾宝玉的潜意识也是欣赏的，贾宝玉的“兼美”梦，梦见的与之交欢的那个警幻仙姑的妹妹，“鲜艳妩媚，大似宝钗；袅娜风流，又如黛玉”，乳名兼美表字可卿，并在梦中叫出“可卿”的名字来。而且，当贾宝玉梦中听说秦可卿死了，急得喷出一口鲜血来。这说明了秦可卿的美貌对贾宝玉潜意识的作用。但是，贾宝玉没有与秦可卿的思想精神上的认同。同样，妙玉的美丽与清高，贾宝玉也是欣赏的，但是，贾宝玉对妙玉并不能达到像林黛玉那样认同的程度。还有晴雯，她的美貌和高傲也是为贾宝玉所欣赏的，但是，贾宝玉与晴雯并不能产生像林黛玉那样的精神认同。至于其他美丽的少女们，贾宝玉只是欣赏她们的美艳，欣赏她们的浪漫，欣赏她们的天真，甚至崇拜她们的纯真，但是在精神世界方面，贾宝玉并不能与她们相通。

贾宝玉对林黛玉的认同，是一种文化情趣的认同，一种价值观念的认同，一种思想精神的认同，一种人生意义的认同，一种灵魂的认同。这种认同的程度，就是贾宝玉自己在林黛玉那里得到了对象化的体现，林黛玉自己也在贾宝玉那里得到了同样的认同。这种文化情趣和思想精神的息息相通，使他们源于恋人原型的认同爱情得到了极大的强化，使他们觉得他们之间的爱情就是他们生命的价值和意义，甚至就是他们生命本身。贾宝玉可以什么都不在乎，但是不能不在乎林黛玉；林黛玉可以什么都没有，但是不能没有贾宝玉。在贾府这种文化环境中，与林黛玉思想精神的相通就成了贾宝玉唯一的精神寄托，与林黛玉的爱情就成了他最高的生命价值。从而使来到贾府就产生了寄人篱下之感的林黛玉，把贾宝玉视为唯一的人生依托，把与贾宝玉的爱情作为生命的唯一意义。

正是这种思想情感才使贾宝玉对林黛玉产生痴狂的爱恋，贾宝玉不能没有林妹妹，当听说林妹妹要走了，苏州有船来接她了，他就犯痴、犯傻、犯疯，甚至要死要活；正是林黛玉对贾宝玉强烈的爱使其产生了病态的情感态度，她容不得一点儿贾宝玉的不真诚，容不得一点儿贾宝玉与其他人的“情意”，容不得一点儿贾宝玉对她的忽略，哪怕这些都是他臆想出来的。因为贾宝玉把与林黛玉的爱情看得高于一切，因而，他就觉得他的生命绝对不能离开林黛玉；而林黛玉也把她与贾宝玉的爱情看得高于一切，因而，她就觉得离开了贾宝玉就比失去了生命更加痛苦。

他们的爱情是至真至情的，甚至是至纯至圣的，他们把爱情提升到了一种宗教般的强烈程度。正因为是这种至真至情、至纯至圣的宗教般的爱

情观，才使他们一个“犯痴”——动辄就痴呆了，迷幻了，入魔了；另一个“犯傻”——经常哭哭啼啼，以泪洗面，用眼泪表达她对贾宝玉强烈的爱和爱而不能的痛苦之情。

贾宝玉与林黛玉的现实爱情就这样重复了“木石前盟”的神话范型。贾宝玉犯痴的爱情情感态度是对神瑛侍者浇灌绛珠仙草的转写，而绛珠仙草还泪的预言则成了林黛玉以泪洗面的变形。“木石前盟”的神话与贾宝玉和林黛玉的现实爱情构成的形式关系，使神话成为现实的范型，这种结构和石与玉的神话成为贾宝玉人生的范型、“金陵十二钗簿册”和“红楼梦仙曲十二支”神话成为贾府和大观园女性命运悲剧的范型，是完全一致的。

三 对“金玉良缘”神话的重演

曹雪芹不单为贾宝玉和林黛玉的爱情设计了一个“木石前盟”的神话，还为贾宝玉与薛宝钗的婚姻设计了一个“金玉良缘”的神话。第八回“贾宝玉奇缘识金锁，薛宝钗巧合认通灵”就非常巧妙地写出了“金玉良缘”神话。

在这段情节中，先是宝钗看宝玉的玉，然后由莺儿的话，启发宝玉去看宝钗的金锁，原文是这样的：

> 宝钗看毕，又从新翻过正面来细看，口里念道：“莫失莫忘，仙寿恒昌”。念了两遍，乃回头向莺儿笑道：“你不去倒茶，也在这里发呆作什么？”莺儿也嘻嘻的笑道：“我听这两句话，倒像和姑娘项圈上的两句是一对儿。”宝玉听了，忙笑道：“原来姐姐那项圈上也有字？我也赏鉴赏鉴。”宝钗道：“你别听他的话，没有什么字。”宝玉央及道：“好姐姐，你怎么瞧我的呢！”宝钗被他缠不过，因说道：“也是个人给了两句吉利话儿，錾上了，所以天天带着；不然沉甸甸的，有什么趣儿？”一面说，一面解了排扣，从里面大红袄儿上将那珠宝晶莹、黄金灿烂的璎珞掏出来。宝玉忙托看时，果然一面有四个字，两面八个字，共成两句吉谶。——不离不弃，芳龄永继。宝玉看了，也

念了两遍，又念自己的两遍，因笑问：‘姐姐，这八个字倒和我的是一对儿。”

玉和锁上那八个字构成“一对儿”，这是很神秘的；但那八个字的神秘性正是对玉和锁构成“一对儿”更大神秘性的象征。贾宝玉的玉上面的字是和尚镌上去的，薛宝钗锁上那八个字是和尚给的。和尚为什么给他们的玉和锁镌上构成“一对儿”的八个字呢？这完全可以看作是一个神话，和尚给他们玉和锁刻上构成“一对儿”的八个字，就暗示了他们（锁和玉）是“一对儿”即“金玉良缘”的婚姻。就像“木石前盟”表现了人们对爱情的潜意识象征一样，“金玉良缘”也表现了人们对社会规定的婚姻的无意识理解。“金玉良缘”，就这样使贾宝玉和薛宝钗莫名其妙地配成了一对；而贾宝玉和薛宝钗“金玉良缘”就与贾宝玉和林黛玉“木石前盟”构成了二元对立的关系。这是两种神话范型的对立，极为强烈地象征了爱情与婚姻的对立。

与贾宝玉与林黛玉见面的一见如故、一见钟情、一见倾心不同，贾宝玉与薛宝钗的见面则是另一番心情，贾宝玉看薛宝钗产生一种陈旧感、隔膜感、生疏感。曹雪芹将贾宝玉、林黛玉相见与贾宝玉、薛宝钗相见以两种不同的笔墨描写出来的：

丫鬟进来报道：“宝玉来了。”黛玉心想：“这个宝玉不知是怎样个惫懒人呢！”及至进来一看，却是位青年公子：头上戴着束发嵌宝紫金冠，齐眉勒着二龙戏珠金抹额，一件二色金百蝶穿花大红箭袖，束着五彩丝攒花结长穗宫绦，外罩石青起花八团倭缎排穗褂，登着青缎粉底小朝靴；面若中秋之月，色如春晓之花，鬓若刀裁，眉如墨画，鼻如悬胆，睛若秋波，虽怒时而似笑，即嗔视而有情；项上金螭璎珞，又有一根五色丝绦，系着一块美玉。

黛玉一见便吃一大惊，心中想道：“好生奇怪，倒像在那里见过的，何等眼熟！……”

宝玉早已看见了一个袅袅婷婷的女儿，便料定是林姑妈之女，忙来见礼；归了坐细看时，真是与众各别。只见：

两弯似蹙非蹙笼烟眉，一双似喜非喜含情目。态生两靥之愁，娇袭一身之病。泪光点点，娇喘微微。闲静似娇花照水，行动如弱柳扶风。心较比干多一窍，病如西子胜三分。

宝玉看罢，笑道："这个妹妹我曾见过的。"贾母笑道："又胡说了，你何曾见过？"宝玉笑道："虽没见过，却看着面善，心里倒像是远别重逢的一般。"（第三回）

宝玉掀帘一步进去，先就看见宝钗坐在炕上作针线，头上挽着黑漆油光的鬓儿，蜜合色的棉袄，玫瑰紫二色金银线的坎肩儿，葱黄绫子棉裙：一色儿半新不旧的，看去不见奢华，惟觉雅淡。罕言寡语，人谓装愚；安分随时，自云"守拙"。

……

一面看宝玉头上戴着累丝嵌宝紫金冠，额上勒着二龙捧珠抹额，身上穿着秋香色立蟒白狐腋箭袖，系着五色蝴蝶鸾绦，项上挂着长命锁、记名符，——另外有那一块落草时衔下来的宝玉。宝钗因笑说道："成日家说你的这块玉，究竟未曾细细的赏鉴过，我今儿倒要瞧瞧。"（第八回）

贾宝玉对薛宝钗的这种陈旧感、隔膜感和生疏感，与他见林黛玉的一见如故感，是相对的。但是，他的家族却把他与林黛玉的"木石前盟"的爱情活活地拆开，而把他与薛宝钗用"金玉良缘"死死地捆在一起。

作为这两个神话的重复性的现实，那就是由"掉包计"而成就的贾宝玉与薛宝钗的婚姻。贾家知道如果让贾宝玉知道他结婚的对象是薛宝钗而不是他的林妹妹，他就是死了也不会同意的。正是这个"掉包计"完成了"金玉良缘"战胜"木石前盟"的任务。"金玉良缘"胜利了，然而它并没有给贾宝玉和薛宝钗带来爱情，薛宝钗守着并不爱她的贾宝玉，内心是不快乐的，因为贾宝玉时时怀念着他的梦中情人——非常耐人寻味的是，贾宝玉总是要寻求一个梦，再次与他梦中的林黛玉相会——薛宝钗是忧郁的、痛苦的、悲伤的。而随着贾宝玉的出家，薛宝钗则陷入了更大的痛苦之中。

"金玉良缘"毁灭了"木石前盟"，最痛苦的还是贾宝玉和林黛玉。林黛玉成了贾宝玉的人生意义，他生命的全部。他鬼使神差地娶了薛宝钗而抛弃了林黛玉，这给他带来了毁灭性的打击。从此，他失去了灵魂，失去了生命的意义，他陷入无限的痛苦与折磨之中。

林黛玉，她的整个生命、全部精神世界都属于贾宝玉，她的极其敏感的神经比她弱不禁风的身体更经不起一点儿风吹草动。她把她与贾宝玉的爱情看得高于一切，高于她的生命，她为贾宝玉的爱情痛苦着、欣喜着、忧郁着、憧憬着、失望着、渴盼着、幻想着、折磨着，最终迎来的却是贾宝玉娶了薛宝钗！她陷于绝望之中，她烧毁了她的诗篇，焚毁了她的手帕，那些是她的一切，她与贾宝玉的爱，连同她自己的生命都毁灭了。林黛玉是带着爱情的毁灭离开人世间的，是带着对贾宝玉的失望离开人世间的，是带着对贾宝玉的绝望离开人世间的，是带着不相信爱情离开人世间的。林黛玉的死，表现了“木石前盟”的彻底毁灭。

“木石前盟”与“金玉良缘”是两个不同的神话，它为贾宝玉与林黛玉的爱情和贾宝玉与薛宝钗的婚姻提供了两个范型。但这两个神话又构成了一种形式结构，它为贾宝玉与林黛玉的爱情表现出了一种二元对立的矛盾冲突，也为这种二元对立的矛盾冲突设立了一个结局：“木石前盟”抵不过“金玉良缘”。“木石前盟”是象征人的本真爱情的；“金玉良缘”是象征社会对婚姻规定的。“木石前盟”是属于人性的、自然的、原始的、至情的；“金玉良缘”是属于社会的、文化的、后天的、外在于人的价值观念的。“木石前盟”的爱情被“金玉良缘”的婚姻给打败了，这分明是曹雪芹为《红楼梦》（当然也是为世人）表现了另一种范型：人先天的爱情难以战胜社会后天的婚姻规定。

四　女性崇拜与失落的悲剧

贾宝玉是源于“宝玉”的，他的出身是始于女娲补天未用之石，因而，贾宝玉是从属于女娲的文化本质和内蕴的。女娲炼了三万六千五百零一块，补天只用了三万六千五百块，余下一块未用，这使那块未用的“弃石”“遂自怨自愧，日夜悲哀”。这就表现了“弃石”愿意参与补天的志向。女娲的所谓“补天”，是指母系即女性社会被男权统治所破坏，因而，

母系社会的始祖即始母女娲要重新恢复女性的“天”即女性文明的价值观。贾宝玉是出身于女神文化家族的，因而他才在“太虚幻境梦”中梦见了女神，那是他对他遥远的女始祖地再一次确认，对他曾经拥有的文化原则地再一次确认，对他要承担的使命地再一次确认。因而，他才在他的现实生活中，令人匪夷所思地特别尊重那些青春女性，体贴那些青春女性，敬爱那些青春女性，崇拜那些青春女性。

在女娲补天神话、“太虚幻境”神话和贾宝玉现实生活之间，有着一个一脉贯穿的隐秘线索，它是由女神崇拜到女性崇拜所形成的线索。这个线索构成了《红楼梦》一个虽然隐秘然而却是重大的主题：他叙述了一个女性崇拜的故事，这个女性崇拜的故事是针对当下男性统治文化模式而讲述的，也是针对女性文化模式被中断而讲述的，它的主题就是要与被男性统治文化模式中断的女性文化模式相接续，与被男性文化价值观中断了的女性文化价值观相衔接。这就是曹雪芹将女娲补天神话、“太虚幻境”神话与现实生活结合在一起，表现贾宝玉思想行为目的之所在。

贾宝玉主要的生活环境是大观园，而大观园是一个清净的女儿世界。贾宝玉在大观园中一方面享受着女性纯真、浪漫和诗意的精神生活——这与贾宝玉意欲保持青春年少的清纯和追求诗意生活相一致。这主要表现在贾宝玉与林黛玉、探春、湘云、妙玉等青春女性的诗词唱和、猜谜游艺及其日常生活中；另一方面，贾宝玉在大观园中（其实是也包括在贾府中）又特别崇拜女性，贾宝玉更欣赏青春女性的单纯与清净和浪漫与诗意的精神世界。在贾宝玉的内心感受里，青春女性的精神世界映照出贾府男性精神世界的肮脏、龌龊、丑陋、邪恶和虚伪。也许，正是在这种女性精神与男性精神的二元对立中，或者说正是在男性精神世界的肮脏、龌龊与邪恶的文化背景中，才更加深贾宝玉对青春女性的崇拜。

贾宝玉认为“女孩儿未出嫁是颗无价宝珠，出了嫁不知怎么就变出许多不好的毛病儿来；再老了，更不是珠子，竟是鱼眼睛了！分明一个人，怎么变出三样来”（第五十九回）；“奇怪，奇怪，怎么这些人，只一嫁了汉子，染了男人的气味，就这样混账起来，比男人更可杀了！”（第七十七回）在贾宝玉看来，少女是一颗珍珠，晶莹剔透，纯洁明净，闪闪发光；一旦嫁了男人，这颗晶莹剔透的珍珠就发污了，就不纯净了，而当成了老女人就变成了死鱼的眼珠子。死鱼的眼珠子充满了呆滞、狰狞与邪恶，是对少女转向老女人的一种精彩的比喻。在贾宝玉的“三变”的女人观里，不仅包含着女人生理的变化，更包含着女人价值观的变化，还包含着对男人价值观的批判态度。

贾宝玉崇拜青春女性，不仅是因为青春女性的靓丽鲜艳，更是因为青春女性纯净诗意的精神世界。青春女性因为具有一种与男性世界极为不同的世界观和价值观而被贾宝玉特别珍视、体贴和崇拜。贾宝玉是深深地感受到男性世界的肮脏、龌龊和虚伪才那样地崇拜着青春女性的。贾宝玉特别愿意与女儿厮混，有一个极为重要的原因，那就是女儿的清纯（美丽也是清纯的一种），他喜欢与女儿厮混，那就是他喜欢与纯净而诗意的女儿在一起；他厌恶那个被污染了世界，厌恶那被异化了的人，厌恶那虚假的生活，因而，他才选择了女儿的世界。

这种青春女性的价值观决定了贾宝玉最终失去女儿的悲剧命运。一个清纯的女儿嫁了出去，贾宝玉就觉得又一个清纯的女儿失去了诗意的本性。当听说岫烟要出嫁了，他便产生子落枝空的悲凉感；当听说迎春要嫁人了，还陪四个丫头过去，他就觉得“从今后这世上又少了五个清净人了”（第七十九回）。大观园里的众多清纯的女儿都烟消云散了，他美丽的诗意的世界一并不存在了，都毁灭了，他的生存也就没有任何意义了。

贾宝玉的“太虚幻境梦”梦见的清净的女儿世界，是与贾宝玉石头出身所具有的女性文化本质相呼应的，它们都表现着贾宝玉的女性崇拜意识。大观园的女儿国是太虚幻境中女儿神性世界的现实投影，这就是贾宝玉的女性崇拜思想到了现实世界的典型环境。在大观园女儿国的典型环境中，贾宝玉这个唯一的男性，被众多美丽、纯净、诗意的女儿包围着、簇拥着、爱恋着，贾宝玉享受着青春女性诗意的精神氛围，也享受着青春女性的美与爱。当然，也充分表现着贾宝玉自己对青春女性的呵护、体贴、关怀与热恋和崇拜。然而，这种享受青春女性美艳和爱恋与崇拜青春女性的诗意生活是不能永远持续下去的。美丽的女儿们被迫离开了大观园：或者被逐出大观园，如晴雯、芳官等；或者被强人掠去，不知所终，如妙玉；或者被蒙骗而加速了死亡，如黛玉；或者是自寻短见，如鸳鸯、金钏；或者是被逼而亡，如尤二姐、尤三姐，等等。

大观园与贾府里的女性悲剧结局，或者说贾宝玉对青春女性的崇拜的结果，其实是早在开篇的“石头记”神话和贾宝玉“太虚幻境梦”中就有暗示性交代的。贾宝玉这块石头是女娲补天没有用上的石头，也就是说，它虽然经过了女娲的锻炼，承载了女娲补天的使命，但是它并没有去完成补天的使命。这就是贾宝玉只是崇拜青春女性而不能改变青春女性命运悲剧的原因。贾宝玉在大观园和贾府看到的女性正是神话象征女性命运悲剧的重复。

五 现实对范型的重演

《红楼梦》的女性命运悲剧，是大多数《红楼梦》的读者和研究者都十分重视的内容，对与之相应的“金陵十二钗簿册”和“红楼梦仙曲十二支”的隐喻，则很少被重视；而《红楼梦》女性命运悲剧与“金陵十二钗簿册”和“红楼梦仙曲十二支”的关系，更是少有人高度注意；即使有解释，也认为判词和曲子是对女性命运结局的暗示。但“暗示说”并没有真正揭示出女性命运悲剧与判词连同曲子的形式结构关系。

“金陵十二钗簿册”和“红楼梦仙曲十二支”与贾府和大观园十二个女性命运悲剧的现实故事，是一种双重结构：表层结构是神谕和神显的关系，深层结构是范型和重复的关系。

表层结构是一种神谕和神显的关系：贾宝玉在“太虚幻境梦”中梦见了警幻仙姑，警幻仙姑让他看了金陵十二钗的判词，还让他听了“红楼梦仙曲十二支”，那判词和曲子是警幻仙姑女神对女性命运的“神谕”——那簿册上写的是“普天下所有的女子的过去未来”（第五回）；而现实中贾府和大观园十二个女性命运悲剧则是对女神神谕的一种“神显”。女神对女性未来的神谕就是对女性命运的一种预先告知；而贾府与大观园十二个女性命运悲剧的现实故事的神显则是女神神谕的应验。《红楼梦》这部分是主体性内容，这种主体性内容很明确地表现出一种有目的结构：“太虚幻境梦”是神谕，女性现实命运悲剧是神显。

曹雪芹以三种方式表现了神谕的神显与应验：第一种是贾府和大观园中女性命运悲剧对女神神谕的具体化重复；第二种是贾府中很多人都感受到一

种悲剧命运的正在降临；第三种是以贾宝玉越来越深刻地感受到贾府和大观园的女性命运应验着警幻仙姑的神谕，贾家家族正在神显女神的神谕。

深层结构是范型和重演的关系：尽管太虚幻境梦的神谕与现实女性命运悲剧的神显是《红楼梦》一种很明确的有目的的结构，它对我们理解《红楼梦》的主题很重要，但是，只看到这种结构是不够的，它仍然还不能使我们看到曹雪芹这种有目的结构的真正目的之所在。在这种神谕和神显的结构之下，还隐藏着另一种深层结构，这种深层结构才表现着曹雪芹的创作思想和意图。这种深层结构是由神谕的象征性构成的：即“金陵十二钗簿册”和“红楼梦仙曲十二支”的神谕，其意义不在自身，而在神话。也就是说，“金陵十二钗簿册”和“红楼梦仙曲十二支”是神话的象征，而神话是对范型即历史先例的表现。

理解神谕是神话范型的表现，关键是要把贾宝玉的“太虚幻境梦”看成是一种神话性的表现。曹雪芹是把贾宝玉的梦作为一个神话式的梦来创作的，贾宝玉的梦不是一般的梦，而是一个神话式的梦，贾宝玉梦见的是神话。而神话就是象征性，它象征的就是范型，通常说法就是原型。正是从这种神话原型的角度，我们认为，“金陵十二钗簿册”和“红楼梦仙曲十二支”曲词，是集体无意识的投射。曹雪芹是在借贾宝玉的梦的形式表现女性命运悲剧的范型。所谓命运悲剧范型，就是一种历史的先例，一种既定模式。人们无意识地理解到了这种先例、既定模式对人的现实命运的模塑作用，但是，人们没有办法运用理性的语言来表述它。曹雪芹积累了非常深厚的梦和神话的知识背景，深深懂得用梦的方式可以表现这种集体无意识的内容，而又懂得将梦的方式表现成为一种神话式的象征。曹雪芹要在具体的各种各样的女性命运悲剧之前表现这种原型范型，使其成为一种历史的先例、既定的模式，而使现实的女性命运悲剧成为这种原型范型的具体化展开。

就这样，“金陵十二钗簿册”和“红楼梦仙曲十二支”的神谕就成了一种神话，而现实的女性命运悲剧就成了现实的具体描写，这两者就构成了一种形式结构，“金陵十二钗簿册”和“红楼梦仙曲十二支”的神话成了原型的象征，既象征着历史范型，又象征着十二个女性命运悲剧，是以象征历史范型达到对现实具体女性命运悲剧的象征。现实女性命运悲剧是

对历史范型、先例的重复。《红楼梦》的深层结构就这样生成了。

因而，我们必须在神话与现实的形式结构关系即现实是对神话范型重复的结构关系中去分析十二个女性命运悲剧。这样我们就会清清楚楚地看到，十二个女性命运悲剧不过是十二种先在范型的具体化描写，黛玉、宝钗、元春、探春、湘云、妙玉、迎春、惜春、王熙凤、巧姐、李纨、秦可卿十二个女性命运悲剧是金陵十二钗“正册”判词和“红楼梦仙曲十二支”的具体化表现，而香菱是金陵十二钗“副册”判词的具体化表现；晴雯和袭人则是金陵十二钗“又副册”的具体化表现。

现实重演神话的结构生成了两种主题性内容，一方面，女性命运悲剧是被神话范型规定的，而范型是对历史规律的表现，因而，换句话说，女性命运悲剧是被历史规律规定的，女性无论有着怎样的烂漫憧憬，有着怎样的痛苦挣扎，也不可能逃脱历史范型即先在模式的规定；另一方面，现实重演神话，还表现这样一种深刻主题，即现实被范型化及历史先例化了，现实就成了历史，成了原型的方式。黛玉、宝钗、妙玉、可卿、王熙凤等贾府和大观园的女性，由于重复了“金陵十二钗簿册”和“红楼梦仙曲十二支”的范型，而成了“金陵十二钗簿册”和“红楼梦仙曲十二支”的具体化表现，甚至他们就以现实的方式成了“金陵十二钗簿册”和“红楼梦仙曲十二支”的范型。也就是说，在曹雪芹的这种描写中，还蕴含这样的匠心：现实由于重复了范型，现实人物被神话化了，现实也就被范型化了。

《红楼梦》的主题之所以是深邃、凝重和具有永恒性的，其中最重要的原因就是，曹雪芹采用的现实对神话范型重演的结构方法。

曹雪芹的这种现实人物神话化了的匠心目的和意图，与原型批评家们对原型的表现理论是极其一致的：“人的记忆很难保存个别的事件与实际的人物，记忆的结构相当特殊：它以范畴代替事件，以原型取代历史人物。历史人物同化于神话模型，事件则与神话的范畴相等同。如果某些叙事诗保存了所谓的‘历史真相’，这真相绝非关于明确的人物与事件，而是与制度、习俗、风土相关。”① “历史事件的记忆，经过两三个世纪以后，

① ［法］M. 耶律亚德：《宇宙与历史：永恒回归的神话》，杨儒宾译，联经出版事业公司2000年版，第35—36页。

会被修正，以适应上古心态的模子，这模子容不下个体，只保存范例。事件化约为范畴，个体化约为原型，……因此可以说，民间记忆赋予现代历史人物的意义，仍是原型的模仿者、原型行动的再现者——古代社会成员一直意识到这意义，而且目前都还可意识的到。"① 曹雪芹肯定没有读过这类原型理论，但是，曹雪芹却极为生动地表现了现实人物神话化了的形式结构。我们不能不惊叹曹雪芹对人的命运的理解，对历史与现实的理解，对艺术创作秘密的理解。

为了表现现实女性命运悲剧对历史范型的重复，曹雪芹还非常明确地表现了贾宝玉的心理体验，即他不断体验到现实女性命运与他"太虚幻境梦"的重复，这种重复给他带来深深的震撼，使他感到了神谕的神显的不可摆脱与不可改变（我们将另文专门论述）。还有那些女性人物对即将到来的悲剧结局的预感，比如秦可卿的早夭、王熙凤的梦、妙玉的诗，等等。还有贾府那些奇奇怪怪的现象，如中秋节的悲哀的笛音、元春省亲贾府唱的表现悲剧的曲子，怡红院的海棠花在十月份忽然开了，等等，都是配合现实人物神话化，现实重复范型而创造的衬托性艺术情节。《红楼梦》并非是生活内容的堆砌，而是具有一个整体形式的结构，神话范型与现实对它的重复，就是《红楼梦》的整体形式，其他方面都围绕这个整体形式而展开，都构成整体形式的有机部分。

---

① ［法］M. 耶律亚德：《宇宙与历史：永恒回归的神话》，杨儒宾译，联经出版事业公司2000年版，第36页。

第二章　红楼女性悲剧命运的总体象征梦

大梦和小梦都是原型之梦

《红楼梦》的梦主要由两大类梦构成，一类是总体大梦，主要是贾宝玉的“太虚幻境梦”；另一类是甄士隐、林黛玉、王熙凤、甄宝玉、妙玉等人的梦。而无论是总体的大梦还是个体的小梦，都是对红楼人物命运的总体象征，人物最终的命运都是对梦的重演。

一　女性悲剧命运原型的预先呈现

贾宝玉的“太虚幻境梦”是对红楼女儿悲剧命运的先在预演。贾宝玉在警幻仙姑的引导下，看到了“金陵十二钗簿册”、听到了“红楼梦仙曲十二支”，这簿册中的诗文、图画及曲子就成了红楼女性命运的“判词”。同时，簿册与曲子相辅相成，构成了一个大的象征体系。“金陵十二钗簿册”是由一种外视角来叙述的，它客观地呈现了红楼女性的悲剧命运；而“红楼梦仙曲十二支”则是一种内视角的表现，是由当事人抒发出来的内心感受。诗、图、曲构成红楼女儿悲剧命运的原型模式。

曹雪芹借贾宝玉之眼看到了贾家“上中下三等女子的终身册籍”，贾宝玉在“薄命司”中最先看的是又副册，是晴雯和袭人的判词。

晴雯的判词是：“霁月难逢，彩云易散。心比天高，身为下贱。风流灵巧招人怨。寿夭多因诽谤生，多情公子空牵念。”“霁月难逢，彩云易散”是晴雯的名字的寓意；画的是：“既非人物，亦非山水，不过是水墨滃染，满纸乌云浊雾而已”。晴雯的人生命运就是簿册判词的具象化呈现：晴雯虽然“身为下贱”做了贾府的奴才，但她“心比天高”，没有丝毫的奴颜媚骨，她锋利、张扬，保持着女儿的纯真、纯洁，更像一块“爆碳”一样，容不得丝毫对“女儿”的亵渎；她心灵手巧为宝玉病补孔雀裘；她与贾宝玉清清白白毫无私情，却被污蔑为“狐狸精”，最终“寿夭多因诽谤生”而“抱屈夭风流”。晴雯象征了生活于社会底层的具有反抗精神的女奴的悲剧命运。

袭人的判词是：“枉自温柔和顺，空云似桂如兰；堪羡优伶有福，谁知公子无缘。”她的画是：“一簇鲜花，一床破席”，是以谐音的方式“花”“席”暗示这是袭人的命运寓言。袭人的人生悲剧就是判词的具体化：她是宝玉身边的贴身大丫鬟，和宝玉早就“初试云雨情”，她性情“温柔和顺”、柔媚娇俏、心地纯良、恪尽职守、兢兢业业，无微不至地照顾贾宝玉，王夫人也给予她“准姨娘”的待遇，每月二两一吊钱的月银。但最终袭人却嫁给了伶人蒋玉函，无缘和多情公子贾宝玉相厮守。袭人是生活于社会底层的奴性意识比较浓的悲剧女性的代表。

晴雯和袭人是生活于社会底层的女仆，她们是古代社会中女奴身份的代表，一个是买来的，由赖大家的孝敬给贾母的；一个是“家生子”。无论是晴雯式的锋利反抗还是袭人式的柔美顺从，最终都难逃悲剧的厄运。作家在贾宝玉的“太虚幻境梦”中以这两个女性的悲剧象征了所有生活于最底层的女性的悲剧。

贾宝玉在副册中只看到了一个人的图册，这就是香菱，她的判词是“根并荷花一茎香，平生遭际实堪伤；自从两地生孤木，致使香魂返故乡。”“两地生孤木”就是“桂”字，意味着遇到有“桂”字的女子，香菱就可能遭遇彻底的悲剧。对应她的画是：“一枝桂花，下面有一方池沼，其中水涸泥干，莲枯藕败”。香菱这个如“菱”一样有着淡淡香气的女子，最终却“水涸泥干，莲枯藕败”，难逃悲剧的厄运。香菱一生多舛的命运就是对图册的具象化：如果说林黛玉、史湘云等女性是开在水面上的荷花的话，那么香菱就是荷花的根，她们都是“一径香”。但“水涸泥干，莲枯藕败”象征了香菱一生的悲苦命运，“薄命生来类转蓬”这是香菱悲剧命运的象征：她一生经历三次改名，她本名“英莲”是姑苏乡宦“神仙似

的人物”甄士隐的独生爱女，从小生得“粉妆玉琢，乖觉可喜”，被父母视若掌上明珠，倍加呵护关爱。元宵佳节之时家人霍启抱着她去看社火花灯，从此失去了英莲的踪迹，之后她父母的家被一场意外的大火烧成平地，她的父亲甄士隐在困顿之中勘破“好了”迷局遁世出家。当甄英莲再次出现时，她已在人贩子的毒打磨难之下长成了袅袅婷婷、风姿绰约的少女，本来已经卖给了小乡宦冯渊，三日后将被正式娶进门去，但是又被“呆霸王”薛蟠看中，被强抢入府，并将冯渊活活打死，她也由此更名为“香菱”，开始了她的另一段人生。起初，薛蟠也视她为珍宝，但花花公子喜新厌旧的本性使她很快就失去了依托。当薛蟠将夏金桂娶进门之后，香菱的名字再被改为“秋菱”，一直备受摧残折磨。香菱最终难产而死，结束了她悲苦的一生。香菱是生活于社会中下层且无力摆脱命运操纵的悲剧女性的代表。

贾宝玉在太虚幻境“薄命司”中，不仅看到了“金陵十二钗正册”，而且亲耳听到了“红楼梦仙曲十二支”，“红楼梦仙曲十二支”与“金陵十二钗正册”是一一对应的，是对《红楼梦》上层贵族女性悲剧命运的预演。

林黛玉的判词是：“堪怜咏絮才”“玉带林中挂”，画是：“两株枯木，木上悬着一围玉带”，“玉带林中挂”既是林黛玉名字的谐音，更是她悲剧命运的象征。林黛玉这样一个和谢道韫等女诗人一样有着绝世才情的女子，最终仍陷入悲剧的泥潭。对应她的曲子《枉凝眉》：“一个是阆苑仙葩，一个是美玉无瑕。若说没奇缘，今生偏又遇着他；若说有奇缘，如何心事终虚话？一个枉自嗟呀，一个空劳牵挂。一个是水中月，一个是镜中花。想眼中能有多少泪珠儿，怎禁得秋流到冬，春流到夏！”林黛玉与贾宝玉虽然有缘相聚，却“心事终虚话”，不能“执子之手与子偕老”，因此，“想眼中能有多少泪珠儿，怎禁得秋流到冬，春流到夏！”这是林黛玉还泪人生的形象写照。而林黛玉的悲剧命运恰恰是对她判词象征的具体化展开：林黛玉与贾宝玉痴心相爱，至死不渝，这是因为他们有前世的“木石前盟”。她把自己与贾宝玉的爱看成是她的生命，是她的宗教，是她的信仰，但是，自己“木石前盟”的爱情还是抵不过“金玉良缘”的婚姻，最后，在贾宝玉结婚庆典时结束了她还泪的人生。林黛玉的悲剧象征了古代社会中所有有才有情的女性的悲剧。

薛宝钗的判词是："可叹停机德""金簪雪里埋"，对应她的画是："一堆雪，雪中一股金簪"。"金簪雪里埋"既暗喻薛宝钗的名字，更隐喻着她的悲剧命运。宝钗虽然是一个具有"停机德"的贤淑女子，但她的命运却是"可叹"的；那"好耀首"的"金簪"没有插在头上，却深埋雪中，象征了她的悲剧命运；对应她的曲子《终身误》："都道是金玉良缘，俺只念木石前盟。空对着，山中高士晶莹雪；终不忘，世外仙姝寂寞林。叹人间，美中不足今方信：纵然是齐眉举案，到底意难平。"而薛宝钗的悲剧命运恰恰是对她判词象征的具体化展开：薛宝钗是一个恪守礼教规范有着"青云之志"的近乎完美的闺门淑女，但随着四大家族"一损俱损""日暮西山""树倒猢狲散"，她只能空想"好风凭借力，送我上青云"，现实没有给她提供实施理想抱负的舞台；她虽然挂着那"不离不弃，芳龄永继"的金锁，却没有获得世俗的美满婚姻。宝钗虽然品性高洁如"山中高士"，虽然她想与丈夫"齐眉举案"，虽然她的丈夫就在自己身边，但却始终被自己的丈夫"空对着"，因为在丈夫的心中始终念念不忘、魂牵梦萦的是那"世外仙姝寂寞林"。最终贾宝玉遁世出家，她只能一个人独守空闺，过着那"焦首朝朝还暮暮，煎心日日复年年"的生活。她的悲剧命运是那些有才有德的上层女性的悲剧命运的写照。

贾元春的判词是："二十年来辨是非，榴花开处照宫闱；三春争及初春景，虎兔相逢大梦归。"对应她的画是："一张弓，弓上挂着香橼。""弓"的谐音是"宫"，意味着贾元春入宫为妃，在那波诡云谲、"虎兔"凶险的斗争中，元春难以逃脱悲剧的罗网。对应她的曲子是《恨无常》："喜荣华正好，恨无常又到。眼睁睁，把万事全抛。荡悠悠，把芳魂消耗。望家乡，路远山高。故向爹娘梦里相寻告：儿命已入黄泉，天伦呵，须要退步抽身早！"贾元春的悲剧命运恰恰是对她判词的具体化展开：她是一个飞上枝头变成凤凰的女子，她几乎已经达到了女性在男权社会中的顶峰，被晋封为凤藻宫尚书，加封贤德妃。她虽然经历了"省亲"的繁华，却最终成为尔虞我诈、钩心斗角、危机四伏的宫廷斗争的牺牲品；虽然她的家与皇宫就近在咫尺，但却远隔天涯"路远山高"。可能她已经死了，但家中还不知道她的讯息，所以她只能在梦中相寻告，提醒爹娘要"退步抽身早"。贾元春的悲剧是古代社会中所有飞上枝头变凤凰的女子难以言

说的悲剧。

贾探春的判词是："才自清明志自高，生于末世运偏消；清明涕泣江边望，千里东风一梦遥。"她的画是："两个人放风筝，一片大海，一只大船，船中有一女子，掩面泣涕之状"。意味着探春这位有才有志的女子，却生于末世，如一只放出去的风筝一样，远离故国故乡，难逃悲剧命运。对应她的曲子是《分骨肉》："一帆风雨路三千，把骨肉家园，齐来抛闪。恐哭损残年。告爹娘，休把儿悬念：自古穷通皆有定，离合岂无缘？从今分两地，各自保平安。奴去也，莫牵连。"探春的人生命运就是对她的判词的具体化展开：探春是《红楼梦》中开女子结社吟诗先河的女子，她的诗才被众人所认可；她是一位能够"兴利除宿弊"的女改革家，试图改革贾府宿弊，力挽颓澜；她有远见卓识，非常敏慧地感受到"抄检大观园"的不祥之音。这样一位精明强干、文采风流的女子被迫抛却爹、娘、家园，远嫁他乡。探春的悲剧代表的是古代社会中有着雄才大略、敏慧多才的贵族女性的悲剧。

史湘云的判词是："富贵又何为？襁褓之间父母违；展眼吊斜晖，湘江水逝楚云飞。"对应她的画是："画着几缕飞云，一湾逝水"。诗词与图画之中既隐喻了史湘云的名字，更象征了她无法获得世俗的美满爱情。对应她的曲子是《乐中悲》："襁褓中，父母叹双亡。纵居那绮罗丛，谁知娇养？幸生来，英豪阔大宽宏量，从未将儿女私情，略萦心上。好一似，霁月光风耀玉堂。厮配得才貌仙郎，博得个地久天长。准折得幼年时坎坷形状。终久是云散高唐，水涸湘江：这是尘寰中消长数应当，何必枉悲伤？"湘云的人生正是她判词的具体化：她自幼失去了父母，湘云霁月光风、自然澄澈、开朗乐观，她虽然嫁了个如意郎君，却如同"白首双星"一样，难逃与爱人远别甚至是死别的厄运。湘云代表的是古代社会中行为豁达、胸怀坦荡却无法摆脱爱情悲剧的贵族女性。

妙玉的判词是："欲洁何曾洁，云空未必空；可怜金玉质，终陷淖泥中。"对应她的画是："一块美玉，落在泥污之中"。寓意着妙玉这个有"洁癖"的女子，最终却被那如同污泥的尘世所吞没的悲剧。对应她的曲子是《世难容》："气质美如兰，才华馥比仙。天生成孤癖人皆罕。你道是啖肉食腥膻，视绮罗俗厌；却不知好高人愈妒，过洁世同嫌。可叹这，青灯古殿人将老，孤负了，红粉朱楼春色阑！到头来，依旧是风尘肮脏违心愿；好一似，无瑕白玉遭泥陷；又何须，王孙公子叹无缘?”妙玉的人生悲剧正是对她判词的具象化展开：妙玉本应是一个“四大皆空”“六根清净”的出家人，但她却斩不断与俗世的牵绊，只能带发修行，是一个有着“红尘之欲”的女子。因此，虽然她集茶道、诗才、琴音、棋艺于一身，但是在方外世界、滚滚红尘中都没有她的容身之地。妙玉代表的是古代社会中那些出身高贵被迫舍身空门却有着诸多欲望的悲剧女性。

贾迎春的判词是：“子系中山狼，得志便猖狂；金闺花柳质，一载赴黄粱。”对应地画是：“画一恶狼，追扑一美女——欲啖之意”。“子系”暗示着贾迎春的夫婿姓孙，他如一匹中山狼一样，忘恩负义，最终将贾迎春虐待而死。迎春的曲子《喜冤家》：“中山狼，无情兽。全不念当日根由。一味的，骄奢淫荡贪欢媾。觑着那，侯门艳质同蒲柳；作践的，公府千金似下流。叹芳魂艳魄，一载荡悠悠。”迎春的悲剧命运就是她判词的具体化：迎春这个温柔可亲、木讷懦弱的庶出女子，始终与人为善、与世无争，最终被迫嫁给孙绍祖，不到一年的时间就被蹂躏致死。贾迎春的悲剧象征了古代社会中那些委曲求全、逆来顺受、听从命运摆布的贵族女子的悲剧。

贾惜春的判词是：“勘破三春景不长，缁衣顿改昔年妆；可怜绣户侯门女，独卧青灯古佛旁。”对应她的画是：“一所古庙，里面有一美人，在内看经独坐”。意寓着惜春最终出家为尼的悲剧。对应她的曲子是《虚花悟》：“将那三春看破，桃红柳绿待如何？把这韶华打灭，觅那清淡天和。说什么天上夭桃盛，云中杏蕊多？到头来，谁把秋捱过？则看那，白杨村里人呜咽，青枫林下鬼吟哦。更兼着，连天衰草遮坟墓，这的是，昨贫今富人劳碌，春荣秋谢花折磨。似这般，生关死劫谁能躲？闻说道，西方宝树唤婆娑，上结着长生果。”贾惜春的悲剧正是她的判词的具体化展开：惜春虽然在贾府“四春”中年纪最小，但她却最终“勘破三春景不长”，这“三春”不仅仅是指元、迎、探三春，而是代指红楼女儿的。在现实人生中，惜春见证了大观园中清纯女儿的悲剧，体验了贾府这样的贵族之家温情脉脉面纱下的冷漠，看破了花团锦簇之下的悲凉。她在亲人的不幸遭际中，在冷眼旁观他人的不幸中，勘破世情，决定遁入空门。惜春代表的是古代社会中躲入方外之地希求摆脱世俗悲剧的贵族女性。

王熙凤的判词是："凡鸟偏从末世来，都知爱慕此生才；一从二令三人木，哭向金陵事更哀。"对应她的画是："一片冰山，上有一只雌凤"。这象征王熙凤并不是一只凤，而是一只"凡鸟"；或者她即使是一只"雌凤"，却没有"生丹穴，非梧桐不栖，非竹实不食，非醴泉不饮"，只能栖身于即将沉没的冰山之上，最终与冰山一起沉没、消亡。对应她的曲子是《聪明累》："机关算尽太聪明，反算了卿卿性命！生前心已碎，死后性空灵。家富人宁；终有个，家亡人散各奔腾。枉费了意悬悬半世心，好一似，荡悠悠三更梦。忽喇喇似大厦倾，昏惨惨似灯将尽。呀！一场欢喜忽悲辛。叹人世，终难定！"这是一个被聪明所误的悲剧女子。王熙凤的人生正是她判词的具体化展开：她经历了"一从二令三人木"的人生三部曲，也是她悲剧命运的三部曲：最初贾府众人、她的丈夫贾琏对她言听计从事事依从，但慢慢的众人对她追捧的热情逐渐降温，对她的指令逐渐冷淡漠视，她的夫妻生活逐渐变得寒冷、冷漠，最终"三人木"——"休"，她的权力、她的感情呈现休止状态，最后她失去了爱情、失去了权力失去了众人的支持，也失去了生命，只落得"力诎失人心"的结局，只能够"哭向金陵事更哀"，也许是被丈夫休弃，赶回了娘家；也许是失去了权力和管家奶奶的地位之后，沦为下贱奴婢，只能是"哭向"，却不能真正回到自己温馨的家园——金陵。王熙凤代表的是古代社会中杀伐果断、泼辣狠毒、八面玲珑的女强人的悲剧。

贾巧姐的判词是："势败休云贵，家亡莫论亲；偶因济村妇，巧得遇恩人。"对应她的画是："一座荒村野店，有一美人在那里纺绩"。巧姐这个公府千金最终却落于"荒村野店"之中。对应她的曲子是《留余庆》："留余庆，留余庆，忽遇恩人；幸娘亲，幸娘亲，积得阴功。劝人生，济困扶穷。休似俺那爱银钱、忘骨肉的狠舅奸兄！正是乘除加减，上有苍穹！"巧姐的悲剧人生是她判词的具体化呈现：巧姐是金陵十二钗中唯一一个髫龄少女，她还没有及笄，还没有长成到谈婚论嫁的时候，就被"狠舅奸兄"算计。她一方面承母亲的恩惠，得到了刘姥姥的救助，改变被卖的命运；另一方面，她也承继了母亲的仇怨——贾环、贾蔷、王仁等都对凤姐充满了抱怨，因此想"母债女还"，用巧姐换钱以供他们的挥霍。巧姐的人生几乎才刚刚开始，却因家族已经走向没落，所以她这个公府千金也沦于他人的买卖算计之中。巧姐虽然生于豪门，却难以掌控自己的命运，如果不是她的母亲“留余庆”“积得阴功”，巧姐很难“遇恩人”“化险为夷”。巧姐代表的是古代社会中那些尚处于年幼阶段的贵族少女的悲剧。

李纨的判词是：“桃李春风结子完，到头谁似一盆兰；如冰水好空相妒，枉与他人作笑谈。”对应她的画是：“画一盆茂兰，旁有一位凤冠霞帔的美人”。“桃李春风结子完”既是李纨名字的谐音表达，又意味着李纨也如同那已经结子的桃李，失去了最灿烂美丽花朵般的青春，虽然有“兰”相伴，有“凤冠霞帔”，但她人生最美好的时光已经逝去。对应她的曲子是《晚韶华》：“镜里恩情，更那堪梦里功名！那美韶华去之何迅！再休提绣帐鸳衾。只这戴珠冠，披凤袄，也抵不了无常性命。虽说是，人生莫受老来贫，也须要阴骘积儿孙。气昂昂，头戴簪缨，光灿灿，胸悬金印，威赫赫，爵禄高登，——昏惨惨，黄泉路近！问古来将相可还存？也只是虚名儿后人钦敬。”李纨的悲剧人生正是她判词的具体化展开：她经历了早年的丧夫之痛，以往那和谐美满的婚姻生活早已化作了“镜里恩情”，只能顾影自怜；她一心寄希望于儿子，希望他成人成才，但还要经历那惨痛的丧子之殇，虽然贾兰已经踏入仕途，中了“第一百三十名”举人，即将要“头戴簪缨”“胸悬金印”“爵禄高登”，要“兰桂齐芳”，重振贾家了，但转眼间就“昏惨惨黄泉路近”，使得李纨只能是“梦里功名”，只剩下一个“虚名儿后人钦敬”。李纨代表了古代社会中那些心如止水的孀居的贵族女性的悲剧。

秦可卿作为金陵十二钗中压轴的女性，她的命运图册中“画一座高楼，上有一美人悬梁自尽。其判云：情天情海幻情深，情既相逢必主淫；漫言不肖皆荣出，造衅开端实在宁”。对应她的曲子是《好事终》：“画梁春尽落香尘。擅风情，秉月貌，便是败家的根本。箕裘颓堕皆从敬，家事消亡首罪宁。宿孽总因情！”秦可卿的悲剧人生正是对她判词的具体化展开：秦可卿是太虚幻境中警幻仙姑的妹妹“兼美”的置换变形，她是“情天情海”幻化出来的形象，秦可卿的情不是黛玉纯粹的爱情，秦可卿的情中更多的是“欲”是“淫”，“情既相逢必主淫”，是一种“皮肤滥淫”之情。秦可卿在世俗人眼中成为“红颜祸水”“女色误国”的化身，画册中“美人悬梁自尽”未必是一种写实的描画，即秦可卿真的悬梁自尽、自缢

身亡；而更是一种象征，象征着情的被扼杀被毁灭，世间是容不下秦可卿的这种情的。秦可卿的欲望之情不仅给宁国府带来灭顶之灾，而且也象征了贾府最终命运——“好事终”。秦可卿代表的是古代社会中那些背负“祸水”恶名的贵族女子的悲剧。

由以上分析，可以看出“金陵十二钗簿册”和“红楼梦仙曲十二支”构成了对所有女性悲剧命运的原型性象征；而贾府中以“十二”为具体对象的女性悲剧命运样式又成了对梦所表现的命运样式的重复。曹雪芹就是以这种梦与现实的对应的结构方式，使“金陵十二钗簿册”和“红楼梦仙曲十二支”的梦成了现实的神话原型的表现方式。

二 个体梦的象征意义

与“太虚幻境梦”的大体命运样式的象征特点相比，个人的梦不是在命运样式上，而是在整体命运样式规定与作用下的心理感受的象征性上，对红楼人物命运走向的更为具体化的象征。

甄士隐的梦作为小说中第一个个体梦，出现在第一回。甄士隐梦的核心内容是“木石前盟”神话，同时又将开篇的女娲补天神话及后面的“太虚幻境”神话连缀在一起成为一个整体。甄士隐的梦使神话和梦构成一个整体故事，成为《红楼梦》现实生活的原型。整部《红楼梦》的现实叙事正是对这个由三部分构成的神话原型而展开的。

王熙凤梦的个体梦总共有五次：第一次，在小说第十三回梦见秦可卿托梦给她，这也是《红楼梦》中一个极为重要的梦，在梦中反复强调“否极泰来，荣辱自古周而复始”，指出贾家目前虽然是“鲜花着锦，烈火烹油”，但最终“盛筵必散”，这是一个“盛极必衰”的原型之梦。第二次，在小说第七十二回王熙凤梦到有人来夺锦，那是一个在“盛极必衰”原型作用下，一种恐惧心理的表现。第三次，出现在小说第一百零一回，王熙凤又梦见秦可卿来问她怎么忘记了“盛极必衰”的警告，这是“盛极必衰”潜意识原型的再一次表现。第四次，在小说第一百十三回，王熙凤梦见了自己对尤二姐的忏悔，这是“登高必跌重”之后的心理表现。第五次，在小说第一百十三回，梦见一男一女要上炕，这是预感到身败名裂、家破人亡的象征。王熙凤的梦是她对贾家日益衰落的现状的呈现，她由一个从不信神佛报应的人到最终拜倒在神佛脚下，由一个嚣张跋扈的女强人到唯唯诺诺的女性，她的现实人生重复了梦所象征的悲剧。

万儿母亲的梦，是小说中一个极其短暂的梦。这个梦既是万儿母亲希望女儿万儿的人生像锦那样灿烂、鲜艳，也是万儿母亲对女性人生悲剧的一种潜意识表现。万儿母亲对暗淡的人生命运是极为恐惧的，她渴望女儿能够摆脱这种悲剧命运象征模式，所以做了这个“卍”字不断头象征女儿灿烂、富贵、幸福人生的梦。

小红的“相思”梦，梦到贾芸拾到了她的手帕，并来拉她，最后被门槛绊醒。这既是一个被压抑愿望并想象满足的梦：红玉这样一个下等小丫头，渴望与贵族青年男性建立爱情并一起生活；更是一种心理原型的表现方式，所有像小红一样卑微的女子都渴望改变生活的一种幻想的原型。

贾宝玉的“绛芸轩”之梦是他的个体梦，梦中的宝玉喊道：“和尚道士的话如何信得？什么‘金玉姻缘’？我偏说‘木石姻缘’！”这是一个日积月累的潜藏于宝玉心灵深处的梦，是贾宝玉内心情感愿望的梦，也是贾宝玉内心恐惧的梦。即使在梦中“金玉良缘”的压力仍然是强大，宝玉个人的意愿是难以反抗社会传统观念的，贾宝玉在林黛玉逝去之后选择遁世，正是对这梦的演化。

贾宝玉的心灵感应梦，同样是他的个体之梦。贾宝玉在秦可卿、晴雯、林黛玉临死的时候梦到她们，一方面是秦可卿、晴雯、林黛玉等人的现实命运状况对贾宝玉心理原型的“激活”作用，贾宝玉的梦是贾宝玉潜意识活动的意象化表现：那千红一“哭”万艳同“悲”的“太虚幻境梦”，时时警示着贾宝玉；另一方面，秦可卿、晴雯、林黛玉等人的结局就是对贾宝玉梦境的重演。

香菱的“学诗”梦，是她的个体之梦，是围绕月意象的创造，展现香菱一生的悲苦命运：“博得嫦娥应借问：何缘不使永团圞”，香菱也如同那孤戚的嫦娥一样，无法与心上人团圆。香菱的“学诗”梦，既是她个体悲剧的象征，也是女性命运的集体潜意识原型的呈现。

贾宝玉梦见甄宝玉，一方面表现了贾宝玉内心深处的孤独，他渴望能够寻找他的“同类”“知己”，希望能够找到像他“一样性情”的人；另

一方面，就如同梦中的情境，听到“老爷叫”时，一个慌忙就走，一个叫着快回来，以象征的手法隐喻了贾宝玉最终与甄宝玉分道扬镳了。后来的“证同类宝玉失相知”（第一百十五回）恰恰是对应贾宝玉这个梦的。

柳湘莲的“尤三姐辞行”梦，是柳湘莲思想和人生发生重大转折的梦。入梦之前的柳湘莲是一个“赌博吃酒，以至眠花卧柳，吹笛弹筝，无所不为”的浪子；梦醒之后，柳湘莲毅然决然割断情丝，跟着道士飘然遁世。

尤二姐梦见尤三姐，是一个预告了尤二姐的悲剧命运的梦，尤二姐陷入自身正经历的一切都是一种“报应”的赎罪心理之中，她无力反抗贾珍、贾蓉和贾琏对她的玩弄与蹂躏，最终梦醒之后吞金自逝。

林黛玉的“宝玉剜心”噩梦，既是她思想情感的投射，又是她未来人生状态的一个象征。黛玉的梦主要呈现的是她对于离开贾宝玉的极度恐惧、对没有人能为她的爱情做主的极度忧虑，进而产生了没有了贾宝玉的爱就要自尽的想法，她觉得贾宝玉是一个无情无义的人。为了证实自己的恐惧，她梦到贾宝玉拿刀剜心让她看。宝玉觉得自己的心像被剜去一样，黛玉在听到宝玉要娶亲的消息之后想要绝食，以及宝玉得知要娶林妹妹之后说林妹妹会将他的心带过来等情节，都是对这个梦的重复。

贾母的“元妃嘱托梦”，梦见元妃“独自一人到我这里”以及听到元妃“荣华易尽，须要退步抽身”的嘱托，实际上是对元妃即将薨逝的预言。贾母梦见元妃病重和薨逝，是贾母集体无意识原型投射的结果。这个原型就是贾府及四大家族的“盛极必衰”。

妙玉的梦是以“坐禅寂走火入邪魔”来表现的。妙玉的幻觉既象征了妙玉内心真实思想情感，又象征了妙玉未来的悲剧命运。妙玉后来真的被一伙强盗所掠走，妙玉的梦非常可怕得应验了。妙玉的梦成了自己的悲剧结局的预演。

甄宝玉的“太虚幻境梦”是他从少年到成年转变的成人礼的变形。梦醒之后，甄宝玉果然欲要“访师觅友，教导愚蒙”，要做“一番立德立言的事业”。甄宝玉的“太虚幻境梦”是一个神话式的梦，甄宝玉梦到女性都变成了骷髅，所以他从此对女性敬而远之，走上了仕途经济之路。

贾宝玉的“入阴司”梦，是一个象征的梦。梦中他的心窝被“那人”用石子击中，这个梦明显地表现着石头与“通灵宝玉”的关联，也明显地表现了贾宝玉的“入阴司”梦和贾宝玉“补天弃石”神话出身的关联。“通灵宝玉”来源于大荒山无稽崖青埂峰经女娲所炼的一块石头，但是，在世俗世界中，贾宝玉把“通灵宝玉”丢失了，因而他就陷入了失魂丧魄的痴傻状态。等到他进入阴司被“那人”用石子一击，他痴傻的精神状态就好了。这实际是一个贾宝玉思想精神回复世俗人的原型性象征。

鸳鸯的“临终”梦，是她悲剧命运的一种预演，她失去了贾母这唯一的依靠，在贾府这个世界里是再也没有了她的容身之地，她不得不死了。因而她就梦见了自己的死法和死去之后的去向。

袭人的“宝玉出家”梦是《红楼梦》最后一个梦。这个梦很短，但是却言简意赅，梦短意长。袭人的梦预见了贾宝玉的出家，贾宝玉出家重复了袭人的梦；袭人的梦还是对《红楼梦》的一种归结性的梦，袭人梦的意象连着《红楼梦》最重要的两个神话——“石头记”神话和太虚幻境神话，是对两种神话最简约的象征。

由此分析，我们可以看到个体梦与整体类的“太虚幻境梦”一个更大的不同是，“太虚幻境梦”基本是对女性悲剧命运的表现，个体类梦不仅表现女性的梦，还表现了男人的梦。但男人梦仍然是神话原型与男人命运的对应性结构。正是在这种现实与梦与神话重复的对应结构中，读者才越发感到了《红楼梦》悲剧的神秘与深邃。

贾宝玉的“太虚幻境梦”

《红楼梦》整部作品是以“太虚幻境梦”为基本象征的，“太虚幻境梦”象征了贾宝玉的原型思想，是贾宝玉的原型之梦。在第五回“贾宝玉神游太虚幻境　警幻仙曲演红楼梦”中，也就是贾宝玉人生故事开始的时候，曹雪芹就为贾宝玉建构了“太虚幻境梦”这个原型之梦，也就是为贾宝玉构建了一种原型性的思想。当贾宝玉开始他人生的时候，他就形成了一种原型性的思想情感，他就开始被“太虚幻境梦”象征的原型思想所影响、所制约、所指引；在“太虚幻境梦”之后的故事，贾宝玉又不断地感

受到他生活的大观园就是他梦中的太虚幻境，而大观园中人物的命运，就是“太虚幻境梦”中“金陵十二钗”和“红楼梦仙曲十二支”隐喻的现实发生；而在小说故事的最后，贾宝玉又重返“太虚幻境梦”，这就更清楚、更强烈地表现了原型思想对贾宝玉人生悲剧的决定性作用。既然“太虚幻境梦”是贾宝玉的原型之梦，是贾宝玉原型思想的象征，那么，“太虚幻境梦”贯穿了《红楼梦》的始终，就是贾宝玉原型思想贯穿了始终。曹雪芹是用“太虚幻境梦”的象征方式表现贾宝玉的原型思想，表现他思想情感与原型思想的紧密联系，表现原型思想对他的重要影响，也表现原型思想对他人生命运的决定性作用。

“太虚幻境梦”是贾宝玉的原型思想，他的思想情感，他的世界观和人生观，他的人生命运，他的人生感受和审美感受，他的爱情和婚姻，他的一切都是被“太虚幻境梦”象征的原型思想所影响的。贾宝玉的思想从“太虚幻境梦”开始，又回到“太虚幻境梦”。因而，“太虚幻境梦”象征着《红楼梦》的真谛，理解了“太虚幻境梦”才是真正理解了《红楼梦》。

一　原型思想的象征

从第五回的“太虚幻境梦”到第一百十六回重返“太虚幻境梦”，“太虚幻境梦”构成了表现贾宝玉心理、象征贾宝玉思想情感的一个整体性的艺术表现方式。

贾宝玉做这个“太虚幻境梦”之前，《红楼梦》已经有了四回故事的叙述，但是，作为一百二十回的恢宏性长篇小说，那是故事的引子、开端、序幕。第一回是小说的缘起，阐明小说的创作主旨，并以过来人的身份交代小说主人公在尘世人生中即将面临的生存状态；第二回是对小说环境的一个铺展，借冷子兴与贾雨村之口，对荣宁二府做一个全局性的介绍与描述；第三回借初次进贾府的林黛玉之眼，展现荣国府众人的性格及生活；第四回是对故事背景的深入呈现，借贾雨村判断“葫芦案”，展现四大家族一荣俱荣一损俱损的大背景。前四回的设计，将小说主人公的生活环境、故事背景，逐步呈现在读者面前。其中，虽然也写到了比如“木石前盟”神话，交代了林黛玉此生就是要“还泪”给贾宝玉的；也有贾宝玉与林黛玉的一见钟情，等等，这些内涵在第五回宝玉的“太虚幻境梦”中得到了深化。前四回的描写虽然对表现贾宝玉思想精神也具有重要作用，但是，那还不是对贾宝玉最主要的思想精神的最深刻描写，作为贾宝玉最重且深刻的思想精神，还是在第五回贾宝玉的“太虚幻境梦”中表现出来的。“太虚幻境梦”是在贾宝玉人生开始阶段做的，曹雪芹在贾宝玉人生开始的时候就表现他的“太虚幻境梦”，意在表明，那个“太虚幻境梦”对贾宝玉整个人生思想精神都会产生极其重要的影响。

“太虚幻境梦”有两大内容，一个是贾宝玉在警幻仙姑的指引下，通过太虚幻境薄命司中的金陵十二钗正、副册、又副册及“红楼梦仙曲十二支”隐喻红楼女儿的命运；另一个是贾宝玉的“兼美”梦，贾宝玉被警幻仙姑所指引，与“兼美”发生的性爱。贾宝玉在太虚幻境看到的“金陵十二钗簿册”和听到的“红楼梦仙曲十二支”既是贾宝玉原型思想也是整个大观园和《红楼梦》人生命运的原型性象征。贾宝玉的“兼美”性爱梦是贾宝玉后来爱情生活的一个原型性象征（另文阐述）。

“太虚幻境梦”中看到的“金陵十二钗簿册”和“红楼梦仙曲十二支”，是一种象征，从整体上象征着贾宝玉的原型思想，这种象征主要在环境、人物、命运和结局等几个方面，为贾宝玉建立了原型思想，也为贾府人物命运建构了原型模式。

太虚幻境是一种原型性环境，它由牌坊和宫门构成。曹雪芹是这样描写的：

> 忽见前面有一座石牌横建，上书“太虚幻境”四大字，两边一副对联，乃是：
>
> 假作真时真亦假，无为有处有还无。
>
> 转过牌坊，便是一座宫门，上面横书着四个大字，道是“孽海情天”。也有一副对联，大书云：
>
> 厚地高天，堪叹古今情不尽；痴男怨女，可怜风月债难酬。

曹雪芹所表现的“太虚幻境”不只是一个简单的地理空间形态，而是一种文化环境。作为一种文化环境，它由石牌、宫门及石牌上和宫门上的

匾额、对联构成。“太虚幻境”表明了它的文化性质，两边的对联“假作真时真亦假，无为有处有还无”表明了它的艺术真实性；而转过牌坊是宫门及上面的对联则是对宫中文化内容的高度概括。

“太虚幻境”中的配殿所呈现的各司是各类人生悲剧模式的原型象征。贾宝玉从牌坊转入宫门，又从宫门进入太虚幻境的配殿，便看到了配殿的各司，其名为：“痴情司”“结怨司”“朝啼司”“暮哭司”“春感司”“秋悲司”。当读者读过《红楼梦》之后，是可以在这些“司”概括的人生悲剧模式作用下，将故事中的各类悲剧归并到这些模式中去的。当读者读过《红楼梦》之后，就知道，贾府现实生活中的大观园是对应于“太虚幻境”的；“太虚幻境”中种种悲剧性的人生模式是对应于《红楼梦》各类现实人生悲剧模式的；而“金陵十二钗簿册”和“红楼梦仙曲十二支”则是对应于以钗黛为首的贵族女子、以香菱为代表的侍妾及晴雯和袭人为首的丫鬟等各类男权社会中悲剧女性的。

贾宝玉的“太虚幻境梦”是一种象征，它象征的是贾宝玉的集体潜意识，即一种历史积淀成的原型。这种原型以一种意象的形式——即警幻仙姑引导贾宝玉走进“太虚幻境”，看见了“金陵十二钗簿册”，又欣赏了“红楼梦仙曲十二支”，告诉了贾宝玉一个隐秘的悲剧性生活模式，使贾宝玉做了一个原型之梦，从而使贾宝玉在青春期生活的一开始，就产生了悲剧性的原型思想，并且用这个悲剧性原型思想去感受、体味和认识大观园及贾府的生活，这就造成了大观园和贾府生活与“太虚幻境梦”的一致性。这种一致性是因为大观园和贾府生活对贾宝玉“太虚幻境梦”即贾宝玉的原型之梦的重演，而不是相反，“太虚幻境梦”是对大观园生活的暗示。

在曹雪芹的艺术构思中，生活和人生是有一个先在的模式的，而且这个先在的模式是一个注定的悲剧性模式。在曹雪芹看来，每个人的生活虽然都是现实的、具体的、多样的，但其实都不过是对历史悲剧原型模式的重演而已。它是一种非常绝对的世界观和人生观，但它确实是曹雪芹在《红楼梦》中所要表现的重大主题。曹雪芹采取的方法是，他要给贾宝玉等人的现实生活建构一个悲剧性的原型，而又使这个悲剧性的原型在贾宝玉等人的现实生活中重复发生、运演。在《批评的解剖》中，伟大的原型批评家弗莱曾经解剖了西方文学一个原型的演化轨迹：后来文学是先前文学的模仿，其原因是先前的神话给后来文学建构了原型，因而，后来文学就成了先前神话的“移位”。曹雪芹是在一部作品中完成了西方文学从神话到现实主义的首尾衔接。《红楼梦》是以“太虚幻境梦”的方式建构了一个神话，而大观园和贾府的现实生活则是对那个神话的模仿与重演。从这个意义上确实可以说，《红楼梦》有两部：一部是神话的《红楼梦》，另一部是现实的《红楼梦》。然而，我们要知道，曹雪芹创造《红楼梦》的时候，原型批评理论并没有产生，西方文学的现实主义文学对神话模仿的上千年演化轨迹也没有被揭示和描述出来。由此，我们更加认识到了曹雪芹艺术创造的伟大。

让贾宝玉在生活开始的时候就做了一个“太虚幻境梦”，而又使他看到和体验到后来的生活是对“太虚幻境梦”的重复，这样就使“太虚幻境梦”成了大观园生活的先在模式，而大观园生活是对“太虚幻境梦”那个先在模式的重复。这在曹雪芹是一种非常自觉的创作方法，只是曹雪芹还没有把这种方法明确地命名，我们的批评家和理论家们也没有能够揭示出曹雪芹的创作方法。这种创作方法在后来西方出现的原型批评理论中，是被深刻地揭示与解释的。这种创作方法就是原型的创作方法，曹雪芹运用的就是这种方法。

二 “太虚幻境梦”是原型式的梦

原型创作方法首先认为人有一种潜意识，由于潜意识是人的理性认识不到的内容，因而潜意识又是不能被直接把握的。荣格说：“我们不能直接和潜意识过程打交道，因为它们不可企及。它们不是直接被观察到的，而是仅仅在它们的产物中显现出来。我们从这些产物的特殊性质中推断出：必定有一些东西隐藏在它们之后，它们从那里开始发端。我们称此黑暗区域为潜意识心理。”① 但潜意识可以以一种原型的形式被表现出来，

① ［瑞士］卡尔·古斯塔夫·荣格：《象征生活》，储昭华、王世鹏译，国际文化出版公司2011年版，第32页。

因而人们可以通过原型来认识潜意识。荣格称集体无意识为原型："原型的意思是印记，即在形式和内容上包含神话主题的明确的原始特征的集合。"[①] 原型常常以神话的方式表现出来，也可以梦的形式表现出来。这种表现是自发的。荣格曾经这样解释潜意识表现的自主性："心理机能一般都受意志控制，或者说是我们希望它们如此，因为我们害怕所有自主运行的东西。当机能受到控制，就不必再考虑它们自身的用途了，它们能被抑制、被选择，能在强度上被增加，能被我们称为意向的东西——意志力所引导。但是它们也能以一种自然的方式运行，也就是说，它们替你思考，替你感受——经常是，它们这样做，而你甚至不能阻止它们。或者是，它们无意识地运行，以至于你不知道它们做了什么，尽管潜意识中已经发生的情感过程的结果，可能会被呈现给你。"[②] 曹雪芹所描写的贾宝玉"太虚幻境梦"就是在把握到了人潜意识存在和潜意识可以自主表现心灵秘密的前提下的艺术想象，换句话说，曹雪芹对贾宝玉"太虚幻境梦"的描写是自觉地运用了人的潜意识可以自发地表现在人的梦里的心理学知识。

我们把贾宝玉的"太虚幻境梦"称之为原型之梦，那是因为，贾宝玉的梦确实梦到了那种属于封建社会的人生悲剧模式。曹雪芹是把他自己感受到、体验到和认识到的那种封建社会的人生悲剧模式以贾宝玉潜意识自动表现的方式表现了出来。当然，曹雪芹是以象征方式来表现那种社会历史悲剧人生模式的。

曹雪芹对潜意识原型的象征方式就是他为贾宝玉构造了一个神话式的梦。贾宝玉在梦中看见了一个神话，那个神话就是他要表现的集体无意识的原型。那个神话是他利用了人们对两个世界的划分，即在人们生活的世界之外还有一个神性的世界，创造了一个神性的世界。神性世界是一个不同于人们生活的现实世界，但是它却可以决定人们生活的现实世界。曹雪芹让贾宝玉做的"太虚幻境梦"就是让他梦见了那个神性的世界。警幻仙

① ［瑞士］卡尔·古斯塔夫·荣格：《象征生活》，储昭华、王世鹏译，国际文化出版公司2011年版，第33页。

② ［瑞士］卡尔·古斯塔夫·荣格：《象征生活》，储昭华、王世鹏译，国际文化出版公司2011年版，第17页。

姑是那个神性世界的女神，她不仅掌管着太虚幻境的簿册，也掌管普天下所有女子的过去并预示着她们的未来。警幻仙姑还指引着人的性爱、教导着人脱离淫乱的泥淖，警幻仙姑其实是决定人的一切的女神。警幻仙姑这个女神让贾宝玉看到的“金陵十二钗簿册”和听到的“红楼梦仙曲十二支”，是女神让贾宝玉看到了大观园即贾府中所有女子未来的命运，并让贾宝玉提前经历与“兼美”的性爱。警幻仙姑让贾宝玉看到的一切都是神话式的象征，曹雪芹以“太虚幻境梦”象征一种神话，又以这种神话象征原型的悲剧性生活模式。因而，“太虚幻境梦”是原型性生活模式的象征，贾宝玉在“太虚幻境梦”中看到的一切都是原型的生活模式。

三　预示是神谕的象征

但是，一个很难理解也很难解释的问题是，既然“太虚幻境梦”是一种原型之梦，这个原型之梦是一种神话式的象征，那么，为什么贾宝玉梦见的人物是那么具体，比如林黛玉、薛宝钗和晴雯，等等；而为什么人物命运的结局是那么吻合呢，比如林黛玉的死、薛宝钗的嫁给贾宝玉……？贾宝玉的“太虚幻境梦”为什么可以梦见大观园女性未来的命运呢？曹雪芹为什么这么写呢？这种非常具体非常吻合的情况，常常使人们——包括红学家们做出这样的判断：曹雪芹是在用这种方式对结局做出预示，如著名红学家丁淦指出，第五回“十二支曲的意图不是一个，而是三个：（1）预示‘金玉良缘’和‘木石姻缘’的结局（‘终身误’和‘枉凝眉’）；（2）预示十二钗为中心的‘上中下三等女子’的‘终身’或结局（这是主体）；（3）预示家道和世道——整个封建制度之‘天’的结局”①。但是，从原型批评的角度看，它确实不是对结局的预示，而是对原型的象征，是对未来结局的预先表现。“预示说”恐怕是遮蔽了曹雪芹艺术创作中一个最重要的问题。原型象征的未来预示与一般创造方法对未来预示是极大不同的两种方法，原型象征是指向原型的，而预示则掩盖了那个原

① 丁淦：《“太虚幻境”的现实意蕴——〈红楼梦〉第五回简析》，《红楼梦学刊》1982年第4辑。

型。但原型象征为什么又那样具体呢？有两个原因：一个原因是作为小说，曹雪芹要把它写得很神秘，以神秘性的表现引起读者的进一步阅读与思考的兴趣。但是这个原因是建立在另一个更重要的原因基础上的，这个更重要的原因就是，它是“太虚幻境梦”象征的需要。曹雪芹是以梦的形式表现他所认识的原型的，因而他就利用了“梦是神谕”的传统观念，而神谕则是极其灵验的。这在中国传统的梦的解释中是有大量资料可以援引的。其中有唐代传奇《谢小娥复仇记》，其中讲到谢小娥要报杀父杀夫之仇，但是苦于找不到仇人，她就先后梦见了父亲和丈夫来告诉她谁是杀死他们的仇人，谢小娥便根据梦中父亲和丈夫的指引找到仇人报了仇。从今天的观点来看，这是极其荒谬的故事，但是，小说却以这种描写而得到流传，那就是因为那些在我们看来荒谬的描写，是有自己的根据的，那根据便是“梦是神谕”的理念。梦是神对未来的预示，所谓“日有所思夜有所梦”，在中国传统文化中是一种很深远的文化传统。表面看去是很荒谬的，但实际上仍然带有它潜意识的自发表现。梦因为是潜意识自发的表现而对未来形成了某种预示作用。曹雪芹就是利用了“梦是神谕”的观念来写贾宝玉的“太虚幻境梦”的，因而他要把它写得更像一个神谕的梦。因为警幻仙姑是上天掌管人间过去和未来的女神，因而，她让贾宝玉看到的“金陵十二钗簿册”和听到“红楼梦仙曲十二支”就一一地预示了大观园女性命运的未来。曹雪芹正是靠着这个神谕的神话性描写，从而使贾宝玉的“太虚幻境梦”成为大观园的人物生命运原型的。

“太虚幻境梦”是一种神谕性的梦，这个神谕梦是象征之梦，它象征的是原型。贾宝玉的“太虚幻境梦”是原型之梦，在梦中看到的“金陵十二钗簿册”和听到的“红楼梦仙曲十二支”封建社会永恒的人生悲剧模式的原型性象征。因为原型模式不仅是过去的原型，它也是未来的原型。

四　被体验的原型

贾宝玉在“太虚幻境梦”所看到的就是这样一种原型。曹雪芹为什么让贾宝玉看到这样一种原型呢？我以为至少有两种作用，被我们红学界以往的研究所忽略了：一种是“太虚幻境梦”创造了一种神话，从而为整部《红楼梦》故事建构了一个原型，而大观园生活与这个神话的重演，就是整部《红楼梦》的现实生活对“太虚幻境”神话即原型的重演；另一种更为隐秘的意义是为贾宝玉建立了一种原型的思想，或思想的原型，在贾宝玉青春期一开始的时候，就用“太虚幻境梦”中看到的原型去感受、体味和认识大观园、贾府和整个社会的现实生活。

“太虚幻境梦”不只是为贾宝玉提供了一种神话性的故事，一种让贾宝玉觉得神秘莫测的神谕，一种贾宝玉虽然不能理解但又强有力地作用于贾宝玉思想的原型，“太虚幻境梦”还让贾宝玉体验了那种神话原型。这种体验是分为两种的，一种是“太虚幻境梦”的梦中体验，另一种是现实对“太虚幻境梦”重演形成的体验。

就梦对人的作用来说，它的故事是虚假的，但是对人的心理体验来说，它又是极其真实的。“假作真时真亦假”也包含着这层意思。梦以虚假的故事编造完成了人的真实的心理体验。这种梦的经验和规律同样适用于贾宝玉“太虚幻境梦”的解释。对贾宝玉来说，“太虚幻境梦”是一种虚假的事件，但对贾宝玉的心理体验来说，却是极其真实极其生动极其深刻的。因为贾宝玉的极其真实、极其生动和极其深刻的心理体验，“太虚幻境梦”给贾宝玉带来了极大的思想精神影响。

这表现在贾宝玉对大观园的“太虚幻境梦”环境的认识上，表现在对大观园女性人物命运按照他“太虚幻境梦”人生悲剧原型模式的发展以及结局上，表现在他自己的人生悲剧的体味上，也表现在他的审美感受上，还表现在他的喜聚不喜散、特别体贴女儿的女性观念上，还表现在贾宝玉特别喜欢与女儿厮混上，甚至表现在贾宝玉生命中所有的思想精神方面。贾宝玉生命中所有的思想情感与精神特点都与那个“太虚幻境梦”有割不断的内在联系，都可以追溯到他的“太虚幻境梦”那里去，“太虚幻境梦”是贾宝玉思想情感和精神的源头。

分析人物的内心世界，并把人物的心灵作为小说的重要内容来看待，那是到了现代小说创作和现代文学批评的事儿。但是，在曹雪芹那里，是早就把贾宝玉的心理内容作为小说的重要内容来表现了。《红楼梦》中有四大家族的毁灭，有人的特别是女性人物的毁灭，有“石头记”隐喻的

“石头—宝玉”—石头的悲剧，有“情僧录”所囊括的由情到僧的变化，有“风月宝鉴”所暗示的情与淫的后果，有“金陵十二钗”所象征的女性人生命运，等等，但是《红楼梦》还有以“太虚幻境梦”所表现的贾宝玉心理的秘密，贾宝玉那个以“太虚幻境梦”所表现出来的原型心理内容，同样是或者更主要是《红楼梦》的重要内容。

“红楼梦仙曲十二支”是《红楼梦》原型的象征

在《红楼梦》第五回“贾宝玉神游太虚境　警幻仙曲演红楼梦”中，曹雪芹以“点题”的回目特别强调了“曲演红楼梦”，这足见“红楼梦仙曲十二支”在《红楼梦》中的重要性。《红楼梦》以“红楼梦仙曲十二支”来赋名，这是一个非常耐人寻味且令人深思的问题，值得我们深入系统地探究。

“红楼梦仙曲十二支”是曹雪芹创造的神话，《红楼梦》是以这个创造的神话为历史先例和范型的。“红楼梦仙曲十二支”是一种原型叙事，即在《红楼梦》故事开始的时候，作家先用“红楼梦仙曲十二支”叙述了一种原型，继而用《红楼梦》女性的悲剧命运对“红楼梦仙曲十二支”的应验，表现《红楼梦》现实故事对“红楼梦仙曲十二支”神话原型的重复。“红楼梦仙曲十二支”及其重复，才是《红楼梦》最深刻的主题。

一　“红楼梦仙曲十二支”的特别重要性

《红楼梦》的书名前后经历了五种变化，这五种变化透露了作者对《红楼梦》核心主题的最终提炼与确认。脂砚斋曾经指出：“是书题名极□［多］，□□［一曰］《□□［红楼］梦》是总其全部之名也。又曰《风月宝□［鉴］》，□［是］戒妄动风月之情。又曰《石头记》，是自譬石头所记之事也。此三名皆书中曾已点睛矣。如宝玉作梦，梦中有曲，名曰《红楼梦十二支》，此则《红楼梦》之点睛；又如贾瑞病，跛道人持一镜来，上面即錾‘风月宝鉴’四字，此则《风月宝鉴》之点睛。又如道人亲眼见石上大书一篇故事，则系石头所记之往来，此则《石头记》之点睛处”[①]。《红楼梦》是根据贾宝玉在太虚幻境梦中看到和听见的“红楼梦仙曲十二支”而赋名的，更是“总其全部之名”，因此，才使《红楼梦》具有了更深邃的主题内涵，而使作品永远地定名在《红楼梦》上。《红楼梦》的书名之所以比《石头记》《情僧录》《风月宝鉴》《金陵十二钗》等有更深邃的含义，其根本原因就在于“红楼梦仙曲十二支”的象征意义。这既源于“红楼梦”的象征，又源于“十二支仙曲”的象征。曹雪芹是以“红楼梦仙曲十二支”来象征神话原型，并进一步象征整部《红楼梦》主题的。

“红楼梦仙曲十二支”是在小说第五回中表现出来的。那是贾宝玉做了一个神游太虚幻境的梦，梦见了一个被称作警幻仙姑的女神，那个女神“司人间之风情月债，掌尘世之女怨男痴”，她是一位爱情女神，同时也是一位掌管人命运的女神。正是这个掌管人命运的警幻仙姑，领着贾宝玉游了太虚幻境，让他看到了“金陵十二钗簿册”和欣赏了“红楼梦十二支曲子”的表演。警幻仙姑对“红楼梦十二支曲子”作了特别地强调，她说：“因近来风流冤孽，缠绵于此，是以前来访察机会，布散相思。今日与尔相逢，亦非偶然。此离吾境不远，别无他物，仅有自采仙茗一盏，亲酿美酒几瓮，素练魔舞歌姬数人，新填‘红楼梦’仙曲十二支，可试随我一游否?”（第五回）由此可见，警幻仙姑女神让贾宝玉欣赏“红楼梦仙曲十二支”是看比“金陵十二钗簿册”更为重要的内容。

贾宝玉欣赏的“红楼梦仙曲十二支”是在他看见了“金陵十二钗簿册”、闻“群芳髓”香、品“千红一窟”茶和饮“万艳同杯”酒之后开始的：

> 饮酒间，又有十二个舞女上来，请问演何词曲，警幻道：“就将新制‘红楼梦’十二支演上来。”舞女们答应了，便轻敲檀板，款按银筝，听他歌道是：
>
> 开辟鸿蒙……
>
> 方歌了一句，警幻道：“此曲不比尘世中所填传奇之曲，必有生旦净末之则，又有南北九宫之调。此或咏叹一人，或感怀一事，偶成一

① 邓遂夫校订：《脂砚斋重评石头记甲戌校本》，作家出版社2001年版，第75页。

曲，即可谱入管弦。若非个中人，不知其中之妙；料尔亦未必深明此调，若不先阅其稿，后听其曲，反成嚼蜡矣。”说毕，回头命小鬟取了“红楼梦”原稿来，递与宝玉。宝玉接过来，一面目视其文，耳聆其歌曰……

然后依次表现出“红楼梦”仙曲十二支。

从叙述的角度看，贾宝玉进入太虚幻境梦，看见了“孽海情天”中的“痴情司”等，它的象征意义主要是指向“金陵十二钗簿册”的，而闻“群芳髓”香、品“千红一窟”茶和饮“万艳同杯”酒则主要是指向“红楼梦仙曲十二支”的。在“金陵十二钗簿册”的表现之后，又有了“红楼梦仙曲十二支”的表现，由此又可以看出“红楼梦仙曲十二支”的重要性。

二　“红楼梦”十二支曲子的象征意义

“红楼梦”仙曲十二支与“金陵十二钗簿册”相比较，有这样几个突出的特点：

第一，“红楼梦仙曲十二支”是一种主体式抒情表现。纵观“红楼梦仙曲十二支”和“金陵十二钗簿册”，两者的视角是明显不同的：“红楼梦仙曲十二支”是一种内视角的表现，而“金陵十二钗簿册”是外视角的表现。所谓内视角就是从主人公视角的表现，而主人公视角叙事在所有视角中最具强烈的主体性和抒情性。“红楼梦仙曲十二支”的强烈主体性就表现在它是由当事人抒发出来的，而不像“金陵十二钗簿册”的判词——诗词，是由客观角度表现出来的；“红楼梦仙曲十二支”的强烈抒情性就表现在它抒发了当事人的深深的内心感受，而不像“金陵十二钗簿册”的诗词那样，只是一种意象表现。这就是“曲子”这种形式的独特意义。

我们还是具体比较一下“红楼梦仙曲十二支”和“金陵十二钗簿册”的诗词有什么不同吧。在表现林黛玉和薛宝钗的诗画中是这样表现的：

只见头一页上画着是两株枯木，木上悬着一围玉带；地下又有一堆雪，雪中一股金簪。也有四句诗道：

可叹停机德，堪怜咏絮才！玉带林中挂，金簪雪里埋。

“金陵十二钗簿册”中虽然用了画配诗的表现方式，但是它仍然是以意象象征的方式呈现的：两株枯木，木上悬着一围玉带，地上一堆雪，雪中一股金簪的画是意象，虽然用了“可叹”“堪怜”但指向的内涵仍然是比较抽象的，与曲子比起来，是客观化的不带强烈主观情感色彩的。对应于钗黛二人的“终身误”曲子却是以主人公的视角表现的：

都道是金玉良缘，俺只念木石前盟。空对着，山中高士晶莹雪；终不忘，世外仙姝寂寞林。叹人间，美中不足今方信：纵然是齐眉举案，到底意难平。

这支曲子是有一个明确的抒情主人公的，表现的一切都是主人公的思想感受：世人都说金玉良缘，但我自己却只相信木石前盟。这确实使读者必然想到贾宝玉后来梦中的话语——“和尚道士的话如何信得？什么‘金玉姻缘’？我偏说‘木石姻缘’”（第三十六回）。过去人们觉得人间的遗憾是美中不足，如今才相信：纵然是与妻子举案齐眉，到底是不忘那刻骨铭心的爱情。这是从主人公内心抒发出的情感，虽然其“空对着，山中高士晶莹雪，终不忘世外仙姝寂寞林”，既隐喻了贾宝玉与薛宝钗不如意的婚姻，又隐喻了贾宝玉与林黛玉没有实现的爱情，但它不是客观叙事的角度，而是主观抒情的角度。这就使曲子获得了比画配诗更加感人的艺术效果。

不仅如此，正是由于《终身误》的曲子的作用，才补充了“金陵十二钗簿册”画配诗表现的不足。在“金陵十二钗簿册”画配诗中，关于“两株枯木”的画和“可叹停机德”的诗，只是表现了两个不同女性的悲剧结局，并没有表现她们的婚姻和爱情，更重要的是还没有表现贾宝玉的人生命运。《终身误》由贾宝玉的视角来抒发情感的，既隐喻了贾宝玉与薛宝钗的被规定的“金玉良缘”的婚姻，又隐喻了贾宝玉与林黛玉并没有实现的“木石前盟”的爱情。诗配画的不足被曲子所充分补充了。曲子比画配诗大大扩充了艺术表现力。

第二，“红楼梦仙曲十二支”比“金陵十二钗簿册”画配诗更具丰富的内容。画配诗的是“判词”即结局的表现，更突出的是意象的概括性和象征性，而曲子则是命运模式的呈现，因而，曲子就比判词具有了更丰富的内容。通过王熙凤的画配诗和曲子《聪明累》的比较，就可以非常清楚地回答这个问题：

> 后面便是一片冰山，上有一只雌凤。其判云：
> 凡鸟偏从末世来，都知爱慕此生才；
> 一从二令三人木，哭向金陵事更哀。

无论是画的意象还是诗的隐喻，都重在表现王熙凤的人生结局：“哭向金陵事更哀”。但是，曲子《聪明累》重在表现的不是结局，而是一种命运模式：

> 机关算尽太聪明，反算了卿卿性命！生前心已碎，死后性空灵。家富人宁；终有个，家亡人散各奔腾。枉费了意悬悬半世心，好一似，荡悠悠三更梦。忽喇喇似大厦倾，昏惨惨似灯将尽。呀！一场欢喜忽悲辛。叹人世，终难定！

《聪明累》表现的是这样一种女性的悲剧命运：她极为聪明也极其有才能，她绞尽脑汁地为自己算计，还把这种聪明用在她主管的事情上，但是，不管她如何绞尽脑汁、施展才华，也终究挽救不了整个家族如大厦的倾倒、油灯的将灭。在整个大厦即将倾倒的时候，首先压倒的就是这样的女性。最聪明的女性却落得了一个最悲惨的下场，《聪明累》呈现了一类女性悲剧命运的模式。

第三，“红楼梦仙曲十二支”比“金陵十二钗簿册”诗配画的判词更具整体性。“红楼梦仙曲十二支”除了中间具有人物命运模式特点之外，还有开头的《红楼梦引子》和结尾的《飞鸟各投林》，这就使“红楼梦仙曲十二支”构成了一个非常完整的整体。而正是这个完整的整体生发出深刻的意义。《红楼梦引子》是这样的：

开辟鸿蒙，谁为情种？都只为风月情浓。奈何天，伤怀日，寂寥时，试遣愚衷：因此上，演出这悲金悼玉的“红楼梦”。

开天辟地以来，是谁赋予了人类爱情的情种呢？纷纷繁繁都是因为这风月情浓。趁着这迷惘、伤感的日子，寂寥、郁闷的时刻，尝试排遣苦闷的心胸，因此上才上演了这怀念伤悼那些美丽女孩儿命运的《红楼梦》。这既是对女性悲剧命运原因的总体阐释，又是对演出《红楼梦》原因的总体阐释。

在接下来的“红楼梦”仙曲十二支就是对各种女性人物悲剧命运的表现，《终身误》《枉凝眉》《恨无常》《分骨肉》《乐中悲》《世难容》《喜冤家》《虚花悟》《聪明累》《留余庆》《晚韶华》《好事终》，每一首曲子都是表现一种（《终身误》和《枉凝眉》是表现几种）女性悲剧命运模式的，十二首曲子便表现了十二种女性悲剧命运模式。

结尾的《飞鸟各投林》是一种整体总结和概括：

为官的，家业凋零；富贵的，金银散尽；有恩的，死里逃生；无情的，分明报应；欠命的，命已还；欠泪的，泪已尽：冤冤相报自非轻，分离聚合皆前定。欲知命短问前生，老来富贵也真侥幸。看破的，遁入空门；痴迷的，枉送了性命。——好一似食尽鸟投林，落了片白茫茫大地真干净！

这个结尾的收束，就脱出了《红楼梦引子》所谓“都只为风月情浓”的说法，而指向了更多重的内容。

与“金陵十二钗簿册”画配诗判词相比，“红楼梦仙曲十二支”更为完整地呈现了女性悲剧命运。它既有《红楼梦引子》对悲剧原因的阐发，又有“红楼梦仙曲十二支”对女性悲剧命运模式的多种呈现，还有结尾《飞鸟各投林》对十二种人物的总结。由此形成了一个女性悲剧命运的悲凉挽歌。正是在这种丰富性和整体性的作用下，“金陵十二钗簿册”以画配诗表现的判词，就成了“红楼梦仙曲十二支”附属性内容：“金陵十二钗簿册”判词丰富到了“红楼梦仙曲十二支”之中，它重在表现的

人物命运的结局，在对“红楼梦仙曲十二支”呈现女性悲剧命运模式的补充中，失去了独立性艺术功能，而这种艺术方法是在指向一个更大的象征。

《红楼梦》的整体是小说，是故事的叙述，但是，在最重要的神话和原型表现上，却用了戏曲的表现形式。由于戏曲曲子的代言性的独特性表现方式——以第一人称的叙事使人物命运的表现更为真切感人，这就使“红楼梦仙曲十二支”有了更典型的艺术表现力。

三　神话原型的象征

《红楼梦》的一个最大的神秘之处在于，出现在第五回太虚幻境梦中的“红楼梦仙曲十二支”，连同副册中的香菱，又副册中的晴雯、袭人和曲子《终身误》《枉凝眉》包含的贾宝玉四个人，一共是十六个人的命运，与后来的“红楼梦”的人物命运得到了完全一致的对应。对此种对应，普遍的解释是曹雪芹用“红楼梦仙曲十二支”“暗示”了小说故事的结局，使《红楼梦》故事一开始就弥漫了浓重的悲剧氛围。但是，这种“暗示”说的局限也是比较明显的，主要体现在它没有彻底解释清楚神话对现实的（原型）作用；也没有解释清楚神话与现实的结构关系；没有把神话与现实的排列、组合看成是一种“有意味的形式”。

表面看来，贾宝玉梦的暗示性与《水浒传》和《封神演义》的“预设”是相同，《水浒传》在展开108位水浒英雄故事之前，先用楔子“洪太尉误走妖魔”的方式交代了这些英雄人物的来历；《封神演义》在展开武王伐纣、姜子牙封神的故事之前，先“预设”了纣王女娲宫进香题淫诗的情节，然后才有后来故事的展开。贾宝玉梦见“红楼梦仙曲十二支”，好像《红楼梦》是对古代传统小说艺术方法的一种继承。但是，《红楼梦》不单是“预设”的继承，更是极大的创新，曹雪芹是把传统小说的“预设”改造成了原型象征，即“红楼梦仙曲十二支”不是对他家族女性悲剧命运的预先设定或暗示，而是原型性的象征。

要真正理解“红楼梦十二支曲子”的象征意义，其前提是必须理解“太虚幻境梦”的象征意义。贾宝玉在梦中看见的那个太虚幻境，是曹雪芹借鉴萨满神话的创造。萨满神话表现了萨满信仰的“三界”观念：天界、地界和地下界。天界是神的世界，地界是人们生活的世界，而地下则是魔鬼的世界。在萨满信仰中，现实世界的生活是被天界的神决定的。因而，萨满神话总是要模仿或讲述天界的神的故事。萨满教总是要反复模仿女神或祖先的创世行为，总是要反复讲述《天宫大战》等宇宙开辟的神话。因为萨满神话是表现天界的神话原型，萨满教先民是在用那个神话原型应对现实的生存危机和精神危机。萨满教仿神话的时候，就与现实生存危机和精神危机形成了一种对应性，正是这种对应构成了萨满神话与现实危机的一种结构性的存在。曹雪芹对萨满神话的借鉴，就是对这种神话原型结构方式的借鉴，一方面是借用萨满神话原型，另一方面是借鉴了原型与现实构成的一种结构方式。但曹雪芹对萨满神话原型的借鉴，不是对萨满创世神话的运用，而只是借鉴原型的方式，而创造了另外的悲剧神话原型，又用这个悲剧神话原型与现实生活构成一种对应性的结构。这就是《红楼梦》第五回太虚幻境梦与后面故事对应结构的秘密。

“红楼梦仙曲十二支”正是曹雪芹为红楼梦现实故事创造的一个神话原型，是在《红楼梦》故事刚开始的时候，作为一种历史先例和范型，那种悲剧的原型模式就已经存在了，似乎自从开天辟地起，“红楼梦仙曲十二支”所象征的女性悲剧命运的历史先例和范型就形成了。因而，“红楼梦仙曲十二支”不是对后面故事结局的提前暗示，而是对历史原型的象征性表现，而表现这一历史原型恰恰是为表现现实人生服务的：现实女性悲剧命运重演了历史原型。

“太虚幻境梦”的象征是多重的，而非单一的。“太虚幻境梦”是作为一种象征而出现在贾宝玉梦中的。从原型批评的观点看，梦是神话的象征。作为梦主，在贾宝玉的思想意识里，不仅有他意识到的“意识”内容，还有他没有意识到的“集体无意识”内容。而集体无意识内容是相当于一种种族遗传留在他的潜意识之中的。留在潜意识中的集体无意识常常是以梦的形式表现出来的。因而，梦的形式就常常成了集体无意识的象征，人们之所以梦见悲剧性的故事，那是因为种族命运在人的头脑中深深刻下了集体无意识原型形式的缘故。而这种梦其实就是神话的象征。在何

种状态下一个人会做神话式的梦呢？荣格揭示了这个秘密："这些神话式或者集体性的梦有一个特征，那就是它迫使人们本能地讲出它们。这种本能是非常适宜的，因为这样的梦并不属于个体所有。它们具有一种集体意义。一般而言，它们本身都是真实的：在特殊情况下，它们对于处于特定环境中的人来说也是真实的。这就是为什么在古代和中世纪梦得到了极大的重视：它们表达出来一种集体的人类真相。"① 因为"在潜意识的这种层面存在着神话模式"②，又因为梦是被潜意识支配的，所以，人就会做神话式的梦。曹雪芹虽然没有接触集体无意识原型理论，但是，由于曹雪芹对人的心理秘密的敏锐而深刻洞察，他就在贾宝玉梦里深刻地表现了人的这种心理秘密。

曹雪芹在运用梦的方式表现着集体无意识的原型，即表现着神话原型。梦表现集体无意识原型，这种原型常常就是以神话的方式表现出来的。这虽然是荣格的揭示，但却不是荣格的发明。那是在人类的梦史和文学创作中隐藏着的秘密。曹雪芹在创作过程中，洞悉了这一秘密，因而，他就运用梦的方式表现了人的集体无意识，并为集体无意识创作了一种神话，并使之成为《红楼梦》一书的原型。曹雪芹是在艺术创作方面达到了与荣格梦可以表现集体无意识原型理论的相通。

因为曹雪芹借用贾宝玉的梦表现了一种神话原型，因而，"红楼梦仙曲十二支"就是红楼女儿悲剧命运的原型模式。它是由警幻仙姑命令她天界的十二个仙女表现出来的。警幻仙姑是天界主管命运的女神，它让贾宝玉观看的"红楼梦仙曲十二支"就成为"神谕"，"红楼梦仙曲十二支"的每一支曲子都是表现一种女性悲剧原型模式，这样"红楼梦仙曲十二支"就构成了十二种女性命运的神话，并由这十二种女性命运的神话成为十二种女性命运的原型。"红楼梦仙曲十二支"就这样成了神谕、神话和原型。《红楼梦》展开故事的十二个主要人物命运对这种神谕和神话的重复，是神话的应验，绝非"暗示"的结果。《红楼梦》故事人物与"红楼

① ［瑞士］卡尔·古斯塔夫·荣格：《象征生活》，储昭华、王世鹏译，国际文化出版公司2011年版，第90页。

② ［瑞士］卡尔·古斯塔夫·荣格：《象征生活》，储昭华、王世鹏译，国际文化出版公司2011年版，第35页。

梦仙曲十二支”的吻合，用著名宗教史学家伊利亚德的话来说“它们的灵验在于一种神话原型”①。曹雪芹是用现实人生对神话原型的重复表现悲剧命运的永恒性。

但是，还有一个更难于解释的问题是，贾宝玉的“红楼梦仙曲十二支”，特别是在“薄命司”看见的金陵十二钗正副册判词，为什么会明确的梦见是哪一位呢？要知道，她们的青春才刚刚开始，距离悲剧的结局还很遥远，贾宝玉怎么就会梦见她们悲剧命运模式与结局呢？

我们可以从两个方面来探讨这个问题。一个方面是梦的神秘性。梦是极为神秘的，它是以梦见过去的方式预见未来的。但是，这一般是以梦见过去即历史先例和范型来达到的。按照这种规律来理解，贾宝玉梦见的“红楼梦仙曲十二支”和“金陵十二钗簿册”的判词，就应该是一般模式的表现，而不应该有具体人物的隐喻与暗示，但是，“红楼梦仙曲十二支”，特别是“金陵十二钗簿册”偏偏就有具体人物的隐喻和暗示。曹雪芹是把他这部用十年心血创作的长篇小说赋名为《红楼梦》的，这就表明他是用梦的形式来表现他的故事的，《红楼梦》中几十个梦也充分地表现了他对梦形式的巧妙运用，而正是这个方面，透露了曹雪芹关于梦文化的深厚背景。由他对梦的丰富描写，我们发现，他对梦文化秘密的渗透理解与灵活运用。在梦文化中，有一种特别的神秘现象，就是人们可以梦见他们的未来。关于这个神秘现象，中国古代梦有许多记载，曹雪芹正是根据这种梦文化的神秘现象表现贾宝玉梦见他家族女性未来命运的。

另一个方面是，曹雪芹要创造一种更为神秘的故事，以此增加他作品的神秘性和艺术魅力。

“红楼梦仙曲十二支”是原型的象征，曹雪芹用它来象征整部《红楼梦》故事的原型，这充分表现了曹雪芹的创作意图：《红楼梦》女性人物的悲剧命运不是偶然的，也不只是现实的，它是被历史先例和范型即被原型规定的，因而《红楼梦》的悲剧是必然的、历史的，甚至是永恒的。

“红楼梦仙曲十二支”是以“红楼梦”和“十二”来表现的，如果我

---

① ［美］米尔恰·伊利亚德：《神圣的存在：比较宗教的范型》，晏可佳、姚蓓琴译，广西师范大学出版社 2008 年版，第 258 页。

们再进一步探讨“红楼梦”和“十二”的象征意义，我们就会对曹雪芹所象征的深刻用意有更深刻的理解。在贾宝玉的太虚幻境梦里，警幻仙姑反复说到“红楼梦”，这个“红楼梦”是具有重要的象征意义的：首先，是指贾宝玉做梦的所在，“但见朱栏玉砌，绿树清溪，真是人迹不逢，飞尘罕到”；“画栋雕檐，珠帘绣幕，仙花馥郁，异草芬芳，真好所在也。正是：光摇朱户金铺地，雪照琼窗玉作宫”。（第五回）贾宝玉就是在这样的“红楼”中酣然入梦的。其次，是指梦中女儿们居住处，“红楼梦仙曲十二支”表现的女性住处就是红楼。贾宝玉的“太虚幻境梦”，梦见的是“红楼”女儿的悲剧，贾宝玉的太虚幻境梦就是贾宝玉的“红楼梦”。而贾宝玉“红楼梦”的“红楼”又是对应于大观园的，因而，贾宝玉的“红楼梦”又是指向现实中的“红楼”的。

“红楼梦仙曲十二支”的数字“十二”也是颇具象征意味的。在第三十七回，夜拟菊花题的时候，湘云笑道“十个还不成幅，索性凑成十二个，就全了”。这显然是用十二代表“全”的意思。薛宝钗说出的“冷香丸”的制作过程就包含了多个十二：“要春天开的白牡丹花蕊十二两，夏天开的白荷花蕊十二两，秋天的白芙蓉蕊十二两，冬天的白梅花蕊十二两。将这四样花蕊于次年春分这一天晒干，和在末药一处，一齐研好；又要雨水这日的天落水十二钱……白露这日的露水十二钱，霜降这日的霜十二钱，小雪这日的雪十二钱。把这四样水调匀了，丸了龙眼大的丸子，盛在旧磁坛里，埋在花根底下，若发了病的时候儿，拿出来吃一丸；用一钱二分黄柏煎汤送下”（第七回）；在《脂砚斋重评石头记》第七回的开篇，就有这样一首诗：“十二花荣色最新，不知谁是惜花人？相逢若问名何氏？家住江南本姓秦”①，仍然是用“十二”表示全的意思。这些都是照应“红楼梦”仙曲十二支的“十二”的。“十二”具有“全”的象征意义，是中国数字最典型的象征方法。著名学者叶舒宪指出：“十二”是天之大数：“在华夏文化中，‘十二’是一个独具魅力的数字，其渗透力之广、影响之深远，几乎涉及社会生活的各个方面。历法有十二支，占卜有十二神，明堂有十二室，京城有十二门，冕服纹饰有十二章纹，食有十二鼎，

---

① 《脂砚斋重评石头记》，中州古籍出版社2010年版，第58页。

佛教有十二因缘，中医讲十二藏，律分十二管，甚至天子姻缘要以十二为制，传说中的贤圣舜帝任命大臣也以十二为限”①。之所以有这么多十二，是因为“十二的模式意义并非总是表征实际的数量个体，在许多情况下，它以虚化的方式出现，泛指多数、极限之意”②。正是在中国数字“泛指多数、极限之意”的象征意义上，曹雪芹用了“红楼梦”仙曲十二支和“金陵十二钗”。当贾宝玉问警幻仙姑：“何为金陵十二钗正册？”警幻道：“即尔省中十二冠首女子之册，故为正册。”宝玉道：“常听人说，金陵极大，怎么只十二个女子？如今单我们家里，上上下下就有几百个女孩儿。”警幻微笑道：“一省女子固多，不过择其紧要者录之，两边二厨则又次之。——余者庸常之辈便无册可录了。”这就分明表现出，曹雪芹是以“十二”代表女性全体的。也就是说，曹雪芹是以“红楼梦仙曲十二支”表现的十二种女性悲剧命运来象征整个女性悲剧命运的。

因为“红楼梦仙曲十二支”是所有女性悲剧命运的象征，又因为《红楼梦》是在故事开始的时候，就表现了这个“红楼梦仙曲十二支”，实际上是在表现所有女性悲剧命运的原型，因而，所有女性悲剧命运的原型就构成了《红楼梦》故事的原型模式。“红楼梦”故事中女性对“红楼梦仙曲十二支”女性悲剧命运的重复，就是对女性悲剧命运原型的重复。“红楼梦仙曲十二支”就这样成了《红楼梦》原型象征。

贾宝玉的“兼美”梦

在《红楼梦》的鸿篇巨制中，小说第五回“贾宝玉神游太虚境，警幻仙曲演红楼梦”是一个关键性的情节，作家以贾宝玉“神游太虚幻境”即“梦见神话”的方式，为整部《红楼梦》的故事提供了一种原型性象征。“贾宝玉神游太虚幻境”是梦见神话，太虚幻境是一种神话的表现方式。《红楼梦》中曹雪芹很明显地运用了“梦即神谕”的方法，但他的神谕并非是那种原始信仰，而是发展成一种创作方法，他的太虚幻境神话世界与

① 叶舒宪、田大宪：《中国古代神秘数字》，陕西师范大学出版社 2018 年版，第 287 页。
② 叶舒宪、田大宪：《中国古代神秘数字》，陕西师范大学出版社 2018 年版，第 287 页。

贾宝玉的现实世界构成一种结构形式，太虚幻境是贾宝玉现实社会的原型，现实社会是太虚幻境的原型一次重演。贾宝玉的现实人生是在他的那个太虚幻境中就预先被梦到了的，因为利用了梦是神谕的理念，因为表现神谕的梦就相当于神话，又因为，那个表现神谕的梦与现实构成了一种结构关系，因而，那个太虚幻境成为一种神话原型的表现。

贾宝玉的神游太虚幻境是贾宝玉梦见的神话，是曹雪芹为现实构拟的神话原型。这在“警幻仙曲演红楼梦”中有明显的表现，已经证明了曹雪芹用神话—现实作为《红楼梦》的结构。太虚幻境中贾宝玉的梦由两大部分构成，一部分是贾宝玉梦见红楼众女儿的结局——神以“金陵十二钗簿册”对人物命运的象征；另一部分是贾宝玉梦见警幻仙姑之妹兼美可卿并与之做爱等。曹雪芹既然是把前一部分作为神话来运用的，那么，后一部分的兼美梦也就应该被当作神话原型来运用。

贾宝玉的“兼美”梦，是一种理想女性原型之梦。

一　“兼美”梦的内涵

贾宝玉的“兼美”梦由四部分内容构成：第一部分是兼美的特点；第二部分是警幻仙姑关于“意淫”的教育；第三部分是与警幻仙姑之妹“可卿”的成姻；第四部分是“可卿”出去游玩，被黑溪阻路。这四个部分形成的整体，表现了贾宝玉另一些潜意识。

我们先来看第一部分。贾宝玉梦到了“兼美”，那是在看了“金陵十二钗簿册”，又听了“红楼梦仙曲十二支”之后，警幻仙姑见贾宝玉“甚无趣味”，因叹：“痴儿竟尚未觉悟！”那宝玉忙止歌姬不必再唱，自觉朦胧恍惚，告醉求卧。“警幻便命撤去残席，送宝玉至一香闺绣阁中。其间铺陈之盛，乃素所未见之物。更可骇者，早有一位仙姬在内，其鲜艳妩媚，大似宝钗；袅娜风流，又如黛玉。”读者读到后面的梦的故事就知道了这个兼有薛宝钗鲜艳妩媚和林黛玉袅娜风流之美的人物叫“兼美”“可卿”。

贾宝玉为什么梦到了这个“兼美”的形象，并且是兼有薛宝钗和林黛玉之美，并且名字“可卿”还与现实中他侄媳妇名字相同呢？

就“兼美”本身分析我们无论如何是不能获得较为贴近贾宝玉潜意识

的看法的，因为贾宝玉的“太虚幻境梦”是一个有连续的整体，这个整体结构才表现着贾宝玉的潜意识。从原型角度看，“兼美”是一个理想女性原型的象征。它巧妙地运用了现实中三个女性的形象进行表现。薛宝钗是很美的，林黛玉也是很美的，秦可卿也是很美的，但是，在贾宝玉的潜意识感受里，她们还都不是最理想的女性，她们三个浓缩在一起才是最理想的美。贾宝玉为什么非要产生一个理想的女性即“兼美”的原型形象呢？那是因为贾宝玉前面梦见了“金陵十二钗簿册”和“红楼梦仙曲十二支”的缘故。贾宝玉的兼美梦其实是与贾宝玉梦见的“金陵十二钗簿册”和“红楼梦仙曲十二支”有重要关系的，它们是潜意识联系的一个整体。我们知道，“金陵十二钗簿册”和“红楼梦仙曲十二支”是女性悲剧命运的象征，那些女性悲剧命运都是以悲剧性格和悲剧人生的隐喻来表现的，她们每个人都是被异化被分裂的典型。其中最典型的是薛宝钗和林黛玉，但是，薛宝钗和林黛玉却是以合图、合诗与合曲的形式来表现的。有学者根据这种合图等形式表现提出“钗黛合一”的观点，王蒙先生认为“林黛玉与薛宝钗既是两个活生生的典型人物，又是人、是女性性格素质、心理机制两极的高度概括。一边是天然的、性灵的、一己的、洁癖的，一边是文化的、修养的、人际的、随俗的；或此或彼，偏此偏彼，时此时彼，顾此顾彼或顾此失彼，谁能完全逃出二者的笼罩与撕扯呢？它们是作者对人、对于女性、对于可爱可敬高贵美丽的少女统一而又矛盾分裂的感受与思考，是作者的人性观、女性观、爱情观的精彩绝伦而且淋漓尽致的外化、体现”①。这是一个很有见地的观点。钗黛合一是与“兼美”有内在联系的，但钗黛合一并不是表现“兼美”，而是表现分裂，——即理想女性被分裂的——她被分裂成了薛宝钗型和林黛玉型，而另外那十几个也是被异化被分裂的典型形式。正因为有了女性被分裂的典型模式，在贾宝玉潜意识中才出现了理想完美的女性原型形式。也就是说，“兼美”原型是在分裂原型基础上出现的潜意识内容。

贾宝玉的“兼美”梦虽然是在“金陵十二钗簿册”和“红楼梦仙曲十

---

① 王蒙：《钗黛合一新论——兼论文学人物的评析角度》，《王蒙文集》第 8 卷，华艺出版社 1993 年版，第 317 页。

二支”梦之后出现的，但在这之前却是就已经产生了的。女娲补天是用顽石所炼的“宝玉”的，顽石在经由女娲所炼成为“宝玉”的时候，女娲补天精神就已经凝聚到“宝玉”之中。当宝玉转换为神瑛侍者的时候，女娲补天精神就转移到神瑛侍者身上，而神瑛侍者转世投胎（原型的转换方式）成为贾宝玉的时候，女娲补天精神也就转移到了贾宝玉身上。所谓补天精神就是用女性主义精神文明去弥补被男性统治破坏了的“天”即现实社会。而女性主义精神文明的核心思想是女性崇拜和女性价值观的张扬。那其中就有一个理想女性即女神的形象。

女神是创造世界的神，人与万物都是女神创造的，因而，人们都无限崇拜女神，信仰女神。当顽石经由女娲所炼成为“宝玉”的时候，这种女神崇拜精神同样注入到了“宝玉”之中，当“宝玉”转换为贾宝玉的时候，这种精神就成为贾宝玉的潜意识，而这种潜意识在贾宝玉的思想行为中就会得到不自觉的流露。

在贾宝玉被秦可卿领着睡午觉的时候，贾宝玉对房间的选择就是被潜意识所支配的。秦可卿先是把贾宝玉领进了一间带有“燃藜图”图画和“世事洞明皆学问，人情练达即文章”对联卧室，但却被贾宝玉拒绝了；而当被秦可卿领进她自己的卧室，并且还看到挂着“海棠春睡图”图画和摆放着杨贵妃等美女用过的文物的时候，贾宝玉就喜不自胜，连声说“这里好！这里好!”因为在“海棠春睡图”的形象中，贾宝玉潜意识中的女神形象得到了极为清楚的投射。“海棠春睡图”画的并非是海棠，而是一个美人春睡，她到底画的是哪个具体人物，与贾宝玉是没有什么关系的，最为重要的是她却成了贾宝玉来自女娲的女神形象的象征。贾宝玉喜欢在秦可卿卧室睡觉的根本原因就在这里。

这是睡午觉前贾宝玉对卧室的选择，这个选择是在贾宝玉潜意识支配下进行的，而到了睡梦过程中，贾宝玉就把睡前的潜意识转换成了女神形象，即那个首先出现在贾宝玉梦中的警幻仙姑形象。那个警幻仙姑的形象是以极尽美的特征出现在贾宝玉梦中的：“靥笑春桃兮，云髻堆翠；唇绽樱颗兮，榴齿含香。盼纤腰之楚楚兮，风回雪舞；耀珠翠之的的兮，鸭绿鹅黄。出没花间兮，宜嗔宜喜；徘徊池上兮，若飞若扬。蛾眉欲颦兮，将言而未语；莲步乍移兮，欲止而仍行。羡美人之良质兮，冰清玉润；慕美人之华服兮，闪烁文章。爱美人之容貌兮，香培玉篆；比美人之态度兮，凤翥龙翔。其素若何：春梅绽雪；其洁若何：秋蕙披霜。其静若何：松生空谷；其艳若何：霞映澄塘。其文若何：龙游曲沼；其神若何：月射寒江。——远惭西子，近愧王嫱。生于孰地？降自何方？若非宴罢归来，瑶池不二；定应吹箫引去，紫府无双者也。”（第五回）作为潜意识的连续性，贾宝玉的潜意识又以女神的神谕方式，看到了女性悲剧命运的原型性象征，而在这种被分裂被异化的女性典型模式作用下，那个最初出现的以“海棠春睡图”象征的女神形象，在转化为警幻仙姑形象之后，又再一次转化为“兼美”形象，以薛宝钗和林黛玉综合在一起，又以“可卿”形象表现出来。作为一种理想女性形象，“兼美”是针对金陵十二钗和“红楼梦仙曲十二支”所象征的被分裂被异化的女性形象出现的。

由此可见，“兼美”是女神原型的置换，是理想女性形象的变形。

二　“意淫”是贾宝玉自己的潜意识

警幻仙姑关于“意淫”的教导，也是贾宝玉“兼美”梦中的重要内容。那是在贾宝玉梦见了“兼美”之后，也就是看见了“其鲜艳妩媚，大似宝钗；袅娜风流，又如黛玉。正不知何意”忽见警幻说了一套“意淫”的道理。关于“意淫”究竟表现了什么内容，红学家发表了很多意见，有些意见是很有启发性的。但是，如果我们把这个“意淫”梦内容与贾宝玉“兼美”内容，特别是与贾宝玉源于女娲所炼“宝玉”联系起来，就会有一些不同的发现。关于“意淫”内容，有警幻仙姑和贾宝玉的对话，但那其实是贾宝玉自己潜意识的表现，警幻仙姑的话是贾宝玉潜意识的一种变形表现：

> 尘世中多少富贵之家，那些绿窗风月，绣阁烟霞，皆被那些淫污纨绔与流荡女子玷辱了；更可恨者，自古来，多少轻薄浪子，皆以“好色不淫”为解，又以“情而不淫”作案，此皆饰非掩丑之语耳：好色即淫，知情更淫。是以巫山之会，云雨之欢，皆由既悦其色、复恋其情所致。——吾所爱汝者，乃天下古今第一淫人也！

在贾宝玉潜意识中，那些对美丽女性既悦其色，复恋其情的就是占有玩弄玷辱，就是淫。这是针对前面梦到的“兼美”即理想女性原型而言的，而贾宝玉自己不做这样的人，而是要做一个“天下古今第一淫人”。“天下古今第一淫人”是一个什么样的人呢？那就是“意淫”。

宝玉不理解何为“天下古今第一淫人”，唬的慌忙答道：“仙姑差了：我因懒于读书，家父母尚每垂训饬，岂敢再冒‘淫’字？况且年纪尚幼，不知‘淫’为何事。”这是贾宝玉对“意淫”加深理解加深认识的一个阶段，而警幻仙姑对他疑问的回答，则是他对“意淫”的最终思考。警幻说的道理就是贾宝玉体会的道理：“非也。淫虽一理，意则有别。如世之好淫者，不过悦容貌，喜歌舞，调笑无厌，云雨无时，恨不能天下之美女供我片时之趣兴：此皆皮肤滥淫之蠢物耳。如尔则天分中生成一段痴情，吾辈推之为‘意淫’。惟‘意淫’二字，可心会而不可口传，可神通而不能语达。汝今独得此二字，在闺阁中虽可为良友，却于世道中未免迂阔怪诡，百口嘲谤，万目睚眦。”警幻仙姑对淫的“滥淫”和“意淫”的区别是贾宝玉自己潜意识的思考，贾宝玉是把自己的潜意识思考以警幻仙姑的话表现出来了。在贾宝玉的理解中，“滥淫”就是对女性的“调笑无厌，云雨无时，恨不能天下美女供我片时之趣兴”，是以占有、玩弄、蹂躏和泄欲为目的的，而“意淫”则是以对女性崇拜、尊重、理解、同情、怜悯、关爱为前提的爱。“滥淫”对女性是恶棍，“意淫”对女性是“良友”，“滥淫”是男性统治文化模式的表现，“意淫”是女性文化模式的表现。

贾宝玉兼美梦中的“意淫”，有一种承上启下的作用，一方面，它是对女娲补天原型的一种继承，这在贾宝玉梦里是有所表现的，警幻仙姑说贾宝玉的“意淫”是“天分中生成一段痴情”，那就是说，“意淫”是贾宝玉与生俱来的思想情感。这就交代了贾宝玉“意淫”，即对女性崇拜和尊重、怜悯与关爱的爱，是与贾宝玉来源于女娲所炼“宝玉”有关的，是从女娲那里继承而来的原型思想；另一方面，它又对贾宝玉后来的思想行为起到了一种思想先导或者“原型预示”的作用。贾宝玉后来愿意与青春女儿“厮混”，对女儿的崇拜（女儿是水做的骨肉，男子是泥做的骨肉等），贾宝玉不仅爱他的恋人林黛玉，也爱所有青春女儿，对不幸的青春女儿表现出特别的怜悯与关爱，都是和他这个梦梦到的“意淫”有着重要关系的。

这一“滥淫”和“意淫”的区别对理解贾宝玉的形象是极为重要的，对理解《红楼梦》的主题也是极为重要的。这是后来表现贾宝玉与所有男人不同的思想根基，是贾宝玉对女性尊重、怜悯、同情和关爱的思想根基。可以毫不夸张地说，贾宝玉现实生活中对女性的情感态度都是与此密切相关的。

曹雪芹对贾宝玉兼美梦“意淫”内容的描写，有着非常明显的前后照应的写法。“意淫”与贾宝玉来源于女娲所炼“宝玉”紧密相关，是女娲所炼“宝玉”使“宝玉”具有了补天思想精神，然后，“宝玉”置换为神瑛侍者，“宝玉”的补天精神就转换为神瑛侍者对绛珠仙草的“灌溉”使其成为女体，神瑛侍者转世脱胎成为贾宝玉，贾宝玉就先有了这个兼美梦中的“意淫”内容。到了贾宝玉与众多青春女儿的关系描写中，就有了对这个梦中所到的“在闺阁中虽可为良友，却于世道中未免迂阔怪诡，百口嘲谤，万目睚眦”。贾政认为贾宝玉是“酒色之徒”，王夫人认为贾宝玉是“祸根孽胎，是家里的‘混世魔王’”；而贾珍、贾琏和薛蟠等男性对女性的滥淫又成为贾宝玉“意淫”的相对性艺术表现。

三　“意淫”与好色的思想的争斗

在“兼美”梦里，还写到了贾宝玉与兼美可卿的成姻：接着贾宝玉是“天下古今第一淫人”和“如尔则天分中生成一段痴情”话之后，警幻仙姑又说：

> “今既遇尔祖宁荣二公剖腹深嘱，吾不忍子独为我闺阁增光而见弃于世道，故引子前来，醉以美酒，沁以仙茗，警以妙曲，再将吾妹一人，乳名兼美表字可卿者，许配与汝。今夕良时，即可成姻：不过令汝领略此仙闺幻境之风光尚然如此，何况尘世之情景呢。从今后，万万解释，改悟前情，留意于孔孟之间，委身于经济之道。”说毕，便秘授以云雨之事，推宝玉入房中，将门掩上自去。
>
> 那宝玉恍恍惚惚，依着警幻所嘱，未免作起儿女的事来，也难以

> 尽述。至次日，便柔情缱绻，软语温存，与可卿难解难分。因二人携手出去游玩之时，忽然至一个所在，但见荆榛遍地，狼虎同行，迎面一道黑溪阻路，并无桥梁可通。正在犹豫之间，忽见警幻从后追来，说道："快休前进，作速回头要紧！"宝玉忙止步问道："此系何处？"警幻道："此乃迷津，深有万丈，遥亘千里，中无舟楫可通，只有一个木筏，乃木居士掌柁，灰侍者撑篙，不受金银之谢，但遇有缘者渡之。尔今偶游至此，设如坠落其中，便深负我从前谆谆警戒之语了。"话犹未了，只听迷津内响如雷声，有许多夜叉海鬼，将宝玉拖下去，吓得宝玉汗下如雨，一面失声喊叫："可卿救我！"

既然前面有了关于"意淫"的思想，依照贾宝玉以警幻仙姑口吻说的，"意淫"是一种不以性爱为目的的爱，为什么后面又梦到与警幻仙姑之美的性爱活动呢？我们知道，梦中所梦人物的思想常常是梦主自己思想的拟人化表现，这是梦的一种基本规律。根据这种梦的规律我们判断，贾宝玉梦见的与兼美可卿的成姻，实际是贾宝玉自己潜意识欲望的曲折或者说伪装的表现。问题是他已经有了"意淫"的思想，为什么还做出与"意淫"相反的行为呢？这就是贾宝玉思想情感的复杂性所至。前面我们分析过，他的兼美是由他潜意识中女神置换而来的原型形象的象征，他对这个兼美形象是有爱欲的，但是，从女娲那里继承而来的补天原型意识又促使他不能有那种性爱意识的萌动，因为"好色即淫"，因而，就产生了关于"意淫"的思想观念。可是，他的青春期的生理和心理又驱使他去满足那种性爱欲望，那种"好色"，因而，他就又想象了警幻仙姑为了教育他改悟前情，留意于孔孟之间，委身于经济之道，让他先"领略此仙阁幻境之风光尚然如此，何况尘世之情景呢。"

贾宝玉对兼美的性爱梦内容，其实是在表现贾宝玉"滥淫"和"意淫"两种思想情感的争斗过程。他的生理和心理是有滥淫的潜意识欲望的（这使我们想到了后面他与柳湘莲所说的与尤氏姐妹混了一个月的话，第六十六回），而他在女娲那里所继承的却使他朝着"意淫"方向发展。这种潜意识是一种更强大的力量，导致他又梦见了与可卿出去游玩有黑溪阻路的梦。"柔情缱绻，软语温存，与可卿难解难分"，是贾宝玉情欲的表现；而“忽然只一个所在，荆榛遍地，狼虎同行，迎面一道黑溪阻路，并无桥梁可通”，到了迷津之处，不仅“深有万丈，遥亘千里”之险，还有“许多夜叉海鬼，将宝玉拖下去”。这是“意淫”战胜滥淫意识的意象化表现：如果对兼美有那样的爱欲，其结果就是进入“迷津”，最后无路可走，还要坠落其中。

曹雪芹就这样以“兼美”原型和对兼美不能发生滥淫的描写，为贾宝玉建构了一个“意淫”的思想原型模式。这个“意淫”的原型模式为贾宝玉后来与众多青春少女的关系起到了思想奠基的作用。

四　贾宝玉的“意淫”

读过《红楼梦》的读者都知道，愿意与青春女儿“厮混”是贾宝玉思想性格的一大特点。但这种“厮混”也只是止于亲切的交往，最多也就是愿意“偷着吃人嘴上擦的胭脂”和“爱红的毛病儿”。贾宝玉交往的核心思想是对青春女儿的热恋、呵护与崇拜。考察贾宝玉与女性的性爱关系，也就只有他梦中与“可卿”的相爱，与可卿相爱之后的与袭人的初试云雨情，还有就是他在被“掉包计”所骗之后与薛宝钗的性爱。但那是在他失去了“通灵宝玉”之后。贾宝玉的三次性爱，一次是在梦中，在实际生活中只有那么两次（与薛宝钗也可能多于一次）。

贾宝玉梦中与“兼美”的“云雨之事”，有学者认为是实写宝玉与可卿的性爱关系。清代著名评点家王希廉指出：“文章有暗写，有明写。不便明写者，当暗写，宝玉于秦氏房中梦教云雨是也；不必暗写者，即明写，宝玉与袭人初试云雨是也。秦氏房中，如果梦中云云，宝玉何必含羞，又何必央求别告诉人？宝玉说‘一言难尽’，又细说与袭人，其情其事，跃然纸上。秦氏房中是宝玉初试云雨，与袭人偷试，却是重演。读者勿被瞒过。按着秦氏房中之梦，便写与袭人试演，可见宝玉一生淫乱，皆从秦氏房中一睡而起。”[①] 俞平伯在《秦可卿之死》中也指出：“秦氏实贾

① （清）曹雪芹、高鹗著，（清）护花主人、大某山民、太平闲人评：《红楼梦》注评本，上海古籍出版社2014年版，第87页。

蓉之妻而宝玉之侄媳妇；若依事直写，不太芜秽笔墨乎？且此书所写既系作者家事，尤不能无所讳隐。故既托之以梦，使若虚设然；又在第六回题曰‘贾宝玉初试云雨情’，以掩其迹。其实当日已是再试。初者何？讳词也。”① 王蒙认为：“这一节是表述宝玉的首次性经验，当可信。同时它又是哲学的、宿命的、神秘的、预言的。当然，人类总是从性当中获取哲学与神秘的信息，古今中外皆有，《周易》便是。”② 张乃良指出：“从现存的文本考察，秦可卿无疑是宝玉的性启蒙老师，是宝玉第一次性经历的主角，给宝玉留下了至深的童年记忆和印象。”③ 还有学者认为，曹雪芹先期的稿子一定是写过贾宝玉与秦可卿的性爱故事，到后来修改时才删除了。最为有代表性的是畸笏叟的评点：“‘秦可卿淫丧天香楼’，作者用史笔也。老朽因有魂托凤姐贾家后事二件，岂是安富尊荣坐享人能想到者？其事虽未行，其言其意，令人悲切感服，姑赦之。因命芹溪删去‘遗簪’‘更衣’诸文。”④

我们认为，贾宝玉对秦可卿是不能产生爱恋特别是性爱欲望、更不能发生实际的性爱，一方面是因为有伦理道德观念的限制，另一方面，贾宝玉对秦可卿的态度与对大观园中的中女儿的态度是一致的，只是单纯的欣赏、呵护、关爱，而且在小说中也根本没有这方面的情节性描写或暗示。因而，把贾宝玉梦中与可卿的相爱说成是实际上隐射着贾宝玉与秦可卿性爱是说不通的。

然而，作品也确实表现了贾宝玉对秦可卿不一般的情感反应。第一种情感反应是在秦可卿病重时，贾宝玉与王熙凤一起去看望病重的秦可卿。“宝玉正把眼瞅着那‘海棠春睡图’并那秦太虚写的‘嫩寒锁梦因春冷，芳气袭人是酒香’的对联，不觉想起在这里睡晌觉时梦到‘太虚幻境’的事来。正在出神，听得秦氏说了这些话，如万箭攒心，那眼泪不觉流下来了。”（第十一回）这里肯定引起贾宝玉梦中与可卿性爱的回忆，但是，贾宝玉的情感也仅仅如此，而没有任何其他性欲的想法。第二种情感反应是

---

① 俞平伯：《红楼梦辨》，商务印书馆 2017 年版，第 188 页。

② 王蒙：《王蒙评点红楼梦》，上海文艺出版社 2005 年版，第 55 页。

③ 张乃良：《回归文本：解读贾宝玉与秦可卿的关系——贾宝玉论之六》，《西安电子科技大学学报》（社会科学版）2010 年第 5 期。

④ （清）曹雪芹：《脂砚斋重石头记》，天津古籍出版社 2015 年版，第 103 页。

在梦中听说秦可卿死了，“连忙翻身爬起来，只觉心中似戳了一刀的，不觉地‘哇’的一声，直喷出一口血来。袭人等慌慌忙忙上来扶着，问：‘是怎么样的?’又要回贾母去请大夫。宝玉道：‘不用忙，不相干。这是急火攻心，血不归经。’”（第十三回）这个不相干恰恰是相干的真实情感态度的表现。第三种情感反应是在其他人去吊唁秦可卿的时候，贾宝玉也要去，遭到贾母的阻拦，贾母说刚刚死去的人不干净，不要去，但是，贾母的阻拦并没有阻止贾宝玉去吊唁秦可卿。大家知道，贾宝玉对贾母的话是言必听，计必从的。可是，贾宝玉却公然违反了贾母这个一家之主的意见，这确实说明了贾宝玉与秦可卿情感的“非同一般”。而这种“非同一般”的反应与宝玉对其他女儿的情感态度别无二致。

贾宝玉与可卿的性爱梦，是在第五回出现的，这个梦之后，就有了贾宝玉与袭人的初试云雨情。那个时间段，正是林黛玉初来贾府，贾宝玉与林黛玉“同处贾母房中”，并且他们还有一见如故、一见倾心，而这个一见如故、一见倾心正是基于他们前世的“木石前盟”。然而，贾宝玉与林黛玉的关系仍然是保持在情感层次方面，并没有产生与袭人那样的性爱程度，面对他痴情的林黛玉，贾宝玉并没有产生与“兼美”性爱、与袭人“初试云雨情”的欲念。要知道，这个时候的贾宝玉，已经有了梦中的性爱经验，也有了与袭人初始云雨情的体验（这证明了贾宝玉绝非是性无能），但他与林黛玉的关系仍然是情感方面、精神方面，而绝对没有性爱欲念，这不是值得深思的么?

还有贾宝玉与其他众多青春少女的关系，也是始终保留在情感方面而没有向性爱层面发展。恰如姚燮所指出的：“宝玉于园中姊妹及丫头辈，无在不细心体贴。钗、黛、晴、袭身上，抑无论矣。其于湘云也，则怀金麒麟相证；其于妙玉也，于惜春弈棋之候，则相对含情；于金钏也，则以香雪丹相送；于莺儿也，则于打络时哓哓诘问；于鸳鸯也，则凑脖子上嗅香气；于麝月也，则灯下替其篦头；于四儿也，则命其剪烛烹茶；于小红也，则入房倒茶之时，以意相眷；于碧痕也，则群婢有洗澡之谑；于玉钏也，有吃荷叶汤时之戏；于紫鹃也，有小镜子之留；于藕官也，有烧纸钱之庇；于芳官也，有醉后同榻之缘；于五儿也，有夜半挑逗之事；于佩凤、偕鸾也，则有送秋千之事；于纹、绮、岫烟也，则有同钓鱼之事；于

二姐、三姐也，则有佛场身庇之事；而得诸意外之侥幸者，尤在为平儿理妆、为香菱换裙两端。”① 贾宝玉对于遭遇不幸的女儿更是念念不忘：金钏跳井之后，宝玉不顾王熙凤的生日，偷偷出府在水仙庵祭悼于她；晴雯被逐出大观园，宝玉为她写了深情的《芙蓉女儿诔》；“宝玉因柳湘莲遁迹空门，又闻得尤三姐自刎，尤二姐被凤姐逼死，又兼柳五儿自那夜监禁之后，病越重了：连连接接，闲愁胡恨，一重不了一重添，弄的情色若痴，语言常乱，似染怔忡之病。”（第七十回）可见，贾宝玉对红楼女儿保留着人世间最无邪最纯真最无私的同情心，他对红楼女儿的体贴、关爱、尊重、呵护，他为红楼女儿所做的一切仍然是基于情感层次方面，而不是出于性爱方面的目的。

由此我们会看到，在贾宝玉的性爱梦与贾宝玉和众多青春女孩的描写中，有一个原型模式和现实生活的对应结构。这个对应结构就如同“石头记”神话、“金陵十二钗簿册”等表现的神话与现实生活形成对立或对应的结构形式一样，是使神话成为现实的原型模式，而又使现实生活形成对神话即原型模式的重复。贾宝玉的性爱梦与贾宝玉与众多青春少女的关系，是曹雪芹这个统一原型与现实结构方式的表现之一种。也就说，在原型模式与现实对应的结构关系中看待贾宝玉的性爱梦，我们才会真正理解这个梦的谜底。否则，把贾宝玉性爱梦的“兼美”从原型与现实结构关系的整体中剥离出来分析，就会偏离其形式本来的意义。

用原型模式与现实对立或对应关系解读《红楼梦》，是探讨《红楼梦》的一种新的方法。在这种对立或对应的结构方式中解读《红楼梦》就会有拨云见日豁然开朗之感。同样，用这种方法解读贾宝玉的性爱梦，我们也终于获得了“意淫”原型与现实中贾宝玉只与青春少女情感之恋而没有性爱的谜底。

甄士隐的“识通灵”梦

《红楼梦》作为一部以记梦为核心的鸿篇巨制，在叙述石头变玉、玉

① 姚燮：《读红楼梦纲领（节录）》，一粟《古典文学研究资料汇编·红楼梦资料汇编》，中华书局2008年版，第168—169页。

变成石头的故事的时候，它运用了大量的梦的方式，在叙述主要内容的时候，首先都是以梦的方式来表现的。《红楼梦》的梦并非一般意义上的梦，而是原型之梦。甄士隐、贾宝玉等人的梦是神话式的梦。《红楼梦》结构方式的最大特点是，梦与现实的对应：梦成了现实的先在暗示与象征，现实成了对梦的重演，梦决定了现实。由于梦是原型的象征，因而，现实重演梦，就是重演神话原型，梦决定了现实，其实就是原型决定了现实。

甄士隐的梦是《红楼梦》的第一个梦，这个梦是对整部小说故事内容的原型性表现。甄士隐的梦包含三种重要神话内容，一是“石头记”神话，二是“木石前盟”神话，三是“太虚幻境”神话。这三种神话正是《红楼梦》最重要内容的原型。

一 甄士隐梦见了“石头记”神话

甄士隐的梦是在《红楼梦》第一回中出现的。在甄士隐的梦之前曹雪芹先叙述了一个“石头记”神话，这个“石头记”神话是由三部分构成的：

第一部分是叙述那块石头的来历和自经锻炼之后，灵性已通：

> 却说那女娲氏炼石补天之时，于大荒山无稽崖炼成高十二丈、见方二十四丈大的顽石三万六千五百零一块，那娲皇只用了三万六千五百块，单单剩下一块未用，弃在青埂峰下。谁知此石自经锻炼之后，灵性已通，自去自来，可大可小；因见众石俱得补天，独自己无才，不得入选，遂自怨自愧，日夜悲哀。

第二部分又叙述了茫茫大士、渺渺真人发现由弃石变成的宝玉，并在宝玉上刻字并携到另外一个地方（到警幻仙子处，随贾宝玉转世投胎而来到现实世界）：

> 俄见一僧一道，远远而来，生得骨骼不凡，丰神迥异，来到这青埂峰下，席地座谈。见着这块鲜莹明洁的石头，且又缩成扇坠一般，甚属可爱；那僧托于掌上，笑道：“形体倒也是个灵物了！只是没有

实在的好处，须得再镌上几个字，使人人见了便知你是件奇物，然后携你到那昌明隆盛之邦、诗礼簪缨之族，花柳繁华地、温柔富贵乡那里去走一遭。”石头听了大喜，因问：“不知可镌何字？携到何方？望乞明示。”那僧笑道：“你且莫问，日后自然明白。”说毕，便袖了，同那道人飘然而去，竟不知投向何方。

第三部分是从整体上概括“石头记”神话的由来：

又不知过了几世几劫，因有个空空道人访道求仙，从这大荒山无稽崖青埂峰下经过，忽见一块大石，上面字迹分明，编述历历；空空道人乃从头一看，原来是无才补天、幻形入世、被那茫茫大士渺渺真人携入红尘、引登彼岸的一块顽石；上面叙着堕落之乡，投胎之处，以及家庭琐事，闺阁闲情，诗词谜语，倒还全备。只是朝代年纪，失落无考。

然后有了空空道人与石头关于“石头故事”旨意的对话；最后，空空道人把那个石头上的“石头故事”从头至尾抄写下来，闻世传奇。从此，空空道人也“因空见色，由色生情，传情入色，自色悟空”，遂改名情僧，改《石头记》为《情僧录》。东鲁孔梅溪题曰《风月宝鉴》。后因曹雪芹于悼红轩中，批阅十载，增删五次，纂成目录，分出章回，又题曰《金陵十二钗》。

整部《红楼梦》的故事就是由这块石头“缘起”的，然而在这个开头的石头故事的“缘起”叙述中，又不止是对“缘起”的讲述，还有对整个石头故事大的梗概的交代，这其实就是一种“石头记”神话的讲述。这种“石头记”神话讲述的意义在于，它以“石头记”神话与《红楼梦》的现实故事构成一种神话与现实的结构形式，使“石头记”神话成为贾宝玉现实人生的神话原型，也使贾宝玉的现实人生故事成为“石头记”神话的重演。

甄士隐的梦就是在这个石头故事的“缘起”——其实就是在这个“石头记”神话的基础上讲述的。

甄士隐梦的重要意义在于，他梦见了“石头记”神话。曹雪芹开篇就叙述了“石头记”神话，而甄士隐却又梦见了“石头记”神话。甄士隐梦见“石头记”神话是由甄士隐梦中看见了一僧一道携带“通灵宝玉”且行且谈而来表现出来的。小说是这样描写的：

> 一日炎夏永昼，士隐于书房闲坐，手倦抛书，伏几盹睡，不觉蒙眬中走至一处，不辨是何地方。忽见那厢来了一僧一道，且行且谈。只听道人问道：“你携了此物，意欲何往？”那僧笑道：“你放心！如今现有一段风流公案，正该了结，这一干风流冤家尚未投胎入世，趁此机会，就将此物夹带于中，使他去经历经历。”……那僧道：“正合吾意。你且同我到警幻仙子宫中，将这‘蠢物’交割清楚，待这一干风流孽鬼下世，你我再去。——如今有一半落尘，然犹未全集。”道人道：“既如此，便随你去来。”

由于那一僧一道和携带的“通灵宝玉”（即上文中的“蠢物”）是在前面曹雪芹叙述的“石头记”神话中出现的，在甄士隐的梦中又出现了，这给小说带来非同寻常的意义，这种意义在此前的《红楼梦》研究中还没有被揭示出来。甄士隐梦见了一僧一道及其携带的“通灵宝玉”其实就是梦见了石头神话。

首先，甄士隐梦见“石头记”神话，就使“石头记”神话成了一种客观化的存在。石头的故事本来是神话性叙述，但是甄士隐却可以梦见那个“石头记”神话，“石头记”神话被甄士隐梦见，这就把“石头记”神话客观化了。“石头记”神话好像是一种真实的存在，这就增加了“石头记”神话的真实性和可信性。

其次，甄士隐梦的本身成为一种神话。甄士隐梦见的“石头记”神话并不只是静止的叙述，而是对前面“石头记”神话的衔接。甄士隐梦见的一僧一道要把“通灵宝玉”趁神瑛侍者投胎入世，夹带其中，使其去经历荣华富贵、花团锦簇的生活，这就使开头叙述的“石头记”神话有了较大的向前发展的情节。由此看出，甄士隐的梦对开头叙述的“石头记”神话有一种情节性的衔接，一种向前推进的发展，一种完整化的补充。由于这种衔接、发展和补充是与“石头记”神话相一致的，因而，甄士隐的梦本

身就变成了“石头记”神话的一部分，或者也可以这样说，甄士隐的梦就属于石头记神话。

甄士隐的梦是一种神话式的梦。他一方面梦见了曹雪芹叙述的“石头记”神话，另一方面又在梦中发展了那个“石头记”神话。这样就使他的梦本身成了神话。也就是说，曹雪芹通过梦与神话相衔接的方式，把甄士隐的梦表现为一种神话式的梦。

但是，曹雪芹为什么要把甄士隐的梦表现为一种神话式的梦呢？

二　甄士隐梦见了“木石前盟”神话与“太虚幻境”神话

甄士隐梦的第二种重要内容是他梦见了“木石前盟”神话。曹雪芹描写甄士隐梦到了“木石前盟”神话，同样采取了表现甄士隐梦见“石头记”神话的方法，先是通过梦见的方式把“木石前盟”神话客观化，然后又通过与一僧一道的互动，把梦本身变成神话。

“木石前盟”神话是甄士隐梦中听那僧叙述出来的：

“此事说来好笑。只因当年这个石头，娲皇未用，自己却也落得逍遥自在，各处去游玩，一日来到警幻仙子处，那仙子知他有些来历，因留他在赤霞宫中，名他为赤霞宫神瑛侍者。他却常在西方灵河岸上行走，看见那灵河岸上三生石畔有棵‘绛珠仙草’，十分娇娜可爱，遂日以甘露灌溉，这‘绛珠草’始得久延岁月。后来既受天地精华，复得甘露滋养，遂脱了草木之胎，幻化人形，仅仅修成女体，终日游于‘离恨天’外；饥餐‘秘情果’，渴饮‘灌愁水’。只因尚未酬报灌溉之德，故甚至五内郁结着一段缠绵不尽之意，常说‘自己受了他雨露之惠，我并无此水可还，他若下世为人，我也同去走一遭，但把我一生所有的眼泪还他，也还得过了。’因此一事，就勾出多少风流冤家都要下凡，造历幻缘；那‘绛珠仙草’也在其中。今日这石正该下世，我来特地将他仍带到警幻仙子案前，给他挂了号，同这些情鬼下凡，一了此案。”那道人道：“果是好笑，从来不闻有‘还泪’之说！趁此你我何不也下世度脱几个，岂不是一场功德？”那僧道：“正合吾意。你且同我到警幻仙子宫中，将这‘蠢物’交割清楚，待这一干风流孽鬼下世，你我再去。——如今有一半落尘，然犹未全集。”道人道：“既如此，便随你去来。”（第一回）

由后面故事的阅读我们知道，这是贾宝玉与林黛玉前世的“木石前盟”神话，这是《红楼梦》最重要的神话之一。曹雪芹通过甄士隐的梦把它表现出来，其意义是重大的。

首先，甄士隐梦见了“木石前盟”神话，意在表明“木石前盟”神话是一种客观性存在，而这种客观性存在是有重要意义的。它表现的是贾宝玉的来历，“通灵宝玉”的来历，贾宝玉与林黛玉现实爱情的来历。它同样大大增加了想象的神话的真实性与可信度。

其次，甄士隐梦见的“木石前盟”是对“石头记”神话的再度发展，它通过“木石前盟”故事的讲述，使“石头记”神话有了更新更丰富的内容。

贾宝玉的前身是女娲补天未用的石头，那块石头到了警幻仙子处，警幻仙子留他在赤霞宫中，使他成为神瑛侍者。而正是这个神瑛侍者投胎转世成为贾宝玉，并且在投胎转世过程中，把“通灵宝玉”带到现实世界，成为贾宝玉须臾不可离开的“命根子”。也正是这个大荒山无稽崖青埂峰下的那块女娲补天未用的石头，在成为神瑛侍者之后，由于日日浇灌三生石畔那棵“绛珠仙草”，从而使其脱了草木之形，幻化人形，修成女体，因受了“神瑛侍者”的日日浇灌，故五内郁结了一段缠绵不尽之意，要同神瑛侍者一同下世，用一生的眼泪“酬报灌溉之德”。也就是现实世界中林黛玉与贾宝玉的“还泪”爱情。

最后，在“木石前盟”的梦中，甄士隐与一僧一道的一问一答，表现了甄士隐进入了那个神话世界，从而也就把自己的梦变成了神话。甄士隐向一僧一道问贾宝玉与林黛玉的前世“因果”，一僧一道以“此乃玄机”回避。甄士隐又问“但适云‘蠢物’，不知为何？或可得见否？”那僧便将鲜明美玉递与甄士隐，甄士隐在美玉上面看见了“通灵宝玉”四个字，还要看后面字的时候，那僧便说“已到幻境”，就强从手中夺了去。曹雪芹再一次以甄士隐参与到“石头记”神话之中的方式，使甄士隐的梦成为神话式的梦。

“太虚幻境”是甄士隐梦的第三种重要内容。与梦见“石头记”神话和“木石前盟”神话不同，在“太虚幻境梦”中甄士隐只是看见了牌楼及对联，并没有其他内容。随着那僧“已到幻境”，那僧就强从手中夺去“通灵宝玉”，和那道人竟过了一座大石牌坊，——上面大书四字，乃是“太虚幻境”；两边又有一副对联道：

> 假作真时真亦假，无为有处有还无。
>
> 士隐意欲也要跟着过去，方举步时，忽听一声霹雳，若山崩地裂，士隐大叫一声，定睛看时，史见烈日炎炎，芭蕉冉冉，梦中之事，便忘了一半。

曹雪芹对甄士隐“太虚幻境梦”的表现是极为简略的，但是它同样表现出来“太虚幻境梦”是一种神话。这种神话内容是通过后面贾宝玉梦见“太虚幻境”表现出来的。由后面贾宝玉等人的“太虚幻境梦”，读者了解到，“太虚幻境”是不同于现实世界的另一个世界，那是一个神性的世界。那个神性世界虽然不同于现实世界，但它却可以主宰现实世界。那个神性世界的主神是警幻仙姑，她掌握着现实世界人的爱情，也掌握着现实世界人的命运。她可以预先知道人们的命运遭际，其实那是警幻仙姑的“神谕”。警幻仙姑是一个爱情女神，也是一个命运女神，还是一个发布“神谕”的女神。曹雪芹表现甄士隐梦见了“太虚幻境”，实际就是要表现“太虚幻境”是一个神话世界。

甄士隐在梦中看见了“太虚幻境”的大门，但他并没有梦见“太虚幻境”的整个世界，这真是耐人寻味。在第五回曹雪芹描写了贾宝玉梦见了“太虚幻境”，看到了“太虚幻境”中的一切，看到了警幻仙姑女神、其他仙女，并亲身经历了在“太虚幻境”饮酒、品茶、闻香，还看到了表现女性悲剧命运的“金陵十二钗簿册”和听到“红楼梦仙曲十二支”。这就极大地丰富了甄士隐梦见的“太虚幻境”内容。

三 神话式的梦就是原型之梦

《红楼梦》是一部表现现实生活的作品，但为什么在开篇的第一回目里，在叙述了“石头记”神话之后就表现了甄士隐的梦？甄士隐的梦究竟有什么意义，对后面表现的现实生活究竟有什么重要作用呢？

甄士隐的梦使神话和梦构成一个整体故事，成为《红楼梦》现实生活的原型。“石头记”神话“木石前盟”和“太虚幻境”，有三种不同的内容，是各自独立的三个部分，是甄士隐的梦把它们组构在一起，成为有内在联系的一个整体。“石头记”神话本来是曹雪芹叙述出来的，但是，它在甄士隐的梦中出现了，——甄士隐看见了一僧一道携着通灵宝玉去警幻仙姑处去；然后又听见那僧叙述了女娲补天所剩的那块石头成为神瑛侍者，这个神瑛侍者与绛珠仙草发生的“木石前盟”的故事；最后，那一僧一道去警幻仙子宫中，给那块石头“挂号”，使其投胎入世。这是一个石头投胎为贾宝玉的故事，却又包含了“木石前盟”和“太虚幻境”神话，是甄士隐的梦使它们连在了一起，成为一个更大的故事。正是这个更大的故事成为《红楼梦》现实生活的原型。

甄士隐的梦是一种神话式的梦。《红楼梦》的开篇是一种全知全能角度讲述的“石头记”神话，然后是甄士隐的梦，梦见了“木石前盟”和“太虚幻境”。这是一种神话与梦的结构方式。曹雪芹的最根本用意是要表现，甄士隐的梦是一种神话式的梦，写梦的目的还是要写神话。

梦为什么能够表现神话呢？因为梦是可以表现人的潜意识，而潜意识之中常常隐藏着神话模式。荣格说：“解释起来实际上非常简单。我们的心灵有它自身的历史，正像我们的身体有其历史一样。……我们的潜意识，像我们的身体一样，是过去记忆的仓库和纪念馆。对潜意识集体心灵的结构的研究，将会获得和比较解剖学一样的发现。”① 深入思考曹雪芹表现的甄士隐的梦（还有后面贾宝玉等人的梦）就会深刻认识到曹雪芹对人的潜意识理解与表现的深度。毫无疑问，曹雪芹是在荣格理论揭示之前，就深深地洞察到了人的隐秘的潜意识，就深深地洞察到了人的潜意识中存在一种神话模式，并在人的梦中表现了那种神话模式。

人的潜意识中为什么可以存在一种神话模式呢？因为神话是不同于现

---

① ［瑞士］卡尔·古斯塔夫·荣格：《象征生活》，储昭华、王世鹏译，国际文化出版公司2011年版，第35页。

实生活的另一种故事叙述。它讲述故事的意义是永远针对现实的。因为现实是毁灭人性的，而神话却永远闪耀着人性的光辉。著名神话学家阿姆斯特朗的论述是最具启发性的。她以尼安德特墓葬群为例，阐明神话的意义："尼安德特人墓葬群表明，当人类的先民产生死亡意识之后，便开始创造某类与死亡相反的叙事，以便能面对死亡。"[①] 与其他生物不同，人类会不停地追问生命的意义："人类却很容易陷入绝望之中，因而从一开始我们就创造出各种故事，把自身放置于一个更为宏大的背景之上，从而揭示出一种潜在的模式，让我们恍然觉得，在所有的绝望和无序背后，生命还有着另一重意义和价值。"[②] 阿姆斯特朗从五个层面阐释神话：其一，神话根植于人类的死亡经验和衰亡恐惧之中。其二，从动物骸骨可以看出，在埋葬的同时还举行了献祭活动。宗教与仪式密不可分，神话离开了仪式活动将黯然失色。其三，尼安德特神话可以称为"墓边神话"，它是在生命濒临极限之际的回光返照。其四，神话并不是一个自圆其说的故事，而是关涉我们应有的行为举止。其五，所有神话都言及与现存世界并存的另一个维度。她指出："信仰这一不可见但更为有力的真实——我们把它称为神之世界——这是神话的基本母题。这也被称之为'永恒哲学'。在现代科学体系创建之前，这一哲学思想曾贯穿一切社会的神话、仪式和社会组织，而它对传统社会的影响更是延续至今。根据永恒哲学，在现实世界可见可闻的万事万物，都在另一个神圣领域里有着它的映像或摹本，并比它的此世存在更为丰富、强大和持久。在地球上，每种实存都只是原型黯淡无光的影子，一个不完美的摹本。只有分享到另一神圣世界的生活，必死的、脆弱的人类才能实现潜在的可能性。神话赋予现实世界一种直观性，人们能够直接洞察一切。它们的重点既非描述神祇的言行举止，亦非出于无聊的好奇心或者娱乐之用，而是为了让凡间男女得以模仿强大的神祇，体验内在于自身的神性。"[③] 以阿姆斯特朗的这种神话观念阐释《红楼梦》的"石头记"神话，就会明白，那个出现在开篇的"石头记"神话，包括"木石前盟"神话，那是一个不同于现实世界的另一个世界。石头象

① ［英］凯伦·阿姆斯特朗：《神话简史》，胡亚豳译，重庆出版社2005年版，第2页。
② ［英］凯伦·阿姆斯特朗：《神话简史》，胡亚豳译，重庆出版社2005年版，第3页。
③ ［英］凯伦·阿姆斯特朗：《神话简史》，胡亚豳译，重庆出版社2005年版，第5页。

征了它的原始性、纯真性和质朴性。石头的世界和“木石前盟”神话是针对现实世界而讲述的神话。贾宝玉在现实中的种种故事都是在“石头记”神话映照下讲述的；而他最终回到大荒山无稽崖青埂峰重新成为一块石头，则是贾宝玉人性复归的隐喻。“木石前盟”是人的不可言说的爱情的前世化象征，它最终被“金玉良缘”所替代，这说明现实对美好爱情的毁灭。而“太虚幻境”中“金陵十二钗簿册”和“红楼梦仙曲十二支”所象征的女性悲剧命运，则是在“石头记”神话观照下现实世界的人性毁灭。“石头记”神话和“木石前盟”神话为现实世界建构了一个理想的模式，“太虚幻境”中“金陵十二钗簿册”和“红楼梦仙曲十二支”所象征的女性悲剧命运，则是在“石头记”神话——理想模式观照下人性毁灭的真实写照。

曹雪芹表现的“石头记”神话、“木石前盟”神话和“太虚幻境”神话，其目的就是在给现实树立一个先例和范型。但是，与荣格和伊利亚德所不同的是，曹雪芹表现“石头记”神话等，是具有双重意义的，既有现实对先例和范型即神话原型的重复，比如整个“石头记”神话即贾宝玉由石头变成玉，又从玉变回石头，重回大荒山；又有先例和范型是悲剧的模式，现实重复那神话原型就是重复历史悲剧，贾府女性重复“金陵十二钗簿册”和“红楼梦仙曲十二支”象征的命运就是如此。

四　神话与现实的对应性

《红楼梦》在结构上的一大特点是梦与现实是对应的。第一回的“石头记”神话、“木石前盟”神话和“太虚幻境”神话与后面现实生活分别构成了一种严格的对应性。这是因为，甄士隐的梦，梦见的是神话，而神话是一种历史先例和范型，也就是原型，因而，梦与现实的对应就是神话原型与现实的对应。其实质就是原型对现实的制约，现实对神话原型的重复。

甄士隐梦见的“石头记”神话与曹雪芹叙述的“石头记”神话构成的完整的“石头记”神话原型，与现实是一种对应性结构。石头是源于大荒山无稽崖青埂峰的，它是一个相对于现实生活的另一个边缘世界，它以石头象征了原始、自然、淳朴与纯净的生活。神瑛侍者与绛珠仙子的爱恋象

征了那种诗意的生活；贾宝玉与众多青春女性的大观园生活则是那种诗意生活的现实化。现实世界则是一个肮脏、龌龊、黑暗的世界。那一个使人走向自己的反面的世界，是一个毁灭人性的世界，贾宝玉在经历了“木石前盟”爱情被“金玉良缘”婚姻代替的悲剧之后，在经历了现实女性重演了“金陵十二钗簿册”隐喻的命运悲剧之后，他终于又回到了大荒山无稽崖青埂峰，成为原来那块石头。这就是石头所象征的与毁灭人性的现实相反的诗性世界。石头的远古象征意义，阿姆斯特朗揭示得极为清楚：“当那些早期人类注视一块石头时，他们看到的并非是一块了无生气、千年不移的石块。它有力、永恒、坚固，是另一种象征着绝对的生命式样，完全不同于当时显得风雨飘摇的人类生活。石头迥异于人类的‘他性’，为它带来了神圣感，在远古时代，石头成为最常见的‘显圣物’——神圣之物的自我显现。”① 曹雪芹所要表现的石头的象征意义正是阿姆斯特朗所揭示的石头的“显圣物”意义。

“木石前盟”神话是与贾宝玉与林黛玉现实爱情相对应的。“木石前盟”是发生在前世的故事，那是前世姻缘的神话。前世的姻缘神话是今世爱情的原型。这就象征了贾宝玉与林黛玉爱情的命定性、神秘性、不可言说性。这一方面决定了贾宝玉对林黛玉的痴情、痴迷、痴傻、痴狂的爱，另一方面又决定了林黛玉用整个生命“还泪”的爱。贾宝玉与林黛玉一见面就电闪雷鸣般的发生灵魂震撼，就在于那个神话原型的力量。贾宝玉的痴傻和林黛玉的“还泪”的爱，是被他们内心中的恋人原型决定的，他们是把他们爱恋的集体潜意识原型投射到了对方身上。实际上，“木石前盟”神话是贾宝玉和林黛玉爱情原型的象征。

但是，源于他们内心原型的“木石前盟”却遭遇到了来自现实婚姻的“金玉良缘”原型的抵抗与毁灭。这是“木石前盟”神话与现实的另一种对应。而正是这种对应性的描写，最为震颤灵魂地表现了爱情悲剧、青春悲剧、人性悲剧。

“太虚幻境”是甄士隐梦见的另一种神话，“太虚幻境”神话的意义在于，它以神话原型的方式表现了女性命运悲剧的原型模式。而那女性命运

---

① ［英］凯伦·阿姆斯特朗：《神话简史》，胡亚豳译，重庆出版社2005年版，第19页。

悲剧的原型模式是历史的先例和范型，贾府和大观园女性命运重复了那个历史的先例和范型，其实就是命运被历史先例和范型所决定。这就表现了女性命运的先在性、绝对性和不可更易的永恒性。这才是《红楼梦》悲剧主题的最深刻之处。

甄士隐的梦之所以在《红楼梦》一开篇就出现了，那是因为，甄士隐的“石头记”神话“木石前盟”和“太虚幻境梦”结构成一个整体，构成了《红楼梦》现实故事的神话原型。整部《红楼梦》的现实叙事正是对这个由三部分构成的神话原型而展开的。《红楼梦》的深刻主题是由甄士隐这个构成整体的三个神话与现实形成的对应性构成的。

贾宝玉的第二次“太虚幻境梦”

《红楼梦》第五回写了贾宝玉的“太虚幻境梦”，到了第一百十六回，又一次写了贾宝玉的“太虚幻境梦”。贾宝玉既然有了第一次“太虚幻境梦”，为什么又有了第二次“太虚幻境梦”呢？梦的意象是人的思想情感的表现形式，更是不为梦者自己所理解的潜意识的象征。贾宝玉的第二次“太虚幻境梦”表现了贾宝玉什么样的思想情感或者什么样的潜意识呢？理解了这些我们才能真正理解贾宝玉为什么又做了“太虚幻境梦”。贾宝玉的第二次“太虚幻境梦”，是《红楼梦》这部作品的极为重要的问题。它不仅对于我们深入理解贾宝玉的内心世界有重要意义，对理解整部《红楼梦》的主题更具有极为重要的意义。

一　“太虚幻境梦”成为贾宝玉的心理基础

贾宝玉第一次梦见太虚幻境，是神谕即神对大观园和贾府命运的预先暗示。这在曹雪芹的创作中，是以梦的方式表现原型的，因而，太虚幻境的牌坊和配殿的匾额对联就是对太虚幻境（实际是对大观园）的一种象征；太虚幻境中的“薄命司”簿册等和千红一“哭”、万艳同“悲”都是对现实女性命运的象征；“金陵十二钗簿册”和“红楼梦仙曲十二支”是对大观园女性和贾府命运的具体象征。但是，贾宝玉第一次梦见这原型是

并不理解的，因为在曹雪芹的描写中，那“太虚幻境梦”的原型对贾宝玉来说还仅仅是一种警示、一种暗示、一种预知，是给贾宝玉建立一种原型心理（也是给整部《红楼梦》结构建立一个原型）。虽然贾宝玉并不理解那“太虚幻境梦”即原型之梦，但是，这个“太虚幻境梦”是起到了给贾宝玉建立一种原型心理的巨大作用，换一句话说，曹雪芹是用这个“太虚幻境梦”给贾宝玉建立了一种原型心理。

所谓原型心理，就是以一种原始意象建立起的最基本的心理模式，它不是从人的生活经验中获得的，而是源于他的潜意识。贾宝玉的“太虚幻境梦”并不是贾宝玉的意识内容，而是贾宝玉的潜意识内容。贾宝玉在做这个梦的时候，他还没有开始他的成人生活，因而“太虚幻境梦”完全不是他生活经验的表现；他以往的生活记忆与经验也远远构不成他“太虚幻境梦”的材料；也没有证据证明（曹雪芹没有写到这个方面），他所梦的太虚幻境是在他的文化生活中获得的。那么贾宝玉的“太虚幻境梦”是从哪里来的呢？是从他的潜意识中来的。贾宝玉的潜意识又是怎样形成的呢？根据原型心理学理论，潜意识或者说原型形式是通过遗传而留在后代心理结构之中的，荣格曾深刻地揭示出这种无意识产生的秘密：“人的无意识同样容纳着所有从祖先遗传下来的生活和行为模式，所以每一个婴儿一生下来就潜在地具有一整套能够适应环境的心理机制。这种本能的、无意识的心理机制始终存在和活跃于成人的意识生活中。一切自觉意识到的心理功能都事先存在于无意识的心理活动中。无意识也象意识一样知觉、感受和思维，也象意识一样具有目的和直觉。”① 荣格指出：“我们在无意识中发现了那些不是个人后天获得而是经由遗传具有的性质……发现了一些先天的固有的直觉形式，也即知觉与领悟的原型。它们是一切心理过程的必不可少的先天要素。正如一个人的本能迫使他进入一种特定的存在模式一样，原型也迫使知觉与领悟进入某些特定的人类范型。”② 荣格还指出“原型是我们的心理结构中的一个因素，所以构成了我们心理系统中的一

① ［瑞士］卡尔·古斯塔夫·荣格：《心理学与文学》，冯川、苏克译，国际文化出版公司2011年版，第42页。

② ［瑞士］卡尔·古斯塔夫·荣格：《心理学与文学》，冯川、苏克译，国际文化出版公司2011年版，第5页。

个关系重大且必需的成分”[①]。根据原型理论来理解贾宝玉的太虚幻境梦，它应该是对祖先心理结构的遗传。

那么，祖先的心理结构中为什么会有这种原型呢？那是祖先反反复复经历的生活模式所刻下的心理模式。荣格说：“生活中有多少种典型环境，就会有多少个原型。无穷无尽的重复已经把这些经验刻进了我们的精神构造中，它们在我们的精神中并不是以充满着意义的形式出现的，而首先是‘没有意义的形式’，仅仅代表着某种类型的知觉和行为的可能性。当符合某种特定原型的情景出现时，那个原型就复活过来，产生出一种强制性。”[②]根据这种理论来理解，是多种典型环境的无穷无尽的重复，生成了一种原型心理。一代又一代所经历的春夏秋冬的季节转变模式，由青春到暮年的人生转变模式，由兴至衰的家族转变模式，甚至还可能包含了由幻想到破灭的生命转变模式——这些模式综合到一起构成了一个更大的模式，这个模式似乎可以用命运悲剧模式来概括。这些都以遗传的方式遗传到了心理结构之中。这种精神构造的遗传就像遗传了生理结构一样，一代又一代地遗传下来，因而，不可改变的隐藏在了贾宝玉的心理结构之中。

贾宝玉的“太虚幻境梦”所梦到的就是命运悲剧原型。原型理论揭示出，原型是通过梦的方式表现出来的：“既然原型被认为是能够产生某些精神形式的，那么我们就必须讨论在哪里和怎样才能获得表现这些形式的材料。‘梦’自然是主要的来源。梦的优点在于它们是不自主的、自发的，其性质没有被任何有意识的目的所歪曲，因而是纯粹的无意识心理的产物。我们可以通过对个人的询问来确定，出现在他梦中的哪些母题是他所知道的。自然，我们必须把所有他‘可能’知道的母题从他不知道的母题中排除出去。”[③] 由此我们可以判断，贾宝玉梦见的是原型。曹雪芹是通过贾宝玉的“太虚幻境梦”表现了贾宝玉最隐秘的心理秘密：那是贾宝玉的原型之梦；那个原型之梦的原型是命运悲剧模式；那个命运悲剧模式是祖

① ［瑞士］卡尔·古斯塔夫·荣格：《原型与集体无意识》，徐德林译，国际文化出版公司2011年版，第128页。

② ［瑞士］卡尔·古斯塔夫·荣格：《心理学与文学》，冯川、苏克译，国际文化出版公司2011年版，第101页。

③ ［瑞士］卡尔·古斯塔夫·荣格：《心理学与文学》，冯川、苏克译，国际文化出版公司2011年版，第101—102页。

先即历史的命运悲剧模式；那个历史的命运悲剧模式为贾宝玉的人生做了命运悲剧的预言；同时也为贾宝玉的心理建立了原型模式，成为他观察、体验人生的心理基础。

“太虚幻境梦”的原型之梦是以象征的方式表现出来的。梦的意象就是原型的象征，原型不是以本身的形式表现出来，而是以象征的方式表现出来的。

曹雪芹为贾宝玉的“太虚幻境梦”建立了一个象征系统：总体象征和具体象征。太虚幻境是一个整体象征，它有着双重象征意义，一方面，它是神仙世界的象征，那里是一个神秘的世界，有掌管地上女子过去未来的女神，其实，她是掌管现实世界一切的女神，是命运女神；另一方面，太虚幻境又对应着现实世界的大观园，又是象征着大观园的。曹雪芹是以贾宝玉梦见了大观园和贾府女性命运悲剧的具体化方式来表现女性命运悲剧原型的。

贾宝玉梦见了太虚幻境，就是梦见了那个神性世界，而那个神性世界是既可以决定现实世界，又可以对现实世界做出预言的；那个神性世界又是现实世界的象征，它在现实世界还没有发展成未来的样式就已经以原型的方式对它做出了象征。这就给贾宝玉的心理建立起一种原型，这种原型是一种命运悲剧原型。

“太虚幻境梦”的这些象征，给贾宝玉的心理建立起一种心理结构，使它成为一种原型模式。就像还没有开始性生活的时候，贾宝玉就获得了性生活体验一样（从这个角度看，曹雪芹的“兼美”性爱梦描写是富有深意的）；在还没有获得生活经验的时候，贾宝玉就已经获得了一种先验的生活体验；在还没有经历人生的时候，贾宝玉就已经看到了一种人生的原型模式；在还不知道大观园为何物的时候，贾宝玉的梦就向他展现了大观园的生活景象；在周围女性刚刚展开人生道路的时候，贾宝玉的梦就向他展现了女性命运悲剧；在家族“如日中天”“鲜花着锦”“烈火烹油”的时候，贾宝玉的梦就向他展现了“白茫茫大地真干净”的悲剧结局；在泛爱之情才要展开的时候，贾宝玉的梦就向他展现了出家的人生未来。当然这是被他后来的生活所证实了的，他的“太虚幻境梦”是以一种先在的原型形式事先告诉了他的一切。他是带着这种原型心理结构，带着这种命运悲剧原型来开始他的人生的。因而，这个“太虚幻境梦”的原型对贾宝玉的人生产生了极为重要的影响。

二 “太虚幻境梦”与现实的心理联系

曹雪芹在为贾宝玉建立一种心理原型的同时，也为贾宝玉建立一种心理联系：贾宝玉的第一次“太虚幻境梦”为他后来的梦奠定了最基本的原型心理，没有这个第一次“太虚幻境梦”，贾宝玉便不会有第二次“太虚幻境梦”，当然更不会有由第二次“太虚幻境梦”决定他“出家”的人生。

曹雪芹在为贾宝玉建立一种心理联系的时候，也为他建立了心理原型与现实的联系。从第一次“太虚幻境梦”到第二次“太虚幻境梦”，以及两次“太虚幻境梦”相连的中间心理活动，构成了贾宝玉的一条心理活动线索，这条心理活动线索大多是以贾宝玉潜意识表现为内容的。在这条心理活动线索之外，围绕着这条心理活动还有一条故事情节的线索，那条故事情节线索是大观园和贾府现实生活的描写。这种心理活动和现实生活描写的两条线索是紧密结合在一起的。这种结合在一起的两条线索便构成了贾宝玉心理原型与现实生活的联系。

贾宝玉的心理活动即潜意识表现就像为现实故事预先提供了一条“河床”那样，使现实故事情节的“河水”顺着贾宝玉梦见的原型“河床”形式流淌；而大观园和贾府的现实生活故事又像“榫头”一样，紧紧地与贾宝玉的原型模式之“卯眼”得到完满的结构性的契合。贾宝玉心理活动形成了一个内结构，由这个内结构又建构起整个故事的外结构。这是需要作另外深入探讨的结构问题。这里所要继续探讨的是，贾宝玉之所以能够再一次做了“太虚幻境梦”，那是因为，贾宝玉在现实生活中看到了他“太虚幻境梦”的“影响”。在心理活动与故事情节两条线索结合的作用下，曹雪芹用现实生活的发展使贾宝玉的“太虚幻境梦”得到重演，这就使贾宝玉的心理原型得到现实的复现。正是现实生活的“太虚幻境梦”命运悲剧原型的表现，才使贾宝玉梦中的原型被“激活”了。

“太虚幻境梦”作为一种原型，只是存在于贾宝玉的潜意识之中，它可能梦牵魂绕，但是，如果没有现实生活的激活，他就仍然只是作为一种

潜意识深藏于内心的最深处，而不能得到表现。相反的，如果有了相应的情境，即和梦中情境相类似的典型环境，那么，做梦表现的潜意识就被再一次地激活了。贾宝玉第一次“太虚幻境梦”表现的命运悲剧原型，就是这样被现实诱发出来的。

在现实生活中，有这样几种情况使贾宝玉不断感到，现实人生是对“太虚幻境梦”的重演：

第一种是现实的情境激活了贾宝玉“太虚幻境梦”的原型。在贾宝玉陪着贾政等人为大观园各处景观命名时，见到那座“龙蟠螭护，玲珑凿就”的玉石牌坊时，宝玉“心中忽有所动，寻思起来，倒像在那里见过的一般”（第十七回），这是现实生活中的大观园的景观激活了宝玉的梦境。

第二种是现实中人的命运激活了贾宝玉的“太虚幻境梦”的原型。最为典型的是秦可卿病重时，宝玉“不觉想起在这里睡晌觉时梦到‘太虚幻境’的事来。”（第十一回）；还有尤三姐自刎之后，柳湘莲梦见尤三姐“一手捧着鸳鸯剑，一手捧着一卷册子”（第六十六回）前来辞行，尤三姐还要“奉警幻仙姑之命，前往太虚幻境，修注案中所有一干情鬼”（第六十六回）；尤二姐梦见尤三姐劝她斩了王熙凤，“一同回至警幻案下，听其发落”（第六十九回）；黛玉魂归离恨天之后，宝玉在梦中见到那阴司使者对他说“黛玉已归太虚幻境”（第九十八回），等等。

第三种是贾宝玉的生命感受和审美感受激活了“太虚幻境梦”原型。宝玉在锦绣繁华中却感受到了浓浓的悲剧，他的喜聚不喜散，他的“葬花”，他面对结满杏子的杏树发呆，他在听了黛玉的“葬花辞”之后的思绪翩翩——“宝玉在山坡上听见，先不过点头感叹；次又听到‘侬今葬花人笑痴，他年葬侬知是谁？……一朝春尽红颜老，花落人亡两不知’等句，不觉恸倒山坡上，怀里兜的落花撒了一地。试想林黛玉的花颜月貌，将来亦到无可寻觅之时，宁不心碎肠断，既黛玉终归无可寻觅之时，推之于他人，如宝钗、香菱、袭人等，亦可以到无可寻觅之时矣。宝钗等终归无可寻觅之时，则自己又安在呢？且自身尚不知何在何往，将来斯处、斯园、斯花、斯柳，又不知当属谁姓？因此一而二，二而三，反复推求了去，真不知此时此际，如何解释这段悲伤！”（第二十八回）

在贾宝玉两个“太虚幻境梦”之间，贾宝玉经历的心理原型与现实的联系，是一种心理原型不断被现实“激活”的联系。“太虚幻境梦”是命运悲剧原型的表现，而激活这个命运悲剧原型的现实也只能是现实的命运悲剧，而不可能是其他。这个命运悲剧原型被激活的过程也就自然成为贾宝玉主观心理的客观化，客观现实的主观化即心理原型的现实化，现实的心理原型化过程。这样，现实就不只是对命运悲剧原型的激活，现实还以使贾宝玉重演了那命运原型悲剧，从而使梦幻形式变成了真实的人生，这就必然导致了贾宝玉产生更深刻的命运悲剧感。

三　第二次“太虚幻境梦”是贾宝玉的潜意识投射

曹雪芹在为贾宝玉建立一种心理原型与现实联系的同时，也为贾宝玉建立一种心理联系：贾宝玉第二次“太虚幻境梦”与第一次“太虚幻境梦”的心理联系。贾宝玉的第一次“太虚幻境梦”，为他后来再一次“太虚幻境梦”，奠定了最基本的心理原型，没有这个第一次“太虚幻境梦”，贾宝玉便不会有第二次“太虚幻境梦”，当然更不会有第二次“太虚幻境梦”决定他“出家”的人生。但是，如上所述，由第一次“太虚幻境梦”到第二次“太虚幻境梦”，这中间是经历了贾宝玉心理原型的“榫卯”与现实的“榫头”相契合的联系的，正是这个贾宝玉心理原型的“榫卯”与现实“榫头”的契合性联系，才使贾宝玉的心理原型由一种形式生成了一种命运悲剧人生，由先验的范型转变成了经验的模式，由梦幻形式变成了真实的现实。

在曹雪芹的描写中，深深地蕴藏着贾宝玉思想情感变化的秘密，在不由自主地“太虚幻境梦”中，贾宝玉生成了一种心理原型，这种心理原型在现实的作用下，变成了一种命运悲剧原型的生命体验，正是这种命运悲剧原型的生命体验导致贾宝玉第二次做了“太虚幻境梦”。这个第二次“太虚幻境梦”是他表现命运悲剧原型而产生的。就像第一次“太虚幻境梦”是表现贾宝玉心理原型形式一样，第二次“太虚幻境梦”也仍然是贾宝玉心理原型的表现。所不同的是，第二次“太虚幻境梦”不再是一种先验命运悲剧原型形式的表现，而是一种深深体验到了的命运悲剧原型的生命感受。虽然它与第一次“太虚幻境梦”有关，但它又是与第一次“太虚

幻境梦”有着重要的区别。它的相关性在于，它仍然采取了“太虚幻境梦”的形式，它看到的仍然是太虚幻境的牌坊、匾额，以及金陵十二钗正、副册对女性命运的表现，仍然是以金陵十二钗正、副册判词象征大观园及贾府的女性命运，然而，不同的是，它不再是先验原型形式的象征，而是贾宝玉本人生命体验的象征。

第二次“太虚幻境梦”是贾宝玉体验到的命运悲剧原型模式的象征。它虽然与第一次“太虚幻境梦”形成的心理原型有关，但全然不是第一次“太虚幻境梦”原型形式的简单重复，而是对现实生活产生的深刻的生命体验，这种深刻的生命体验他没有办法用理性的语言表现出来，或者他在理性上还没有形成自觉的清醒的认识，这种深刻的生命体验就以“投射”的方式，投射到了第一次“太虚幻境梦”形式上。这样，第一次“太虚幻境梦”就成了贾宝玉生命体验的第二次“太虚幻境梦”的象征。

在原型批评方法看来，“投射是一种普遍的、将任何类型的主观内容转换为客体的心理机制”①。“投射的更普遍的机制也恰恰能延伸到物理客体。投射的机制——主观的内容正是由此而被转换为客观的内容，且看上去似乎是属于它的……在投射活动中，你在客体中所面对的这种表面上的事实实际上是一种幻觉；但是你以为你在客体中所观察到的一切并不是主观的，而是客观的存在”②。第一次“太虚幻境梦”，既给贾宝玉带来了一种“主观”心理原型，同时也带来了一种“客体”形式。当生活情境与他的“主观”心理原型相契合的时候，贾宝玉的潜意识原型就活跃起来；当现实生活使他强烈的生命感受需要表达的时候，第一次“太虚幻境梦”就成为贾宝玉的“客体”形式，成为贾宝玉思想情感的象征。正是这种心理原型表现规律的作用，贾宝玉把第一次“太虚幻境梦”的形式作为自己生命体验的“主观”心理投射到了第一次“太虚幻境梦”的“客体”形式之中，使第一次“太虚幻境梦”成为他新的潜意识的象征。

从表面情节来看，贾宝玉是在重做“太虚幻境梦”，是他重新在梦中

---

① ［瑞士］卡尔·古斯塔夫·荣格：《象征生活》，储昭华、王世鹏译，国际文化出版公司2011年版，第108页。

② ［瑞士］卡尔·古斯塔夫·荣格：《象征生活》，储昭华、王世鹏译，国际文化出版公司2011年版，第108页。

又走进了太虚幻境，又看见了太虚幻境的牌坊匾额，又看见了“金陵十二钗簿册”等。从贾宝玉心理变化来看，第二次“太虚幻境梦”实际是贾宝玉命运悲剧原型的心理感受的象征。因而，他梦见的太虚幻境牌坊、匾额与第一次有所不同，那不是因为贾宝玉的记忆模糊所致，而是贾宝玉自己心理感受的投射所造成的。是贾宝玉把自己的大观园生命感受投射到了第一次梦见的太虚幻境牌坊、匾额、对联上了，因而，虽然看去还是第一次“太虚幻境梦”中的太虚幻境的牌坊、匾额、对联，但是经由贾宝玉投射之后，已经成为贾宝玉新的心理原型的象征。

最能说明问题的是，第一次“太虚幻境梦”的引梦者是秦可卿，第二次“太虚幻境梦”的引梦者则变成了和尚。这个变化是由“秦”（情）而僧的变化，它最有力地说明了，贾宝玉第二次做这个“太虚幻境梦”是他情感的投射，而不仅仅是第一次“太虚幻境梦”的重复。这个由情而僧的变化，既是贾宝玉的生命历程又是他的心路历程。第一次“太虚幻境梦”里，他梦见了与警幻仙姑的妹妹的性爱，那爱的对象叫“兼美”，小名叫“可卿”——这在贾宝玉的潜意识里既指向林黛玉，又指向薛宝钗，同时又指向秦可卿的。第一次“太虚幻境梦”还出现了那么多的美丽仙女。在实际生活中，贾宝玉是泛爱的，与那么多美丽的女儿相爱（非性爱意义上的），最后，那些美丽的女儿或者一个个死去，或者一个个离他而去。与林黛玉的爱情彻底毁灭了，与众多女儿的“意淫”（泛爱）也彻底毁灭了，连同女儿们都一个个毁灭了。贾宝玉的实际爱情与他的第一次“太虚幻境梦”是绝对不同的，他的爱情和感情是一个命运悲剧，而他第一次“太虚幻境梦”在这个方面则大体上是一种美好愿望的表达。当我们明白了这一层，我们也就自然明白了，第二次“太虚幻境梦”的由情而僧的重大变化——不独引梦者由情变僧，梦中美丽的女性都一一不能相见了——这是爱情毁灭的象征。就像诗人虽然写了客观事物，但表达的根本意义在自己的主观情感而不在客观事物一样，贾宝玉虽然借用了第一次“太虚幻境梦”的形式，但是，他表达的心理内容在于自己新的生命体验，而不在于第一次“太虚幻境”梦本身。

第二次“太虚幻境梦”看见的“金陵十二钗簿册”，这不像梦的引导者和爱的对象那样，有明显的区别，二者的内涵还是有所不同的：第一次

虽然也是看到了“金陵十二钗簿册”，还有“红楼梦仙曲十二支”，并且那十二首判词还是颇为具体化的象征，当贾宝玉梦见它的时候，仍然是一种没有经过人生经验实践的纯粹的心理形式。等到了贾宝玉第二次梦见它的时候，就完全不一样了。“太虚幻境梦”中的太虚幻境牌坊、匾额、对联、“金陵十二钗簿册”和“红楼梦仙曲十二支”等，已经不是贾宝玉的心理原型，不是梦幻形式，不是神秘的神谕，不是神乎其神的预言，而就是贾宝玉看见了的大观园女人们的人生命运悲剧原型，就是贾宝玉自己体味与经历到的爱情和人生命运悲剧的原型。贾宝玉重新看到的“金陵十二钗簿册”，不是对他第一次“太虚幻境梦”的简单重复，而是他自己看到的大观园女性命运与自己经历的爱情与人生命运悲剧的深刻感受。换句话说，是贾宝玉把自己看到的、体味到的、经历到的命运悲剧原型内容，借用第一次看到的“金陵十二钗簿册”的原型形式来表现了。或者也可以这样说，贾宝玉经历的人生命运悲剧原型模式的内容，以做梦的方式，投射到了贾宝玉第一次看见的“金陵十二钗簿册”之中去了。贾宝玉的原型生命体验就好像一种“榫头”一样，严丝合缝地插入到他第一次梦见的“金陵十二钗簿册”的“榫卯”之中去了。贾宝玉的原型体验内容与原型心理形式，就这样天衣无缝地结合在一起了。

但是，第一次“太虚幻境梦”的原型形式，又不只是贾宝玉体验到的命运悲剧原型内容的象征，当以自己观察、经历和体验到的命运悲剧使那第一次“太虚幻境梦”的形式被贾宝玉真正认识到是一种先在的命运模式，并使其成为他自己思想意识的象征的时候，第一次“太虚幻境梦”在贾宝玉的潜意识中便又生发出新的象征意义，它已经由梦幻意象转变为命运悲剧的实际原型——它不再是梦幻意象，而是一种永恒的范型，一种反复出现的模式，一种不断重演的形式。在第二次“太虚幻境梦”的一开始，贾宝玉就感到了“有这梦便有这事”（第一百十六回），这已经说明，贾宝玉对第一次“太虚幻境梦”已经有了全新的深刻认识。

两次“太虚幻境梦”，对贾宝玉具有重大的心理意义。生命体验或者说命运悲剧的原型内容与命运悲剧的原型形式的重合，使贾宝玉产生了前所未有的透彻骨髓的悲凉感。

这种心理感受、思想情感是比任何一种具体的人生悲剧内容更重大、更凝重、更深邃，它使贾宝玉认识到，人生注定是一场悲剧，悲剧是一种预先规定了的命运，它无可逃遁、不可反抗，反抗是没有意义的。

第二次“太虚幻境梦”后，贾宝玉不再对曾经痴情相恋的黛玉有牵魂动魄的怀念，不再对他相爱过的任何人有牵魂动魄的怀念，不再对过往的人生有任何牵魂动魄的怀念。他把情、爱连同整个人生都看透了，他觉得一切都是“空”，于是，他跟着和尚一走了之。

第二次“太虚幻境梦”，是贾宝玉出家的潜意识表现。正是这种潜意识，导致了贾宝玉最终走向了出家的人生归宿。

贾宝玉的两个“太虚幻境梦”

《红楼梦》的耐人寻味之处在于，作家在第五回写了贾宝玉的“太虚幻境梦”，而更耐人寻味之处是，在倒数第五回作家又写到了贾宝玉的“太虚幻境梦”。像曹雪芹这样的天才作家，为什么要设计两个非常相似的情节，如果只从故事情节角度阅读、理解贾宝玉的这两个“太虚幻境梦”，那就必然产生对《红楼梦》内容的误读。读《红楼梦》还必须有心理角度的阅读，这既是由《红楼梦》内容本身决定的，也是曹雪芹表现贾宝玉内心情感的需要，在贾宝玉的梦境描写中，有些是属于贾宝玉的潜意识（是连贾宝玉本人当时也不理解的），因而就规定了我们必须从贾宝玉内心变化的角度来阅读与理解这两个太虚幻境梦。

贾宝玉的两个“太虚幻境梦”表现了两种不同的潜意识心理，甚至可以说是表现了两种不同的心理原型。

一　由情而僧：“引梦人”的象征意味

贾宝玉的两个“太虚幻境梦”表现的是贾宝玉内心情感由沉迷执着到勘破遁世的过程。贾宝玉的原型本是补天弃石，他从大荒山无稽中诞生，“历尽离合悲欢炎凉世态之后”，随着一僧一道遁世出家。贾宝玉这种“由情而僧”的心理转变，是他“因空见色，由色生情，传情入色，自色悟空”的情感历程的原型呈现。而这种“由情而僧”“自色悟空”的原型体

验，首先由梦的引导者表现出来的。

第一次“太虚幻境梦”的引导者是秦可卿，作为梦的引导者，秦可卿不仅把贾宝玉领到自己私密的卧室，而且还直接出现在贾宝玉的梦中，引导他做了那个“太虚幻境梦”：

> 那宝玉才合上眼，便恍恍惚惚的睡去，犹似秦氏在前，悠悠荡荡，跟着秦氏到了一处。（第五回）

而第二次“太虚幻境梦”的引导者则是那个送玉的和尚，他是前来救宝玉性命的。因为，“证同类宝玉失相知”，宝玉原本想得个知己，朝夕盼望，及至见面之后却发现竟是冰炭不投，因此，勾起旧病，以致“神魂失所”、饮食不进、人事不省，从而进入梦的幻觉状态，而这个梦是由和尚引导的：

> 那知那宝玉的魂魄早已出了窍了。你道死了不成？却原来恍恍惚惚赶到前厅，见那送玉的和尚坐着，便施了礼。那和尚忙站起身来，拉着宝玉就走。宝玉跟了和尚，觉得身轻如叶，飘飘飖飖，也没出大门，不知从那里走出来了。（第一百十六回）

梦的引导者是梦的意蕴的象征，当我们单独看贾宝玉的梦，是不大容易看出它的特别意义的，然而，当我们把两个梦放在一起进行比较，就很明显地看出了它们的不同意义。在曹雪芹笔下，不同的梦的引导者，是贾宝玉潜意识的重要象征。正如许多研究者指出的那样宝玉梦中的“秦氏”是“情事”的象征，是情欲的隐喻表达。由这样一个角色引导贾宝玉入梦，自然是会有情欲内容（尽管是部分的）即情欲原型的表现。而那个给贾宝玉送玉的和尚，自然是与情欲相反的斩断七情六欲的“出家”思想的隐喻。

这两个梦的引导者，以非常明显的相反的寓意预示了两个“太虚幻境梦”的截然不同的意味。在第一个太虚幻境梦中，贾宝玉与之行“巫山之会，云雨之欢”的，是警幻仙姑的妹妹，“乳名兼美表字可卿”，“其鲜艳妩媚，大似宝钗；袅娜风流，又如黛玉。”所谓“兼美”既是兼有黛玉宝钗之美的意味，还有对美的兼爱的意味。在第二个“太虚幻境梦”中，贾宝玉要找那些他曾经爱过的黛玉等人时，出现的却是手持鸳鸯剑的尤三姐：“宝玉见了，略定些神，央告道：‘姐姐，怎么你也来逼起我来了?’那人道：‘你们弟兄没有一个好人：败人名节，破人婚姻！今儿你到这里，是不饶你的了！’宝玉听了话头不好，正自着急，只听后面有人叫道：‘姐姐！快快拦住！不要放他走了！’尤三姐道：‘我奉妃子之命，等候已久，今儿见了，必定一剑斩断你的尘缘！’”（第一百十六回）在贾宝玉的第二个“太虚幻境梦”梦中，这个手持鸳鸯剑的尤三姐，是充当了和尚角色的变形（甲变成乙是梦中常见的现象），所谓“慧剑斩情丝”，执行的是和尚斩断宝玉尘缘的使命。那个和尚还告诫贾宝玉说：“你见了册子，还不解么？世上的情缘，都是那些魔障！只要把历过的事情细细记着，将来我与你说明。”（第一百十六回）和尚说给宝玉的话，一方面指明了情缘是魔障的谜底，另一方面又暗示了将来宝玉是要与和尚在一起的。

两个引导者的不同预示了两种不同的梦内容，这是被两个梦的内容所充分证实了的。

贾宝玉两个“太虚幻境梦”的引导者的转换，寓意着：秦可卿是象征情欲的，而和尚是象征清心寡欲的，贾宝玉这个梦的引导者的转变，非常明显地表现了他思想情感“由情转僧”的重大变化。

二　由执着到幻灭：梦之“隐意”的揭示

贾宝玉的两个“太虚幻境梦”展现了他真情真爱由执着到幻灭的过程，展现了宝玉从泛爱到爱的落空的绝望过程。

在第一个“太虚幻境梦”中，不仅“有儿女之事”的“可卿”，她“兼美”的名字隐喻贾宝玉对美的不一而足的泛爱，还有仙界中众多的“姣若春花，媚如秋月”的“清净女儿”。而在现实生活中，贾宝玉在大观园中的生活就是他“太虚幻境梦”潜意识的表现。他对林黛玉、薛宝钗、晴雯、五儿等众多美丽少女的体贴、关爱、尊重、呵护甚至产生强烈的爱恋，这些美丽少女是人世间最无邪、最纯真的象征，宝玉对这些美少女的

爱恋，不是那种性欲之爱，不是为了占有她们，不是一时的消遣，而是一种超世俗且功利的纯审美的诗意观照。在曹雪芹的描写中，贾宝玉的现实生活很大程度上是作为他对“太虚幻境梦”的潜意识来显形的，因而，他的“太虚幻境梦”的内容就被极大地丰富，而不限于“太虚幻境梦”那种简单的象征了。

但是，在第二个“太虚幻境梦”中，第一个“太虚幻境梦”象征的爱的对象不见了，现实中曾经有过的爱的对象也一个都找不到了。秦可卿、晴雯、金钏等一个都找不到了；就连凤姐和迎春等亲人也都不理他了；连他最痴心相爱、最心意相通的林黛玉也不见他了。在这第二个“太虚幻境梦”里，曹雪芹还与“木石前盟”神话相联系，写到了第一个“太虚幻境梦”没有写到的内容——对“木石前盟”神话的延续，这一内容与第一个“太虚幻境梦”相对应、相比较、相映衬。贾宝玉见到了已经“返归真境”的绛珠仙草——“白石花栏围着一颗青草，叶头上略有红色”，“虽说是一枝小草，又无花朵，其妩媚之态，不禁心动神怡，魂消魄丧”，并进而得知了仙草还原本真的始末：

> 那草本在灵河岸上，名曰“绛珠草”。因那时萎败，幸得一个神瑛侍者日以甘露灌溉，得以长生。后来降凡历劫，还报了灌溉之恩，今返归真境。所以警幻仙子命我看管，不令蜂缠蝶恋。（第一百十六回）

其实这是贾宝玉梦里创造的林黛玉“返归真境”的神话。之所以说林黛玉“返归真境”是贾宝玉梦里创造的一个神话，就在于，贾宝玉用这个梦解构了“木石前盟”的神话，从而使他爱情终于破灭了的潜意识得到典型化的表达。那个“木石前盟”的神话是动人心魄的，但是，“木石前盟”的浇灌与还泪的神话是潜伏着悲剧意蕴的，因为泪有还过的时候，还泪之后呢？因而说到底，“木石前盟”不过是林黛玉还泪故事的原型呈现，还过泪之后她仍然要回到灵河岸上，成为一株“绛珠草”，她必然要把贾宝玉孤零零的一个人抛在世上，这是贾宝玉梦中的一种故事化的解释。但这种解释是他与黛玉爱情毁灭的一种无可奈何的爱情绝望的潜意识表达。

贾宝玉当然还是不甘心，还要找他的林妹妹。于是，他就碰见了尤三姐拿着宝剑要斩断他的情缘。他在逃跑躲避时，看见奉妃子之命特来请他一会的晴雯。当到了那个所在，侍女管他叫“神瑛侍者”，请他进去参见：

> 又有一人卷起珠帘。只见一女子头戴花冠，身穿绣服，端坐在内。宝玉略一抬头，见是黛玉的形容，便不禁的说道：“妹妹在这里，叫我好想！”那帘外的侍女悄咤道：“这侍者无礼！快快出去！”说犹未了，又见一个侍儿将珠帘放下。宝玉此时欲待进去又不敢，要走又不舍，待要问明，见那些侍女并不认得，又被驱逐，无奈出来。（第一百十六回）

贾宝玉要看林妹妹，而终于没有看见林妹妹的情节，这是贾宝玉爱黛玉但无论如何也不会实现的意象化表现。

贾宝玉第二次“太虚幻境梦”预示着他的爱情的破灭，爱的对象一个也找不到了，这个爱的彻底绝望的潜意识，与第一次“太虚幻境梦”的“兼美”的泛爱的潜意识，完全是相反的思想情感。第一次“太虚幻境梦”的“兼美”是情感欲望的表达，那时贾宝玉还没有经历爱情，有的只是对爱的热烈浪漫向往，而现在他已经拥有过那魂牵梦萦刻骨铭心的爱。然而，这种发源于潜意识的爱情原型终究是抵不过冰冷的现实，就像那个“木石前盟”没能抵挡住“金玉良缘”一样，源于贾宝玉潜意识原型的爱情最终破灭了。那些他爱过的女儿都像“金陵十二钗簿册”和“红楼梦仙曲十二支”所预示的那样，谁也没有摆脱自己的命运悲剧。他爱过的女儿一个一个都远离他而去，他的爱成了他的绝望。于是，他在自己的梦里就把这种绝望转化成了新的“太虚幻境梦”，这新的“太虚幻境梦”就成了他爱情绝望和人生绝望思想的象征。

从贾宝玉潜意识角度考察两个“太虚幻境梦”关于爱的思想内容，我们就会很清楚地发现：第二个“太虚幻境梦”所表现的潜意识与第一个“太虚幻境梦”所表现的内容是完全不同的。第一个“太虚幻境梦”以“兼美”等象征了贾宝玉爱的原型，而第二个“太虚幻境梦”则以林黛玉的“返归真境”和爱的对象一个也找不到的意象表现了爱情的破灭。

三　梦之“显像”的不同寓意

贾宝玉的两个“太虚幻境梦”虽然情节非常相似，梦中的背景也是相似，但其具体象征意蕴则是完全不同的。两次“太虚幻境梦”，贾宝玉走进的是同一个“太虚幻境”，这可以从几个方面得到证明：一是贾宝玉第二次做梦自己就说过“好像曾到过的”；二是牌楼的相似性；三是在第一百二十回甄士隐还曾交代：“太虚幻境即真如福地”，匾额上的对联初初看去，也是大致相同的。但是，这种初初看去的大致相同，仍然是故事情节的角度而非贾宝玉心理感受的角度。

我们从贾宝玉内心感受的角度看太虚幻境的景象，贾宝玉第一次看太虚幻境的环境是充满了不解的：一是贾宝玉对所看到的景象的寓意是不理解的。对于刚刚入世的贾宝玉，还不清楚“离恨天”“放春山”“遣香洞”“太虚幻境”的象征意味，也理解不了那“孽海情天”“痴情司”“结怨司”“朝啼司”“暮哭司”“春感司”“秋悲司”的文化内涵。二是贾宝玉对金陵十二钗的命运神谕也是隔膜的。他翻阅过“薄命司”中金陵十二钗的簿册，闻过“群芳髓”的幽香，品过“千红一窟”的灵茶，饮过“万艳同杯”的美酒，赏过“红楼梦仙曲”，见过太虚幻境各处的匾额对联，这些充满了神谕意味的隐喻，是警幻仙姑对贾宝玉的警幻、警情，但当时的贾宝玉是不理解的。三是贾宝玉对未来的爱情悲剧、青春悲剧、命运悲剧、政治悲剧、人生悲剧的暗示与隐喻同样是不理解的。

但是，贾宝玉第二次看太虚幻境的环境则绝对不是这样的了：

> 行了一程，到了个荒野地方，远远的望见一座牌楼，好像曾到过的。正要问那和尚，只见恍恍惚惚又来了一个女人。宝玉心里想道：“这样旷野地方，那得有如此的丽人？必是神仙下界了。”宝玉想着，走近前来，细细一看，竟有些认得的，只是一时想不起来。只见那女人合和尚打了一个照面，就不见了。宝玉一想，竟是尤三姐的样子，越发纳闷：“怎么他也在这里？”又要问时，那和尚早拉着宝玉过了牌楼。只见牌上写着“真如福地”四个大字，两边一副

对联，乃是：

假去真来真胜假，无原有是有非无。

转过牌坊，便是一座宫门。门上也横书着四个大字道：“福善祸淫。”又有一副对联，大书云：

过去未来，莫谓智贤能打破；前因后果，须知亲近不相逢。

宝玉看了，心下想道：“原来如此！我倒要问问因果来去的事了。”这么一想，只见鸳鸯站在那里，招手儿叫他。宝玉想道：“我走了半日，原不曾出园子，怎么改了样儿了呢？”赶着要合鸳鸯说话，岂知一转眼便不见了，心里不免疑惑起来。走到鸳鸯站的地方儿，乃是一溜配殿，各处都有匾额。宝玉无心去看，只向鸳鸯立的所在奔去，见那一间配殿的门半掩半开。宝玉也不敢造次进去，心里正要问那和尚一声，回过头来，和尚早已不见了。宝玉恍惚见那殿宇巍峨，绝非大观园景象，便立住脚，抬头看那匾额上写道：“引觉情痴。”两边写的对联道：

喜笑悲哀都是假，贪求思慕总因痴。

宝玉看了，便点头叹息。想要进去找鸳鸯，问他是什么所在。细细想来，甚是熟识，便仗着胆子推门进去。满屋一瞧，并不见鸳鸯，里头只是黑漆漆的，心下害怕。正要退出，见有十数个大橱，橱门半掩。宝玉忽然想起：“我少时做梦，曾到过这样个地方；如今能够亲身到此，也是大幸！”

恍惚间，把找鸳鸯的念头忘了，便仗着胆子把上首大橱开了橱门一瞧，见有好几本册子。心里更觉喜欢，想道：“大凡人做梦，说是假的，岂知有这梦便有这事！我常说还要做这个梦再不能的，不料今儿被我找着了！但不知那册子是那个见过的不是。”伸手在上头取了一本，册上写着“金陵十二钗正册”。宝玉拿着一想道：“我恍惚记得是那个，只恨记得不清楚。”便打开头一页看去。见上头有画，但是画迹模糊，再瞧不出来。后面有几行字迹，也不清楚，尚可摹拟，便细细地看去。见有什么玉带上头有个好像“林”字，心里想道：“莫不是说林妹妹罢？”便认真看去。底下又有“金簪雪里”四字，咤异道：“怎么又像他的名字呢？”复将前后四句合起来一念道：“也没有

什么道理，只是暗藏着他两个名字，并不为奇。独有那‘怜’字‘叹’字不好。这是怎么解?”想到那里，又啐道：“我是偷着看，若只管呆想起来，倘有人来，又看不成了!”遂往后看，也无暇细玩那画图，只从头看去。看到尾上，有几句词，什么“虎兔相逢大梦归”一句，便恍然大悟道：“是了，果然机关不爽！这必是元春姐姐了。若都是这样明白，我要抄了去细玩起来，那些姊妹们的寿夭穷通，没有不知的了。我回去自不肯泄漏，只做一个‘未卜先知’的人，也省了多少闲想。”又向各处一瞧，并没有笔砚。又恐人来，只得忙着看去。只见图上影影有一个放风筝的人儿，也无心去看。急急的将那十二首诗词都看遍了，也有一看便知的，也有一想便得的，也有不大明白的，心下牢牢记着。一面叹息，一面又取那“金陵又副册”一看。看到“堪羡优伶有福，谁知公子无缘”，先前不懂，见上面尚有花席的影子，便大惊痛哭起来。

首先，由“太虚幻境”变成“真如福地”，这不再是贾宝玉的观看，而是贾宝玉人生经验、人生体验、人生阅历的总结、概括。原来看到的是“假作真时真亦假，无为有处有还无”，现在变成了“假去真来真胜假，无原有是有非无”。在这真假、有无的神秘转化中，它意在向贾宝玉当然更是向读者讲明，从神话原型角度来看，太虚幻境中的一切虽然是虚幻缥缈的，但那“幻境”确是生活的本质、规律、真相，即原型的象征，现实生活不过是太虚幻境“神谕”的复现、重复，是将太虚幻境中的“假”与“无”转换成现实生活中瞬间的“真”与“有”，在经历世事沧桑之后，又还原为“假”与“无”。从匾额对联的写法上看，好像差别不是很大，但是，从贾宝玉内心感受的角度看，经历了世事沧桑之后，现实人生中的“真”“有”虽然短暂，但也是胜过了太虚幻境的“假”与“无”，这是贾宝玉由对未来命运由预示观看变成经历体验后的生命感受的表达。

其次，由“孽海情天”变成“福善祸淫”，在第一次“太虚幻境梦”中的对联：“厚地高天，堪叹古今情不尽；痴男怨女，可怜风月债难偿”，在贾宝玉的感受里，完全是一种不理解的与己无关的东西，是他从未“领略”过的情感感受；而第二次看到是：“过去未来，莫谓智贤能打破；前因后果，须知亲近不相逢”，不再是与自己无关的他者的事情，而就是自己的亲身经历了，是对自己亲身经历的一个总结、概括。

最后，由“薄命司”到“引觉情痴”的变化，第一次的对联为“春恨秋悲皆自惹，花容月貌为谁妍”，是刚刚入世的贾宝玉及红楼女儿，其青春美丽生命的感叹；但在第二次梦中的“喜笑悲哀都是假，贪求思慕总因痴”，不再是贾宝玉及红楼女儿对自己生活的大观园和贾府命运的百思不得其解和莫名其妙，而是对自己生命感受和生活认识的高度概括。

太虚幻境的牌坊和配殿的匾额对联是对太虚幻境的一种概括，它的象征意义是指向大观园的。但是，贾宝玉第一次梦见这些意象时他并不理解，这是因为贾宝玉的人生才刚刚开始，他的人生阅历、情感经历几乎是一张白纸，他还没有进入大观园和贾府的更真实的生活，因而，尽管那个“太虚幻境梦”是一种神谕，但是他还是不得要领、一无所知。可是，到了第二次“太虚幻境梦”，他重新看到太虚幻境牌坊即配殿匾额对联，就大大的不同了，贾宝玉已经经历了世俗人生的兴衰变化、人生起伏，更为重要的是他经历的大观园和贾府的生活，几乎是完全印证了他在第一个“太虚幻境梦”中所看见的人生命运模式。因而，这第二次“太虚幻境梦”所看到的一切——都成为贾宝玉尘世人生经历和贾府命运模式的一种高度概括。因而，贾宝玉重新看见的太虚幻境中的一切，实际就是贾宝玉自己对大观园和贾府人生命运的潜意识的象征。

四　两个梦的不同象征内涵

贾宝玉在两个“太虚幻境梦”中都看到了金陵十二钗的命运图册，虽然金陵十二钗的判词、曲子是完全相同，其意义却是完全不一样的。

曹雪芹是这样描写贾宝玉第二次看到“金陵十二钗簿册”的，那是贾宝玉跟了和尚看过太虚幻境牌坊和配殿匾额对联之后，来到一个所在，推门进去，见有十数个大橱，橱门半掩，在见到十数个大橱，宝玉便想起：“我少时做梦曾到过这个地方。如今能够亲身到此，也是大幸!”贾宝玉的这种心理活动极为重要，第一，他并不知道自己是在做梦，而是在把当下的生命体验与他过去的梦境相联系，这就构成了他当下生命体验与原型之

梦的重要关联；第二，他面对那些装着金陵十二钗命运图册的大橱，产生“我少时做梦曾到过这个地方”的感觉，说明贾宝玉此前从来没有忘记这个梦；而“如今能够亲身到此，也是大幸”，还说明那个原型之梦对他的梦牵魂绕，对他的思想情感产生过重要作用。

当宝玉打开橱门看见好几本册子，心里更觉喜欢，想道：“大凡人做梦，说是假的，岂知有这梦便有这事！我常说还要做这个梦再不能的，不料今儿被我找着了！”贾宝玉的这个心理活动更为重要：第一，他“想道”的就是他梦的观念，在他的梦的观念看来，梦并非是假的，而是“有这梦便有这事”。第二，“有这梦便有事”还必然包含这样一层思想：梦对未来有预知的作用和意义。第三，“有这梦便有这事”是被他的生命经验所证实了的。第四，他“还要做这个梦”，因为那梦是预示了后来一些发生的事情，他还要知道那些他“记不清楚”的预示。

小说中，细致描绘了贾宝玉重入“太虚幻境梦”，他仔细地翻阅“金陵十二钗簿册”，渴望能做个未卜先知的人，因此，当贾宝玉再一次看见“金陵十二钗簿册”时，他感到“恍然大悟”，想到“果然机关不爽”，表明了他是用已经发生了的比如林黛玉等人生命运悲剧，证实了那“金陵十二钗簿册”对人命运预示的准确性。这个感受对贾宝玉来说是惊心动魄的。尽管此前他曾不断感到身边女性的命运遭际似曾相识，不断感到有些事情和情境好像在那里见过的，不断想起有些人和事是年少时“太虚幻境梦”梦过的，但是，那种想法是时断时续的，是或隐或现的，是片段而不是整体的。只有在此时，在经历了大观园女儿世界的由聚到散，经历了众多美丽纯洁女儿的香消玉殒，经历了自己爱情的彻底毁灭，经历了自己家族的由盛而衰的巨大变故，贾宝玉又一次做了“太虚幻境梦”。在再一次“太虚幻境梦”中，再一次看见“金陵十二钗簿册”，他才感到了这些簿册的整体性、清晰性和强烈性，他的心灵受到了前所未有的冲击。正是在这种冲击下，他感到了太虚幻境对现实命运的规定，他感到了命运在沿着“太虚幻境梦”规定的道路前行，他感到了命运规定的不可抗拒、不可改变，他感到了生命的没有意义，他感到了绝望。

贾宝玉的“大惊痛哭起来”，那是一种现实人生命运与“金陵十二钗簿册”整体吻合的悲哀和绝望。

在贾宝玉两次“太虚幻境梦”中，隐藏着贾宝玉隐秘的内心世界，隐藏着贾宝玉两种潜意识，隐藏着贾宝玉思想情感一脉相承的联系，也隐藏着贾宝玉思想精神发展变化的线索，还隐藏着贾宝玉人生道路的转折。贾宝玉的第二次“太虚幻境梦”，是由第一次“太虚幻境梦”引发的，第一次“太虚幻境梦”是贾宝玉的一种原型之梦，对贾宝玉产生了重要影响。贾宝玉用“太虚幻境梦”的原型来观察、认识和体味大观园和贾府的人生和生活，这就使贾宝玉或隐或现地感到，红楼女儿的命运，包括他自己的人生命运以及贾府的命运，都是被“太虚幻境梦”那个神谕所预言、所决定了的。正是这种现实命运与“太虚幻境梦”命运原型的重复、吻合、相契的认识，才导致了贾宝玉重新做了一次“太虚幻境梦”。这其实是贾宝玉对现实人生命运的原型性认识。贾宝玉第二次“太虚幻境梦”虽然与第一次梦有关，但是，它绝非第一次“太虚幻境梦”的重复，而是他一种新的潜意识表现，当然也是一种新的原型象征。

第三章　红楼女儿的具象梦

林黛玉的“宝玉剜心”梦

《红楼梦》在表现贾宝玉的现实故事之前，再造了一个“石头记”神话，并且，又把这个再造的“石头记”神话嵌入了贾宝玉的现实故事之中；《红楼梦》在表现诸多女性悲剧命运之前，还以贾宝玉的“太虚幻境梦”再造了一个女性悲剧命运的神话，即“金陵十二钗簿册”和“红楼梦仙曲十二支”，使《红楼梦》的女性悲剧命运成为“金陵十二钗簿册”和“红楼梦仙曲十二支”神话的重演。这便表现了《红楼梦》一个最重要的创作方式：神话复制现实、现实重演神话。

《红楼梦》这种大结构的创造方式同样是曹雪芹创作人物的方式。在许多重要人物的塑造中，曹雪芹都是或先或后地表现人物的梦，而人物的那个梦就相当于人物的一个神话，而他的思想情感、命运遭际则是那个相当于神话的梦的重演。

曹雪芹创作人物的方式基本是按照这种方法进行的。他创造了那么多梦的初衷就在于：他要以梦的方式表现人物的神话，使人物的神话成为人物思想行为的原型。当然，有些梦并不像甄士隐、贾宝玉和甄宝玉那样具有很典型的神话特性，但是，那些并不明显表现典型神话特征的梦，在曹雪芹那里仍然是作为人物的神话式的梦来表现的。比如林黛玉的梦、王熙凤的梦、妙玉的梦等。

一　林黛玉神话式的梦

林黛玉最重要的梦是在第八十二回表现出来的。说它重要，那是因为那个梦不仅表现了林黛玉内心深处的恐惧和渴望，还表现了林黛玉的心理原型甚至人生原型。

那个梦是在这样一个环境下做的：先是袭人担心自己的命运，来找林黛玉探探口气："想这如今宝玉有了工课，丫头们可也没有饥荒了。早要如此，晴雯何至弄到没有结果？兔死狐悲，不觉叹起气来。忽又想到自己终身，本不是宝玉的正配，原是偏房。宝玉的为人，却还拿得住；只怕娶了一个利害的，自己便是尤二姐香菱的后身。素来看着贾母王夫人光景，及凤姐儿往往露出话来，自然是黛玉无疑了。那黛玉就是个多心人。想到此际，脸红心热，拿着针不知戳到那里去了。便把活计放下，走到黛玉处去探探他的口气。"（第八十二回）。

后来又有薛姨妈那边的一个婆子来送一瓶蜜饯荔枝来，看到林黛玉之后，笑着向袭人说："怨不得我们太太说：这林姑娘和你们宝二爷是一对儿。原来真是天仙似的！"那老婆子在出门后嘴里还咕咕哝哝的说："这样好模样儿，除了宝玉，什么人擎受的起！"

曹雪芹极有层次地描写了林黛玉做梦的起因。袭人对自己命运忧虑的情绪感染了林黛玉，袭人想到的贾母、王夫人和凤姐露出的宝玉将来要娶黛玉的话，林黛玉是不清楚的；而那个婆子"林姑娘和你们宝二爷是一对儿"的话更牵引了林黛玉的思绪。曹雪芹这样描写了林黛玉的心理：

> 一时，晚妆将卸，黛玉进了套间，猛抬头看见了荔枝瓶，不禁想起日间老婆子的一番混话，甚是刺心。当此黄昏人静，千愁万绪，堆上心来，想起："自己身上不牢，年纪又大了，看宝玉的光景，心里虽没别人，但是老太太舅母又不见有半点意思，深恨父母在时，何不早定了这头婚姻。"又转念一想道："倘若父母在时，别处定了婚姻，怎能够似宝玉这般人材心地？不如此时尚有可图。"心内一上一下，辗转缠绵，竟像辘轳一般。叹了一回气，吊了几点泪，无情无绪，和

衣倒下。(第八十二回)

林黛玉的这种忧虑的思绪便引出了林黛玉的梦：

不知不觉，只见小丫头走来说道："外面雨村贾老爷请姑娘。"黛玉道："我虽跟他读过书，却不比男学生，要见我做什么？况且他和舅舅往来，从未提起，我也不必见的。"因叫小丫头回复："身上有病，不能出来，与我请安道谢就是了。"小丫头道："只怕要与姑娘道喜，南京还有人来接。"

说着，又见凤姐同邢夫人、王夫人、宝钗等都来笑道："我们一来道喜，二来送行。"黛玉慌道："你们说什么话？"凤姐道："你还装什么呆？你难道不知道：林姑爷升了湖北的粮道，娶了一位继母，十分合心合意；如今想着你撂在这里，不成事体，因托了贾雨村作媒，将你许了你继母的什么亲戚，还说是续弦，所以着人到这里来接你回去。大约一到家中，就要过去的。都是你继母作主。怕的是道儿上没有照应，还叫你琏二哥哥送去。"说得黛玉一身冷汗。

黛玉又恍惚父亲果在那里做官的样子。心上急着，硬说道："没有的事，都是凤姐姐混闹！"只见邢夫人向王夫人使个眼色儿："他还不信呢，咱们走罢。"黛玉含着泪道："二位舅母坐坐去。"众人不言语，都冷笑而去。

黛玉此时心中干急，又说不出来，哽哽咽咽；恍惚又是和贾母在一处的似的，心中想道："此事惟求老太太，或还有救。"于是两腿跪下去，抱着贾母的腿说道："老太太救我！我南边是死也不去的。况且有了继母，又不是我的亲娘，我是情愿跟着老太太一块儿的。"但见贾母呆着脸儿笑道："这个不干我的事！"黛玉哭道："老太太，这是什么事呢！"老太太道："续弦也好，倒多得一副妆奁。"黛玉哭道："我在老太太跟前，决不使这里分外的闲钱，只求老太太救我！"贾母道："不中用了。做了女人，总是要出嫁的。你孩子家，不知道。在此地终非了局。"黛玉道："我在这里，情愿自己做个奴婢过活，自做自吃，也是愿意。只求老太太作主。"见贾母总不言语，黛玉又抱着贾母哭道："老太太！你向来最是慈悲的，又最疼我的，到了紧急的时候儿，怎么全不管？你别说我是你的外孙女儿，是隔了一层了；我的娘是你的亲生女儿，看我娘分上，也该护庇些。"说着，撞在怀里痛哭。听见贾母道："鸳鸯，你来送姑娘出去歇歇，我倒被他闹乏了。"

黛玉情知不是路了，求去无用，不如寻个自尽，站起来，往外就走。深痛自己没有亲娘，便是外祖母与舅母姊妹们，平时何等待的好，可见都是假的。又一想："今日怎么独不见宝玉？或见他一面，他还有法儿。"便见宝玉站在面前，笑嘻嘻地道："妹妹大喜呀。"黛玉听了这一句话，越发急了，也顾不得什么了，把宝玉紧紧拉住，说："好！宝玉，我今日才知道你是个无情无义的人了！"宝玉道："我怎么无情无义？你既有了人家儿，咱们各自干各自的了。"黛玉越听越气，越没了主意，只得拉着宝玉哭道："好哥哥！你叫我跟了谁去？"宝玉道："你要不去，就在这里住着。你原是许了我的，所以你才到我们这里来。我待你是怎么样的？你也想想。"

黛玉恍惚又像果曾许过宝玉的，心内忽又转悲作喜，问宝玉道："我是死活打定主意的了，你到底叫我去不去？"宝玉道："我说叫你住下。你不信我的话，你就瞧瞧我的心！"说着，就拿着一把小刀子往胸口上一划，只见鲜血直流。黛玉吓得魂飞魄散，忙用手握着宝玉的心窝，哭道："你怎么做出这个事来？你先来杀了我罢！"宝玉道："不怕，我拿我的心给你瞧。"还把手在划开的地方儿乱抓。黛玉又颤又哭，又怕人撞破，抱住宝玉痛哭。宝玉道："不好了。我的心没有了，活不得了！"说着，眼睛往上一翻，"咕咚"就倒了。

黛玉拚命放声大哭。只听见紫鹃叫道："姑娘，姑娘！怎么魇住了？快醒醒儿，脱了衣服睡罢。"

黛玉一翻身，却原来是一场恶梦。（第八十二回）

林黛玉的这个恶梦，表现了林黛玉五种心理内容：一是对离开贾宝玉的极度恐惧；二是对没有人能为她的爱情做主的极度忧虑；三是产生了没有了贾宝玉的爱要自尽的想法；四是觉得贾宝玉是一个无情无义的人；五是渴望贾宝玉对她爱的心理隐喻。

林黛玉这个恶梦的五种心理内容，既是林黛玉思想情感的投射，又是林黛玉未来人生状态的一个象征。在曹雪芹的描写中，它是相当于林黛玉的一个神话的。它虽然不像贾宝玉、甄宝玉“太虚幻境梦”那样，是以太虚幻境的世界来表现的，而就是以现实生活的形态，而且就是以林黛玉实际生活的样式来表现的，但是，曹雪芹仍然是把它当作林黛玉的一个神话性质的梦来写的。

神话是人的潜意识心理投射，是把潜意识心理投射成了一种超现实的人物和故事，因而关于神话的人物，是神性人物，关于神话的故事是关于神的故事。神话是通过神的故事表现人的思想情感包括潜意识心理的。按照这种神话观念来理解林黛玉的梦，它显然不是神话。因为林黛玉的梦中没有神，也没有神的故事，而是林黛玉自己的故事。但是这并不妨碍曹雪芹仍然把它当作一个神话性质的故事来表现。在曹雪芹的理解中，只要表现了人物心理、并对人后来生活具有重要影响的梦，就相当于神话式的梦，就在这种神话式的梦中表现了原型。

曹雪芹的这种理解是被后来的原型批评家弗莱用“移位的神话”理性概念给予揭示了。弗莱指出：“在神话中，我们见到文学的结构原理是离析出来的；在现实主义中，则见到同样的（而不是相似的）结构原理纳入一个大致真实可信的语境中。尽管如此，既然虚构的现实主义文学中存在一种神话的结构，这就向我们提出如何使作品显得可信的一些技术问题；为解决这些问题所采用的各种方法可以概括地称之为‘移位’。”① 关于“神话的移位”弗莱又进一步深刻地解说：“文学中的神话和原型象征有三种组成方式。一种是未经移位的神话，通常涉及神祇或魔鬼，并呈现为两相对立的完全用隐喻表现同一性的世界，人们向往其中之一，厌恶另一个。与这种文学同属一个时代的宗教中存在着天堂和地狱，所以人们往往把文学中的两个世界分别与天堂或地狱等同起来。我们把这两种隐喻式对立形式分别称作神谕式的和魔怪式的。第二种组成方式便是我们一般称作传奇的倾向，即指一个与人类经验关系更接近的世界中那些隐约的神话模

① ［加］诺斯罗普·弗莱：《批评的解剖》，陈慧、袁宪军、吴伟仁译，百花文艺出版社2006年版，第193页。

式。最后一种是'现实主义'倾向，即强调一个故事的内容和表现，而不是其形式。"① 弗莱对神话"移位"的论述当然是指文学形式的，但是，弗莱揭示的规律同样可以理解梦，特别是适合对作家创造的梦的解释。

人类的梦也是具有弗莱所论述的三种形式：神话式的、传奇式的、现实主义式的。如果追溯神话的源头，神话就是源于梦的，是梦形式的口头讲述和独立发展。在现代社会我们是把神话和梦分得清清楚楚的，神话就是神话，梦就是梦。但是，从心理表现的角度说，神话和梦其实是一回事。神话是心理投射的形式，梦也是心理投射的形式。不仅两者都是心理投射的形式，而且更为重要的是，我们人类的神话是采取了梦的投射方式。因为，神话总是以梦的原型形式呈现在人们面前的。弗莱就曾说过："在一切梦幻中都含有一种具有独立交流力量的神话成分。"② 当然，神话又反作用于梦的形式，在梦的形式中，也是有大量以神话为原型，采取神话的形式来表现自己的。

在《红楼梦》中，神话式、传奇式和现实主义式的梦都有很典型的表现。甄士隐的梦、贾宝玉和甄宝玉的"太虚幻境梦"是典型的神话式的梦；王熙凤的梦是典型的传奇式的梦；而林黛玉的梦则是典型的现实主义式的梦。在《红楼梦》中，先是从整体上表现神话式的梦，然后在现实对神话原型重复的展开过程中，又进一步表现传奇式和现实主义式的梦，这其实是曹雪芹表现神话的另一种移位：从整部小说到人物心理的神话"移位"。

林黛玉的梦当然不是"石头记"神话和"太虚幻境"神话的"移位"，但是它确确实实是现实主义式的神话移位。换一句话说，林黛玉的梦仍然是曹雪芹用"石头记"神话和"太虚幻境"神话表现先例和范型的"移位"。

二　林黛玉的心理原型

神话的象征就是原型的象征；梦之所以采取神话的形式，其目的也是

① ［加］诺斯罗普·弗莱：《批评的解剖》，陈慧、袁宪军、吴伟仁译，百花文艺出版社 2006 年版，第 197—198 页。

② ［加］诺斯罗普·弗莱：《批评的解剖》，陈慧、袁宪军、吴伟仁译，百花文艺出版社 2006 年版，第 153 页。

要获得原型的双重象征。甄士隐的“石头记”神话和贾宝玉的“太虚幻境”神话，作为一种原型象征，既是过去心理的投射，是过去思想情感或潜意识心理的一种凝结，又是未来命运的一种先例和范型，是未来人生命运要重演的形式。曹雪芹创造林黛玉神话式的梦是一种双重象征。一方面，作为林黛玉的心理原型的象征，它表现着林黛玉过去的思想情感，是过去思想情感的一个凝结形式；另一方面，作为林黛玉未来人生的象征，它又表现着林黛玉未来的命运，是林黛玉未来命运的一种原型形式。

林黛玉的梦可以概括为极度恐惧和渴望。林黛玉的这种极度恐惧和渴望的心理原型，是源于她的“情结”的。荣格说：“梦常常是由一种情感失调而引发的，其中涉及某些一贯性的情结。这种一惯性情结是心理的脆弱点，它会对可疑的处境最快地做出反应。”[①] 那么，什么是情结呢？“情结是联想的聚结——一幅多少有些复杂的关于心理本质的图景——有时是创伤性人格的，有时只是一种痛苦或者被高度渲染了的人格的。”[②] “具有特定压力和能量的情结，有形成其自身的一些人格的倾向。”[③] “在我们的潜意识心理中，存在着一些具有其自身特定生命的典型角色。”[④] 林黛玉是严重的创伤性人格，因而，林黛玉具有强烈创伤性“情结”。

曹雪芹为林黛玉描写了创伤性人格形成的过程。林黛玉创伤性人格是在“木石前盟”神话和“金玉良缘”神话两种冲突中孕育形成的。这两种神话的对立与冲突使林黛玉先天地带有创伤性人格。曹雪芹之所以表现这两种神话就是要表现这两种神话象征的原型及其冲突，也是要表现这两种神话内在冲突与林黛玉的心理联系。林黛玉虽然不知道这两种神话，但是林黛玉是时时感到两种神话原型所象征的力量对她的撕扯、折磨与煎熬的。一方面是源于林黛玉与贾宝玉前世“木石前盟”的爱情，这“木石前

① ［瑞士］卡尔·古斯塔夫·荣格：《象征生活》，储昭华、王世鹏译，国际文化出版公司2011年版，第149页。

② ［瑞士］卡尔·古斯塔夫·荣格：《象征生活》，储昭华、王世鹏译，国际文化出版公司2011年版，第58页。

③ ［瑞士］卡尔·古斯塔夫·荣格：《象征生活》，储昭华、王世鹏译，国际文化出版公司2011年版，第59页。

④ ［瑞士］卡尔·古斯塔夫·荣格：《象征生活》，储昭华、王世鹏译，国际文化出版公司2011年版，第59—60页。

盟”的爱情支配她要以一生还泪的方式回报贾宝玉前世对她的浇灌的；这就决定了她与贾宝玉至真至纯、至情至痴、至死不渝的爱情；但另一方面，是薛宝钗与贾宝玉“金玉良缘”的婚姻对她“木石前盟”爱情的威胁、压迫与毁灭。这两种神话原型的交织、纠葛与冲突，在林黛玉的内心中如影随形，地存在着。林黛玉对贾宝玉的爱情不能消灭，薛宝钗与贾宝玉的“金玉良缘”婚姻就不仅永远不能消灭，而且是愈来愈强烈地吞噬着她的心。就这样，林黛玉的恐惧和渴望心理原型就渐渐形成了。

曹雪芹非常有层次地表现了林黛玉心理原型的产生过程。“木石前盟”与“金玉良缘”神话的冲突，在林黛玉的世界中是以她的敏感、嫉妒、小心眼和弱不禁风的身体状况表现出来的。

黛玉的梦以一种暗喻性的意象群贯穿始终，梦境中的人物、事件均幻化变形，失去常态，显得稀奇古怪甚至丑陋，呈现出一种迥异于现实生活的怪异面貌。凤姐同邢夫人、王夫人、宝钗等笑着向她道喜、送行，却“都冷笑而去”。黛玉被迫去跪求贾母时，贾母却呆着脸儿笑道“这个不干我事”“续弦也好，倒多出一副妆奁。”面对黛玉的哀哭，贾母却冷酷无情地道“鸳鸯，你来送姑娘出去歇歇，我倒被他闹乏了。”这里，平日里对她十分慈爱的女保护者们，都变换了一种姿态，成为赤裸裸地毁灭她幸福的无情者。梦中的情景虽然怪诞，但却是黛玉在现实生活中日益积累的潜意识的外化。尽管黛玉一直受到贾母等人的关心爱护，衣食无忧，但孤洁敏慧的黛玉还是从种种微妙的迹象中敏感地意识到了这层层嘘寒问暖背后的特殊内涵。凤姐曾将黛玉比之于低贱的小戏子（第二十二回）；元春赏赐的端午节礼物，只有宝钗与宝玉相同（第二十八回）；王夫人在金钏被逼跳井之后说黛玉是个“有心的”（第三十二回），并曾在指责晴雯时影射到黛玉“有一个水蛇腰，削肩膀儿，眉眼又有些像你林妹妹的，正在那里骂小丫头；我心里很看不上那狂样子”（第七十四回）；贾母曾亲自替宝钗过生日，而黛玉却从未这样受宠过。又曾借批评才子佳人故事不点名地批评了黛玉，为黛玉敲响了警钟：“这小姐必是通文知礼，无所不晓，竟是‘绝代佳人’，——只见了一个清俊男人，不管是亲是友，想起他的‘终身大事’来，父母也忘了，书也忘了，鬼不成鬼，贼不成贼，那一点像个佳人？就是满腹文章，做出这样事来，也算不得是佳人了。”（第五十四回）

所有这一切，都使黛玉更强烈而又分明地感受到在这“花柳繁华地，温柔富贵乡”中的“一年三百六十日，风刀霜剑严相逼”的重压，因而她需“步步留心，时时在意，不要多说一句话，不可多行一步路”（第三回）。梦中的境况是如此的鲜明，如此的触目惊心，使黛玉警醒于这些亲人们的冷漠无情。

林黛玉直觉到了她与贾宝玉的“木石前盟”抵不过薛宝钗与贾宝玉的“金玉良缘”，因而，她才产生了那么极度的敏感、嫉妒，极度的恐惧和渴望。而这种极度恐惧和渴望成为她的一个“情结”，有着恐惧和渴望的情结便产生了她个人的神话式的梦。而这个神话式的梦便成为她的心理原型。这个心理原型很典型地体现了她思想情感。

林黛玉的梦不仅是林黛玉之前心理的集中、典型体现，还是林黛玉后来心理甚至人生的一个原型。林黛玉的梦成了她后来心理的一个源泉，成了她后来人生的一个原型形式，林黛玉后来人生是以这个梦为先例和范型的，甚至，林黛玉后来人生就是以这个梦为模板的。林黛玉父亲娶妻把她嫁给了继母亲戚做续弦并且派人来接她，这件事确实没有实际发生过，但是，如果把这件事作为林黛玉恐惧失去父爱、恐惧离开贾府、恐惧离开贾宝玉心理象征来理解，那就是十分真实的（贾宝玉倒是在迷糊的状态下喊出林家的人来接黛玉了，第五十七回）。父亲娶妻是女孩失去父爱的最典型的象征形式；而家里人来接她也是她恐惧失去贾宝玉之爱的象征形式。在这个梦之后，林黛玉的这种恐惧失去依托、恐惧失去呵护、恐惧失去贾宝玉之爱的心理是与日俱增的。

林黛玉此后的忧虑与恐惧也是这个原型之梦的具体化展开。她担心贾母、王夫人和王熙凤等不能为她和贾宝玉的“木石前盟”做主，已经成为现实，不仅如此，贾母、王夫人和王熙凤还成了薛宝钗与贾宝玉的“金玉良缘”的倡导者和保护伞。林黛玉的忧虑和恐惧日益加重。在梦中失去了父爱、父亲又把她嫁给了别人、贾母、王夫人等都不给她做主，这是她的爱和生命都失去了依托与保护的象征；而正是这种失去依托与保护才导致了爱的彻底失去，因而产生自尽的想法。这种失爱和自尽的思想便成为一种原型性思想，这种原型思想十分严重地影响了林黛玉的思想精神，是她由病情任意发展到有意糟践自己身体的根本原因。林黛玉死于过度忧郁，但是，归根结底，林黛玉是死于“自尽”的，是她要“自尽”的想法使她放任自己的忧郁，放任自己的病情。林黛玉的死是因为失去了爱因而要自毁生命的结果。当黛玉误听人言，认为宝玉要娶别人时，“杯弓蛇影颦卿绝粒”——“谁知黛玉一腔心事，又窃听了紫鹃雪雁的话，虽不很明白，已听得了七八分，如同将身撂在大海里一般。思前想后，竟应了前日梦中之谶，千愁万恨，堆上心来。左右打算，不如早些死了，免得眼见了意外的事情，那时反倒无趣。”（第八十九回）“原来黛玉立定主意，自此以后，有意遭塌身子，茶饭无心，每日渐减下来。”（第八十九回）“一片疑心，竟成蛇影。一日竟是绝粒，粥也不喝，恹恹一息，垂毙殆尽”（第八十九回）。及至黛玉听到傻大姐的哭声，知道宝玉要娶宝钗时，她“迷本性”——“原来黛玉因今日听得宝玉宝钗的事情，这本是他数年的心病，一时急怒，所以迷惑了本性。及至回来吐了这一口血，心中却渐渐的明白过来，把头里的事一字也不记得。这会子见紫鹃哭，方模糊想起傻大姐的话来。此时反不伤心，惟求速死，以完此债。”（第九十七回）黛玉为情而生，又为情而死，她对宝玉爱得深、爱得真、爱得生死以之、爱得之死靡它，当这种爱情被毁灭时，她就“焚诗”“绝粒”以生命相殉。

黛玉一生独钟于宝玉一人，泪枯债了而亡。宝玉是黛玉唯一的爱人，黛玉对宝玉的情感如此强烈、蚀骨，因而，它决定着黛玉的整个生活没有宝玉的爱，黛玉就不能活，也不愿活，更不屑活。

相比于黛玉的唯一的、神圣的爱，宝玉的选择无疑是多元的，因此，无论宝玉如何向黛玉剖腹挖心，黛玉也是不可能完全放心的。这种忧虑弥漫于黛玉的生命之中。因此，产生了梦中对贾宝玉无情无义的看法。这既是林黛玉对贾宝玉的担心，也是林黛玉担心应验了的心理感受。对贾宝玉无情无义看法的应验，主要是源于“金玉良缘”的婚姻。正是这个婚姻模式给林黛玉造成了致命性的最后一击。尽管这个致命一击不是贾宝玉造成的——贾府告诉贾宝玉，他的结婚对象是林黛玉，而实际上是与薛宝钗结婚的。这个调包计是贾宝玉事先是不知情的，但是，林黛玉是不知道贾宝玉是不知情的，不知道贾宝玉是被贾府欺骗了的。当黛玉恍恍惚惚听到结婚的音乐声——其实那是黛玉的幻觉，黛玉确确实实地感到了贾宝玉的无

情无义、绝情绝义、背情叛义。黛玉感到了彻彻底底的绝望，黛玉这时说："宝玉，你好……"林黛玉没有说完的话最可能是"好狠心"，这是林黛玉真实思想的最后表达。人说情到深处无怨尤，宝玉曾经对黛玉海誓山盟，曾经信誓旦旦地对黛玉说"你放心"，曾经说"你死了，我做和尚去"。而今，这一切都随着宝玉的婚礼的到来，最终将黛玉推向了绝命的深渊。在生命的最后一刻，黛玉是带着对贾宝玉爱的极度失望，带着对宝玉的极度绝望，带着对这个人世间的彻底绝望离开的。林黛玉是把她的来自前世的"木石前盟"的爱作为她生命的唯一意义来看待的，她的生命意义就是对贾宝玉的爱，而这个以全部生命爱恋的对象却爱了别人，与别人结婚了，她的绝望与痛苦是不可解脱的，她也就只能结束自己的生命。

梦中林黛玉看见了贾宝玉拿刀挖自己的心，这其实是林黛玉对贾宝玉爱情欲望的变形投射。这是由于她极度恐惧和渴望心理形成的幻想形式。幻想贾宝玉拿刀挖自己的心给他看，是她林黛玉自己渴望得到贾宝玉的心的变形形式：她极度渴望贾宝玉把他的心给她，便产生了贾宝玉拿刀挖心的梦幻故事。黛玉梦见宝玉"剖心"而"鲜血直流"，忽儿却又叫道"我的心没有了，活不得了"，这一荒诞情景成为现实生活中任意捉弄和摧残人的乖戾力量的形象概括，同时也预示了宝黛爱情在现实生活中的虚幻和破灭，进而成为宝玉命运的一种凝缩。当他把心交给黛玉之后，他就因失去"心"而疯癫，成为一具没有思想、没有灵魂的肉体的空壳，游走于尘世之间。宝黛二人最后一次见面的时候，黛玉"自己走进房来。看见宝玉在那里坐着，也不起来让坐，只瞅着嘻嘻的傻笑。黛玉自己坐下，却也瞅着宝玉笑。两个人也不问好，也不说话，也无推让，只管对着脸傻笑起来。……忽然听着黛玉说道：'宝玉，你为什么病了？'宝玉笑道：'我为林姑娘病了。'……两个却又不答言，仍旧傻笑起来。"（第九十六回）这是宝黛二人撤去所有伪装之后，两个灵魂的"傻笑"，当王熙凤巧施"掉包计"，假意给宝玉娶黛玉，宝玉听说之后道："我有一个心，前儿已交给林妹妹了。他要过来，横竖给我带来，还放在我肚子里头。"（第九十七回）林黛玉并没有嫁给贾宝玉，所以贾宝玉也无法在失去"心"的情形下安然无恙，他最终必将会"遁世"，重返大荒山青埂峰。

先表现整体性的神话或梦，然后再在神话指引下进行原型叙事，是《红楼梦》最重要、最独特的创作方法。“石头记”神话和“太虚幻境”神话就是为表现贾宝玉人生道路和贾府女性悲剧命运而创造的神话原型。也正是在这种创造方法的制约下，曹雪芹在表现具体人物命运的时候，还要具体地表现人物的心理原型。这就形成了大的神话原型和小的梦对心理原型表现相结合的方式。以林黛玉这个形象来说，曹雪芹既在“石头记”神话中表现了林黛玉与贾宝玉的“木石前盟”，表现了她同贾宝玉一同下世用一生的还泪来报答贾宝玉的浇灌之恩，又在贾宝玉的“太虚幻境梦”中以“玉带林中挂”和“终身误”表现了林黛玉悲剧命运的原型。但是，那种悲剧命运原型，仍然是一个悲剧命运的一个大的方面的象征，而没有非常具体的内容。很可能正是这样一个原因，曹雪芹又在林黛玉形象的具体表现中，又以林黛玉的梦表现了林黛玉的心理原型。这样，在林黛玉形象的表现上，就形成了宏观的神话和具体的梦（也是相当于神话的）相结合的方式。而正是这样宏观神话表现命运原型和具体梦表现心理原型相结合的方式，使林黛玉的形象得到了更为丰富、深刻和生动的表现。

妙玉的“走火入魔”梦

在《红楼梦》所有的梦中，妙玉的梦是最独特性的梦。因为它不是以一般梦的形式表现出来，而是以“坐禅寂走火入邪魔”来表现的，这是一种精神幻觉的表现，所谓“邪魔”并不是外在于人的妖魔鬼怪，而是人的潜意识。“走火”就是因为意识迷失而进入潜意识状态，或者说潜意识突破了意识的限制而表现了自己。在这个“走火入邪魔”相当于梦的幻觉中，妙玉投射了自己深深压在意识底层的潜意识，使梦中的自己似乎成了另一个妙玉，而这另一个妙玉正是妙玉原型意象的投射。妙玉“走火入邪魔”的形象正是妙玉原型意象的一种象征性表现。那些幻觉既象征了妙玉内心真实思想情感，又象征了妙玉未来的悲剧命运。

一 云空未必空

妙玉的梦出现在小说第八十七回：

且说妙玉归去，早有道婆接着，掩了庵门，坐了一回，把“禅门日诵”念了一遍。吃了晚饭，点上香，拜了菩萨，命道婆子自去歇着，自己的禅床靠背俱已整齐，屏息垂帘，跏趺坐下，断除妄想，趋向真如。坐到三更以后，听得房上“嗗碌碌”一片声响，妙玉恐有贼来，下了禅床，出到前轩，但见云影横空，月华如水。那时天气尚不很凉，独自一个，凭栏站了一回，忽听房上两个猫儿一递一声厮叫。

那妙玉忽想起日间宝玉之言，不觉一阵心跳耳热，自己连忙收摄心神，走进禅房，仍到禅床上坐了。怎奈神不守舍，一时如万马奔驰，觉得禅床便恍荡起来，身子已不在庵中。便有许多王孙公子，要来娶他；又有些媒婆，扯扯拽拽，扶他上车，自己不肯去。一回儿，又有盗贼劫他，持刀执棍的逼勒，只得哭喊求救。

早惊醒了庵中女尼道婆等众，都拿火来照看，只见妙玉两手撒开，口中流沫。急叫醒时，只见眼睛直竖，两颧鲜红，骂道：“我是有菩萨保佑，你们这些强徒敢要怎么样?”众人都唬的没了主意，都说道：“我们在这里呢，快醒转来罢!”妙玉道：“我要回家去！你们有什么好人，送我回去罢!”道婆道：“这里就是你住的房子。”说着，又叫别的女尼忙向观音前祷告。求了签，翻开签书看时，是触犯了西南角上的阴人。就有一个说：“是了！大观园中西南角上本来没有人住，阴气是有的。”一面弄汤弄水的在那里忙乱。

那女尼原是自南边带来的，伏侍妙玉，自然比别人尽心，围着妙玉坐在禅床上。妙玉回头道：“你是谁?”女尼道：“是我。”妙玉仔细瞧了一瞧道：“原来是你!”便抱住那女尼，呜呜咽咽的哭起来，说道：“你是我的妈呀，你不救我，我不得活了!”

那女尼一面唤醒他，一面给他揉着。道婆倒上茶来喝了，直到天明才睡了。女尼便打发人去请大夫来看脉。也有说是思虑伤脾的，也有说是热入血室的，也有说是邪祟触犯的，也有说是内外感冒的：终无定论。后请得一个大夫来看了，问："曾打坐过没有?"道婆说道："向来打坐的。"大夫道："这病可是昨夜忽然来的么?"道婆道："是。"大夫道："这是走魔入火的原故。"众人问："有碍没有?"大夫道："幸亏打坐不久，魔还入得浅，可以有救。"写了降伏心火的药，吃了一剂，稍稍平复些。

外面那些游头浪子听见了，便造作许多谣言，说："这么年纪，那里忍得住?况且又是很风流的人品，很乖觉的性灵！以后不知飞在谁手里，便宜谁去呢!"过了几日，妙玉病虽略好了些，神思未复，终有些恍惚。

妙玉的梦有四种梦的显像：一种是"一时如万马奔驰，觉得禅床便恍荡起来，身子已不在庵中"；二种是"便有许多王孙公子，要来娶他"；三种是"又有些媒婆，扯扯拽拽，扶他上车，自己不肯去"；四种是"一回儿，又有盗贼劫他，持刀执棍的逼勒，只得哭喊求救"。

在分析妙玉梦的每一个部分的时候，我们必须清楚妙玉梦的整体是关于妙玉命运的梦。或者说这个梦是表现妙玉命运遭际的梦。梦的每一部分都是呈现妙玉命运遭际的，而不能离开这个命运遭际的整体去单独分析某一部分内容。从这个整体性来看第一种梦的显像，其隐意或象征意义就是妙玉对规范、决定与驱迫她命运力量的内心感受的外化象征。"万马奔驰，觉得禅床便恍荡起来，身子已不在庵中"，是妙玉对外在于自己、决定自己、逼迫自己，自己不能左右自己命运力量的内心感受，幻觉成"如万马奔驰""身子已不在庵中"客观意象的形式。这实际就是曹雪芹将妙玉的内心感受转化为外在梦象的表现方式。第二种显像，"便有许多王孙公子，要来娶他"这是她无法主宰自己的爱情婚姻，自己的人生命运被外在的男权社会所裹挟的象征形式；第三种显像，"又有些媒婆，扯扯拽拽，扶他上车，自己不肯去"，这是对她不能得到宝玉的爱情，对其他婚姻抗拒的内心情感的外化形式。第四种显像，"一回儿，又有盗贼劫他，持刀执棍的逼勒，只得哭喊求救"，是她预感到了在这样一个肮脏龌龊的社会，在没有获得贾宝玉爱情之后，她悲剧命运的必然下场与结果。

曹雪芹表现妙玉这个梦是相当简短的，但是，它却包容着妙玉的巨大而丰富的内心世界。

妙玉的梦是有它的前因的，或者说妙玉的潜意识是在相应的“情境”下被“激活”的。这个前因或“情境”包括了这么两个方面，一是“两个猫儿一递一声厮叫”引起的感受，二是在与惜春下棋的时候宝玉的来临以及宝玉送她回走时听黛玉抚琴引起的感受。

引起妙玉梦的近因是两个猫叫。两个猫叫为什么可以引起妙玉的梦呢？因为那“房上两个猫儿一递一声厮叫”是“叫春”即求偶的方式。过去，猫求偶一般是在房上，“一递一声”是形容公猫与母猫的相互呼唤与应答。“厮叫”是形容雌雄两个猫儿求偶的热烈状态。“两个猫儿一递一声厮叫”，虽极为简单，但却是一种恋爱原型的象征。妙玉是被这爱恋原型象征激活了潜意识，因而才做了一个潜意识投射的梦。但是，“两个猫儿一递一声厮叫”，所激活的并不是妙玉的性爱欲望，而是对爱与自由的向往及其爱与自由受到限制而不能实现的深层心理内容。这与听到“两个猫儿一递一声厮叫”之前妙玉的另一种心理感受有关。那就是妙玉听到房上有响动出去看，看到的是“云影横空，月华如水”。这个月和云的意象，对妙玉的内心感受一定是起到了不小的作用。月和云的意象在中国文学传统中就有表达爱情不能实现的象征意义，比如《诗经》中的《月出》“月出皎兮，佼人僚兮。舒窈纠兮，劳心悄兮”，表现的美人可望而不可即的意象，是最典型的失恋的原型意象，是这个原型意象牵引出了妙玉的情思和忧郁。这才使妙玉对房上的猫叫有了特别的情感感受。但是，妙玉能够对“云影横空，月华如水”感到情思和忧郁，那还是因为她此前刚刚与宝玉有过接触和听到林黛玉悲凉的琴声有紧密的关联。

那是贾宝玉去看黛玉，听雪雁说黛玉懒怠吃饭，就来到惜春处，正赶上惜春与妙玉下棋，宝玉不言语在旁“情不自禁，哈哈一笑，把两个人都唬了一大跳”。惜春怪宝玉不言语，宝玉回答惜春话之后，一面与妙玉施礼，一面又笑问道：“妙公轻易不出禅关，今日何缘下凡一走？”

妙玉听了，忽然把脸一红，也不答言，低了头，自看那棋。宝玉自觉造次，连忙陪笑道：“倒是出家人比不得我们在家的俗人。头一件，心是静的。静则灵，灵则慧——”宝玉尚未说完，只见妙玉微微的把眼一抬，看了宝玉一眼，复又低下头去，那脸上的颜色渐渐的红晕起来。宝玉见他不理，只得讪讪的旁边坐了。

惜春还要下子，妙玉半日说道：“再下罢。”便起身理理衣裳，重新坐下，痴痴的问着宝玉道：“你从何处来?”宝玉巴不得这一声，好解释前头的话，忽又想道：“或是妙玉的机锋?”转红了脸，答应不出来。妙玉微微一笑，自合惜春说话。惜春也笑道：“二哥哥，这什么难答的？你没有听见人家常说的，‘从来处来’么？这也值得把脸红了，见了生人似的?”

妙玉听了这话，想起自家，心上一动，脸上一热，必然也是红的，倒觉不好意思起来。因站起来说道：“我来得久了，要回庵里去了。”惜春知妙玉为人，也不深留，送出门口。妙玉笑道：“久已不来，这里弯弯曲曲的，回去的路头都要迷住了。”宝玉道：“这倒要我来指引指引，何如?”妙玉道：“不敢。二爷前请。”(第八十七回)

妙玉与宝玉的对话和妙玉要宝玉引路回庵这两个细节是颇有深意的：第一个细节是妙玉的三次“脸红”：第一次红是，“妙玉听了，忽然把脸一红，也不答言，低了头，自看那棋”；第二次红是，宝玉自觉造次，连忙陪笑道：“倒是出家人比不得我们在家的俗人。头一件，心是静的。静则灵，灵则慧——”宝玉尚未说完，只见妙玉微微地把眼一抬，看了宝玉一眼，复又低下头去，那脸上的颜色渐渐的红晕起来；第三次红是，当惜春见宝玉不能回答妙玉“你从何处来?”，便说：“你没听人家常说的，‘从来处来’么？这也值得把脸红了，见了生人似的!”妙玉的反应是：“妙玉听了这话，想起自家，心上一动，脸上一热，必然也是红的，倒觉不好意思起来。”妙玉的前两次红脸是因为宝玉的话触动了她内心的秘密，而第三次红脸，还是因为惜春的话触动了妙玉内心的秘密，即宝玉问话所指妙玉内心的秘密：“妙公轻易不出禅关，今日何缘下凡一走?”

第二个细节是，妙玉回庵要贾宝玉带路的要求透露了妙玉出禅关的秘密。妙玉听了惜春的话，脸上一热，必然也是红的，倒觉不好意思起来。因站起来说道：“我来得久了，要回庵里去了。”惜春也不深留，妙玉笑

道："久已不来，这里弯弯曲曲的，回去的路头都要迷住了。"宝玉便说："这倒要我来指引指引，何如?"妙玉道："不敢，二爷前请。"按常理来说，妙玉既然认识来路，就应该记住回路的，但是，妙玉却在还没有走出去的时候就说"久已不来，这里弯弯曲曲的，回去的路头都要迷住了"，这显然不是因为怕记不住路，而是为了要贾宝玉指引的目的。妙玉之所以要贾宝玉指引路，那真正的目的是与贾宝玉接触。而这个与贾宝玉接触才是妙玉出禅关来这里的真正目的。

能够作为我们这个分析的最有力的证据是，小说此前多次描写到妙玉对宝玉的不可言说的情意："贾宝玉品茶栊翠庵"时，妙玉"仍将前番自己常日吃茶的那只绿玉斗来斟与宝玉"；宝玉过生日时，妙玉选了粉红色的上面写着"槛外人妙玉恭肃遥叩芳辰"的贺笺送给宝玉，而没有世法平等的给宝玉同一天过生日的薛宝琴、邢岫烟、平儿送贺礼，等等，这些充分显示了妙玉的良苦用心：她的本意就是要接近贾宝玉，但是，她受尼姑身份的约束，使她不能直接接近贾宝玉。她用了一个迂回的策略，她用把黛玉和宝钗领到栊翠庵内的妙计，使贾宝玉跟着起来，并用自己喝茶的杯子给宝玉喝茶，使自己与宝玉亲密接触的想法得到一种变形的体现与满足。由此可见，妙玉对贾宝玉的暗恋是由来已久。

接着贾宝玉引路的描写之后，是妙玉与宝玉一起听林黛玉的弹琴。那琴韵是和着这样的诗的：

> 风萧潇兮秋气深，美人千里兮独沉吟。望故乡兮何处？倚栏杆兮涕沾襟。
>
> 山迢超兮水长，照轩窗兮明月光。耿耿不寐兮银河渺茫，罗衫怯怯兮风露凉。
>
> 子之遭兮不自由，予之遇兮多烦忧。之子与我兮心焉相投，思古人兮俾无尤。
>
> 人生斯世兮如轻尘，天上人间兮感夙因。感夙因兮不可惙，素心如何天上月！

林黛玉的琴音表现的是一个失去故乡、失去自由、失去爱情、失去人生意义“多烦忧”“如轻尘”的悲凉。妙玉在林黛玉的琴音中听到了“音韵可裂金石矣！只是太过。”宝玉问道：“太过便怎么？”妙玉道：“恐不能持久。”正议论时，听得君弦“嘣”的一声断了。妙玉站起来，连忙就走。宝玉道：“怎么样？”妙玉道：“日后自知，你也不必多说。”竟自走了。这表现了妙玉对黛玉内心世界的深刻理解。妙玉为什么可以比宝玉更理解黛玉的内心世界呢？因为妙玉有和黛玉一样的情感经历和生命体验——黛玉显在的人生悲剧和爱情悲剧，妙玉也在内心中同样隐秘地经历了。黛玉那悲凉和绝望的琴声（还伴有四首歌词）是由黛玉弹奏出来的，但是所传达的不只是黛玉的内心世界，还有妙玉的内心世界。那失去故乡、失去爱情、失去自由、失去人生意义的琴音，其实成了妙玉思想情感的象征。

二　雅趣向谁言

妙玉之所以做这个原型之梦，那是由她对宝玉爱恋之情的不能表达，特别是不能实现的情感，一点一点儿积累而成的。把上面追溯妙玉情感发展线索倒过来看，那就是，妙玉要与贾宝玉表达自己的爱恋之情而不能——妙玉本来是奔着贾宝玉而出禅关，来到惜春的蓼风轩，但是那个被称为与众多青春少女泛爱的“意淫”的贾宝玉偏偏就是浑然不觉，感受不到妙玉对他的一片痴情——在与宝玉对话的时候，妙玉还“痴痴的问着宝玉道：‘你从何处来？’”贾宝玉本来是个多情公子，但是，在这个有着超凡脱俗之美又有着深厚道学修养的妙玉面前，他的多情多爱心性却好像被屏蔽了一般。贾宝玉对妙玉不仅没有“意淫”之恋，就连最起码的欣赏之爱也没有了。因而，他对妙玉这个少女的连着三次脸红都没有任何的感受与思索。此时妙玉内心是何等的失望与痛苦。

虽然有了这种失望、悲凉和痛苦，但是，妙玉还是以“久已不来，这里弯弯曲曲的，回去的路头都要迷住了”为由，要贾宝玉为她引路。由此我们进一步看出，这个出家少女妙玉想要接近贾宝玉的强烈欲望。然后是妙玉与宝玉共同听到了黛玉悲哀与绝望的琴声。对林黛玉表现悲哀与绝望的琴音，贾宝玉偏偏没有什么领会，而妙玉却心领神会、成为知音。这是

因为在妙玉的内心深处有着和林黛玉一样的刻骨铭心的感受。妙玉正是带着这种越积越强的情绪开始她的每日的“禅门日诵”功课的。然后就有了“断除妄想，趋向真如”而不能，看到了“月华如水”，听到了“房上两个猫儿一递一声厮叫”。从象征的角度看，月和猫正是妙玉失恋情感的象征性表达。

由上面的分析，我们会看到，在尼姑妙玉与青春少女妙玉——当然都是一个妙玉——但是，在妙玉的内心经历了十分激烈的二元对立的矛盾冲突，一方面是青春少女对爱情的美好憧憬、热烈追求；另一方面则是出家人身份对爱情美好憧憬和热烈追求的束缚与限制。正是这种矛盾冲突的不可解决才使妙玉“走火入魔”，进入了精神幻觉状态。妙玉内心的矛盾冲突并非始于近日，而是由来已久。那是伴随着她的特殊身世而与日俱增的内在矛盾。

妙玉的遭遇与情感经历与黛玉有些相似处，但那是指妙玉与黛玉都是贾府的外来者和爱情的失败者而言的。与黛玉不同的是，黛玉是贾母的外孙女，而妙玉与贾府却没有一点关系。妙玉是寄居在大观园栊翠庵的尼姑，是为了点缀元妃省亲而被下帖子请进大观园的。妙玉之所以成为尼姑，并非是由于精神信仰，而是由于自幼体弱多病，不得已才舍身空门来换取自己身体的好转。这样形成的尼姑角色就给妙玉带来了不可解决的严重矛盾。随着年龄的增长，妙玉对美、爱与自由的追求意识也在增长着。妙玉对美、爱与自由的强烈追求使她成为一个超凡脱俗、鹤立鸡群的人。由于妙玉内心中的美、爱和自由过于脱俗了，过于神圣了，过于诗意化了，又由于她的佛教文化的修养就更使她的思想精神和文化趣味更加超越世俗了。这就使她显得特别的孤僻、高傲、冷艳和凄美。妙玉请贾母、黛玉等人喝茶，用的是极为讲究的茶具，而给宝钗和黛玉沏茶的水是五年前在玄墓蟠香寺时收的梅花上的雪水。这些都显示了妙玉的与众不同。在大观园中黛玉和贾宝玉应该是很讲究的了，但是，在妙玉面前，黛玉和贾宝玉的讲究还是要降格的：黛玉并不知道那茶是用什么水沏出来的，宝玉也不知道那茶杯的高妙之处。妙玉把刘姥姥用过的茶杯要砸了（最后是在宝玉的倡议下送给了刘姥姥），而佣人抬来清洗屋地的水不许进门，必须放在门外。这些当然显示了妙玉绝对的超凡脱俗，与世俗的势不两立、格格不入。这样一个妙玉，一般的男性当然是不能入她的眼的，她暗恋的对象只有宝玉。但是，她的佛教徒身份（还有她特殊的寄居身份），使她受到多方面的束缚与限制。妙玉的佛教徒身份，使宝玉对她是敬而不是亲，是崇而不是爱，是谊而不是恋，是友而不是情（人）。因而，宝玉对妙玉是止于欣赏而不能产生像对黛玉似的恋情的。而寄居贾府栊翠庵的处境又使她处处恪守礼教而不能有逾矩的行为。最使妙玉受到桎梏的是她身份规定给她的宗教信仰，她必须戴上尼姑的人格面具，用尼姑的思想行为约束自己而不能使内心的真实思想得到真实的表达。

妙玉是一个 18 岁的青春少女，她对美、爱与自由是有热烈憧憬与追求的；但妙玉又是一个尼姑，佛教徒的身份又使她必须压抑、禁锢自己对美、爱与自由的热烈憧憬与追求。妙玉的憧憬与追求是热烈的，而妙玉的压抑与禁锢又是严酷的。这就构成了妙玉内心十分激烈的矛盾冲突。热烈憧憬、追求与压抑禁锢的冲突，在妙玉内心中始终没有平复过。妙玉不能彻底泯灭她热烈的爱，因为她觉得那是她生命的意义之所在。但是，她又真切地感受到自己没有能力战胜周围世俗的力量，获得自己的人身自由。因而，她是时时感到悲凉的。在七十六回“凸碧堂品笛感凄清，凹晶馆联诗悲寂寞”中，夜宴散去，黛玉与湘云联诗，当黛玉接着湘云的“寒塘渡鹤影”，联到“冷月葬诗魂”的时候，妙玉从栏外山石后转出来，说：“我听见你们大家赏月，又吹得好笛，我也出来玩赏这清池皓月。顺脚走到这里，忽听见你们两个吟诗，更觉清雅异常，故此就听住了。只是方才听见这一首中，有几句虽好，只是过于颓败凄楚。此亦关人之气数，所以我出来止住你们。”然后妙玉接着黛玉湘云的二十二韵，又作了十五韵。其诗是这样的：

香篆销金鼎，冰脂腻玉盆。箫憎嫠妇泣，衾倩侍儿温。空帐悲金凤，闲屏设彩鸳。露浓苔更滑，霜重竹难扪。犹步萦纡沼，还登寂历原。石奇神鬼缚，木怪虎狼蹲。赑屃朝光透，罘罳晓露屯。振林千树鸟，啼谷一声猿。歧熟焉忘径？泉知不问源。钟鸣栊翠寺，鸡唱稻香村。有兴悲何极！无愁意岂烦？芳情只自遣，雅趣向谁言？彻旦休云倦，烹茶更细论。

妙玉的诗当然没有了“寒塘渡鹤影，冷月葬诗魂”的凄清和悲凉，但是，她的诗同样是思想情感的象征。而且在续诗之前妙玉还特意说过：“如今收结，到底还归到本来面目上去。若只管丢了真情真事，且去搜奇检怪，一则失去了咱们的闺阁面目，二则也与题目无涉了。”“寒塘渡鹤影，冷月葬诗魂”其实就是那题目表现的灵魂。妙玉的诗虽然不像黛玉和湘云那么凄清和悲凉，但是，同样是表现现实对人的自由束缚与禁锢的情感的，妙玉笔下的若干意象都是她内心情感的象征，这些意象象征的情感与“寒塘渡鹤影，冷月葬诗魂”并没有本质的不同，只是妙玉的诗更含蓄而已。“芳情只自遣，雅趣向谁言”，她所唯一痴情的宝玉与她是隔膜的，对她的痴情并不能心有灵犀一点通。没有获得爱情和自由的妙玉是极为痛楚的；而这种痛楚又是无处述说、无法言说的。

三　欲洁何曾洁

妙玉的处境是由巨大的反差构成的：妙玉的强烈爱情憧憬与现实的限制形成巨大的反差；妙玉的痴情与宝玉的隔膜形成巨大的反差；妙玉的超凡脱俗与现实的俗不可耐形成巨大的反差。这种巨大反差的力量凝聚在妙玉的内心中，就构成了爱情与束缚两种力量的激烈冲突、彼此角力。妙玉感到了现实中无所不在的世俗力量对她形成的限制、束缚与桎梏。妙玉没有任何办法抗拒与挣脱世俗力量对她的压抑与限制。她就只能更加显示她的超凡脱俗，表现她的高傲与冷艳，表示她的高洁、孤傲，与世俗的不能同流合污。但是，她内心是时时刻刻都能感到那世俗力量的压抑与禁锢。她对黛玉和湘云的续诗就表现了她对现实侵蚀她生命的感受，在黛玉的琴声中她感到了她与黛玉的同命相连。她在绝望中还抱有一丝幻想，就是能够获得贾宝玉的爱情。但是，贾宝玉偏偏就是不能理解她的内心世界。贾宝玉不仅对此前妙玉用自己杯子给他喝茶以示亲近，浑然不觉；对自己过生日时送给他的粉红贺笺，无动于衷；对妙玉的三次脸红也是浑然不觉的；对以迷路为由要自己指引指引实际是亲近自己，仍然是浑然不觉的。这就直接导致了妙玉坐禅而不能入境的根本原因，也是导致妙玉对“月华如水”有了特别感受的根本原因，还是导致妙玉听到“房上两只猫儿一递一声断叫”而引起内心感受的根本原因，更是导致妙玉神不守舍、“走火入魔”的根本原因。

妙玉最后真的被一伙强盗所掠走，她的梦非常可怕的应验了。正如她的判词所云“可怜金玉质，终陷淖泥中”！曹雪芹用“可怜金玉质，终陷淖泥中”的两种极端对立把由神话原型开始表现的神圣与世俗的矛盾冲突表现得淋漓尽致。曹雪芹表现妙玉梦见了自己被强盗掠去的结局被应验了，恰是符合妙玉的心理和那个社会现实的。妙玉之所以能够做那样原型的梦，那是因为，妙玉的意识和潜意识已经充分估量了那个社会现实不可能给她带来更好的命运结局。在妙玉的感受里，那个由贪欲构成的社会到处是龌龊肮脏的，到处都散发着腐败毒瘤的霉菌与臭气，并没有给妙玉对美、爱与自由的神圣追求留下哪怕一点儿空间与可能。妙玉在现实中感受不到一点儿爱的自由与欢欣。相反，时时处处感受到的是世俗力量对她神圣性的压迫。正是这种思想情感使她做了一个表现未来命运的梦：她的幻觉投射了她的潜意识，因而，她的幻觉梦就成为她未来命运的表现形式。妙玉的梦就成了妙玉原型悲剧命运的象征。

香菱的“学诗”梦

与《红楼梦》其他人的梦相比，香菱的“学诗”梦是有独特性的。《红楼梦》中创造了形形色色的梦：有具有鲜明神话色彩的梦，如贾宝玉的两个“太虚幻境梦”、甄士隐的“识通灵”之梦，也有植根于现实生活的梦，如王熙凤的“夺锦”梦、林黛玉的“痴魂惊恶梦”，等等。香菱的梦与之都不同，她是日有所思夜有所梦，是精诚所至，用心血凝成的学诗梦。香菱的梦是创作了一首成功的诗，香菱的诗就成了香菱梦的显像和隐意。香菱梦中写诗之前也写过两首诗，而只有香菱梦中写的诗获得了成功，这当然与之前学诗、写诗的“痴”“疯”和“魔”有关，但是，一个最基本的事实是，无论香菱怎样的“痴”“疯”和“魔”都没能写出被大家认可与赞美的诗篇，只有到梦中，她才写出来优秀的作品。香菱是以林黛玉出的月亮“题目”写成的诗。但日间的月亮诗和梦中的月亮诗是有区别的。从写作的角度看，是比喻与象征的区别；从表现内容的角度看，是

表现外在的月亮和表现内在情感的区别；从表现思想的角度看，是表现意识和表现潜意识的区别。梦中写诗的过程是香菱深入到自己潜意识的过程，也是深入到女性命运的集体潜意识的过程。正因为这样，香菱笔下的月亮意象就既成了香菱命运的原型，又成了女性命运原型的象征。同时，曹雪芹在香菱梦中写出优秀诗篇的描写中，既表现了文学创作的秘密，又表现了人有两个精神系统的秘密。

一　日间诗和夜梦诗的区别

香菱一共写出了三首诗，这三首诗都围绕月亮展开。前两首是被大家认为不成功的，后一首是被大家赞扬的。那么，这两种诗到底有什么区别呢？第一首诗是这样的：

月桂中天夜色寒，清光皎皎影团团。
诗人助兴常思玩，野客添愁不忍观。
翡翠楼边悬玉镜，珍珠帘外挂冰盘。
良宵何用烧银烛，晴彩辉煌映画栏。

黛玉对这首诗的批评是：“意思却有，只是措词不雅；皆因你看的诗少，被他缚住了。”（第四十八回）其建议是：“把这首诗丢开，再做一首。只管放开胆子去做。”（第四十八回）

香菱另做的一首是这样的：

非银非水映窗寒，试看晴空护玉盘。
淡淡梅花香欲染，丝丝柳带露初干。
只疑残粉涂金砌，恍若轻霜抹玉栏。
梦醒西楼人迹绝，余容犹可隔帘看。

这首被黛玉批评为“这一首过于穿凿了，还得另做”。被宝钗批评为“不像吟月了，月字底下添一个‘色’字，倒还使得。你看句句倒像是月色。——也罢了，原是诗从胡说来，再迟几天就好了”。终于，香菱于梦中得到了一首好诗：

精华欲掩料应难，影自娟娟魄自寒。
一片砧敲千里白，半轮鸡唱五更残。
绿蓑江上秋闻笛，红袖楼头夜倚栏。
博得嫦娥应借问：何缘不使永团圆?

众人看了，笑道：“这首不但好，而且新巧有意趣。可知俗语说：‘天下无难事，只怕有心人。’社里一定请你了！”（第四十九回）

香菱的前两首诗受到黛玉、宝钗的批评，而后一首诗则获得大家称赞。那么，后一首诗与前两首诗究竟有什么区别呢？

前两首诗与第三首诗最大的区别，是比喻和象征的区别。比喻的区别也是“外”与“内”的区别。前两首诗用的都是比喻，把月亮比喻为“悬玉镜”“挂冰盘”等，是以“外”在事物比喻月亮，没有表达自己的情感，和自己“内”心思想感情无关。第一首诗有黛玉批评“措词不雅”的问题，比如写月桂中天的“夜色寒”，写青光皎皎的“影团团”，写诗人助兴的“常思玩”，写野客添愁的“不忍观”，还有“悬玉镜”“挂冰盘”“烧银烛”“映画栏”，等等，确实是很俗气而不雅的词句。但是，这个俗而不雅的问题只是个表面的问题，不是实质问题。俗的问题的根本是只用另外的事物比喻月亮，在描摹月亮的客观意象，和一般性的外在感官感受，而没有与香菱的内在生命体验相关联。月亮只是外在于香菱生命体验的客观形象，香菱还没有从自己的生命体验来写月亮，还没有使月亮成为自己情感的象征意象。

在第二首诗中，香菱在措辞方面的努力是显而易见的，诗句已经从那种俗气的“夜色寒”“挂冰盘”等脱出来，用了“香欲染”“露初干”“涂金砌”“抹玉栏”等，比喻比上一首新颖多了。但是，它的问题是“过于穿凿”，即过于用新奇的比喻写月亮，这仍然是对“外”的比喻表现，而脱离自己“内”的情感表达。

第三首诗之所以受到大家一致的赞扬，那是因为前两首诗中存在的问

题得到了根本解决。月亮诗句一扫“措词不雅”和“过于穿凿”的问题，不再是只写“外”在于自己的月亮，而使月亮成了内心情感的意象象征。既表现自己的生命体验，又有开阔的意境；既有思想情感的表达，又有生命意义的询问，是与前两首不可同日而语、相提并论的好诗。“精华欲掩料应难，影自娟娟魄自寒”，已经不是月亮自身的意象，而是香菱自身形象的写照：明月般的形象是任何东西也不能遮掩的，但纯洁美好的形象是清寒的，这就和她多舛的命运息息相关。“一片砧敲千里白，半轮鸡唱五更残”，是从一己的情感意象转向一个更为宏阔的意象表现，那“千里白”之下的一片捣衣声，直至五更残，是表现许多女性的劳作辛苦。“绿蓑江上秋闻笛，红袖楼头夜倚栏”，前一个意象表现的是悲凉与哀怨的愁绪，后一个意象表现的是苦闷与抑郁的情思。“博得嫦娥应借问：何缘不使永团圞”，那么，就问问嫦娥吧，因为什么使人永远不团圞呢？“团圞”是美满的意思表达，“不使永团圞”，就是永远的不美满。之所以说香菱的第三首诗写得好，不仅在于她已经达到了用月亮意象表现了自己的思想情感，象征了自己的生命体验，更为重要的是，香菱这样一个女子在这首诗里发出了一个“天问”！是什么力量使自己和其他女性永远也不能有美满的人生？

毫无疑问，香菱的第三首诗是一首非常深刻地表达了香菱思想情感甚至潜意识心理的优秀诗篇。

香菱的第三首诗与前两首诗写作的间隔时间并不长，香菱并不是通过长时间的学习积累和反复酝酿才创作出如此精彩的诗作，那么，香菱成功的秘密是什么呢？

二 梦中的潜意识创作

香菱第三首诗的成功在于她是在梦中创作的。香菱心中总是在想诗，“香菱满心中还是想诗，至晚间，对灯出了一回神，至三更以后，上床躺下，两眼睁睁直到五更，方才蒙眬睡着了。”用几更记时辰是从汉代传下来的方式，三更是指子时午夜 11 点至 1 点，五更是指寅时凌晨 3 点至 5 点。从时间看，香菱几乎一整夜都在绞尽脑汁地创作着她的诗。但是，即使睡下了，香菱也仍然沉浸在创作状态中：

一时天亮，宝钗醒了，听了一听，他安稳睡了，心下想：“他翻腾了一夜，不知可做成了？这会子乏了，且别叫他。”正想着，只见香菱从梦中笑道：“可是有了，难道这一首还不好吗？”宝钗听了，又是可叹，又是可笑。连忙唤醒了他，问他：“得了什么？你这诚心，都通了仙了。——学不成诗，弄出病来呢！”（第四十八回）

曹雪芹接着写道：“原来香菱苦志学诗，精血诚聚，日间不能做出，忽于梦中得了八句，梳洗已毕，便忙写出”，来到沁芳亭，请众人品评。大家都说这首写得好。

香菱这首诗为什么写得好呢？按宝钗的说法是：“你这诚心，都通了仙了。”宝钗的所谓“通了仙了”，按分析心理学方法来看，其实是指香菱进入了潜意识创作状态。中国古人常把一种超出平常的精神状态称之为“仙”或“神”，而把进入迷狂精神状态获得的新的成功，就称为“通仙”或“通神”，因而“通仙”或“通神”就是通潜意识状态的一种极为直白的说法。曹雪芹在这里是借用宝钗的话非常明显地表现出人有两个意识系统的认识，又用香菱梦中得诗的形式表现了香菱进入了另外一个意识系统。这就说明，曹雪芹对人精神系统——那种不能自觉把握的潜意识的复杂性是有相当明确认识的。荣格分析心理学认为，人有两个意识系统，一个是意识系统，另一个是潜意识系统。意识系统是人在现实中获得的心理内容，潜意识系统则是由心理遗传下来的祖先的心理内容。潜意识系统常常是由神话模式构成，人类的梦是潜意识的投射；由于神话模式就是原型的表现方式，因而，人们的梦就经常梦见神话模式即梦见原型。

从香菱的诗的分析中，我们可以感受到香菱非常深入地进入了她自己的生命体验，也相当深入地进入了女性的生命体验。香菱写诗的“近因”，是她非要向黛玉等人学诗不可，但其实那“近因”之中是包含着“远因”的。“远因”既包含自己的潜意识，又包含着她记忆中的集体潜意识。正是这个“远因”促使着香菱要学诗去表达，香菱感觉到了内心中有一种东西要表达，但是她不知道那是什么东西。香菱也知道诗的好处，她向黛玉谈了她读诗之后的“感悟”：“据我看来，诗的好处，有口里说不出来的意思，想去却是逼真的；又似乎无理的，想去竟是有理有情的。”（第四十八

回）由此看出，香菱是领略到了诗对人的隐秘情感象征的秘密。她的潜意识情感促使她要用一种方式去表达，而她也知道诗的“好处”可以表达口里说不出的东西，但是，在她初次创作的两首诗中就是表达不出来，而只有到了梦里，她才使两者得到了密切的配合：诗的意象很好地象征了她的潜意识情感。

香菱的潜意识是在她特殊的人生经历中形成的。她已经忘记了自己的生身父母和自己的家园。她在人贩子的手中历经磨难长大成人，“薄命女偏逢薄命郎”，那个赏识她的男子冯渊被呆霸王薛蟠打死，她随之来到了贾府。在香菱的谈吐中，我们看不到她对自己命运多舛的悲叹，我们也看不到她对美好生活的憧憬与向往。但是，香菱不说并不代表香菱没有这种悲剧性的生命感受和对美好生活的向往。香菱被人贩子拐走的记忆和被卖给两个男人的无奈中，香菱就像一朵浮萍，她只能任由生活之水把她冲来冲去，她没有丝毫的力量把握自己的去向，也不能把自己的屈辱和苦楚向周围的任何人倾诉，她只能默默吞咽着生活强加给她的苦果。香菱把全部的生命感受都压抑在内心深处。香菱：根并荷花一径香，她有荷花一样的美貌，也有荷花一样纯洁的心灵。她被呆霸王薛蟠抢来做妾，她只能与那个只懂“女儿悲，嫁个丈夫是乌龟；女儿愁，绣房钻出个大马猴”为诗和“一个蚊子哼哼哼”的“哼哼韵”的恶俗精神趣味的人生活在一起，但是，她的心是向往着进入大观园“诗意栖居”的。当她还没有进入大观园的时候，就对大观园充满着向往：

> 话说黛玉正在情思萦逗、缠绵固结之时，忽有人从背后拍了一下，说道：“你作什么一个人在这里？”黛玉唬了一跳，回头看时，不是别人，却是香菱。黛玉道：“你这个傻丫头，冒冒失失的唬我一跳！这会子打那里来？”香菱嘻嘻的笑道：“我来找我们姑娘，总找不着；——你们紫鹃也找你呢！说琏二奶奶送了什么茶叶来了。回家去坐着罢。”一面说，一面拉着黛玉的手，回潇湘馆来，果然凤姐送了两小瓶上用新茶叶来。黛玉和香菱坐了，谈讲些这一个绣的好，那一个扎的精，又下一回棋，看两句书，香菱便走了，不在话下。（第二十四回）

香菱不仅对大观园是十分熟悉的，而且对黛玉也是十分熟悉的。香菱本来是找宝钗的，却放下找宝钗的任务，拉黛玉回潇湘馆，并在潇湘馆与黛玉谈了一会儿，“又下一回棋，看两句书”，才走了。香菱对黛玉是十分亲近，她愿意与黛玉交流，并且爱看黛玉的书。由此可以看出，香菱对大观园的热爱，对林黛玉的热爱，对林黛玉诗性生活的热爱。

当薛蟠挨了柳湘莲一顿打，出去“躲羞”时，香菱才真正住进了大观园。进入大观园，那是香菱藏在心底里的愿望。进了蘅芜院，香菱向宝钗道：“我原要和太太说的，等大爷去了，我和姑娘做伴去。我又恐怕太太多心，说我贪着园里来玩，谁知你竟说了！”宝钗道：“我知道你心里羡慕这园子不是一日两日的了，只是没有个空儿。每日来一趟，慌慌张张的，也没趣儿。所以趁着机会，越发住上一年，我也多个做伴的，你也遂了你的心。”香菱笑道：“好姑娘！趁着这个功夫，你教给我做诗罢！”宝钗笑道：“我说你‘得陇望蜀’呢。我劝你且缓一缓，今儿头一日进来，先出园东角门，从老太太起，各处各人，你都瞧瞧，问候一声儿，也不必特意告诉他们搬进园来。若有提起因由儿的，你只带口说我带了你进来做伴儿就完了。回来进了园，再到各姑娘房里走走。”（第四十八回）。而香菱一见到黛玉就说：“我这一进来了，也得空儿，好歹教给我做诗，就是我的造化了！”（第四十八回）可见，香菱内心有太丰富的生命感受要表达了。

当香菱进入茶饭不思、辗转反侧的状态时，就为她进入潜意识状态提供了契机，而当香菱真正进入梦境，她就突破了日常意识的控制，而那种被压抑的潜意识就活跃起来，接续着白天的创造状态，把隐秘的潜意识转化成了意象的形式，并且发出了动人心魄的“天问”。

从香菱的诗中可以看出，“精华欲掩料应难，影自娟娟魄自寒”，诗中那个难以遮掩的美好而清寒的月亮意象是对她自己身世和命运的象征。“精华”是指月亮的光华，月亮的光华当然是难以掩蔽的；“娟娟”是美好形象的表现，“魄”是指月亮的背面，不能感受到阳光的那个阴面。这当然还是写月亮，但是，与第一首和第二首诗不同的是，它不是用“外”在的事物比喻月亮，而是用月亮本身意象特点在象征“内”的情感。而且这“内”又不是一般的思想情感，而是“内”到潜意识深处。是从自己潜意识深处的情感——即从自己朦朦胧胧感到的“平生遭际实堪伤”的情感角

度写月亮，把“实堪伤”的情感投射到月亮形象上去看，从而使月亮成为潜意识原型的象征。正是由于这两句是源于潜意识的象征，因而，它就成了香菱这个不幸女人的原型性意象和原型性象征。

但是，香菱的诗的意象又并非是对一己潜意识的表达，而是由一己的情感进入到了所有女性命运的集体无意识：“一片砧敲千里白，半轮鸡唱五更残”，这是从李白的“长安一片月，万户捣衣声”转化而来的意象。由于李白的这两句诗成了对思妇表现的典型意象，进而成为一种思妇表现的原型。“长安”是天下的意思，“一片月”是苍凉月光的意象；“万户捣衣声”，是表现许许多多的妇女在为远征的人做衣服。很显然，这是表现妇女与所爱的人分离的悲苦命运的象征。香菱从这两句转化而来的“一片砧敲千里白，半轮鸡唱五更残”，不但把李白的意象化为更为广阔意境，还用“半轮鸡唱五更残”表现捣衣时间之长之苦。“半轮”即月亮的不圆更凸显了思妇命运的凄苦。“绿蓑江上秋闻笛，红袖楼头夜倚栏”两句仍然与李白的“秋风吹不尽，总是玉关情”有关，但它不是意象的转化而是意义的沿用，不尽的秋风，隔断情感的玉关被表现为男人在江上听那幽怨的笛声，而女人只能站在楼上依着栏杆而望月兴叹。那个月亮是“半轮”，圆月是圆满的象征，“半轮”正是有情人不能终成眷属的不团圆的原型性象征。月在香菱的笔下，不是圆月、满月，不是团圆喜庆的象征符号，而是始终带着淡淡的哀愁的：“野客添愁不忍观”“梦醒西楼人迹绝”“影自娟娟魄自寒”，这是一轮孤月、一轮残月，它凄清、寒冷、孤寂、幽凉。而香菱之所以将其深邃的情感寄托于、投射于这孤月、残月之上。就在于，“月”在香菱的笔下，是母亲、家园、故乡的象征符号。香菱自元宵佳节，与家人失散，从一个“粉妆玉琢、乖觉可喜”的掌上明珠，变成了一个“原不记得小时的事”被拐子打怕了的女孩子。她失去了母亲温暖的怀抱，所以借咏月来传达渴望回到母亲怀抱的奢望与幻想。月是母亲的象征符号，是母腹的象征，这已经成为一种原始意象，从神话开始一直延续至今。弗洛伊德说文学创作是作家的白日梦，正是因为在现实生活中，香菱失去了母亲的疼爱、呵护，所以在她的诗作中，渗透了对母亲的怀念、思念、渴念。最后，香菱发出“何缘不使永团圆?”香菱的一生就是“不团圆”的悲剧：“童年的悲剧——她自幼失去父母，不是父母双亡，而是生不能得到父母的疼爱；青春的悲剧——她已经遇到一个真心爱她的人，但很快爱她的人被薛蟠无端打死，与如意的爱情擦肩而过；婚姻的悲剧——她被迫做了呆霸王的小妾，但没有婚姻的幸福，很快她就沦为正妻夏金桂凌辱、欺凌的对象；生命的悲剧——她终于被扶为正室，但紧接着而来的是为人母的悲剧，她难产而死。"① 最后，香菱发出"何缘不使永团圞?"这样的"天问"，就在于她既问的是嫦娥，又在于她问的问题——女性的必然性悲剧，那是人世间任何人也回答不了的问题。

香菱写诗的过程，经历了一个由"外"到"内"的转化过程，这个从外到内的转化过程是进入"梦"创作过程实现的。在梦中她的思想深入到了潜意识之"内"，这个潜意识之"内"不仅是她个人以往人生的生命体验，使其在梦中创作形成了一个她命运的原型意象，并且还由她个人命运的触发，进一步深入所有女性命运的集体无意识之中，使集体无意识中的女性命运原型获得了意象性的表现。正是这种表现内容的丰富性和深刻性，才得到了众人的夸赞："这首不但好，而且新巧有意趣"。

曹雪芹通过香菱学诗和写诗，表现了一个完整的创造过程，而在这个完整的创造过程中，他着重表现的是香菱进入潜意识的重要性，而不是香菱学诗的多么刻苦。曹雪芹表现了香菱学诗的发"痴"：她看黛玉要她看的诗，"茶饭无心，坐卧不定"，废寝忘食；写诗的发"疯"：黛玉批评她"措词不雅"，要她重写，她或坐在山石上出神，或蹲在地上抠地，来往的人都诧异笑她，她全不睬，或皱一回眉，或含笑一回。宝钗笑道："这个人定是疯了!"；重新构思的发"魔"："自己走至阶下竹前，挖心搜胆的，耳不旁听，目不别视。"探春隔窗笑说："菱姑娘，你闲闲吧。"香菱怔怔答道："'闲'字是'十五删'的，错了韵了。"众人听了大笑，宝钗道："可真诗魔了!"最后又写了香菱的"通仙"，梦中写出一首优秀的诗篇来。

香菱梦中写诗，是再次进入了诗的写作的过程。在梦中的写作，香菱实现了两个方面的突破，一个是突破了理性对情感的限制。梦中的创作是不受理性支配的创作，而是一种潜意识的创作，潜意识的创作的一大特点

① 张丽红：《大观园的梦幻与现实——〈红楼梦〉人物形象解析》，辽宁人民出版社 2013 年版，第 118 页。

是从情感出发而不是从理念出发。这就是香菱不再用“挂冰盘”“抹玉栏”等外在事物来比喻月亮，而是从内心情感来写月亮，这就使月亮成了她生命体验甚至原型的象征。另一个突破是，香菱在梦中进入了自己记忆中的集体潜意识，这种集体潜意识就是女性悲剧命运的原型形式，由于香菱个体命运是与这种集体潜意识原型重合的，这就自然激发了不但是香菱个人命运的原型，还激发了女性命运的集体潜意识原型。

由对诗的爱，到对诗的创作，由创作诗的坐卧不宁、茶饭不思，到梦中写诗，由一般化的诗到写出表达生命感受的优秀诗篇，香菱从一个一般年轻女子成了一个地地道道的“诗魔”。然而，香菱梦中写诗的成功，并不单是学诗的刻苦，钻研的忘我，反复的创作，还在于，香菱进入了梦境，即进入到了潜意识的创造过程，没有最后这个梦境的潜意识参与创作，香菱无论怎么“苦志学诗，精血诚聚”，无论成为什么样的“诗魔”，也仍然不会写出好诗。

香菱与其他如林黛玉、薛宝钗等比较起来不是一个最重要的人物，但是，曹雪芹在她的梦描写中却蕴含了丰富而深刻的思想。一方面表现了文学创作的规律性秘密，人在梦中是可以进入潜意识创作的；另一方面又表现了人的意识和潜意识双重精神系统，而文学创作只有把握了集体潜意识原型才能创作出深刻的作品。但是，最为重要的是，通过对香菱梦中作诗的描写，曹雪芹既表现了女性悲剧命运“英莲”（应该怜悯）的原型，也表达了曹雪芹对女性或者说对人的毁灭的深深的同情与悲悯。

鸳鸯的“临终”梦

鸳鸯的梦有两大部分内容，一部分是看到了秦可卿上吊的样子，另一部分是梦见了秦可卿说她是有情之人，要引她去掌管“痴情司”。在做了这样一个梦之后，鸳鸯便模仿秦可卿上吊的方式自尽而死；在贾宝玉第二次“太虚幻境梦”中，鸳鸯果然出现在太虚幻境“引觉情痴”中，这就对鸳鸯去掌管“痴情司”有了交代。鸳鸯是按照她梦到的方式去死和去“痴情司”的，因而，鸳鸯的梦就是梦到了原型，与妙玉等其他女性梦见了自己命运的原型一样，鸳鸯的梦仍是一个原型之梦；与其他女性重演着“金陵十二钗簿册”和“红楼梦仙曲十二支”的命运一样，鸳鸯仍是一个原型的重演者。

鸳鸯是贾母的丫鬟，贾母一死，鸳鸯感到了她的生命也该结束了。这倒不是因为她与贾母感情多么的深厚，她非得要去殉情，而是她觉得失去了贾母这个唯一的依靠，在贾府这样的世界里是再也没有了她的容身之地，她不得不死。因而她就梦见了自己的死法和死去之后的去向。

鸳鸯的梦是发生在辞灵的时候。贾母的辞灵她是应该在场的，因为她是贾母最放心的丫鬟。辞灵的参加者上上下下也有百余人，但只有鸳鸯不在——“琥珀辞了灵，听邢王二夫人分派看家的人，想着去问鸳鸯明日怎样坐车，便在贾母的那间屋里找了一遍，不见，又找到套间里头”（第一百十一回），鸳鸯做什么去了呢？鸳鸯要去寻死了。鸳鸯哭了一场，想到：“自己跟着老太太一辈子，身子也没有着落。如今大老爷虽不在家，大太太的这样行为，我也瞧不上。老爷是不管事的人，以后便‘乱世为王’起来了。我们这些人不是要叫他们掇弄了么？谁收在屋子里，谁配小子，我是受不得这样折磨的，倒不如死了干净！但是一时怎么样的个死法呢？”（第一百十一回）于是，便做了看见了秦可卿上吊的梦：

> 一面想，一面走到老太太的套间屋内。刚跨进门，只见灯光惨淡，隐隐有个女人拿着汗巾子，好似要上吊的样子。鸳鸯也不惊怕，心里想道：“这一个是谁？和我的心事一样，倒比我走在头里了。”便问道：“你是谁？咱们两个人是一样的心，要死一块儿死。”那个人也不答言。鸳鸯走到跟前一看，并不是这屋子的丫头。仔细一看，觉得冷气侵人，一时就不见了。鸳鸯呆了一呆，退出在炕沿上坐下，细细一想，道：“哦！是了。这是东府里的小蓉大奶奶啊！他早死了的了，怎么到这里来？必是来叫我来了。他怎么又上吊呢？”想了一想，道：“是了，必是教给我死的法儿。”
>
> 鸳鸯这么一想，邪侵入骨，便站起来，一面哭，一面开了妆匣，取出那年铰的一绺头发，揣在怀里，就在身上解下一条汗巾，按着秦氏方才比的地方拴上。自己又哭了一回，听见外头人客散去，恐有人进来，急忙关上屋门，然后端了一个脚凳，自己站上，把汗巾拴上扣

> 儿，套在咽喉，便把脚凳蹬开。可怜咽喉气绝，香魂出窍！正无投奔，只见秦氏隐隐在前，鸳鸯的魂魄疾忙赶上，说道："蓉大奶奶，你等等我。"那个人道："我并不是什么蓉大奶奶，乃警幻之妹可卿是也。"鸳鸯道："你明明是蓉大奶奶，怎么说不是呢？"那人道："这也有个缘故，待我告诉你，你自然明白了：我在警幻宫中，原是个钟情的首坐，管的是风情月债；降临尘世，自当为第一情人，引这些痴情怨女，早早归入情司，所以我该悬梁自尽的。因我看破凡情，超出情海，归入情天，所以太虚幻境'痴情'一司，竟自无人掌管。今警幻仙子已经将你补入，替我掌管此司，所以命我来引你前去的。"鸳鸯的魂道："我是个最无情的，怎么算我是个有情的人呢？"那人道："你还不知道呢。世人都把那淫欲之事当作'情'字，所以作出伤风败化的事来，还自谓风月多情，无关紧要。不知'情'之一字，喜怒哀乐未发之时，便是个性；喜怒哀乐已发，便是情了。至于你我这个情，正是未发之情，就如那花的含苞一样。若待发泄出来，这情就不为真情了。"鸳鸯的魂听了，点头会意，便跟了秦氏可卿而去。

鸳鸯的梦并不是睡觉时做的梦，而是在清醒状态下的一种幻觉，但这幻觉是她潜意识的反应。鸳鸯是在想到死、但是一时不知道"怎么样个死法儿"而进入了这样一种幻觉。在梦中她看见了一个女子拿着汗巾子，好像要上吊的样子。就想到"这一个是谁？和我的心思一样，倒比我走在头里了"。当从幻觉里走出来之后，想到了那个拿着汗巾要上吊的女子是东府里的小蓉大奶奶，她是早死了的，到这里来是来叫我来了，她"必是教给我的死法儿"。

在鸳鸯对梦的分析里，这是秦可卿教给她的"死法儿"，但这其实是鸳鸯的一种错觉，鸳鸯在幻觉中看见了秦可卿上吊其实是对自己死法的一种表现方式。

鸳鸯是在贾母死去，自己想到死的情况下，"激活"了她潜意识中的这种原型，以幻觉的方式即看见秦可卿上吊的方式表现了出来。秦可卿是女性上吊而死原型的一种置换形式，也是鸳鸯死去的先在形式。上吊是历史上女性悲剧命运的一种原型模式，它是作为一种悲剧结局的先例而成为女性集体潜意识的一种原始记忆，潜意识的心理内容就像本能遗传那样遗传在后代心理之中。它的反复出现就成为一种意象的心理积淀，深深地刻印在了女性深层心理之中，一当女性走向悲剧结局的时刻，这种情境就激活和唤醒了心理中的那种原始意象，从而成为一种女性悲剧结局方式的一种先例而对幻觉者产生原型的指导作用。

上吊而死，作为女性悲剧命运结局的方式，是存在于鸳鸯潜意识中的一种原型形式。她之所以存在于鸳鸯的潜意识中，那是与鸳鸯的独特的命运紧密相关的。就像每一个少女都有爱情的美丽憧憬一样，鸳鸯也有她瑰丽的爱情之梦；就像每一个美丽的少女内心中都有一个白马王子一样，鸳鸯内心中也是有她的如意郎君。虽然作品并没有很明确的表现这个方面，但是，有重要证据仍然可以证明这一点：袭人、平儿与鸳鸯说她和宝玉正好是一对，贾赦因为娶鸳鸯不成，所以推断——“自古‘嫦娥爱少年’，他必定嫌我老了，大约他恋着少爷们！多半是看上了宝玉，——只怕也有贾琏。”（第四十六回）鸳鸯被贾宝玉扭股糖似的粘在身上，要吃“嘴上的胭脂”（第二十四回）；还在贾琏最困难的时候，把贾母平时不用的金银器皿换钱给贾琏（第七十二回），这些当然不能作为鸳鸯与宝玉和贾琏有多么深的爱的情感，或者说鸳鸯对宝玉和贾琏有爱的憧憬，但是，至少可以说明，在鸳鸯的爱情梦里，是朦朦胧胧地与贾宝玉或贾琏那样的青年人相爱，而绝非给贾赦那样的老年人做二房。做有钱人的姨太太，可能是许多女人的一种求之不得的选择，因为，那样这个女人就在底层女性中成为人上人，也摆脱了过穷苦生活的命运，她的家里人随之也就可以借她的光而改变底层穷酸生活的处境了。但是，这不是鸳鸯的追求，这不符合鸳鸯的爱情理想。因而，当邢夫人来劝说她做贾赦的妾的时候，她以凛然的态度做了最明确的回绝，到了贾母面前她又拿出剪子剪了自己的头发，以此种盟誓的方式做了决绝的了断。贾母当然没有同意贾赦娶鸳鸯做妾，那是因为贾母的生活离不开鸳鸯的照顾。从鸳鸯的角度说并非离不开贾母，而是那样就彻底毁灭了自己的爱情理想，就玷污了自己对爱的美丽憧憬。鸳鸯知道在贾府这样一个环境，在她所处的社会里，她这样一个给有钱人家做佣人的穷人家的女子，是不可能得到像贾宝玉或贾琏那样青年的爱的，她内心中对爱的憧憬只能是她一厢情愿的空想，只能是无法实现的一场白日

梦。但是，即使是不能实现她的美丽爱情梦，她也不愿意嫁给那个她并不爱的老色鬼。袭人说贾赦“这个大老爷，真真太下作了！略平头正脸的，他就不能放手了。”（第四十六回）但是，鸳鸯拒绝嫁给贾赦做妾，那么她拒婚之后的人生之路在哪里呢？能够给她遮风挡雨的贾母已经撒手人寰，留给她的人生出路依旧是给贾赦之流做妾。这是她自己身份对她的必然性规定，这是贾府对她的必然性规定，这也是那个社会对她的必然性规定。她无论如何也逃脱不了这必然性的规定。“谁收在屋子里，谁配小子”都是由他们决定的。“我是受不了这样折磨的，倒不如死了干净。”这就表现出鸳鸯对自己爱情梦的维护，对拒不做妾的坚持。在贾府中，鸳鸯容貌不是最亮丽的，她的脸上还微微有几点雀斑，但是，鸳鸯的思想行为却闪射出最亮丽的光辉。在鸳鸯看来，地位最低下的女子也有自己的爱情理想，那爱情理想是十分宝贵的，它等同于她的生命。虽然由于种种的限制不能实现，她也不肯嫁给一个她并不爱的人而毁灭了她宝贵的爱情梦。鸳鸯可以没有人的自由，比如给有钱人做丫鬟，但是不能玷污和毁灭自己的爱。

鸳鸯内心的爱是没有任何实现的希望，当悲剧的厄运无法逃避时，于是，鸳鸯想到了死。鸳鸯是被她自己的原型之梦指引着以上吊的方式结束了自己的生命。鸳鸯梦见了原型，鸳鸯也重复了她的原型之梦。如果说，鸳鸯梦见的是历史先例和原型，那么，鸳鸯重复了她的梦实际就是对历史先例和原型的重演。

鸳鸯的梦是这种梦当中的另一种样本。

鸳鸯的梦还有另一种内容。那就是关于秦可卿变为警幻仙姑主管风情月债的警幻之妹可卿，引她掌管太虚幻境“痴情”司。鸳鸯不仅梦见秦可卿教给她死的方法，还梦见警幻之妹交给她去掌管“痴情”司。当鸳鸯迷惑“痴情”，迷惑于自己最无情，怎么就说她是一个有情的人的时候，警幻之妹可卿告诉她，情与淫的分野：世人把淫欲之事当作情，做出伤风败俗之事，还自谓风月多情，这是错的。情是喜怒哀乐未发之时的“个性”，真情就如那样花的含苞一样，欲待发泄出来就不为真情了。

警幻仙姑之妹可卿对她说的话，其实仍然是鸳鸯自己心理的置换方式，是把自己的心理内容置换到了所谓警幻之妹可卿的形象中去了。这个未发之情是真情，鸳鸯是在用这个未发之情印证她对自己真正爱情的理解。未发之情是真爱，而一旦发泄了出来就变成了淫。这是因为鸳鸯的爱是深藏于内心之中的，还处于朦朦胧胧、模模糊糊之中的，还没有找到她恋爱的真正对象，她可能也爱着贾宝玉或贾琏，那只是她真爱的一种替代，是像贾宝玉或贾琏那样的青年，而非就是贾宝玉或贾琏。一旦与贾宝玉或贾琏发生了性关系，满足的并不是真爱，而是欲，因而它就成为淫了。这里面包含着鸳鸯对爱的一种思考和认识，这是对她这样地位低下女性不能获得所谓真正爱情的一种独特的思考和认识。也就是说，在鸳鸯这样女性的理解中，她们是不能获得真正爱情的，所能获得的只能是欲，或者只能是在男人角度的淫。因为女性没有自己作为人的自由，因而也就没有了人的真正的爱。因此，鸳鸯的爱也就只能成为未发之情，深深地埋藏在自己的内心深处。而天下这样的女性太多了，她们在现实中不能获得自己的爱，只有死后去太虚幻境的“痴情”司了，去帮助可卿管理这“痴情”司吧。

鸳鸯的梦是由秦可卿上吊和警幻之妹可卿关于“情”与“淫”议论两个部分构成的。通常的阅读和研究认为这两部分内容是各自独立的、没有什么关联的。但这是一种较为表面的认识。从鸳鸯的心理内容方面看，这两部分内容是一种互为因果的梦，即前面秦可卿上吊意象是鸳鸯心理活动的“果”，而后面警幻之妹可卿“情”和“淫”的议论这是鸳鸯心理活动的“因”。鸳鸯有了关于“情”和“淫”分野的深刻认识，即有着自己的爱情理想和追求，才有了鸳鸯对做贾赦之妾的决绝拒绝，也才使鸳鸯想到了以死逃避那一“淫”的悲剧厄运。鸳鸯的死既是对“淫”的逃避，也是对“情”的维护。因而，鸳鸯梦的两个部分其实是有内在联系的，它在鸳鸯的心理内容上获得了统一性。正是在这一点上，显示出作为丫鬟的鸳鸯的高贵和坚贞。

梦是潜意识的投射，幻觉也是潜意识的投射。潜意识就是心理原型，潜意识是以意象的方式投射在梦中的，梦中的意象就是原型的表现方式。而原型是心理积淀，是原始意象在内心中镌刻出的形式。但原始意象是历史生成的，是一代又一代反反复复经历的某种命运模式在心灵中打下的深深印记。因而，原始意象即原型其实就是历史先例和命运模式。从

这样一种原型生成的角度看，鸳鸯梦见的就是女性悲剧命运先例和模式。鸳鸯的梦就不是偶然的悲剧，而是必然的悲剧。鸳鸯是现实女性对历史女性悲剧命运模式的一种重演，是女性悲剧历史的现实化。鸳鸯是被自己的梦指引着走向死亡的，但由于鸳鸯梦是历史先例和命运模式的表现，因而，鸳鸯其实是被历史先例和命运模式所决定的。曹雪芹通过鸳鸯梦而透视出鸳鸯的心理，使鸳鸯悲剧命运的表现达到了深入到历史深度的程度。

但鸳鸯的“临终”梦又是有它的独特性的。鸳鸯梦的独特性是对真情的维护，这表现在她对“情”和“淫”的分辨上。“情”和“淫”分辨表现了鸳鸯对至真至纯的爱情憧憬和追寻。在鸳鸯的内心深处，她感受到在这个无情的世界上，女性的地位是最低下的，女性是不可能得到真爱的，所得到的只能是被男人的“淫”。与其那样，还不如以结束生命的方式结束那种不堪的痛苦和凌辱。在鸳鸯看来，那种给贾赦做姨太太的生活，是对爱的极大玷污，对人的尊严的极大玷污，与其玷污了真情，玷污了人的尊严，还不如结束了生命。在鸳鸯那里，对真爱的维护，对人的尊严的维护，是比生命更可贵的。

曹雪芹在鸳鸯的梦里深刻地表现了女性命运的悲剧性。鸳鸯本是雌雄成对地、自由自在地生活在水边的，在中国文化传统中，鸳鸯是美满爱情的象征。但是，这样一个只有朦朦胧胧美好爱情向往而从来没有一个爱情具体对象的、又要被一个她并不爱的色鬼做妾的、最后以结束生命逃避了做姨太太命运的少女，却被称为鸳鸯。这个名字的含义与现实的悲剧构成极大的反讽，极为深刻地表现了女性的悲剧命运：她们对爱情是充满美丽幻想的，而她们的现实遭遇却是她们美丽幻想的反面。鸳鸯依靠的贾母不能给她以生命的保证，更不能给她以爱情的出路；贾宝玉对她的爱是一种对女性的普泛的爱——怜悯、同情和热爱，而不是爱情对象的爱。贾宝玉并不是与她配对的另一只鸳鸯，贾宝玉既不能给她需要的爱，也不能挽救她做妾的可能，更不能挽救她走向死亡的结局。

鸳鸯的梦是很简略的，鸳鸯的人生故事也是简略的，但它所包容的女性命运悲剧的内容，却是极为深刻的。

袭人的"宝玉出家"梦

袭人的梦是《红楼梦》最后一个梦。那是在第一百二十回"甄士隐详说太虚情，贾雨村归结红楼梦"写到的梦。这个梦很短，是《红楼梦》较短的梦之一，但是言简意赅，梦短意长。在袭人这个梦之后，贾宝玉就真的出家做了和尚。袭人的梦预见了贾宝玉的出家，贾宝玉出家重复了袭人的梦。但是，又不仅如此，袭人的梦还是对《红楼梦》的一种归结性的梦，袭人梦的意象连着《红楼梦》最重要的两个神话——"石头记"神话和"太虚幻境"神话，是对两种神话最简约的象征。正是由于这种象征性的归结，它又典型地体现了心理感应梦是对原型感应的本质性特点。

一　梦与现实的对应

袭人的梦与《红楼梦》其他人的梦一样，表现了一种梦——现实重复梦的结构方式。袭人梦见了贾宝玉出家，贾宝玉果然就真的出家做了和尚，贾宝玉的出家是对袭人梦的重复。袭人的梦好像对贾宝玉出家有神秘的心灵感应，但是，这种心灵感应不是通过袭人与贾宝玉两个人的心灵感应而实现的，而是经由现实激活集体潜意识原型，由对原型的感应而实现的。换一句话说，袭人梦见的是原型（不是对贾宝玉心灵的感应），因而，贾宝玉重复袭人的梦就是对原型的重复。

袭人梦见贾宝玉出家和贾宝玉真的出家是一种结构性的存在。这种结构性存在是梦被现实所重复。正是梦被现实所重复的结构性存在表现曹雪芹的深刻思想。曹雪芹先描写了袭人的梦：袭人的梦是在她有病的时候做的。当宝玉得中功名，决定"却尘缘"的时候，"袭人想起那日抢玉的事来，也是料着那和尚作怪，柔肠几断，珠泪交流，呜呜咽咽哭个不住。追想当年宝玉相待的情分：'有时怄他，他便恼了，也有一种令人回心的好处，那温存体贴，是不用说了。若怄急了他，便赌誓说做和尚。谁知今日却应了这句话了！'"（第一百十九回）；"袭人心痛难禁，一时气厥。宝钗

等用开水灌了过来，仍旧扶他睡下，一面传请大夫。……大夫看了脉，说是急怒所致，开了方子去了。”（第一百二十回）袭人“各自一人躺着，神魂未定，好像宝玉在他面前，恍惚又像是见个和尚，手里拿着一本册子揭着看，还说道：‘你不是我的人，日后自然有人家儿的。’袭人似要和他说话，秋纹走来说：‘药好了，姐姐吃罢。’袭人睁眼一瞧，方知是个梦”（第一百二十回）。

在袭人这个梦之后，曹雪芹就写到了贾宝玉出家的情景。贾政扶贾母灵柩，贾蓉送了秦氏、凤姐、鸳鸯的棺木到了金陵，先安葬了。贾琏也送黛玉的灵柩去安葬。贾政料理坟墓的事。一日，接到家书，一行一行的看到宝玉、贾兰得中，心里自是喜欢；后来看到宝玉走失，复又烦恼。只得赶忙回家。行到毘陵驿地方，看见了宝玉出家的样子。作品是这样写的：

> 那天乍寒，下雪，泊在一个清净去处。贾政打发众人上岸投帖，辞谢朋友，总说即刻开船，都不敢劳动。船上只留一个小厮伺候，自己在船中写家书，先要打发人起早到家。写到宝玉的事，便停笔。抬头忽见船头上微微的雪影里面一个人，光着头，赤着脚，身上披着一领大红猩猩毡的斗篷，向贾政倒身下拜。贾政尚未认清，急忙出船，欲待扶住问他是谁。那人已拜了四拜，站起来打了个问讯。贾政才要还揖，迎面一看，不是别人，却是宝玉。贾政吃一大惊，忙问道：“可是宝玉么？”那人只不言语，似喜似悲。贾政又问道：“你若是宝玉，如何这样打扮，跑到这里来？”宝玉未及回言，只见船头上来了两人，一僧一道，夹住宝玉道：“俗缘已毕，还不快走？”说着，三个人飘然登岸而去。贾政不顾地滑，疾忙来赶，见那三人在前，那里赶得上？只听得他们三人口中不知是那个作歌曰：
>
> 我所居兮，青埂之峰；我所游兮，鸿蒙太空。谁与我逝兮，吾谁与从？渺渺茫茫兮，归彼大荒！
>
> 贾政一面听着，一面赶去，转过一小坡，倏然不见。贾政已赶得心虚气喘，惊疑不定。回过头来，见自己的小厮也随后赶来，贾政问道：“你看见方才那三个人么？”小厮道：“看见的。奴才为老爷追赶，故也赶来。后来只见老爷，不见那三个人了。”贾政还欲前走，只见

白茫茫一片旷野，并无一人。贾政知是古怪，只得回来。（第一百二十回）

贾宝玉与贾兰同去考试，但考试之后独贾兰回来，贾宝玉却不见了，贾宝玉究竟到哪里去了呢？这是激活袭人内心集体潜意识原型的最主要因素。这就充分调动了袭人了解的贾宝玉的各种信息。在调动各种信息的同时，也就调动了袭人内心的集体潜意识原型。

袭人梦到或者说感应到了贾宝玉的出家，那是因为袭人是贾宝玉最贴近的佣人，准确说是贾宝玉妾的原因。袭人是除了贾母、王夫人和黛玉之外对贾宝玉最关心的人。不仅因为袭人对贾宝玉的爱，更因为她的命运是与贾宝玉命运连在一起的原因。她在贾宝玉出家的时候能够在梦里感应到，表现了她对贾宝玉深深的关切，这非常符合袭人这个形象的思想情感的规定性。

袭人能够以梦的方式感应到贾宝玉的出家成为和尚，在于她对贾宝玉的深刻了解。贾宝玉所有的一切，袭人都是清清楚楚、了如指掌的。贾宝玉衔玉而生，他生来便带着“木石前盟”的前世之约、与林黛玉有着“天情”之爱，但在实际生活中他又被“金玉良缘”所规定，与薛宝钗成了实际上的夫妻。贾宝玉对青春女性的同情、热恋与崇拜，向往着纯净美好的诗意生活，但现实并不允许他这样做。贾宝玉所热恋的青春女性一个一个都离开美丽自由的大观园，或远嫁他乡，或抑郁而死。贾宝玉体验到了现实力量对爱情的毁灭，对青春少女的毁灭，对美的毁灭，对人的毁灭。贾宝玉这一切都是被他最关切的袭人感受到了。袭人虽然对贾宝玉与女儿“厮混”，不走仕途非常不满，极尽所能进行劝导，但是，贾宝玉对生命的感受她还是充分地感受到了。正因为贾宝玉在实际生活中所经历的爱的毁灭和理想生活的毁灭，才造成了贾宝玉对生命的虚无感，对生活的绝望感。正是这种虚无感和绝望感才导致了贾宝玉最终走向出家的道路。贾宝玉出家道路是有一个发展过程的，由对佛家思想的迷恋，到出家念头的萌生，再到出家的准备，最后真的斩断情缘，跟着和尚而去，每一个环节和每一步思想变化的最细微处都是被袭人所充分感受到的。袭人是比了解自己还了解贾宝玉。在某种程度上，在某些方面，袭人有可能是比黛玉更了

解贾宝玉的人。贾宝玉对黛玉说“你死了，我做和尚去”（第三十一回）的话，袭人是知道的，还说宝玉“你老实些儿罢！何苦还混说”（第三十一回）。

正因为对贾宝玉的深刻了解，袭人才做了贾宝玉出家的梦。由此可见，袭人对贾宝玉的心理感应是以对贾宝玉的充分了解为条件的。在梦里，袭人对贾宝玉了解到的各种信息，重新综合在一起，形成了新的判断意象：贾宝玉出家做和尚了。

这个贾宝玉出家成了和尚的梦并非是袭人的意识行为，却是袭人的潜意识行为。袭人梦见贾宝玉出家是一个“心理事件”，这个“心理事件”仍然是以潜意识为基础的。也就是说，虽然袭人对贾宝玉的了解是袭人梦见贾宝玉出家的条件，但是，它仍然是以袭人另一种心理基础为前提条件的。这个心理基础前提条件就是袭人内心的集体潜意识。

出家成为和尚是一种原型性意象，它是世俗之人走向佛教信仰的象征。由于这种原型意象是从古至今流传的，作为斩断情缘、抛弃七情六欲的佛教文化信仰，出家已经成为一种特殊的文化象征。因而，它以一种包含特定的佛教文化的象征意义被植入人的内心，成为人的一种潜意识。一个人可能并不信仰佛教，但是出家做和尚的意象仍然可能是存在于他内心深处的原始意象。他不明确它的存在，但是它就是以一种集体潜意识的形式存在于内心之中。它既是在文化生活中积淀形成的，又是通过种族心理遗传下来的。袭人内心的出家意象就是这样获得的。因为袭人内心有了这样的一种原型意象，贾宝玉对佛教信仰的种种迹象就激活了她的潜意识中的出家原型意象，因而，就使袭人做了一个贾宝玉出家成了和尚的梦。袭人的贾宝玉出家成了和尚的梦是在贾宝玉出家思想言论的激发和出家原型的作用下形成的。袭人的梦之所以和贾宝玉出家情境相吻合，那是因为贾宝玉出家思想言论激活了她内心的出家原型意象，这个原型意象与贾宝玉出家思想的结合，就成为贾宝玉出家的具体意象形式。而袭人梦中贾宝玉出家意象之所以与贾宝玉出家情况相一致，那是因为贾宝玉的出家也是被出家原型所驱使的。袭人的贾宝玉出家梦与贾宝玉真的出家都是被原型意象驱使的，因而，两者就必然相吻合了。

二 梦与神话原型的对应

曹雪芹对袭人的梦的描写不只是袭人梦见贾宝玉出家与贾宝玉真的出家形成了对应，还有袭人梦与现实的对应。但这种对应不是袭人梦与后面现实的对应（袭人梦对应贾宝玉出家之后，《红楼梦》就结束了），而是与前面现实和神话的对应。前一种对应是袭人梦见贾宝玉出家与贾宝玉真的出家的对应，这种对应也可以称为梦的预后作用；后一种对应是袭人梦与前面现实的对应（也包括与神话原型的对应），也是对此前《红楼梦》两个最重要神话内容的象征。因而，袭人梦见贾宝玉出家，不仅以潜意识原型感应到了贾宝玉的出家——贾宝玉出家证明了袭人潜意识原型感应的确是灵验，还与此前现实并通过现实与神话原型相对应，象征了更深刻、更丰富、更复杂的内容。

袭人梦的象征内容是由袭人梦意象表现出来的。袭人的梦象由三个意象构成：第一个意象是贾宝玉：第二个意象是和尚；第三个意象是那个和尚手里拿着一本册子。但由梦的幻化最后又变成两个意象：贾宝玉变成了和尚，变成和尚的贾宝玉正在看一个册子。这两个意象是富有深刻的象征意义。深刻的象征意义是由于它连着两种现实，并有两种现实连着两种神话原型。贾宝玉变成和尚，这首先是一个现实意象，即贾宝玉现实生活的意象。但这不是由贾宝玉个人生成的意象，而是袭人内心中的意象，是袭人理解到的贾宝玉人生重大转变的意象：由世俗走向宗教信仰。因而，这个梦的意象又是连着贾宝玉的世俗人生的。贾宝玉出家成为和尚，是贾宝玉人生历程的最后阶段，这个最后阶段自然连着他的整个人生。贾宝玉在经过了 19 年的红尘历劫之后，成为一个和尚又重返大荒山无稽崖青埂峰下，成为一块石头。袭人梦见的那个贾宝玉成为和尚，就是连着贾宝玉的整个一生。

袭人梦的另一个意象是那个成为和尚的贾宝玉正拿着一本册子揭着看，这个册子正是贾宝玉在“太虚幻境梦”中看见的“金陵十二钗簿册”，贾宝玉在现实中不断感到现实女性的命运正在应验着“金陵十二钗簿册”的命运，因而，那个变成和尚的贾宝玉手里拿着册子揭着看，那意思是在

表现那个成为和尚的贾宝玉正拿着册子用神谕的判词对照着现实中人物的命运悲剧。这当然也是一个现实意象，但这个意象就连着现实女性的命运悲剧，是对现实中女性命运悲剧的象征性表现。林黛玉、晴雯等许多女性都像“金陵十二钗簿册”所表现的那样死去了，也有的比如探春远嫁他乡，离开了大观园。成为和尚的贾宝玉拿着册子看，是蕴含着现实生活中的女性命运悲剧的。

但是，变成和尚的贾宝玉拿着册子看，既蕴含着贾宝玉出家的现实、现实女性悲剧命运，同时又连着《红楼梦》的两种大梦。贾宝玉出家成了和尚是连着甄士隐的石头梦，而贾宝玉拿着册子揭着看，是连着贾宝玉“太虚幻境梦”的。甄士隐的石头梦是神话式的梦，贾宝玉的“太虚幻境梦”也是神话式的梦，因而，袭人梦的意象是连着“石头记”神话和“太虚幻境”神话的，袭人的梦意象又是一种神话意象。这样看来，袭人的梦就是一种双重象征，既象征着贾宝玉的现实生活，又象征着贾宝玉神话式的梦。曹雪芹就是这样通过袭人梦的双重意象，使贾宝玉的现实人生和神话式的梦链接在了一起。出家成为和尚是贾宝玉现实人生的最重大转变，但是它却是由“石头记”神话规定的。甄士隐的石头梦连同开篇曹雪芹关于“石头记”神话，构成了一个整体性的“石头记”神话原型。“石头记”神话有一种双重结构，一方面是一个抽象的神话故事，另一方面又是一个具体的人生故事。贾宝玉出家成为和尚其实是被开篇的“石头记”神话决定的。袭人梦的神话意象象征的就是这种丰富的内容。

变成和尚的贾宝玉手里拿着一本册子揭着看，那自然是连着贾宝玉在“太虚幻境梦”中看见的“金陵十二钗簿册”神话式的梦的。就像甄士隐的石头梦是一个神话式的梦一样，贾宝玉看见的“金陵十二钗簿册”也是一个神话式的梦。“金陵十二钗簿册”隐喻了林黛玉等人的人生悲剧。“金陵十二钗簿册”以对历史先例和范型表现的方式预示了未来。袭人梦见的成了和尚的贾宝玉拿着一本册子揭着看，是一种典型的神话意象，它毫无疑问地象征着现实的女性命运悲剧是被神话原型规定着的。这就使“金陵十二钗簿册”这个神话原型由故事的开始一直贯穿到作品的结尾。

袭人梦是《红楼梦》最后的梦。它显然具有一种归结性。它不仅归结到贾宝玉出家成了和尚，归结了众多女性悲剧命运，更重要的是它归结了《红楼梦》两种最重要的梦即《红楼梦》两种最重要的神话："石头记"神话和"太虚幻境"神话。成了和尚的贾宝玉拿着一本册子揭着看，把表面看来各自独立发展的"石头记"神话和"太虚幻境"神话交融在一起，也表现了贾宝玉出家的重要原因，那是因为他所崇拜的青春女性在现实中一个一个都以或死去或远走他乡而告终，他来自太虚幻境的"木石前盟"爱情毁灭了，他所有的爱毁灭了，他所钟爱的青春少女毁灭了，美毁灭了，人毁灭了，他不能不出家去当和尚了。这就使"太虚幻境梦"成功地融入到了"石头记"神话之中，成了贾宝玉出家的重要因素。袭人的梦，成了和尚的贾宝玉手里拿着一本册子揭着看，就这样非常成功地把"石头记"神话和"太虚幻境"神话连在了一起。

尤二姐的"劝斩妒妇"梦

尤二姐的梦也并不是很长的梦，这个梦却有重要的独特意义。同其他梦一样，尤二姐的梦仍然存在一个原型与现实对应的结构：尤二姐的梦成了尤二姐生命结局的象征。尤二姐的梦并非像贾宝玉的梦那样是神话式的梦，有神性人物和神话性故事情节，而是实际生活的样态。尤二姐梦见死去的尤三姐来与她说话和她自己的心理活动，这种梦的意象是好多人经历过的。曹雪芹的高明之处在于，他运用这样一种并非神话式的梦同样表现出了一种相当于神话式的梦才能够表现的原型模式，并以这种原型模式与尤二姐的现实命运形成一种对应结构，从而表现出一种极为重要的思想内容。

一　梦对悲剧命运的预告

在这个可以称之为预告了悲剧命运的尤二姐的梦里，表现了一种"报应"心理原型。正是这个"报应"的心理原型与尤二姐的吞金自尽形成了一种对应结构。在这种对应结构中，"报应"心理原型决定了尤二姐的悲剧命运；而尤二姐悲剧命运正是"报应"心理原型的进一步发展。

尤二姐的梦境是这样的：

> 夜来合上眼，只见他妹妹手捧鸳鸯宝剑，前来说：“姐姐，你为人一生心痴意软，终久吃了亏！休信那妒妇花言巧语，外作贤良，内藏奸滑。他发狠定要弄你一死方罢。若妹子在世，断不肯令你进来；就是进来，亦不容他这样。此亦系理数应然：只因你前生淫奔不才，使人家丧伦败行，故有此报。你速依我，将此剑斩了那妒妇，一同回至警幻案下，听其发落。不然，你白白的丧命，也无人怜惜的！”尤二姐哭道：“妹妹，我一生品行既亏，今日之报，既系当然，何必又去杀人作孽？”三姐儿听了，长叹而去。
>
> 这二姐惊醒，却是一梦。（第六十九回）

在尤二姐的梦里，她梦见了妹妹尤三姐手捧鸳鸯宝剑来劝她复仇，但从心理分析来看，那个手捧鸳鸯宝剑要她复仇的尤三姐正是她的另一个化身。而她与妹妹尤三姐的对话也就成了两个尤二姐——她两种思想的纠葛与争斗。

尤三姐跟她说的话有这样几个方面的意思，一是对尤二姐思想性格的反思：“你为人一生心痴意软，终久吃了亏”；二是对王熙凤一定要弄死她的清醒认识：“休信那妒妇花言巧语，外作贤良，内藏奸滑。他发狠定要弄你一死方罢”；三是对妹妹在世不能有这样的下场的思考：“若妹子在世，断不肯令你进来；就是进来，亦不容他这样”；四是对她必得报应的认识：“此亦系理数应然：只因你前生淫奔不才，使人家丧伦败行，故有此报”；五是要尤二姐报仇：“你速依我，将此剑斩了那妒妇，一同回至警幻案下，听其发落。不然，你白白的丧命，也无人怜惜的！”这其实是尤二姐自己的思想在梦里以妹妹的形象来表现的。她五个方面的思想可以归结为两种：一种是对一定要置她于死地的王熙凤的报复；另一种是她认为自己丧伦败行，必有报应。两种思想较量的结果是，放弃了报复，而顺应了报应。这表现在尤二姐对尤三姐对她说的话的回答里：尤二姐哭道：“妹妹，我一生品行既亏，今日之报，即系当然，何必又去杀人作孽？”这就表现了尤二姐只能接受王熙凤的迫害而不能反抗与报复的真实思想。

尤二姐梦的结尾是“三姐听了，长叹而去”。这就又从尤三姐对尤二姐顺应报应态度的无可奈何——实际是尤二姐承受报应态度的变化写法，说明了尤二姐必然的悲剧命运。

无论是主张报复王熙凤的尤三姐，还是放弃报复承受报应的尤二姐，都有一种必遭“报应”的心理。其实那就是尤二姐必遭报应的心理活动。梦中的尤二姐和尤三姐都有必遭报应的思想意识，在尤二姐的梦里，以尤三姐的话表现出来：“此亦理数应然：只因你前生淫奔不才，使人家丧伦败行，故有此报。”又以尤二姐自己的话表现出来：“妹妹，我一生品行既亏，今日之报，即系当然。”因为尤三姐也是尤二姐心理活动的一个化身，因而，这两个人都有的必遭报应的心理活动就可以看作是尤二姐的一个“情结”。所谓“情结”就是一种心理创伤形成的强烈心理活动，由于这种受到创伤的心理活动过于强烈了，因而就形成了一种原型性心理，或称为心理的原型模式。尤二姐的梦就是被她强烈的必遭报应的心理原型模式所驱使而做的梦。是尤二姐先有了必遭报应的情结和心理原型，才做了那样一个必遭报应的梦。那个梦是尤二姐必遭报应的情结和心理原型的表现形式。

和尤二姐必遭报应梦相对应的，是尤二姐“觉大限吞金自逝”的悲剧结局。王熙凤“弄小巧用借剑杀人”，王熙凤“用‘借刀杀人’之法，‘坐山观虎斗’，等秋桐杀了尤二姐，自己再杀秋桐”（第六十九回）秋桐在王熙凤挑唆之下，秋桐果然天天咒骂尤二姐，即使尤二姐失了腹中胎儿，秋桐仍然哭骂不止：“理那起饿不死的杂种，混嚼舌根！我和他‘井水不犯河水’，怎么就冲了他？好个‘爱八哥儿’！在外头什么人不见？偏来了就冲了！我还要问问他呢：到底是那里来的孩子？他不过哄我们那个棉花耳朵的爷罢了，纵有孩子，也不知张姓王姓的！奶奶希罕那杂种羔子，我不喜欢！谁不会养？一年半载养一个，倒还是一点搀杂没有的呢！”（第六十九回）尤二姐不堪这最后的一击，终于选择了死亡：

尤二姐心中自思：“病已成势，日无所养，反有所伤，料定必不能好。况胎已经打下，无甚悬心，何必受这些零气？不如一死，倒还干净！常听见人说‘金子可以坠死人’，岂不比上吊自刎又干净？”想

> 毕，扎挣起来，打开箱子，便找出一块金，也不知多重。哭了一回，外边将近五更天气，那二姐咬牙狠命，便吞入口中，几次直脖，方咽了下去。于是赶忙将衣裳首饰穿戴齐整，上炕躺下。当下人不知，鬼不觉。
>
> 到第二日早晨，丫鬟媳妇们见他不叫人，乐得自己梳洗。凤姐秋桐都上去了。平儿看不过，说丫头们："就只配没人心的打着骂着使，也罢了！一个病人，也不知可怜可怜。他虽好性儿，你们也该拿出个样儿来，别太过逾了。'墙倒众人推'！"丫鬟听了，急推房门进来看时，却穿戴的齐齐整整，死在炕上，于是方吓慌了，喊叫起来。

在尤二姐的必遭报应梦和尤二姐的吞金自尽结局两个方面，形成了一种对应的结构关系：如果说尤二姐的必遭报应梦是一种心理原型或原型模式，那么这种对应结构关系就是心理原型与现实的对应：尤二姐的心理原型决定了她的结局；尤二姐吞金自逝是她必遭报应心理原型的必然结果。

尤二姐可以看作是王熙凤迫害致死的，但是，王熙凤并没有亲手杀死尤二姐，王熙凤是借助了另外的力量杀死了尤二姐。这另外的力量也不是秋桐等，而是属于一种文化模式的东西，那种文化模式迫使尤二姐产生了那种必遭报应的心理原型。

二　心理原型与文化原型

原型与现实的对立或对应结构是《红楼梦》最人的特点。在表现这种结构的时候，曹雪芹基本采用了两种大的方式，一种是神话式的梦，比如贾宝玉的"太虚幻境梦"，他梦见的是神话，是警幻仙姑女神和女神与他发生的故事。另一种则是非神话的现实生活的样式，比如，尤二姐、小红等人的梦。无论是神话式的还是一般生活样式的，其真正的目的都在于表现一种原型模式，用这种原型模式与实际生活相对立或相对应，从而建构起原型模式与现实的关系。

尤二姐的梦不是神话式的梦，她梦见的就是自己实际生活能够发生的样式，尤二姐的梦也充当了贾宝玉神话式梦的原型模式的作用。正是尤二姐这种原型模式的梦才决定了尤二姐的悲剧命运。在贾宝玉神话式的梦与女性悲剧命运结局中，曹雪芹表现了女性悲剧命运来源于历史先例和典范模式，而在尤二姐梦与其悲剧命运结局之间，曹雪芹表现的是形成原型的社会文化模式。

尤二姐的必遭报应的心理原型或者说原型模式是由各种现实关系对女性构成制约而形成的。尤二姐女性悲剧命运原型产生尤二姐的心理原型模式。曹雪芹的这个艺术表现是包含着非常深刻的思想的。这不同于通过贾宝玉神话式的梦表现的原型——那些神话式的梦可以通过集体无意识而遗传下来，但是，尤二姐的梦——尤二姐的心理原型则是由各种现实关系形成的文化模式而生成的。这表现了作为一个伟大作家对原型问题的深刻思考。关于现实生成原型，在曹雪芹之后的美国批评家费德莱尔曾经有这样论述：

> 我希望我在使用“原型”这个常被滥用的词语时有特指的意思。我说的“原型”是指由观念和感情交织而成的一个模式，在下意识里广泛为人们理解，但却很难用一个抽象的词语来表达，同时它又是那么“神秘”，不经过周密的考察是完全无法分析辨明的。这种复杂的心理情结需要通过某种模式的故事，既体现它又像是在掩盖它的真正含义；待到它的原型意义被“分析”出来，或者根据表达它的语言找出了它的寓意之后，整个奥秘才会昭然若揭。①

“观念和感情交织而成的一个模式”是由现实的各种关系即由社会文化模式塑造而成的。尤二姐为什么会产生必遭报应的心理原型呢？因为她觉得她“前生淫奔不才，使人家丧伦败行”。这是源于尤二姐的观念的。但这个罪感观念是那个男权社会强加给她的。女性即罪恶的原因、源头、始作俑者，女人是祸水，美女是狐狸精是蛇是妖，是那个男权社会对女性

① ［美］魏伯·司各特：《西方文艺批评的五种模式》，蓝仁哲译，重庆出版社 1983 年版，第 170 页。

的固定认识。本来是男人把女人作为玩物、性工具，但有罪的却是女人。女性是低于男性的第二等性别；女性是被男性压迫的，这种观念根深蒂固、由来已久。致使被玩弄、被蹂躏、被欺凌的女性本身也这样认为自己。在与男性的关系中，尽管她们是受害者，但她们已经失去了从女性角度考虑问题的能力，反而在受到百般虐待之后还对自己施加“败行”的罪责与道德责难。尤二姐正是从那个男权社会的视角把男人的罪恶强加到自己这个女性身上，从而使她产生了必遭报应的心理原型。

社会文化模式除了上面我们说到的男权社会把不道德的名誉强加给被凌辱的女性之外，还有一个与之紧密相关的方面是，女性社会地位的低下，导致女性对男性的依赖。在那样一个封建社会中，男性是社会财富的掌握者和支配者。女性不掌握财富更不能支配财富。由于女性什么也没有，只有自己身体，男人在掌握财富和支配财富的同时，也就掌握了女性的命运和支配女性的权利。

在金陵四大家族中，贾府是一个巍巍赫赫的贵族，贾珍、贾琏、贾蓉则是这个巍巍赫赫贵族中的掌权者。而尤二姐和尤三姐是她们的母亲尤老娘带着投奔宁国府尤氏而来的，即投奔贾珍等而来的。二尤本没有什么生活来源，她们只能依靠贾珍等有权势的男人们。曹雪芹有意给读者写出，二尤是依靠贾珍等来生活的。这种依附于男性的生活必然会给女性带来屈辱与不幸。正是在这种情况下，尤二姐才在姐夫贾珍勾搭下与之成奸的，而贾蓉这个混账魔王，也是倚仗权势与尤二姐不清不白。贾蓉为了在贾琏那里获得金钱居然把自己与父亲的情人介绍给贾琏，实际是等于把尤二姐卖给了贾琏。尤二姐就这样被男人们玩来玩去，成为男人的一个“尤物”。

在与贾珍、贾琏、贾蓉的乱伦关系中，不能说尤二姐没有一点儿责任，她的妹妹尤三姐是作为她的另一种可能来表现的。尤三姐同样漂亮美丽乃至风流，但是尤三姐是刚烈的、纯洁的，有着自己对理想爱情的追求。这就反衬出尤二姐的不贞不洁。然而，尤二姐毕竟不是始作俑者，那种不道德的行径首先是由贾珍、贾琏、贾蓉勾引出来的。在这个方面，曹雪芹有意为读者表现了在男权社会中女性地位的巨大落差。

在尤二姐必遭报应心理原型产生的原因中，王熙凤的残酷迫害是另一种最明显的力量。为了除掉尤二姐这个最有力的竞争对手，王熙凤使出了种种的阴谋诡计：“苦尤娘赚入大观园”，王熙凤非常“贤良”地将尤二姐接入大观园，实际上是将尤二姐软禁在大观园，王熙凤一再吩咐众人“都不许在外走了风声；若老太太、太太知道，我先叫你们死!”（第六十八回）；“好生照看着他。若是走失逃亡，一概和你们算账!”（第六十八回）；同时让尤二姐已退婚了的未婚夫张华状告贾琏“国孝家孝的里头，背旨瞒亲，仗财依势，强逼退亲，停妻再娶。”（第六十八回）；又“借小巧用借刀杀人”，纵容贾赦赏给贾琏的秋桐与尤二姐大闹，来对尤二姐施加种种罪名。王熙凤对尤二姐的阴谋迫害，是来自女性的，但是归根结底还是来自男性的。王熙凤所作所为与其说是为了争宠，倒不如说是为了保住自己正统妻室的位置。为了保住在男人面前的位置，王熙凤的心灵变得是那样的阴险、毒辣与黑暗。

尤二姐既受到男性的蹂躏，又受到王熙凤的摧残迫害，还受到自己来自道德意识的罪恶感的折磨。她先期没有挣脱男性伸向她的罪恶魔爪，那种看不见的文化模式就已经预先宣判了她的死刑。那种文化模式是，男性本着男性的统治权力可以任意蹂躏女性，尤二姐既受到贾珍的蹂躏，又受到贾琏和贾蓉的蹂躏。因为他们是男性，是贾府中权力的代表，也是那个社会权力的象征，所以，他们就有了玩弄女性的特权。他们两代人可以任意地把二姐当作“尤物”把玩于自己的股掌之中。但是，这个社会文化模式的构成还有另外一种道德观念，如果男人出轨糟践了女人，那也不是男人的过错，而一定是女人的罪恶。

正是在女人是祸水、女人必须依附于男人的社会里和来自女人的绞杀，尤二姐才产生了必遭报应的心理原型。尤二姐吞金自尽的直接原因是王熙凤心狠手辣的迫害，而导致尤二姐吞金自尽的是尤二姐的内在原因。曹雪芹通过尤二姐的梦表现了她的心理。尤二姐的心理产生了一种情结，一种原型，就是她必遭报应。而这个必遭报应的心理原型并不单是来自王熙凤心狠手辣的迫害，更是来自当时的社会文化模式。尤二姐的心理原型产生于那个社会关系，即男权社会对女性罪孽的规定，女性除了自己的身体一无所有，她们必须依附于男性，还有虽然看起来是来自女性残酷迫害，实际仍然是来自男性权力的绞杀，这些力量使其必然产生必

遭报应的“由观念和感情交织而成的一个模式”，即一种心理原型，是这种心理原型导致了尤二姐最后的吞金自尽。最终尤二姐是死于那种社会关系。

尤二姐的梦并不长，但是，它标志了曹雪芹创作梦的另外一种方法，一种不同于用神话表现原型的方法：现实产生原型模式，又以这种原型与人物的命运结局相对应。这就使《红楼梦》的悲剧在神话之外有了现实的表现。而这种现实产生原型，与神话充当原型结合在一起，就使《红楼梦》对原型的表现有了更丰富的表现方式。

小红的“相思”梦

小红是《红楼梦》中一个很有象征意味的艺术形象，她原名林红玉，与林黛玉的名字相映成趣，后来为了避宝玉、黛玉的讳被改称小红；她和贾芸之间因“帕”生情，似乎是贾宝玉和林黛玉“赠帕传情”的预演。小红的梦是一个短暂而又富于象征内涵的梦。

小红的梦出现在小说第二十四回，作家这样设计她的梦境：

> 原来这小红本姓林，小名红玉，因“玉”字犯了宝玉黛玉的名，便改唤他做“小红”。原来是府中世仆，他父亲现在收管各处田房事务。这小红年方十四，进府当差，把他派在怡红院中，倒也清幽雅静。不想后来命姊妹及宝玉等进大观园居住，偏生这一所儿，又被宝玉点了。
>
> 这小红虽然是个不谙事体的丫头，因他原有几分容貌，心内便想向上攀高，每每要在宝玉面前现弄现弄。只是宝玉身边一干人都是伶牙俐爪的，那里插的下手去？不想今日才有些消息，又遭秋纹等一场恶话，心内早灰了一半。正没好气，忽然听见老嬷嬷说起贾芸来，不觉心中一动，便闷闷的回房，睡在床上，暗暗思量；翻来复去，自觉没情没趣的。忽听的窗外低低的叫道：“红儿，你的绢子我拾在这里呢。”小红听了，忙走出来看时，不是别人，正是贾芸。小红不觉粉面含羞，问道：“二爷在那里拾着的？”只见那贾芸笑道：“你过来，

我告诉你。”一面说一面就上来拉他的衣裳。那小红臊的转身一跑，却被门槛子绊倒。

小红的梦表面看是愿望满足的梦，梦见贾芸拾到手帕来拉她，这是符合弗洛伊德关于梦的定义的：梦是被压抑愿望的想象满足。小红是一个下等小丫头，但渴望与贵族青年建立爱情并一起生活。小红做这个梦之前有两件事，激发了她的情感愿望：一件事是看见了贾宝玉，并与贾宝玉搭讪；另一件事是见到了贾芸。小红本是贾宝玉怡红院中的一个小丫鬟，“因他原有几分容貌，心内便想向上攀高，每每要在宝玉面前现弄现弄。”恰好，贾宝玉想喝茶，但是身边的大丫鬟都不在，于是小红有了给宝玉倒茶、谈话的机会：“宝玉一面吃茶，一面仔细打量。那丫头穿着几件半新不旧的衣裳，倒是一头黑鸦鸦的好头发，挽着鬟儿，容长脸面，细挑身材，却十分俏丽甜净。”（第二十四回）但是，仅有的这一次交流却受到了贾宝玉身边秋纹和碧痕的指责“二人便都诧异，将水放下，忙进来看时，并没别人，只有宝玉，便心中俱不自在。只得且预备下洗澡之物，待宝玉脱了衣裳，二人便带上门出来，走到那边房内，找着小红，问他：‘方才在屋里做什么？’小红道：‘我何曾在屋里呢？因我的绢子找不着，往后头找去，不想二爷要茶喝，叫姐姐们，一个儿也没有，我赶着进去倒了碗茶，姐姐们就来了。’秋纹兜脸啐了一口道：‘没脸面的下流东西！正经叫你催水去，你说有事，倒叫我们去，你可抢这个巧宗儿！一里一里的，这不上来了吗？难道我们倒跟不上你么？你也拿镜子照照，配递茶递水不配？’碧痕道：‘明儿我说给他们，凡要茶要水拿东西的事，咱们都别动，只叫他去就完了。’秋纹道：‘这么说，还不如我们散了，单让他在这屋里呢！’”（第二十四回）秋纹和碧痕的咒骂、揭露、打击，使得小红特别沮丧。这也使得小红清醒地认识到，贾宝玉是众多丫鬟心中的“二爷”，是“凤凰式的人物”，不是她这样卑微的小丫鬟可以高攀得上的。正是这种情况下，小红梦见了贾芸拾到手帕并来拉她，这就表现了红玉的真实的情感愿望。贾芸虽然没有贾宝玉身份地位那样高贵，但他仍属于“主子”，是高于小红的上层社会的人。小红与贾芸的初次见面时，小红似乎就留意到了他：“那丫头听见，方知是本家的爷们，便不似从前那等回避，下死眼

把贾芸钉了两眼。”（第二十四回）在经历了倒茶事件的打击之后，小红逐渐将心思转移到贾芸身上，并逐渐陷入相思之中——“且说近日宝玉病的时节，贾芸带着家下小厮坐更看守，昼夜在这里；那小红同众丫鬟也在这里守着宝玉：彼此相见日多，渐渐的混熟了。”（第二十六回）小红得知贾芸要来见宝玉，于是两个人有了这样的“邂逅”——“这里小红刚走至蜂腰桥门前，只见那边坠儿引着贾芸来了。那贾芸一面走，一面拿眼把小红一溜；那小红只装着和坠儿说话，也把眼去一溜贾芸：四目恰好相对。小红不觉把脸一红，一扭身往蘅芜院去了。”（第二十六回）。由此可见，两个人已经是彼此有意了。

然而，小红做这个梦贾芸拉她的梦的时候，她还没有和贾芸相恋，由此，我们可以断定小红的这个梦并不是单纯的被压抑愿望的想象性满足，小红的这个梦同《红楼梦》中其他人的梦一样，都是做梦者情感的象征。小红梦见贾芸并非单指现实中的贾芸，而是一个跨越贾芸而具有抽象象征意义的符号，贾芸是贵族青年的象征符号，贾芸送给她手帕，并动手拉她，使她命运改变——一个低等阶级卑微的女子被一个高等贵族男子看上，并与她建立爱情关系，又预示未来美好生活的可能。这是一种心理原型的表现方式，所有卑微女子想改变生活的一种幻想的原型，类似于丑小鸭变成白天鹅的原型心理。

我们认为曹雪芹表现小红这个“相思”梦的重心，在于用这个原型来揭示另一种隐秘的心理原型。小红的这个丑小鸭变成白天鹅的原型，之所以能够激发形成一个愿望满足的梦，其原因在于小红的另一个潜意识原型，那个潜意识原型是十分隐蔽的存在于小红的内心深处，小红梦见贵族青年拾了手帕送她拉她，是被压抑的潜意识愿望的表达。因为她出身低等，地位卑微，无缘接触贵族青年，更遑论与贵族青年谈情说爱。也就是在小红的潜意识愿望中，像她这样的女青年是不可能有那样的爱情的，在小红的内心深处，隐藏着一种潜意识：她这样的女青年是有一种固定的悲剧命运原型模式的。正是这种原型模式的潜意识才导致小红的梦的另一种原型。小红的愿望梦透视出了自己内心隐藏的潜意识原型。

小红梦见她被“门槛”绊了个跟头，就是她内心深处隐藏的潜意识原型象征。“门槛”是一个文化原型，著名宗教学家伊利亚德指出：“门槛就是界限，就是疆界，就是区别出了两个对应的世界的分界线。”① 在这个梦里，“门槛”既象征了小红与贾芸分属两个阶级，她和贾芸恋爱是不可能成功；也象征了两种潜意识原型的对立与冲突：愿望的原型被悲剧命运的原型所制约。小红虽然渴望与贵族青年恋爱与生活，那是她改变命运的渴望，但是她潜意识悲剧命运原型又告诉她那是不可能的，因为她这样地位低下的女子是不可能获得那样的生活的。

那个“门槛”之所以是一个原型，还在于小红对男性的潜意识理解，男性对女性不是始终如一的爱情，而是当作玩物和工具的。男性的不专一必然导致女性悲剧命运，这是小红这个少女的潜意识理解。当小红做了愿望满足的梦的时候，她内心关于女性悲剧命运原型模式仍然在起作用，它似乎在警告小红，她与贾芸的关系最终是一个逃不开的悲剧。正是这种潜意识原型的作用，才导致小红梦见“门槛”绊倒她，因此，那“门槛”又是女性命运的象征。

万儿母亲的梦

在《红楼梦》形形色色的梦文化中，万儿母亲的梦，是一个极其短暂的梦，而且是通过他人之口叙述出来的，但这个短暂的梦也是一个原型模式的梦。这个梦出现在小说第十九回，宝玉的心腹小厮茗烟在和一个女孩幽会的时候，被宝玉撞见，茗烟向宝玉介绍这个叫万儿的女孩时，提到了万儿母亲的梦：

> 他母亲养他的时节，做了一个梦，梦得了一匹锦，上面是五色富贵不断头的“卍”字花样，所以他的名字就叫作万儿。

万儿母亲的梦表面看是一种愿望满足的梦，但实际上却隐藏着一种原型模式的心理内容。

---

① ［罗马尼亚］米尔恰·伊利亚德：《神圣与世俗》，王建光译，华夏出版社 2002 年版，第 4 页。

那种原型是由一匹“锦”和“卍”符号来象征的，“锦”是愿望满足的象征形式。“锦”是五彩的、灿烂的、鲜艳的，它象征的是富贵、幸福、吉祥，而“卍”符号是回环往复、永恒循环的象征，这是一种原型，是在人类史前就出现的普遍象征符号。联系到万儿母亲生万儿做这个梦，就是万儿母亲希望万儿的人生像“锦”一样灿烂、绚烂，又像“卍”一样绵绵不绝、永远延续。

万儿母亲之所以做个愿望满足的梦，那是以她对现实女性人生不如意认识为基础的，或者说是以她对女性人生悲剧认识为前提的。在她看来，女性人生命运是悲剧性的，生活是灰暗的，单色的，没有靓丽色彩可言，即或有些变化，也是暂时的、转瞬即逝的、倏忽即灭的，而单一灰暗的悲剧则是永恒的。也就是说在万儿母亲看来，女性人生是一种悲剧的人生模式，一种不可改变的人生轨迹，一种灰暗暗淡黑暗的人生命运，这对她而言是恐惧的、悲剧的、极力摆脱的人生模式，她渴望女儿改变这种人生命运象征模式，因而，她才做了这个“卍”字不断头象征女儿灿烂、富贵、幸福人生的梦。

曹雪芹的《红楼梦》是一部表现人物心理的书，万儿母亲的梦，表面看来是写愿望满足的梦。但从心理表现的角度看，是表现万儿母亲心理的。曹雪芹以写万儿母亲愿望满足的方法，表现了万儿母亲内心深处的潜意识心理，对女儿悲剧命运的理解。

从表现方法看，它是一种梦的反向象征方法，从愿望相反的方向表现人对命运的潜意识理解。这是曹雪芹表现人物心理的一个重要方法。包括小红的梦，也是这样一种方法。这种女性命运的表现与运用贾宝玉“太虚幻境梦”看见“金陵十二钗簿册”和“红楼梦仙曲十二支”有异曲同工之妙。

第四章　男性人物命运悲剧的梦

贾宝玉的“绛芸轩”梦

《红楼梦》中写到了贾宝玉的多个梦，他的神话原型式的梦，如他的两次“太虚幻境梦”；他的心灵感应梦，如梦到甄宝玉、蒋玉函、金钏等。小说第三十六回还有一个极简短的梦，却具有深邃的象征内涵。这个梦与甄士隐的识通灵梦一脉相承，更与贾宝玉的“太虚幻境梦”遥相呼应。它是贾宝玉人生命运冲突的象征，是贾宝玉人生道路选择的象征，更是贾宝玉婚姻爱情选择的象征。

贾宝玉的这个绛芸轩之梦不是一个突然的偶然的梦，而是有着浓重积淀的梦，或者说这是一个日积月累的潜藏于宝玉心灵深处的梦，是贾宝玉内心情感愿望的梦，是贾宝玉内心恐惧的梦。

《红楼梦》一开篇就写到了“甄士隐梦幻识通灵”，作家借助这个梦向读者交代了现实中贾宝玉与林黛玉至真至圣爱情的缘起。甄士隐的“木石前盟梦”，阐明了神瑛侍者与绛珠仙子的神界恋情，这是现实中贾宝玉与林黛玉的纯粹爱情的神话原型；在这个神话式的梦之后，作家创造了“金玉良缘”的隐性神话：贾宝玉衔玉而生，薛宝钗一直佩戴着那个沉甸甸的金锁，这是将人们传统观念中的“金玉良缘”形象化、符号化。自此之后，“金玉良缘”与“木石前盟”的对立冲突，一直贯穿在贾宝玉的现实人生之中。

在小说第五回，作家用“终身误”曲子来象征宝、黛、钗三人的“终身误”式的爱情婚姻悲剧。在“都”与“俺”的对立中，显示了贾宝玉的

执着，贾宝玉一直坚守的是与黛玉的“木石前盟”，他不惜以一己之力反抗社会的共识。因此，即使是与薛宝钗在一起的时候，宝玉内心深处念念不忘的始终是那个“世外仙姝”林黛玉。这个“终身误”的曲子是贾宝玉与林黛玉、薛宝钗之间的情感悲剧原型的象征。宝、黛、钗三人一直在金玉木石中纠缠、纠葛。

“贾宝玉奇缘识金锁　薛宝钗巧合认通灵”这是对“终身误”仙曲的延续，贾宝玉与薛宝钗不仅外在饰物相匹相配，而且他们都带着神话的宿命的寓言：莫失莫忘，仙寿恒昌——不离不弃，芳龄永继。有着这样寓言的宝钗的金和宝玉的玉就是天作之合，宝钗与宝玉这对金童玉女也是世人羡慕的神仙眷侣，应该恩爱甜蜜携手共度一生的。但这只是世俗的意愿，在宝玉的内心深处，始终魂牵梦萦的是那个“草木人”林黛玉。宝玉与黛玉如胶似漆、两小无猜、青梅竹马、难舍难分。

宝玉和黛玉经历了彼此的试探、猜疑、折磨之后，在那个烈日炎炎的午后，宝玉以“你放心”向黛玉许下了承诺，意味着宝黛的定情。宝黛二人定情之后，宝玉“不肖种种大承笞楚”，这可能就是现实生活对宝玉情感选择的一种象征性答复，是宝玉人生选择的一种象征性回复，也许其背后，就隐喻着现实社会对宝玉情感道路、人生道路选择的一种惩罚。

正是在这重重积淀之后，作家写了宝玉做这个颇具象征意味的梦：

> 宝钗独自行来，顺路进了怡红院，意欲寻宝玉去说话儿，以解午倦。不想步入院中，鸦雀无闻，一并连两只仙鹤在芭蕉下都睡着了。宝钗便顺着游廊，来至房中，只见外间床上横三竖四，都是丫头们睡觉。转过十锦槅子，来至宝玉的房内，宝玉在床上睡着了，袭人坐在身旁，手里做针线，旁边放着一柄白犀麈。
>
> ……
>
> 一面就瞧他手里的针线。原来是个白绫红里的兜肚，上面扎着鸳鸯戏莲的花样，红莲绿叶，五色鸳鸯。宝钗道：“嗳哟！好鲜亮活计！这是谁的，也值的费这么大工夫？”袭人向床上努嘴儿。宝钗笑道：“这么大了，还带这个？”袭人笑道：“他原是不带，所以特特的做的好了，叫他看见，由不得不带。如今天热，睡觉都不留神，哄他带上

了，就是夜里纵盖不严些儿，也就罢了。——你说这一个就用了工夫，还没看见他身上现带的那一个呢！”宝钗笑道：“也亏你耐烦！”袭人道：“今儿做的工夫大了，脖子低的怪酸的。”又笑道：“好姑娘，你略坐一坐，我出去走走就来。”说着，就走了。

宝钗只顾看着活计，便不留心，一蹲身，刚刚的也坐在袭人方才坐的所在，因又见那活计实在可爱，不由的拿起针来，替他代作。

……

这里宝钗只刚做了两三个花瓣，忽见宝玉在梦中喊骂，说：“和尚道士的话如何信得？什么‘金玉姻缘’？我偏说‘木石姻缘’！”

宝钗听了这话，不觉怔了。

宝玉躺在床上睡午觉，宝钗坐在床边做针线，这是典型的“闺乐图”。首先，宝钗此时绣的是鸳鸯戏莲的肚兜，鸳鸯在中国传统文化中是爱情的象征，鸳鸯戏莲本是夫妻和美的象征。博学多智的宝钗，对此象征意蕴不可能不知道的，但她却只觉得这个活计“鲜亮”，而没有顾及其他。这说明，这个鸳鸯戏莲的生活图景一直是宝钗内心深处最渴望、最隐秘的情感，而今这个肚兜激活了她内心深处的潜意识愿望，所以她的眼中，只有这“鲜亮活计”，而忘记了其他。其次，这个肚兜是绣给贾宝玉的，这就非常令人琢磨耐人寻味了。袭人给宝玉绣肚兜，是她应尽的义务：一则袭人是贾宝玉身边的丫环，丫环给主人绣东西，是她们的任务；二则，袭人已经是宝玉的女人：贾宝玉在他的“太虚幻境梦”之后，“宝玉亦素喜袭人柔媚姣俏，遂强拉袭人同领警幻所训之事。袭人自知贾母曾将他给了宝玉，也无可推托的，扭捏了半日，无奈何，只得和宝玉温存了一番。自此宝玉视袭人更自不同，袭人待宝玉也越发尽职了。”（第六回）；王夫人指示王熙凤：“把我每月的月例二十两银子里，拿出二两银子一吊钱来，给袭人去。以后凡事有赵姨娘周姨娘的，也有袭人的”（第三十六回），袭人已然是宝玉的准姨娘，为宝玉绣肚兜是天经地义的。而宝钗则是一个未出阁的刚刚及笄的少女，她为宝玉绣肚兜是于理不合的。但是，严谨守礼的宝钗，恰恰忘记了这礼教大妨。由此，可以窥见宝钗内心深处并不像她理智上的认识那样：“总远着宝玉”。她对宝玉有着莫名的好感与爱，也许，

这种爱，宝钗还没有意识到，但是她为宝玉绣鸳鸯戏莲的肚兜，就将她深深掩藏的对宝玉的绵绵情意暴露了出来。

而作家，恰于此时，写到了宝玉的梦语“和尚道士的话如何信得？什么‘金玉姻缘’？我偏说‘木石姻缘’！”宝钗听了这话，不觉怔了。宝玉的梦语惊醒了宝钗的幻梦——心上人在床上睡觉，她坐在旁边做着自己喜欢的女红——这种夫妻和美的闺乐幻梦，所以她不觉“怔”了，这个梦提醒宝钗，即使在睡梦中，在宝玉的潜意识中，他念念不忘的是那“木石姻缘”，是那个一举一动左右他视线的林黛玉，而不是坐在他身边的自己。这个梦对于宝钗而言，可能既是真实的，更是残酷的。

贾宝玉对薛宝钗可能没有明确的爱意，他尊宝钗为“一字师”，不喜宝钗对自己的劝谏，认为宝钗也属于“禄蠹”之流；宝玉始终倾心于那个从来不说混账话的黛玉，渴望能够与那个和他一起读西厢、葬花、作诗、猜灯谜、做游戏、讲笑话的黛玉有情人终成眷属。当听说林妹妹要回苏州的戏言之后，宝玉立刻变得痴痴傻傻；他一再向黛玉许诺：“你死了，我做和尚去”，这固然是宝玉为了让黛玉放心、交心的行为。但从另一方面，也说明了“金玉良缘”给宝玉的沉重压力、压抑。梦中都不能得到暂缓，还在担心和尚道士的预言。这种担忧，最终变成了沉重的现实：“布疑阵宝玉妄谈禅”，尽管宝玉一再向黛玉承诺“任凭弱水三千，我只取一瓢饮”，但最终宝玉还是娶了宝钗，即使这是王熙凤等人施的“掉包计”，也无法改变宝玉背弃了与黛玉之间的誓言的事实。宝玉梦中的恐惧，变成了让人难以接受难以承受的现实。

宝玉的“绛芸轩”梦，是宝玉在“金玉良缘”与“木石前盟”重重冲突中的艰难选择，宝玉以微弱的血肉之躯反抗社会强权，最终只能以悲剧收场。

宝玉的这个梦，既说明宝玉对“木石前盟”的坚守，即使睡梦，也不忘自己的初心。同时，这个梦也预示着，“金玉良缘”给宝玉的沉重压力，即使在睡梦中，也在缠绕着他。

贾宝玉的“心灵感应”梦

《红楼梦》中，最重要的梦有两类，一类是神话式的梦，比如甄士隐的“石头记”神话梦、贾宝玉的“太虚幻境梦”（两次）等；另一类是“心灵感应”梦，如贾宝玉梦见秦可卿、晴雯死去、王熙凤的秦可卿嘱托梦、贾母的元妃娘娘死去梦、袭人的贾宝玉做了和尚的梦等。就重要性来说，“心灵感应”梦是仅次于神话原型梦，就数量来说，“心灵感应”梦在《红楼梦》中占有绝对多数的位置。

著名心理学家荣格指出“心灵感应是指没有通过人的感性知觉而进行的人与人之间的交流”①。“心灵感应属于超心理学的范围，现代超心理学研究认为，心灵感应有两层意思，一种是预言性的心灵感应，即做了梦，在后来的某时某地竟发现一种现实景象跟该梦中出现的景象一模一样，这种现实景象就是预言性的心灵感应；另一种就是在时间上梦中的景象与现实某处发生的景象完全吻合的心灵感应。”② 所谓“心灵感应”梦就是发生在乙身上的事情，被甲做梦梦到了；或者，甲梦到乙的故事，在随后的现实中就发生在了乙身上，梦到的事情与实际发生的事情相吻合了，因而具有浓重的神秘性。由于这种梦是由心灵感应而发生的，因而被称为心灵感应梦。但是，“心灵感应”梦是怎样发生的呢？过去的观念是“神谕”的结果，或者是已故先人灵魂托梦形成的。而对于文学作品中的这类描写，大多也从这个角度来认识，或者认为是作家故弄玄虚的神秘性创造。关于《红楼梦》的心灵感应梦，可能正是由于对这种“心灵感应”梦观念的作用——认为是迷信之说，因而《红楼梦》研究是比较忽略的。或者也可能是《红楼梦》研究一个相当重要的忽略。

贾宝玉等人的“心灵感应”梦是《红楼梦》中非常重要的内容。说它非常重要，因为它是《红楼梦》整体结构和整体主题的重要组成部分。如果说《红楼梦》的一个大的结构是先创造诸种神话原型，然后是现实对神话原型的重复，那么，《红楼梦》的“心灵感应”梦则是建立在这两者即现实对神话原型的重复基础上的。“石头记”神话象征的人被异化与永恒回归的原型、“金陵十二钗簿册”象征女性悲剧命运的原型，是被贾宝玉所深刻感受到的集体无意识，他在现实中深深地体味到了女性悲剧命运是

① 杨韶刚：《精神追求　神秘的荣格》，黑龙江人民出版社 2002 年版，第 88 页。

② 刘凯主编：《心理学全书》第 5 册，图文珍藏版，线装书局 2016 年版，第 2129 页。

对他“太虚幻境梦”（原型）的重复，他的“太虚幻境梦”正是集体无意识原型的投射。正是这种现实重复原型思想认识，使贾宝玉做了心灵感应梦。贾宝玉的“心灵感应”梦看去是神乎其神的，具有怪异荒诞的色彩，实际上是贾宝玉潜意识的心理活动。贾宝玉之所以能够在秦可卿死去的时候梦见秦可卿，在晴雯死去的时候梦见晴雯，在林黛玉死去的时候梦见黛玉，那是因为贾宝玉在“太虚幻境梦”中梦见她们悲剧命运原型的缘故。是“太虚幻境梦”中秦可卿、晴雯和黛玉悲剧命运原型作用于贾宝玉，因而，当看见现实中秦可卿、晴雯和黛玉的遭遇，贾宝玉潜意识中关于秦可卿、晴雯和黛玉命运的原型就被激活了，她们由原型而发生的死亡命运就在贾宝玉的梦中以意象化的方式表现出来了。贾宝玉的“心灵感应”梦是贾宝玉在神话原型之梦作用下产生的奇异现象。其他人虽然没有像贾宝玉那样先有一个“太虚幻境梦”的原型之梦，但是，现实重复原型作为一种集体无意识，同样是深深植根于他们内心之中的。因而，他们同样是用集体无意识原型来感受现实的，当现实重复了他们内心的原型，就激发了他们心灵感应梦。

贾宝玉等人的“心灵感应”梦，深刻地表现了曹雪芹在“太虚幻境梦”即神话原型之梦与心理感应之梦内的在心理联系。只有更清楚地认识这种内在的心理联系，我们才能一方面更深刻地理解贾宝玉的精神世界，另一方面更深刻地理解曹雪芹创作的深刻之处。

一　贾宝玉三个“心灵感应”梦

贾宝玉的第一个“心灵感应”梦在小说第十三回，贾宝玉梦见秦可卿死了。其原文是这样的：

> 宝玉因近日林黛玉回去，剩得自己落单，也不和人玩耍，每到晚间，便索然睡了。如今从梦中听见说秦氏死了，连忙翻身爬起来，只觉心中似戳了一刀的，不觉的“哇”的一声，直喷出一口血来。袭人等慌慌忙忙上来扶着，问：“是怎么样的？”又要回贾母去请大夫。宝玉道：“不用忙，不相干。这是急火攻心，血不归经。”说着便爬起

来，要衣服换了，来见贾母，即时要过去。

这个梦的特征不是十分明显，既没有做梦的描写，又没有梦意象表现，还没有梦醒的交代，使许多读者不以为是梦。特别是联系上文，“只听二门上传出云板，连叩四下，正是丧音，将凤姐惊醒，人回：‘东府蓉大奶奶没了’。凤姐吓了一身冷汗，出了一回神，只得忙穿衣服往王夫人处来”(第十三回)。王熙凤是正在做梦时，听到秦可卿死去的云板和有人来报，就使读者非常容易误认为，贾宝玉也是在做梦时听到了有人来报秦可卿的死讯。但贾宝玉不是这样听到秦可卿的死讯的，而是这样写的：“如今从梦中听见说秦氏死了，连忙翻身爬起来……”这是表现贾宝玉做梦时梦到秦可卿死了。

贾宝玉梦见秦可卿死了，是《红楼梦》中最短的梦。但这个最短的梦却有着非同寻常的意义。贾宝玉可以梦见这个人死去，也可能梦见那个人死去，但问题是，正是贾宝玉梦见秦可卿死去的时候，秦可卿真的死去了。或者也可以这样说，秦可卿死去的时候，贾宝玉梦见了秦可卿的死去。

类似梦见秦可卿死去的梦，贾宝玉还梦见了晴雯死去。那是在小说第七十七回，贾宝玉在枕上长吁短叹，复去翻来睡不着，叫晴雯来倒茶，其时晴雯已经被赶出大观园，睡在他身边的人是袭人，袭人倒了茶来，宝玉乃叹道：“我近来叫惯了他，却忘了是你。”紧接着便做了晴雯死去的梦：

> 说着，大家又睡下。宝玉又翻转了一个更次，至五更方睡去时，只见晴雯从外走来，仍是往日形景，进来向宝玉道：“你们好生过罢。我从此就别过了！”说毕，翻身就走。宝玉忙叫时，又将袭人叫醒。袭人还只当他惯了口乱叫，却见宝玉哭了，说道：“晴雯死了！”袭人笑道：“这是那里的话？叫人听着，什么意思？”宝玉那里肯听？恨不得一时亮了就遣人去问信。(第七十七回)

后来袭人打发宋妈去问，晴雯果然死了。

这个梦见晴雯死去的梦，比梦见秦可卿死去的梦描写得更详细，有贾

宝玉做梦的描写，有梦中出现晴雯来别，有梦醒之后打发人去问，有晴雯死去的交代。这就比梦见秦可卿死去的梦更清楚。（在晴雯死去的梦的比较下，秦可卿死去的梦是更省略、更凝缩的梦。但也正是在晴雯死去梦的比照下，说明了贾宝玉“如今从梦中听见说秦氏死了”的的确确是一个梦）。从梦文化传统观念来看，这是“心理感应梦”，是贾宝玉心灵感应到了晴雯的死去，因而才产生了晴雯死前来告别的梦意象。

与梦见秦可卿死去、晴雯死去的心灵感应的梦相类似的，还有贾宝玉与林黛玉心灵感应的梦。宝玉成婚后，对贾母说“我昨日晚上看见林妹妹来了，他说要回南去。我想没人留得住他，还得老太太给我留一留他”（第九十八回）。这里没有清晰的表示这是宝玉的梦，但从宝玉与贾母的对话中判断，这是宝玉梦了黛玉“要回南去”，黛玉本是姑苏人士，她的“回南”就是她“死去”的隐语。而在宝玉模糊的话语中，那不是贾宝玉感应到了林黛玉死去，而是感应到了林黛玉的心灵。

二　源于原型的“心灵感应”

“心灵感应”是人类心理活动的一种典型现象。著名的二十四孝之一的“啮指痛心”就是典型的心灵感应故事：“周曾参，字子舆，事母至孝。参尝采薪山中，家有客至。母无措，望参不还，乃啮其指。参忽心痛，负薪以归，跪问其故。母曰：‘有急客至，吾啮指以悟汝尔’。”① 这样的心灵感应现象在古今中外都曾存在过。

心灵感应是一种心理活动，但这种活动是以潜意识为基础的。而潜意识的基础就是原型，因而，心灵感应实际上是以原型为指导的。心灵感应的神秘性就在于，潜意识的原型是以一种秘密的方式，即心灵感应的人并不知道是潜意识原型在指导他的心理在活动。荣格非常深刻地揭示了潜意识活动的秘密，荣格说潜意识会“替你思考，替你感受”，就是指原型在梦中的自主活动。由于潜意识是根据原型来活动即替你思考、替你感受的，又由于原型是一种历史先例、一种历史范型、一种原始意象，而现实

① 见心居士编著：《二十四孝暨女子二十四孝图传汇编》，海豚出版社 2012 年版，第 6 页。

也是按照历史先例、历史范型和原型意象发展的，因而，当做梦者在梦中做出感应梦的时候，它就必然与实际发生的事情相吻合了。“心灵感应”梦的秘密在于，现实和梦都是被历史先例、范型和原始意象所规定的。历史先例和范型是“心灵感应”梦的总导演，正是这种历史先例和范型对现实和梦的双重规定性，才导演了“心灵感应”梦的实际发生。

贾宝玉之所以既能在秦可卿死了的时候，梦见了秦可卿的死；在晴雯死了的时候，梦见了晴雯的死；在林黛玉死了的时候，梦见了林黛玉“回南”，就在于贾宝玉内心中存在的秦可卿、晴雯和林黛玉几种人悲剧命运的原型。贾宝玉梦见秦可卿死去、晴雯死去，梦见林黛玉“回南”等，是贾宝玉的“心理事件”。贾宝玉梦的“心理事件”是以贾宝玉“太虚幻境梦”的原型为模式的，“太虚幻境梦”秦可卿等人的原型形式就成为贾宝玉感受秦可卿、晴雯和林黛玉命运的“‘心理事件’的潜意识部分”①。

贾宝玉梦见秦可卿等人的死去，是贾宝玉的潜意识中原型的显现。一方面，原型的历史先例和范型被贾宝玉梦见了，另一方面，这个历史先例和范型又决定着现实的发展，——秦可卿、晴雯和林黛玉的现实人生重复着历史的先例和范型。另外，贾宝玉梦见了现实是对他的“太虚幻境梦”梦见原型的重复。由于他的“太虚幻境梦”梦见的是历史先例和范型，因而，他梦见秦可卿对他“太虚幻境梦”形式的重复实际上就是对历史先例和范型的重复。贾宝玉梦见秦可卿等人的死去，是极为深刻地联系着贾宝玉的“太虚幻境梦”的。秦可卿等人的悲剧命运是被历史先例和范型决定的。

贾宝玉“心灵感应”梦，一个最重要的原因是不能忽视的，那就是秦可卿等人的现实命运状况对贾宝玉心理原型的“激活”作用。晴雯因莫须有的罪名被逐出大观园，心灵和身体受到最强烈的打击，走到生命的尽头，是被贾宝玉所最真切地看到和体味到的，他曾偷偷地去看晴雯，在晴雯弥留之际互诉衷肠。由于他与林黛玉的灵魂相通，林黛玉所有的一切，贾宝玉不用看是都可以真真切切地感受到的。当这三个人的人生命运重复

---

① ［瑞士］卡尔·古斯塔夫·荣格：《象征生活》，储昭华、王世鹏译，国际文化出版公司2011年版，第146页。

着贾宝玉“太虚幻境梦”梦见的原型的时候，贾宝玉内心中的原型也就被激活了。他不是在意识层面来感受这一切的，而是他的潜意识替他感受到了这一切。贾宝玉的梦是他潜意识活动的意象化表现；贾宝玉的潜意识又是以意象化的形式表现自身的；贾宝玉梦的意象化形式就是原型的形式。当秦可卿、晴雯和林黛玉的命运重复着贾宝玉“太虚幻境梦”原型形式的时候，贾宝玉潜意识就开始了梦意象的创造，秦可卿死去、晴雯死去和林黛玉“回南”等也就与真实发生的秦可卿、晴雯死去，林黛玉的“回南”等十分吻合了。

三　“心灵感应”梦是对先例和范型的重演

贾宝玉的心灵感应实际就是贾宝玉内心原型的感应。由于现实是对历史先例和范型的重复，因而，当现实重演了历史先例和范型的时候，就激活了贾宝玉内心中的原型，这个原型就创造一种对历史先例和范型重复的形式，这种对历史先例和范型重复形式的梦与现实对历史范型重复两相重合，“心灵感应”梦就出现了。“心灵感应”梦的神秘性就在于心灵原型对现实和历史的原型的双重重复之中。

在贾宝玉“心灵感应”梦里，表现着两种秘密：一种是心灵的秘密，另一种是现实的秘密。贾宝玉心灵的全部秘密都隐藏在他的几个梦里：“太虚幻境梦”（两个）、梦见甄宝玉的梦、梦见秦可卿等人死去的梦。贾宝玉虽然衔玉而生，但是他带着石头的原始本性想要在现实中追求最率真、最本性、最诗意的生活，但现实非要把他“异化”了不可。贾宝玉梦见甄宝玉，就是梦见了自己的另一种人生可能，另一种人生原型。在“太虚幻境梦”里，他看见的“金陵十二钗簿册”和听到的“红楼梦仙曲十二支”，其实就是看到的女性悲剧命运原型。在贾宝玉心灵中，便形成了多种原型的矛盾冲突：“石头记”神话作为一种原型，是深深植根于贾宝玉心灵最深处的思想精神，但是在现实中这种原型却遭到“甄宝玉”所象征的另一种人生道路的挑战，在贾宝玉的心灵中便形成了真假宝玉的矛盾冲突。这种冲突是时时处处表现在贾宝玉灵魂深处的矛盾冲突。而另一种矛盾冲突就是作为“太虚幻境梦”看见的女性悲剧命运原型，与现实女性命运对这一原型悲剧命运抗争，这种矛盾与抗争既是作为现实对原型的重复而显示出来，又作为贾宝玉的梦感悟到的现实对历史重复的内容。贾宝玉的“太虚幻境梦”，他梦见的是神话原型，从而使女性悲剧命运的原型深深地烙印在贾宝玉的心灵之中。而他又梦见秦可卿死去、晴雯死去、林黛玉“回南”等，实际是他感到现实对他原型之梦的重复所引起的潜意识活动。贾宝玉的“心灵感应”梦是与他的原型之梦紧密相连的，是神话原型之梦在现实的激发下形成的对原型感应之梦。这是贾宝玉心灵深处的秘密。但贾宝玉心灵深处的秘密是紧紧地依靠现实的，因为现实重复了他“太虚幻境梦”的原型，这种重复是被他深深地感受到了的，因而，他才做了多种“心灵感应”梦。

贾宝玉“心灵感应”梦的另一个秘密是对现实的揭示。如前所述，贾宝玉的“心灵感应”梦是被他的原型之梦（太虚幻境梦）所决定的，是原型之梦被现实激活而形成新的形式，产生了心灵感应的神秘现象。贾宝玉这种“心灵感应”梦并非仅仅是对贾宝玉心灵的揭示，还是对现实的深刻揭示，或者说，更主要是对现实秘密的深刻揭示。贾宝玉“心灵感应”梦表现了秦可卿等人对“太虚幻境”神话原型的重复就等于表现了现实对历史的重复。而贾宝玉这个“心灵感应”梦的主题正是整部《红楼梦》表现的主题：人的悲剧命运是被历史所规定和决定的。这个悲剧的主题是一个绝对的悲剧主题，因为现实是不能改变历史的，历史是过去时，因而，现实被历史的规定变成为永恒的规律。悲剧便成为永恒的悲剧。贾宝玉的心灵感应梦，梦到的最本质内容便是这种内容。这给贾宝玉的心灵带来了人生的虚无感和悲剧的绝对感。这种悲剧的绝对性和人生的虚无性，连同贾宝玉石头本性即人生理想在现实中的被毁灭，都使贾宝玉感到了现实人生的无价值、无意义，他就只能重返大荒山无稽崖青埂峰了。

贾宝玉“心灵感应”梦是与他的“太虚幻境梦”紧密相连的。正是这两种梦的深刻内在联系，才表现出曹雪芹对人的内心世界的深刻发掘，对意识到的历史内容的深刻发掘。这两种梦的紧密相连性更深刻地体现了曹雪芹对贾宝玉潜意识心理的表现。曹雪芹对贾宝玉潜意识原型的描写，与荣格对原型的揭示，具有异曲同工之妙。荣格在阐释人对原型形式的感悟时指出，人的潜意识会达到完全不能被意识到的终极核心——原型观念

区："原型观念的这种带有假定性的内容，以各种意象的形式出现，这些意象只有通过与其历史类似物相比较才能够被理解。如果你无法辨认出某种历史素材，未能掌握这些类似物，那你就不能把这些内容转变成有意识的，而这些内容仍会继续被投射。集体潜意识的这些内容不迁就任何随心所欲的意向，也不受意志的掌控。实际上，它们运作起来就好像并不是存在于你自身之中一样——你会在你的邻居，而不是你自己的身上看到它们。当集体潜意识的内容变得活跃起来，我们就会转而在我们的同伴身上意识到某种东西。"① 在曹雪芹对贾宝玉"心灵感应"梦的描写中，是深深地体现着荣格所揭示的潜意识的秘密的。

贾宝玉的"失相知"梦

《红楼梦》中贾宝玉的梦最多也最主要。第五回有贾宝玉的"太虚幻境梦"，那是《红楼梦》最长的梦，还有第一百十六回，贾宝玉的第二次"太虚幻境梦"。在这两个神话式的梦之外，曹雪芹还写到了表现贾宝玉内心情感的梦（区别于表现人生道路的梦）。其中，最典型的是第五十六回，贾宝玉梦见了甄宝玉。

贾宝玉梦见了甄宝玉，表现了贾宝玉内心深处的孤独，他是想寻找他的"同类"，希望能够找到像他"一样性情"的人，但是，他的梦告诉他，甄宝玉并不是他寻找的那个"同类"，甄宝玉也不是他寻找的像他"一样性情"的人。贾宝玉梦见甄宝玉，但是甄宝玉却在贾政唤醒宝玉的过程中走掉了，这表现了贾宝玉并没有寻找到他的"同类"，这也成为一个原型。在后来的"证同类失相知"（第一百十五回）中，贾宝玉验证了甄宝玉并不是他的"同类"，他失去了"相知"。而这个证同类失相知的情节恰恰是对应贾宝玉梦见甄宝玉的梦，这个梦就可以概括为贾宝玉失相知的原型之梦。

贾宝玉梦见甄宝玉是表现贾宝玉内心世界的重要内容，也是表现贾宝

---

① ［瑞士］卡尔·古斯塔夫·荣格：《象征生活》，储昭华、王世鹏译，国际文化出版公司2011年版，第38页。

玉心路历程与人生历程的重要方面。梦见甄宝玉的梦与后面“证同类失相知”等情节结构在一起，深刻地表现了贾宝玉在贾府中的精神孤独。

一　梦见甄宝玉的精神需要

贾宝玉梦见甄宝玉，是因为江南甄府里的家眷到京进宫朝贺，先遣人到贾府送礼请安，来的四个女人与贾母交谈，谈到甄家也有一个跟着老太太的哥儿，“自幼淘气异常，天天逃学，老爷太太也不便十分管教。”贾母笑道“也不成了我们家的了？”对方告诉贾母，那个哥儿叫“宝玉”。大家都感到惊奇。那个四个婆子见了贾宝玉，都惊异与他们甄府上的宝玉一模一样。贾宝玉以为那是那四个婆子承悦贾母之词，并不认真，去园中看湘云病去，湘云说他：“你放心闹罢。先还‘单丝不成线，独树不成林’，如今有了个对子了，闹利害了，再打急了，你好逃到南京找那个去。”（第五十六回）贾宝玉认为相貌和名字都相同是不可能的。正是在这种情况下，贾宝玉睡觉做了一个梦见甄宝玉的梦：

> 宝玉心中便又疑惑起来：“若说必无？——也似必有；若说必有？——又并无目睹。”心中闷闷，回至房中榻上，默默盘算，不觉昏昏睡去，竟到一座花园之内。宝玉咤异道：“除了我们大观园，竟又有这一个园子？”正疑惑间，忽然那边来了几个女孩儿，都是丫鬟，宝玉又咤异道：“除了鸳鸯、袭人、平儿之外，也竟还有这一干人？”只见那些丫鬟笑道：“宝玉怎么跑到这里来？”宝玉只当是说他，忙来陪笑说道：“因我偶步到此，不知是那位世交的花园？姐姐们带我逛逛。”众丫鬟都笑道：“原来不是咱们家的宝玉！他生的也还干净，嘴儿也倒乖觉。”
>
> 宝玉听了，忙道：“姐姐们这里，也竟还有个宝玉？”丫鬟们忙道：“‘宝玉’二字，我们家是奉老太太、太太之命，为保佑他延年消灾，我们叫他，他听见喜欢；你是那里远方来的小厮，也乱叫起来！仔细你的臭肉，不打烂了你的！”又一个丫鬟笑道：“咱们快走罢，别叫宝玉看见。”又说：“同这臭小子说了话，把咱们熏臭了。”说着一

径去了。

宝玉纳闷道："从来没有人如此荼毒我，他们如何竟这样的？莫不真也有我这样一个人不成？"一面想，一面顺步早到了一所院内。宝玉咤异道："除了怡红院，也竟还有这么一个院落？"忽上了台阶，进入屋内，只见榻上有一个人卧着，那边有几个女儿做针线，或有嬉笑玩耍的。只见榻上那个少年叹了一声，一个丫鬟笑问道："宝玉，你不睡，又叹什么？想必为你妹妹病了，你又胡愁乱恨呢。"

宝玉听说，心下也便吃惊，只见榻上少年说道："我听见老太太说，'长安'都中也有个宝玉，和我一样的性情，我只不信。我才做了一个梦，竟梦中到了都中一个大花园子里头，遇见几个姐姐，都叫我臭小厮，不理我。好容易找到他房里，偏他睡觉，空有皮囊，真性不知往那里去了！"

宝玉听说。忙说道："我因找宝玉来到这里，原来你就是宝玉？"榻上的忙下来拉住，笑道："原来你就是宝玉！这可不是梦里了？"宝玉道："这如何是梦？真而又真的！"

一语未了，只见人来说："老爷叫宝玉。"吓得二人皆慌了，一个宝玉就走。一个便忙叫："宝玉快回来！宝玉快回来！"

袭人在旁听他梦中自唤，忙推醒他，笑问道："宝玉在那里？"此时宝玉虽醒，神意尚自恍惚，因向门外指说："才去不远。"袭人笑道："那是你梦迷了。你揉眼细瞧，是镜子里照的你的影儿。"

宝玉向前瞧了一瞧，原是那嵌的大镜对面相照，自己也笑了。

（第五十六回）

贾宝玉是在知道有一个名字和相貌都与他一样的前提下，做了一个梦见甄宝玉的梦。同样名字和相貌的宝玉变成了他梦见甄宝玉的心理触发。这个心理触发显示了贾宝玉的内心世界，他要寻找一个"同类"，一个像他一样的性情的人，这就是贾宝玉内心深处的潜意识。因为，他在贾府太孤独了，真的有"单丝不成线，独树不成林"的感觉。这最明显地表现在他对男人的认识上，他认为"男子是泥做的骨肉，见了男子便觉浊臭逼人"（第二回）；他在"抓周"时所抓的"脂粉钗环"就象征了他的思想、精神、趣味，以及他对仕途经济拒绝的态度，贾宝玉这样一种不走仕途经济正路，只和女孩儿“厮混”的人都表示了他在现实生活中是一个“另类”。而这些都与他的神话学出身息息相关——曹雪芹是有意写到贾宝玉行为与石头出身相关联的。贾宝玉的性格是源于石头的性格，是一种初始的、本真的、淳朴的、自由的、诗性的，没有被社会所污染、玷污、异化的，还没有成为世俗的人，还没有被“异化”。因而，他渴望生活中有他的“同类”，有和他一样性情的人，这正是贾宝玉的潜意识。四个女人说他们甄府也有一个同名同貌的宝玉，特别是湘云说的“单丝不成线，独树不成林”的话，牵动了他的潜意识，就使他做了一个寻找“同类”人的梦。

这个寻找“同类”人的梦，首先是以与他环境和周围人的一样，名字也一样的形式表现出来的，就连在榻上卧着旁边有几个女孩儿做针线，又有几个玩耍也是一样的；甚至，连自己因为妹妹生病而叹气也是一模一样的。这些意象其实是贾宝玉内心想寻找同类人的象征，寻找同类人的潜意识以与他自己的一模一样的生活形式来表现了。

但是，贾宝玉寻找的同类人，不仅是同名、同貌，最重要的还要“同类”即同性情。这才是这个寻找同类人梦的最核心的内容。但它不是以贾宝玉寻找同性情人的方式，而是以甄宝玉寻找同性情的方式表现出来的。贾宝玉梦见了甄宝玉寻找同类人。

贾宝玉在梦里是把自己寻找“和我一样的性情”“真性情”的人以甄宝玉寻找的方式来表现了。这是梦的典型置换方式：做梦者的思想愿望不是以自己而是以其他人来表现。

因为看到了同自己性情一样的“同类”人——不只是同名同貌，所以两个宝玉都异常得兴奋，当听到老爷叫“宝玉”的时候，“一个宝玉就走，一个便忙叫”，这就表明，那个卧在榻上的甄宝玉已经走了。根据梦中的一切都是做梦者思想情感象征的观念，甄宝玉走了，就是贾宝玉寻找“同类”——“和我一样的性情”“真性”的人而不得的象征。

这样看来，贾宝玉梦见甄宝玉这个梦，由两部分构成：一部分是寻找到了同名同貌的宝玉，另一部分是那个宝玉走了，“和我一样性情”的人并没有寻找到。贾宝玉梦见甄宝玉的梦，其实是一个寻找同类人而不得的梦。

寻找同类人而不得的梦，极为巧妙地表现了贾宝玉内心深处的渴望，

也极为巧妙地表现了贾宝玉内心的孤独。曹雪芹用贾宝玉梦见甄宝玉的方式，深刻地描写了贾宝玉的精神世界。

二　“证同类宝玉失相知”对梦的重复

贾宝玉梦见甄宝玉是贾宝玉心路历程整体的一部分，因而，必须联系贾宝玉整体思想性格和精神状态来看这个梦。也就说，这个梦的意义只有在贾宝玉思想行为的参照中才能得到更深刻的认识。联系到贾宝玉与甄宝玉见面情节，我们就会发现，贾宝玉梦见甄宝玉构成了贾宝玉与甄宝玉后来的原型，而贾宝玉与甄宝玉的关系正是对贾宝玉梦见甄宝玉象征性的具体化重复。

贾宝玉梦见甄宝玉是在第五十六回，而贾宝玉与甄宝玉真正的见面却是在第一百十五回，也就是贾宝玉人生快要结束的时候。在贾宝玉梦见甄宝玉和见到甄宝玉隔着这么长的时间是有深意的。这种深意在贾宝玉与甄宝玉见面的时候透露了出来。那是甄家的太太带着他们家的宝玉来贾府，贾政试过甄宝玉的文才之后，“甚是心敬”，故叫宝玉等三人出来，一为警励，二为比一比。贾宝玉“见了甄宝玉，竟是旧相识一般”。这是因为贾宝玉有着强烈的心理期待或者“前理解”，以为甄宝玉是与他一样性情的人，是同类，因而，引为知己，他渴望甄宝玉能够和他一样，有着同样的精神情趣、精神共鸣，能够“诋尽流俗”有“一番超凡入圣的道理”，可以使人“洗净俗肠，重开眼界”。但是贾宝玉最终是失望的，甄宝玉已经陷入世俗的泥潭中不能自拔。

通过这次对话，贾宝玉发现，甄宝玉是一个“禄蠹”，一个追求功名利禄的庸俗之人。因为甄宝玉谈了半天，“并没个明心见性之谈，不过说些什么‘文章经济’，又说什么‘为忠为孝’”（第一百十五回）。对甄宝玉是一个什么样的人，贾宝玉是有“前理解”的期待的。这个“前理解”的期待，在贾宝玉的梦里有明确的表现。这在贾宝玉与甄宝玉的见面时就有清楚表现：“贾宝玉见了甄宝玉，想到梦中之景，并且素知甄宝玉为人，必是和他同心，以为得了知己”（第一百十五回）。贾宝玉对甄宝玉的“前理解”，是以贾宝玉对甄宝玉此前的了解为基础的，这种了解转化成了他对甄宝玉见面的期待。这个了解是什么呢？那就是贾雨村对贾宝玉的评价：

> 他说“必得两个女儿陪着我读书，我方能认得字，心上也明白；不然，我心里自己糊涂。”又常对着跟他的小厮们说：“这‘女儿’两个字极尊贵极清净的，比那瑞兽珍禽、奇花异草更觉稀罕尊贵呢！你们这种浊口臭舌，万万不可唐突了这两个字，要紧，要紧！但凡要说的时节，必用净水香茶漱了口方可；设若失错，便要凿牙穿眼的。”其暴虐顽劣，种种异常；只放了学进去，见了那些女儿们，其温厚和平，聪敏文雅，竟变了一个样子。因此他令尊也曾下死笞楚过几次，竟不能改，每打的吃疼不过时，他便“姐姐”“妹妹”的乱叫起来。后来听得里面女儿们拿他取笑：“因何打急了只管叫姐妹作什么？莫不叫姐妹们去讨情讨饶？你岂不愧些！”他回答的最妙。他说：“急痛之时，只叫‘姐姐’‘妹妹’字样，或可解疼，也未可知，因叫了一声，果觉疼得好些，遂得了秘法，每疼痛之极，便连叫姐妹起来了！”你说可笑不可笑？为他祖母溺爱不明，每因孙辱师责子，我所以辞了馆出来的。这等子弟必不能守祖父基业、从师友规劝的。（第二回）

这实际就是贾宝玉自己思想精神的体现。贾宝玉是按照自己的思想精神理解甄宝玉的，他自己的思想精神成了甄宝玉的原型。这就是少年人普遍的心理特点，希望找到一个与自己一模一样的朋友，就是希望自己的思想情趣得到“对象”化体现。但是，贾宝玉对甄宝玉是与自己一样性情的“同类”的期待落空了。甄宝玉对“文章经济”和“为忠为孝”的热衷谈论，说明他是一个彻头彻尾的“禄蠹”了。贾宝玉希望甄宝玉与他性情一样，集中表现在他对甄宝玉并没有“明心见性”之谈。这个“明心见性”就是贾宝玉自己思想精神的核心。“明心”就是发现自己的真心，“见性”就是见到自己的本来性情。这是禅宗文化的精髓。佛教思想认为，一般众生的内心是缺少光明，或者没有光明的，整个的心是被黑暗包裹着，覆盖着，众生终其一生，都是看不见光明的。这个包裹心的黑暗就是贪婪的欲望等等。明心见性就是要人看到自己的初心，知道人的本性。贾宝玉思想性格中的那几个方面，对青春女儿的崇拜——实际是崇拜人的纯洁的初

心、本性，对仕途经济的抗拒，对诗意生活的追求等，就是他“明心见性”思想精神的体现。他的“明心见性”的思想精神与他出身于大荒山下的一块“石头”息息相关，是现实中贾宝玉与神话中石头的紧密精神联系。

但是，此时贾宝玉所看到的甄宝玉已经没有了“明心见性”的思想精神。甄宝玉曾经是那么地崇拜青春女性，连说到“女儿”二字都要净水香茶漱口，对功名利禄曾经是那样的反感拒绝。但是，甄宝玉却走到了他的反面，走到了他曾经极力反对的对立面，由一个“明心见性”的人成了一个彻头彻尾的“禄蠹”。

甄宝玉之所以发生了这样颠覆性的变化呢，是因为他做了一个“太虚幻境梦”。那个“太虚幻境梦”中他看见的女性都成了女鬼。这个梦实际上成了甄宝玉的“成人礼”，或者叫“转变仪式”：经历了这个梦之后，甄宝玉加入了“成人”社会，他的初始之心被蒙蔽了，他的人的真性情被改变了。而这个梦恰恰是他平日里所受儒化教育的集中体现，是平日教化心理结果以梦的方式的表现。甄宝玉所面临的文化环境与贾宝玉是同样的，同样的社会，同样的家庭，为什么贾宝玉没有变化，而甄宝玉变了呢？这就恐怕与贾宝玉具有一种神话学出身有关。甄宝玉没有贾宝玉的神话学出身，因而，他就是“真宝玉”，而贾宝玉有了那种来源于石头的神话学出身，他就仍然是“假宝玉”。

贾宝玉见到的已经变化为“禄蠹”的甄宝玉，便认为寻找同类的渴望落空了。从第五十六回到第一百十五回，从贾宝玉梦见甄宝玉到贾宝玉真的看见甄宝玉，表现了贾宝玉寻找精神同伴的心路历程。在贾府那样一个充满禄蠹思想的贵族之家里，贾宝玉没有一个思想精神的男性“同伴”，只有一个林黛玉这样一个女性的“同志”。但是，就是林黛玉这样一个思想精神的通道，最后也泪尽而亡。

曹雪芹在贾宝玉的人生历程中，既表现了贾宝玉种种怪癖顽劣行为，也表现了贾宝玉富贵华丽的生活，特别是表现了贾宝玉与众多女儿的“厮混”，但是正是在这种表现之中，隐藏了贾宝玉孤独寂寞的灵魂。在贾宝玉表现热闹繁复的生活中，贾宝玉想要寻找的是“明心见性”，寻找初始的诗意生活，寻找一个精神的同伴，但是，贾宝玉没有获得那种“明心见性”的同伴，贾宝玉始终是孤独的、寂寞的、痛苦的。

曹雪芹是一个写梦的高手，一个顶尖的艺术家。他总是能够用梦表现人的深层心理，并且还用梦表现一种故事的原型。以贾宝玉与甄宝玉的关系而论，贾宝玉想要甄宝玉和他一样，是一个“明心见性”的人，但是甄宝玉却是十足的“禄蠹”。在贾宝玉的梦中，贾政成为“叫醒”即教化甄宝玉成为禄蠹的导师的象征，而甄宝玉的离开就成了贾宝玉并没有找到他的精神同伴的象征。就这样，贾宝玉梦见甄宝玉的梦就成了贾宝玉与甄宝玉分道扬镳的原型。

三　与“石头记”神话的关联

甄士隐的梦和贾宝玉的太虚幻境梦是神话式的梦，——它们虽然以梦的形式出现，但他们梦见的是神话，因而他们的梦是神话式的梦。贾宝玉梦见甄宝玉的梦不是神话式的梦，但是，仍然与“石头记”神话有关，是由“石头记”神话延伸出来的主题思想。这就构成了一般梦与“石头记”神话的关系。

贾宝玉梦见甄宝玉的梦，是“石头记”神话延伸出的主题。“石头记”神话是由甄士隐的梦和曹雪芹叙述构成的，它是贾宝玉现实人生的神话原型。这个神话原型所表现的思想是大荒山下的一块石头变成神瑛侍者，又变成贾宝玉下凡历劫，经历了“花柳繁华地”的爱情失败和人生理想的落空，然后又回到大荒山重新成为一块石头。它所表现的思想是现实对人的“异化”，人本该本着人的真性情、真善美的生活，但是，人却为了金钱、权力等变成了虚伪、贪婪、肮脏、龌龊的人。《红楼梦》以贾宝玉重返大荒山的神话式的象征，表现了人回到初始状态的思想。贾宝玉梦见甄宝玉，是“石头记”神话原型思想的重要方面。

贾宝玉梦见甄宝玉是他潜意识中寻找同类愿望的表达，但是，那个甄宝玉并不是像他一样的同类，而是变成了一个十足的“禄蠹”。贾宝玉寻找“明心见性”同类的愿望落空了，贾宝玉在贾府中仍然是一个孤独的人，能够与他志同道合的林黛玉死去了，贾宝玉没有任何知音人，他的周围除了那些青春少女之外，都是些心被蒙蔽了的人，都是本性被改变了的人，都是失去了初心的人。贾宝玉的这种生命体验，是刻骨铭心、深入骨

髓的。贾宝玉寻找同类而不得，说明现实生活中是没有贾宝玉那样的性情一样的人的；而甄宝玉原来是一个“明心见性”的人，最后却变成了一个与“明心见性”相对立的“禄蠹”，说明生活对人“异化”的可怕力量。曹雪芹通过贾宝玉寻找“明心见性”之人即赤子之心的人而不见，甄宝玉变化成了“真宝玉”，意在表现“石头记”神话的核心主题，人的回归真心、本性即赤子之心。在表现这个神话主题方面，贾宝玉梦见甄宝玉的梦，起到极为重要的作用。

贾宝玉的现实人生实际上是重复了、重演了“石头记”神话，即人要回归到初心，回归到真心，回归到本性。而贾宝玉梦见甄宝玉，想要寻找具有真心、本性、初始状态同类而不得的结果，正是由“石头记”神话而延展出来的主题，或者说，正是表现那一主题思想的重要组成部分。因而，贾宝玉梦见甄宝玉的梦，与“石头记”神话具有不可分割的内在关联。

贾宝玉梦见甄宝玉的梦，是以“石头记”神话为思想渊源的。贾宝玉没有成为“甄宝玉”，是与他的出身有关的。贾宝玉出身与大荒山无稽崖青埂峰下女娲补天所炼的一块石头，这是一种神话学出身，神话学出身象征了神圣性。这里面至少有三重象征意义：第一重是大荒山无稽崖青埂峰的象征意义，它是远离世俗世界的另一个世界，它既不同于现实世界，又不同于太虚幻境梦的世界，而是人类初始的世界，即人类原型世界。因而，那个世界是美好的、光明的、没有经过世俗污染的象征。第二重的象征意义是石头，那是一种原始状态、自然状态、纯净状态的象征，相对于世俗生活，它具有原始状态的神圣性。第三重象征意义仍然是石头，那石头是经过女娲所炼的石头，因而具有女娲女神文化思想精神基因，具有女娲补天的文化思想的象征意义。贾宝玉是由这样的石头变化过来的，虽然这块石头幻形为“通灵宝玉”，但是它仍然没有彻底变掉石头的本性，他仍然是“假宝玉”即真石头。极为巧妙的是，贾宝玉和甄宝玉同样经历了“太虚幻境梦”，但是，甄宝玉却变化成了另外一种人，一种由“明心见性”的人变成了一个“禄蠹”之人。然而，贾宝玉却没有变化，贾宝玉没有变化的原因，就是因为贾宝玉的石头的出身，贾宝玉记得他的石头出身，他没有忘记人的真心、人的本性，即没有忘记他的赤子之心。甄宝玉就大大不同了，甄宝玉没有这个石头出身，曹雪芹没有写他的神话学出身，他就在他的“成人礼”的“太虚幻境梦”中达到了思想精神的根本转变。

贾宝玉梦见甄宝玉还典型地表现了《红楼梦》“小梦”与“大梦”的结构关系。“石头记”神话是表现贾宝玉现实人生的神话原型，因而，它是贾宝玉当然也是整部《红楼梦》的“大梦”，而这个“石头记”神话的大梦之外，还有一些人的梦，与“石头记”神话相比，它就是“小梦”。“大梦”是人的现实的神话原型的表现，“小梦”是人的具体心理活动的表现。“大梦”表现了人生的基本模式，“小梦”表现了人的心理体验。“大梦”提供了整体思想主题，“小梦”则是这种整体思想主题的具体化表现方式。“大梦”与“小梦”的结合是整部《红楼梦》既表现得洋洋大观而又具体而微。“大梦”与“小梦”就使人的心理得到了全方位的深刻而丰富的表现。

贾宝玉的“入阴司”梦

贾宝玉的“入阴司”梦是一个非常具有象征意蕴的梦，这个梦是在林黛玉“魂归离恨天”之后做的，它上承第五回的“太虚幻境梦”，下启倒数第五回的重游太虚幻境梦，这也是一个神话原型的梦。

贾宝玉的“入阴司”梦出现在小说第九十八回“苦绛珠魂归离恨天，病神瑛泪洒相思地”，当宝玉从薛宝钗口中知道林黛玉已死之后，他就有了这个“入阴司”的梦：

> 宝玉听了，不禁放声大哭，倒在床上，忽然眼前漆黑，辨不出方向，心中正自恍惚，只见眼前好像有人走来。宝玉茫然问道：“借问此是何处?”那人道：“此阴司泉路。你寿未终，何故至此?”宝玉道：“适闻有一故人已死，遂寻访至此，不觉迷途。”那人道：“故人是谁?”宝玉道：“姑苏林黛玉。”那人冷笑道：“林黛玉生不同人，死不同鬼，无魂无魄，何处寻访？凡人魂魄，聚而成形，散而为气，生前聚之，死则散焉。常人尚无可寻访，何况林黛玉呢？汝快回去罢。”

宝玉听了，呆了半晌，道："既云死者散也，又如何有这个'阴司'呢？"那人冷笑道："那'阴司'，说有便有，说无就无，皆为世俗溺于生死之说，设言以警世。便道上天深怒愚人——或不守分安常；或生禄未终，自行夭折；或嗜淫欲，尚气逞凶，无故自殒者：特设此地狱，囚其魂魄，受无边的苦，以偿生前之罪。汝寻黛玉，是无故自陷也。且黛玉已归太虚幻境，汝若有心寻访，潜心修养，自然有时相见；如不安生，即以自行夭折之罪，囚禁阴司，除父母之外，图一见黛玉，终不能矣。"那人说毕，袖中取出一石，向宝玉心口掷来。宝玉听了这话，又被这石子打着心窝，吓的即欲回家，只恨迷了道路。正在踌躇，忽听那边有人唤他。回首看时，不是别人，正是贾母、王夫人、宝钗、袭人等围绕哭泣叫着，自己仍旧躺在床上。见案上红灯，窗前皓月，依然锦绣丛中，繁华世界。定神一想，原来竟是一场大梦。浑身冷汗，觉得心内清爽。仔细一想，真正无可奈何，不过长叹数声。

贾宝玉的这个"入阴司"梦，层次分明：梦前，贾宝玉因思念林黛玉而"不禁放声大哭，倒在床上，忽然眼前漆黑"。进入阴司贾宝玉寻黛玉而不得，却被"那人"教训一番，并用石子打着贾宝玉心窝。梦后，"浑身冷汗，觉得内心清爽"。大夫诊脉，也道："奇怪！这回脉气沉静，神安郁散，明日进调理的药，就可以望好了。"这就说明了这个梦对贾宝玉精神治疗的作用巨大。贾宝玉失魂丧魄痴傻病的起因是由于他丢了"通灵宝玉"，而他的病见好是因为在阴司梦中在他的心窝被"那人"用石子击中。这个梦明显地表现着石头与"通灵宝工"的关联，也就明显地表现着贾宝玉"入阴司"梦和贾宝玉由大荒山一块石头变化的神话相关联。"通灵宝玉"源于大荒山无稽崖青埂峰经女娲所炼的一块石头，这个神话是对神圣性的象征。贾宝玉也是那块石头所变，这就象征了贾宝玉是带着神圣性进入世俗世界的。但是，在世俗世界中，贾宝玉把"通灵宝玉"丢失了，因而他就陷入了失魂丧魄痴傻的精神状态。等到他进入阴司被"那人"用石子一击，他痴傻的精神状态就好了。这是一个原型性的象征。那石头所变的贾宝玉带着"通灵宝玉"进入世俗世界，是一个神话，而与它相关的贾宝玉（丢了通灵宝玉）被石子击中的阴司梦（——象征贾宝玉回复石头原型意象），也必然是一个神话。只有从神话式的梦的角度理解贾宝玉的阴司梦，才能对其深刻意义获得准确的理解。

一　梦到石头原型

在这个梦的前后，贾宝玉的精神状态是截然不同的，这个梦之前，贾宝玉是丧魂落魄、日重一日，几乎不省人事，唯一要做的就是要和林黛玉在一起。那是在他明白了他与之拜堂结婚的对象不是林黛玉而是薛宝钗之后，众人对他的态度：

> 宝玉又道："好糊涂！你说'二奶奶'到底是谁？"袭人道："宝姑娘。"宝玉又道："林姑娘呢？"袭人道："老爷作主娶得是宝姑娘，怎么混说起林姑娘来？宝玉道："我才刚看见了林姑娘了么，还有雪雁呢。怎么说没有？——你们这都是做什么玩呢？"凤姐便走上来，轻轻的说道："宝姑娘在屋里坐着呢，别混说。回来得罪了他，老太太不依的。"
>
> 宝玉听了，这会子糊涂的更利害了。本来原有昏愦的病，加以今夜神出鬼没，更叫他不得主意，便也不顾别的，口口声声只要找林妹妹去。（第九十七回）

从父亲那里回来，"旧病陡发，更加昏愦，连饮食也不能进了"（第九十七回）。跟薛宝钗"回九"（回门）回来"宝玉越加沉重，次日连起坐都不能了；日重一日，甚至汤水不进"（第九十八回）。

等他片时清楚时，他"自料难保"，此时唯一的想法还是要和林黛玉在一起：

> 见诸人散后，房中只有袭人，因唤袭人至跟前，拉着手哭道："我问你：宝姐姐怎么来的？我记得老爷给我娶了林妹妹过来，怎么叫宝姐姐赶出去了？他为什么霸占住在这里？我要说呢，又恐怕得罪

了他。你们听见林妹妹哭的怎么样了?”袭人不敢明说，只得说道：“林姑娘病着呢。”宝玉又道：“我瞧瞧他去。”说着，要起来。那知连日饮食不进，身子岂能动转，便哭道：“我要死了！我有一句心里的话，只求你回明老太太：横竖林妹妹也是要死的，我如今也不能保，两处两个病人，都要死的！死了越发难张罗，不如腾一处空房子，趁早把我和林妹妹两个抬在那里，活着也好一处医治、伏侍，死了也好一处停放。你依我这话，不枉了几年的情分!”袭人听了这些话，又急，又笑，又痛。(第九十八回)

结婚的对象是薛宝钗而不是林黛玉，这对贾宝玉来说，简直就是五雷轰顶。没有了林黛玉，他的生命是没有意义的，他要到阴间去找林黛玉。

可是，在做完到阴司的梦之后，贾宝玉简直竟像换了一个人似的，梦醒之后，“见案上红灯，窗前皓月，依然锦绣丛中，繁华世界。定神一想，原来竟是一场大梦。浑身冷汗，觉得心内清爽。仔细一想，真正无可奈何，不过长叹数声”（第九十八回)。那大夫进来诊了脉，便道：“奇怪！这回脉气沉静，神安郁散，明日进调理的药，就可以望好了。”(第九十八回)“虽一时想起黛玉，尚有糊涂。更有袭人缓缓地将‘老爷选定的宝姑娘为人和厚，嫌林姑娘秉性古怪，原恐早夭。老太太恐你不知好歹，病中着急，所以叫雪雁过来哄你’的话，时常劝解。宝玉终是心酸落泪。欲待寻死，又想着梦中之言，又恐老太太、太太生气，又不得撩开。又想起黛玉已死，宝钗又是第一等人物，方信‘金玉姻缘’有定，自己也解了好些”(第九十八回)。

做梦前贾宝玉是不想活了，要到阴间去找林黛玉；做梦后贾宝玉便放弃了到阴司与林黛玉在一起的想法，相信了“金玉良缘”的说法，接受了薛宝钗为自己的妻子。这充分说明那个“阴司”梦对贾宝玉思想转变的重要作用。

“入阴司”梦对贾宝玉来说是一个“心理事件”。所谓“心理事件”，就是指梦的形式象征发生在心理中的事件，使心理产生重大变化。贾宝玉的“心理事件”是在他的“生活事件”之后发生的。那个“生活事件”是他发现娶了薛宝钗而不是林黛玉之后，他要去阴司寻找林黛玉，而薛宝钗却如此说：

> “你放着病不保养，何苦说这些不吉利的话呢？老太太才安慰了些，你又生出事来。老太太一生疼你一个，如今八十多岁的人了，虽不图你的诰封，将来你成了人，老太太也看着乐一天，也不枉了老人家的苦心。太太更是不必说了，一生的心血精神抚养了你这一个儿子，若是半途死了，太太将来怎么样呢？我虽是薄命，也不至于此：据此三件看来，你就要死，那天也不容你死的，所以你是不能死的。只管安稳着养个四五天后，风邪散了，太和正气一足，自然这些邪病都没有了。”宝玉听了，竟是无言可答，半晌，方才嘻嘻的笑道：“你是好些时不和我说话了，这会子说这些大道理的话给谁听？”宝钗听了这话，便又说道：“实告诉你说罢：那两日你不知人事的时候，林妹妹已经亡故了。”宝玉忽然坐起，大声咤异道：“果真死了吗？”宝钗道：“果真死了，岂有红口白舌咒人死的呢！老太太、太太知道你姐妹和睦，你听见他死了，自然你也要死，所以不肯告诉你。”（第九十八回）

贾宝玉进入了梦境，正是这个“生活事件”导致了贾宝玉的“心理事件”。由此可见，贾宝玉“心理事件”梦是与“生活事件”相联系的，是“生活事件”的一种心理转化。由梦的意象我们可以明显看到，贾宝玉的梦即“心理事件”是与薛宝钗对他说的话有关，是薛宝钗对他规劝和教育使他思想产生变化的体现。又不仅如此，贾宝玉的梦即“心理事件”还和他的潜意识有关，是薛宝钗的话“激活”了贾宝玉内心深处的潜意识原型。

贾宝玉的梦即贾宝玉的“心理事件”一个最大的特点是象征性。贾宝玉梦到阴司的意象，是贾宝玉主观心理的投射，而且是“心理事件”整个过程的投射，因而，梦的意象就成了贾宝玉“心理事件”整个过程的象征。

贾宝玉之所以“入阴司”去寻找林黛玉，那是因为薛宝钗告诉她，林黛玉前两天已经亡故了，贾宝玉不能接受这个现实，因而，他就做了一个到阴司寻找林黛玉、要和林黛玉一同归阴的梦。这象征了贾宝玉对林黛玉

刻骨铭心的爱。但这相当于贾宝玉“心理事件”的一个因素，而不是全部。贾宝玉要与林黛玉一起归阴是与另外内容结构在一起才构成贾宝玉的“心理事件”的。

梦的开始是贾宝玉“心理事件”的纠结与矛盾。那是在薛宝钗对贾宝玉说了那样一段话之后，“宝玉听了，不禁放声大哭，忽然眼前漆黑，辨不出方向”。贾宝玉的这种表现，可以看作是他听到林黛玉已经死去巨大悲痛的表现。贾宝玉不禁放声大哭，忽然眼前漆黑，辨不出方向，不只是他对林黛玉已经死去的情感反应，而是对薛宝钗所有的话包括三种理由你不该死的教训的思想反应。因而，这个“忽然眼前漆黑，辨不出方向”就是象征性的，是象征贾宝玉面对两种思想情感不知如何是好的情感状态。那两种思想情感：一种是对林黛玉的刻骨铭心的思念，以求一死与林黛玉在一起；另一种就是薛宝钗教育他要以孝道为重，你要死是不对的。这两种思想矛盾纠结，使贾宝玉的思想情感失去了定力与方向。

“那人”说的话是贾宝玉“心理事件”深入展开的象征。“那人”的话实际是贾宝玉心理活动的拟人化表现形式。说明他已经由“心理事件”开始的矛盾纠结转向明确的选择。当他忽然眼前漆黑，辨不出方向的时候，看见一个人来到他的跟前，是阴司中的“那人”，“那人”对贾宝玉说的话有三层意思：第一层是“阴司”并不存在，是人们想象出来的；第二层是，告诉贾宝玉：“汝寻黛玉，是无故自陷也。且黛玉已归于太虚幻境，汝若有心寻访，潜心修养，自然有时相见”；第三层是，你如与黛玉一起归阴那是有罪的：“如不安生，即以自行夭折之罪，囚禁阴司。”

“那人”的话是贾宝玉听信了薛宝钗的话，为自己思想转变寻找理由的一种表现形式。它以阴司并不存在，寻黛玉是不可能的，如果去死，那就是“即以自行夭折之罪，囚禁阴司”为理由，放弃了与黛玉一起归阴的思想情感。阴司“那人”话的三层意思是贾宝玉放弃和林黛玉一起到阴司的思想意识的象征。

梦见“那人”用石头打中自己的心窝，是贾宝玉梦的归结，是贾宝玉思想转变的象征意象。它是由贾宝玉梦见的“那人”的话转变为贾宝玉自己的思想生发出来的终极意象，梦的结尾，“那人”从袖中取出一石，向宝玉心口掷来，正打着贾宝玉心窝。石头打着贾宝玉的心窝，象征着石头已经成为贾宝玉内心之中的意象。而正是这个石头意象的出现，才使贾宝玉彻底转变了他的精神状态：从失去黛玉的如五雷轰顶、失魂落魄，甚至汤水不进，要到阴司去寻林黛玉，到“方信‘金玉良缘’有定”，从失去林黛玉那种彻底毁灭人生意义的崩溃精神状态中解脱出来，最终实现了精神状态的根本转变，至此，完成了整个“心理事件”的整个过程。

二　“心理事件”与现实和神话的对应

但是，在这个“心理事件”的过程中，不单是“生活事件”的触发，也就是说，不单是和贾宝玉由抗拒娶了薛宝钗而要和林黛玉一起去死，到放弃了最初的想法而接受了薛宝钗这件事有关，还和此前的“神话事件”有关，和贾宝玉内心的潜意识原型有关。贾宝玉的“入阴司梦”的“心理事件”过程还隐秘着贾宝玉的潜意识原型。

贾宝玉的“神话事件”就是指贾宝玉衔玉而生和贾宝玉由石头而变的神话性来历。贾宝玉是带着女娲所炼的神圣性来到世俗世界的。同时，贾宝玉还是带着“木石前盟”的神圣性来到世俗世界的。贾宝玉被“调包计”娶了薛宝钗而失去了林黛玉，这个现实的“生活事件”是与“木石前盟”和“金玉良缘”的“神话事件”连在一起的。或者说，是“神话事件”转换的现实事件。贾宝玉梦见的“石头记”神话原型意象则是“生活事件”转换的“心理事件”。因而，贾宝玉“心理事件”就包含着“生活事件”和“神话事件”。

贾宝玉之所以不能接受薛宝钗而忘不掉林黛玉，当然是由“木石前盟”的神话决定的。曹雪芹之所以在开篇“石头记”神话表现了“通灵宝玉”和贾宝玉的来历之后，还以甄士隐的神话式的梦表现贾宝玉与林黛玉的“木石前盟”，就是以两种石头神话来表现他们爱情的神圣性。

但是，贾宝玉和林黛玉的爱情却遇到了另一种现实的婚姻原型模式，那就是“金玉良缘”。在“木石前盟”和“金玉良缘”的冲突中，是以贾宝玉丢了“通灵宝玉”得了痴傻病，贾府以“冲喜”为由，实现了“金玉良缘”对“木石前盟爱情”的替代。贾宝玉的“入阴司”梦就是这两种

“神话事件”转换成“生活事件”之后，又转换成的“心理事件”。梦的开始贾宝玉感到眼前漆黑，辨不清方向，是“木石前盟”和“金玉良缘”两种力量在内心矛盾纠葛的象征。贾宝玉梦见“那人”对他说的话是薛宝钗的规劝对贾宝玉起了作用的一种变形表现。表面看来，贾宝玉放弃的是对林黛玉至死不渝的爱情，接受了薛宝钗的婚姻。从神话的角度看，那是贾宝玉放弃了“木石前盟”的神圣性，而就范于世俗的婚姻制度。在贾宝玉的“心理事件”中正是包含着这种“神话事件”的冲突所象征的神圣与世俗的选择，才使贾宝玉的梦具有了进一步以“那人”用一块石头打中他的心窝的意象。之所以说石头打中贾宝玉心窝是一个原型意象，那是因为，它以石头意象成为贾宝玉内心的原型意象，表现了贾宝玉心理活动的演进过程，“那人”对贾宝玉说的话就是薛宝钗对贾宝玉教育结果的象征性形式。由接受薛宝钗的规劝和教育，就开始了对“金玉良缘”的就范，对“木石前盟”的放弃。

这里面蕴含着贾宝玉内心的这样一种巨大变化：贾宝玉的原型就是一块石头，是经由女娲补天所炼成为玉的，贾宝玉是带着这样的神圣性而生的；因而贾宝玉是带着神圣性而进入现实世界的。但是，在现实世界之中，贾宝玉先是丢掉了那块“通灵宝玉”，继而又被调包计取代了“木石前盟”的爱情。源于神话的神圣性都被现实世俗的力量所剔除了。那个所谓的“入阴司梦”其实质是贾宝玉的石头原型之梦。它象征了在现实的神圣性和世俗性的两种冲突中，贾宝玉的妥协和失败。

在曹雪芹的石与玉的转换描写中，整部《红楼梦》其实就是石玉转换的主题——包含着对神圣与世俗的对立与冲突，贾宝玉梦见石头原型当然是表现这种转换主题最典型的情节。神圣性当然是指人性的纯粹性、质朴性和自由性，而世俗性是指人在实际利益驱使下的私欲性、贪欲性和现实性。在曹雪芹的描写中还蕴含着这样一种文化或宗教现象。人的神圣性并不是人出生就必然带来的，而是经过文化或宗教仪式的教化而具有神圣性的。在曹雪芹的理解中，人的本质是贪欲的，只有经过文化宗教的教育才能使人具有神圣性。女娲炼石补天所剩之石变成“通灵宝玉”，变成贾宝玉，就是这个思想的表现。但是这种神圣性注定是要经受世俗世界的解构的。贾宝玉的“神话事件”“生活事件”和“心理事件”就是贾宝玉的神圣性被世俗性解构的具体过程。

对贾宝玉这个回到石头原型梦的理解，必须了解《红楼梦》创作的一个极为重要的方法：原型与现实的对应。曹雪芹总是要先创造一种神话式的梦，以这个神话式的梦表现一种原型，然后再表现现实对这种原型的重复。贾宝玉这个回到石头原型的梦，同样也是表现原型与现实的对应。但是，与众不同的是，曹雪芹在表现贾宝玉回到石头原型的时候，不仅表现了这个回到石头原型梦与贾宝玉后面人生的对应，还重点表现了这个梦与前面现实的对应。首先是与“生活事件”的对应。这个“生活事件”就是指贾府用“掉包计”给他娶了薛宝钗而使林黛玉死去，继而使贾宝玉要去寻死与林黛玉在一起，这导致薛宝钗对贾宝玉的规劝与教育。但这个“生活事件”又是和“神话事件”连在一起的，那个“神话事件”就是“木石前盟”和“金玉良缘”，这是神圣与世俗的对立与冲突。这个“木石前盟”和“金玉良缘”神话又是和开篇的玉石神话紧密相连的。贾宝玉带着神圣性进入世俗世界，那个世俗世界是由跛足道人的《好了歌》和甄士隐的注解所象征的。玉石神话与《好了歌》构成了《红楼梦》总的结构原型，“木石前盟”和“金玉良缘”两种神话是这个大结构的一种典型表现方式。贾宝玉在“入阴司”梦里回到石头原型，就说明在他内心中，神话与世俗两种思想精神的斗争，他妥协、失败了。

贾宝玉的梦还和贾宝玉后面的人生相对应。在这个“入阴司”梦里，石头打中心窝，不仅是贾宝玉心理原型的象征，表现了贾宝玉的心理的重要变化，还使贾宝玉后面的人生发生重要变化。前面我们曾经阐述过贾宝玉做梦前后的心理变化，做梦前的贾宝玉还对失去林黛玉那样的悲痛，要一起死去和林黛玉在一起，——这实际是贾宝玉坚持“木石前盟”，坚持爱情的神圣性的体现。做梦之后，贾宝玉顺从了“金玉良缘”的规定。正是这种梦中思想的变化，导致了他还想到林黛玉的死“都是老太太他们捉弄的。好端端把个林妹妹弄死了”，还要写一篇祭文，还要在梦中会一会林黛玉，但是，他终究还是认可了薛宝钗为妻，当他在梦中梦不到林黛玉的时候，他就“又想昨夜五儿说的‘宝钗袭人都是天仙一般’，这话却也不错，便怔怔的瞅着宝钗”（第一百九回）。贾宝玉“固然是有意负荆，那宝钗自然也无心拒客，从过门到今日，方才是雨腻云香，氤氲调畅。从此

‘二五之精，妙合而凝’”（第一百九回）。在“木石前盟”和“金玉良缘”所象征的神圣与世俗两种思想情感对立与冲突中，贾宝玉顺从了“金玉良缘”的婚姻，完全丧失了“通灵宝玉”和“木石前盟”带来的神圣性。

当然，在“通灵宝玉”失而复得（第一百十六回）之后，贾宝玉还是离开了薛宝钗而慨然出家。这说明贾宝玉不能接受家庭给他规定的“金玉良缘”婚姻，他不会忘掉“木石前盟”的爱情。他得不到那刻骨铭心的爱情，得不到自由的人生，他也就只有出家一条路可走。

贾宝玉这个回到石头原型意象的梦，虽然是一个很短的梦，但却很深刻地表现了贾宝玉内心斗争和思想情感的变化过程：他戴的“通灵宝玉”的来历和他自身的来历，象征了他的神圣性，但是在进入世俗世界之后，他不断地经历世俗力量对他的神圣性的侵袭和销蚀，在家庭为他规定的“金玉良缘”婚姻中，他终于败北。这种失败不仅是“木石前盟”爱情的失败，更是他内心思想的失败，即他的思想情感已经从“木石前盟”的神圣性转移到“金玉良缘”。如果说在实际生活中是贾宝玉不断被就范于家庭规定的“金玉良缘”，而他的那个梦见石头打中心窝实际是象征石头原型意象回到自己的内心之中，则是他自己思想情感从“木石前盟”转移到“金玉良缘”思想变化的象征。

贾宝玉这个梦具有重要的典型意义。它用梦的象征方法，真实而又典型地表现了贾宝玉内心变化。这个梦的实质是表现贾宝玉内心变化过程的，但是，它没有一句是直接表现贾宝玉内心活动和内心变化过程的，而完全是以梦的形式来表现的。而那种梦的形式则是神话式的梦，曹雪芹是用神话式的梦来表现贾宝玉的一种原型心理的。因为这种原型心理的表现，一方面使心理与“生活事件”相连，与“神话事件”相连；另一方面与心灵相连，这使《红楼梦》既获得生活的深度、历史的深度，又获得了心灵的深度。

甄宝玉的“太虚幻境梦”

曹雪芹在贾宝玉的“太虚幻境梦”之外还描写了甄宝玉的“太虚幻境梦”。甄宝玉虽然做的也是“太虚幻境梦”，但其意义却和贾宝玉的“太虚幻境梦”有天壤之别。“太虚幻境梦”对甄贾宝玉来说，相当于远古时代的成人礼。在曹雪芹的描写中，“太虚幻境梦”是这种成人礼的一种梦幻形式的替代。在这种成人礼替代的梦幻形式中，甄、贾宝玉都梦见了成人礼式的神话，都受到神话原型的启蒙，都经历了心理转变的仪式。但是，在贾宝玉梦幻中女神的启蒙，警幻仙姑醉以美酒、沁以仙茗、警以妙曲，再将兼美可卿许配贾宝玉，并让贾宝玉看见“金陵十二钗簿册”、听“红楼梦仙曲十二支”，这些都是曹雪芹作为历史先例和范型来表现的，然而，这些并没有对贾宝玉产生改变人生观、世界观和价值观的作用。可是，甄宝玉的“太虚幻境梦”则大大不同了。甄宝玉与贾宝玉最初一样，是不走读书做官道路，热恋、崇拜青春少女，愿意过着自由自在生活的人，但是，正是那个“太虚幻境梦”，使甄宝玉彻底改变了人生观、世界观和价值观。虽然甄宝玉与贾宝玉有着一样的家庭出身，一样的容貌，一样的“宝玉”名字，一样“脾气秉性”，一样的对女性的崇拜（甚至有过之而无不及），但是，就因为一个“太虚幻境梦”，两个“宝玉”就分道扬镳成了截然不同两种人了。

甄宝玉和贾宝玉的“太虚幻境梦”，是曹雪芹以“映衬”方法表现甄贾宝玉最重要的方法。正是在甄宝玉的“太虚幻境梦”的人生转变中，映衬出了贾宝玉思想性格的重要意义；也正是在贾宝玉的“太虚幻境梦”的人生状态中，映衬出了甄宝玉形象的思想意义。

在表现“太虚幻境梦”对甄宝玉、贾宝玉的意义的时候，曹雪芹运用了对应性的方法：两个“太虚幻境梦”的对应；贾宝玉“太虚幻境梦”前后的对应；甄宝玉“太虚幻境梦”前后的对应；甄宝玉与贾宝玉两种人生方式的对应。

甄宝玉、贾宝玉的“太虚幻境梦”的联系是十分重要的，那是曹雪芹表现人物思想性格最重要的方法。曹雪芹是把甄宝玉、贾宝玉的“太虚幻境梦”作为对比来表现的，是把甄宝玉作为和贾宝玉相对的人生选择来表现的。不把甄宝玉、贾宝玉的“太虚幻境梦”联系起来看贾宝玉的“太虚幻境梦”，就很难理解贾宝玉形象的思想意义；同样，不把贾宝玉的“太虚幻境梦”联系起来看甄宝玉的“太虚幻境梦”，也就很难或根本不可能理解甄宝玉形象的思想价值。

一 甄宝玉的“太虚幻境梦”

与贾宝玉的“太虚幻境梦”的直接表现不同，甄宝玉的“太虚幻境梦”不是直接表现出来，而是由甄宝玉家中的男仆包勇因甄家败落投靠贾家见到贾政叙述出来的。甄宝玉的“太虚幻境梦”的叙述是由贾政的问题引出的。贾政问包勇：“我听见说你们家的哥儿不是也叫宝玉么?”包勇道：“是。”贾政道：“他还肯向上巴结么?”贾政问话的意思是，这个甄宝玉还是不肯走正路么？贾政之所以这么问，是基于对甄宝玉的“前理解”。在贾政看来，那个甄家的宝玉是与他贾家的宝玉一样的纨绔子弟，成天与女孩子厮混，不务正业，不走正路，不可救药。但贾政的这个理解是不符合甄宝玉现在的情况的，因而，引出包勇的一大段话叙述甄宝玉的巨大变化。引起甄宝玉巨大变化的原因就是甄宝玉做了一个太虚幻境梦的“奇事”。

> 包勇道：“老爷若问我们哥儿，倒是一段奇事。哥儿的脾气也和我家老爷一个样子，也是一味的诚实，从小儿只爱和那些姐妹们在一处玩。老爷太太也狠打过几次，他只是不改。那一年太太进京的时候儿，哥儿大病了一场，已经死了半日，把老爷几乎急死，装裹都预备了。幸喜后来好了，嘴里说道：走到一座牌楼那里，见了一个姑娘，领着他到了一座庙里，见了好些柜子，里头见了好些册子；又到屋里，见了无数女子，说是都变了鬼怪似的，也有变做骷髅儿的；他吓急了，就哭喊起来。老爷知他醒过来了，连忙调治，渐渐的好了。老爷仍叫他在姐妹们一处玩去，他竟改了脾气了：好着时候的玩意儿一概都不要了，惟有念书为事。就有什么人来引诱他，他也全不动心。如今渐渐的能够帮着老爷料理些家务了。”（第九十三回）

在包勇看来，甄宝玉的变化“是一段奇事”，那是因为甄宝玉的人生观、世界观和价值观发生了颠覆性的巨大变化：原来甄宝玉“从小儿只爱和那些姐妹们一处玩”，现在则不再与女儿们厮混了；原来甄宝玉不知道以念书为事，现在则是“惟有念书为事”了；原来甄宝玉不知道帮助老爷料理家务，现在是知道帮助老爷料理家务了；原来是一心痴迷玩乐，现在是“好着时候的玩意儿一概都不要了”。也就是说，甄宝玉的人生发生了逆转性的巨大变化。

包勇之所以把甄宝玉发生的翻转性巨大变化，看成“是一段奇事”，还因为，甄宝玉颠覆性的巨大变化只是因为甄宝玉做了一个奇怪的梦，是那个梦使甄宝玉发生了脱胎换骨的彻底变化。但是，那究竟是一个什么样的梦呢？

那是甄宝玉的一个太虚幻境梦！

这是由甄宝玉梦的环境、梦的人物、梦的内容等与贾宝玉的“太虚幻境梦”相似看出来的。甄宝玉的梦里：

> 走到一座牌楼那里，见了一个姑娘，领着他到了一座庙里，见了好些柜子，里头见了好些册子；又到屋里，见了无数女子，说是都变了鬼怪似的，也有变做骷髅儿的。

以上这些梦境中的环境、人物等与贾宝玉的“太虚幻境梦”中看到的都是基本相同的。贾宝玉的“太虚幻境梦”，首先看到的是警幻仙姑，是警幻仙姑引领他进入太虚幻境，在太虚幻境中看到了“金陵十二钗簿册”，听到“红楼梦仙曲十二支”，又看见许多仙女等。甄宝玉的梦是贾宝玉“太虚幻境梦”的翻版，只不过更为变形、浓缩和省略罢了。在贾宝玉梦中的警幻仙姑以“姑娘”来代替了；在贾宝玉梦中详细写的比如太虚幻境都以庙来变形表现了；“金陵十二钗簿册”和“红楼梦仙曲十二支”都浓缩成“册子”来表现了。由此，可以明确判断，甄宝玉做的也是一个“太虚幻境梦”，甄宝玉的“太虚幻境梦”是作为贾宝玉“太虚幻境梦”的一种相对比的梦来表现的。

但是，能够说明甄宝玉也是一个“太虚幻境梦”，是与贾宝玉的“太虚幻境梦”相比较来表现的，还是甄宝玉由这个梦而引起的巨大的人生变化：甄宝玉的这个“太虚幻境梦”是甄宝玉完成的一个成人礼仪式。甄宝玉和贾宝玉的“太虚幻境梦”是曹雪芹作为甄宝玉和贾宝玉成人礼的不同

结局而设计的。在经历了相当于成人礼的“太虚幻境梦”之后，贾宝玉没有发生什么改变，而甄宝玉却发生了根本性的变化。

甄宝玉是在他做了“太虚幻境梦”醒来之后，老爷仍叫他在姐妹们一处玩儿去，他竟改了脾气了：“好着时候的玩意儿一概都不要了，惟有念书为事。就有什么人引诱他，他也全不动心。并渐渐的可以帮助老爷料理家务。”这就说明，通过“太虚幻境梦”，甄宝玉从那种情欲声色迷人圈子已经跳了出来，告别了原先的迷恋青春少女的所谓自由自在的生活，而走上了所谓读书料理家务（隐含着入了孔孟之道的意思）的正路。

甄宝玉的巨大变化不是慢慢的改变，而是一下子即一瞬间的巨变。渐变是发生在日常生活中的，而一瞬间的巨变是发生在梦中的。是由梦而引起的巨大的变化。甄宝玉的“太虚幻境梦”是一个神话式的梦，就如同贾宝玉的“太虚幻境梦”是一种神话式的梦一样。在梦中，甄宝玉被一个姑娘领入了一个所在，在那里甄宝玉看见了牌坊，看见了庙，看见了柜子，看见了册子，看见了众多女人等。甄宝玉看见的正是贾宝玉在“太虚幻境梦”中看见的，贾宝玉看见的是太虚幻境，因而，甄宝玉看见的肯定也是太虚幻境。但是，甄宝玉在他的“太虚幻境梦”里还是看到了贾宝玉没有看到的内容，就是那些女人都变成了鬼怪似的，也有变作骷髅儿的。之所以说甄宝玉这个“太虚幻境梦”是神话式的梦，因为它具有神话的性质：第一，他梦到的人物是超越于生活中一般人物的，人可以变成鬼怪或骷髅儿，只能发生在神话中，而不能发生在实际生活中。第二，更为重要的是，甄宝玉的“太虚幻境梦”是作为甄宝玉人生变化的原型而出现的，不是随随便便的梦幻意象。根据梦是人的潜意识表现的理论观点，我们可以把甄宝玉梦中那众多女人变成了鬼怪或者骷髅儿，看作是甄宝玉潜意识心理投射，这种投射是以象征的方式进行的，即美女变成了鬼怪或骷髅儿。甄宝玉的心理在什么情况下，美女变成了鬼怪或骷髅儿呢？那就是甄宝玉的女性观发生了重大的逆转性变化。只有具有了这个前提，在甄宝玉的心理中才能出现美女变鬼怪或骷髅儿的变异过程。这就如同贾瑞手里拿的那面道士给他的“风月宝鉴”，看正面是美丽的王熙凤，而一旦看反面就是骷髅了。但是，甄宝玉女性观即女性是魔鬼的变化是需要一个更大的前提的。这个前提就是他人生道路的选择：在与众多姐妹一处厮混和以读书为事走仕途经济之路的两条人生之路中，他选择了后者。正是如此，甄宝玉才把美女看成了鬼怪或骷髅儿。甄宝玉梦中的众多女人变成了鬼怪或骷髅正是他这种思想的象征性投射。

甄宝玉的神话式的梦，其实还是甄宝玉以梦的方式进行与完成的成人礼仪式。文化人类学家指出，成人礼是每一个人都需要进行的仪式，如果生活中失去了这个成人礼仪式，那么人就要在梦中完成它。成人礼不可或缺。曹雪芹对文化人类学的这种内容是十分熟悉的，因而，他才独具匠心地表现了甄贾（真假）宝玉的“太虚幻境梦”。曹雪芹是把“太虚幻境梦”作为真假宝玉的成人礼来进行艺术创作的。因而，理解甄、贾宝玉以梦的象征表现的人生过渡礼仪，先弄清楚过渡礼仪的基本内容就显得十分重要。文化人类学家深刻指出：“从一群体到另一群体、从一社会地位到另一地位的过渡被视为现实存在之必然内涵，因此每一个体的一生均由具有相似开头与结尾之一系列阶段所组成：诞生、社会成熟期、结婚、为人之父、上升到一个更高的社会阶层、职业专业化，以及死亡。其中每一件事都伴有仪式，其根本目标相同：使个体能从一确定的境地过渡到另一同样确定的境地。”① 阿姆斯特朗也曾深刻揭示出：“男孩子的成长之旅也包含着‘死亡’和‘重生’两个部分：男孩必须让他的童年死去，再进入成人的责任世界。参与仪式的男孩们要先被埋葬到地下，或者进入一座坟墓，被告知他们将被妖魔吞噬，或者被鬼怪杀死。他们必须忍受强烈的生理痛苦和黑暗，他们通常会遭受到割礼或者文身。这种经验是如此强烈和痛楚，入会者将从此脱胎换骨，转变成了另一个人。心理学家表示，在这种仪式里，个人被彻底隔绝、感觉被完全削夺；但如果控制得当，它并不会带来人格解体或倒退，反而还能激发个体的深层力量进行人格重建。”② 过渡礼仪也称为“通过仪式”或“转换仪式”，文化人类学家还指出，“通过仪式或转换仪式都有着标识性的三个阶段：分离阶段、边缘阶段以及聚合阶段”③。理解了文化人类学家对过渡仪式的研究，我们就不难理解，曹

① ［法］阿诺尔德·范热内普：《过渡礼仪》，张举文译，商务印书馆2010年版，第3—4页。

② ［英］凯伦·阿姆斯特朗：《神话简史》，胡亚豳译，重庆出版社2005年版，第36页。

③ ［英］维克多·特纳：《仪式过程：结构与反结构》，黄剑波、柳博赟译，中国人民大学出版社2006年版，第95页。

雪芹为什么既描写了贾宝玉的“太虚幻境梦”，又描写了甄宝玉的“太虚幻境梦”：那是要以一种梦的方式表现甄宝玉和贾宝玉人生的“过渡仪式”。既然是梦的形式的过渡仪式，因而，它就必然是象征性的。

贾宝玉和甄宝玉做的“太虚幻境梦”，就是他们各自人格重建的象征性的成人仪式。人在生活中之所以要进行人格重建，那是因为，从童年到成年，人都要建立起成人的人格。所谓成人的人格是成人社会迫使成人形成的人格。因而，成人人格是符合成人社会要求，与成人社会价值观念相协调相一致的。比如读书做官的人生道路，比如走仕途经济的道路等，就既是成人社会普遍选择的人生道路，因而也成为成人的普遍人格。在中国传统社会中，每一个儿童都要经历一个从童年人格到成人人格的选择与重建问题。所谓的成人仪式其实就是要解决这个跨越“阈限”即跨越门槛问题。曹雪芹所着力表现的贾宝玉和甄宝玉的“太虚幻境梦”，其实质就是这个从少年到成年转变的成人礼的变形。

二　互为镜像的真假宝玉

曹雪芹塑造一个贾宝玉，又塑造一个甄宝玉，其意义就在于，甄宝玉是贾宝玉的镜像人物。所谓镜像人物，是一种比喻，就好像在镜子里面照见了自己。镜子里面虽然有一个人物，但那不是另外的人物，是镜子反射的自己。贾宝玉与甄宝玉的相同或相似，那只是一个阶段性的相同或相似，那个阶段性的相同和相似是在真假宝玉“太虚幻境梦”之前，而在“太虚幻境梦”之后，两个人就截然不同了。“太虚幻境梦”相当于真假宝玉的成人礼。在那个相当于成了礼的“太虚幻境梦”中，真假宝玉都把传统社会的成人礼转变成了自己的神话性仪式。在面对是坚持自己少年时代的自由自在生活，还是要顺从成人社会人生模式的时候，贾宝玉选择了前者，也就是说，那个相当于成人礼的“太虚幻境梦”，对他并没有起到立竿见影、脱胎换骨、从灵魂深处实现根本转变的作用。这就造成了“太虚幻境梦”（实际就是那个成人生活的模范）成为一种历史先例和范型，它制约着贾宝玉的人生。贾宝玉想抗拒它，所以，贾宝玉才走上了另外的人生之路即出家。而甄宝玉却在相当于成人礼的“太虚幻境梦”中实现了脱胎换骨的根本改变，他放弃了之前所有的追求和脾气秉性，而就范于成人人生的模式，成了不同于贾宝玉的另外一种人，即甄宝玉。从这个方面看，甄宝玉是贾宝玉人生的另一种可能。而这个意义上的镜像人物，又绝非是在镜子中反射的自己，而是真假宝玉在对方身上看见了另外一个自己，即人生的另外一种可能。

曹雪芹塑造甄宝玉这个人物，是分成三大方面内容来表现的：其一是表现甄宝玉与贾宝玉同样的思想情感，这是在甄宝玉“太虚幻境梦”之前的；其二是表现甄宝玉转变的，这就是甄宝玉的“太虚幻境梦”实际是甄宝玉的成人礼仪式；其三是表现甄宝玉转变之后与贾宝玉当然也与自己之前截然相反的思想情感。

曹雪芹在第一个方面，着力表现了甄宝玉与贾宝玉相同或相似的思想性格。这其中，曹雪芹还真的以镜子照见贾宝玉来比喻这个镜像人物。那是第五十六回，贾宝玉做了一个梦见了甄宝玉的梦，梦的内容显然是贾宝玉把自己的思想情感投射到了梦中的甄宝玉形象上。在他的潜意识里，那个甄宝玉应该是与他一模一样的，也是像他一样出身贵族家庭；也是像他一样，叫宝玉；也是像他一样被一群女孩簇拥着生活；也是像他一样，“尊贵”着、泛爱着、崇拜着青春少女；也是像他一样，有一个最痴情的妹妹，等等。

为了表现这个镜像人物，曹雪芹还特别写到了甄宝玉是贾宝玉的“同貌人”。甄宝玉长得与贾宝玉是一模一样的。不仅同貌，就是脾气秉性也是一模一样的。但是也正是这个甄宝玉，在经过了“太虚幻境梦”之后，却走到了自己的反面。曹雪芹在第一百十五回表现了贾宝玉与甄宝玉的见面，其回目的标题是“证同类宝玉失相知”。贾宝玉对于见甄宝玉，是怀着期待的心情的。“见了甄宝玉，竟是旧相识一般。”因为在贾宝玉看来，既然甄宝玉长得与自己一模一样，那么，他的思想情趣也应该是与自己一模一样的了。因而，他见甄宝玉是想以甄宝玉与自己的一模一样证明是自己的同类的。“且说贾宝玉见了甄宝玉，想到梦中之景，并且素知甄宝玉为人，必是和他同心，以为得了知己。”贾宝玉的这种以为甄宝玉与他“同心”，“得了知己”的心理活动，几乎是在贾宝玉生命绝望的时候的一种强烈期待。因为，贾宝玉所爱的林黛玉已经死去，他本来是要坚持他的

“木石前盟”爱情的，但是，他的家庭偏偏把他不爱的薛宝钗用“金玉良缘”组合在一起；他是那样地尊崇着、热爱着与崇拜着青春少女，但是他所爱的青春女性死的死，走的走，都离他而去。他恐惧着“太虚幻境梦”中的故事，但是，实际生活却一样又一样地重复着“太虚幻境梦”的故事。他要过着自由自在的诗意生活，但是，他周围所有他的亲人却都规劝他要读书做官，走仕途经济的道路。他在生活中感到了郁闷与窒息，感到了生活中没有同类，没有同道，没有知己，感到了自己的孤独、孤苦、孤立无援，他多么希望有一两个同类，以使他感到不那么苦闷。既然甄宝玉是他贾宝玉的“同貌人”，那么，甄宝玉就应该是他的同类，与他息息相关，精神是相通的。贾宝玉是怀着这种精神渴求与甄宝玉见面的。但是，这个见面是大失所望，令他感到失去了“同类”。

曹雪芹对贾宝玉与甄宝玉见面的心理变化的描写是非常有层次的。甄贾宝玉是在对“宝玉”称呼上开始对话的。首先是贾宝玉非常敏感地感到了甄宝玉话语的不通：甄宝玉与贾宝玉说：“世兄的才名，弟所素知的。在世兄是数万人里头选出来最清最雅的，至于弟乃庸庸碌碌一等愚人，忝附同名，殊觉玷辱了这两个字。”（第一百十五回）但是在贾宝玉感受里，这话是有些不对味的，心想：“这个人果然同我的心一样的，但是你我都是男人，不比那女孩们清洁，怎么他拿我当作女孩儿看待起来?”（第一百十五回）贾宝玉感觉到了甄宝玉把他比喻为女性的言外之意，那个“最清最雅”只有性别意义而不具有文化精神方面的意义。因而，贾宝玉接着甄宝玉的话说：“世兄谬赞，实不敢当。弟至浊至愚，只不过一块顽石耳！何敢比世兄品望清高，实称此两字呢?”（第一百十五回）在贾宝玉的回话里，是把甄宝玉说的“最清最雅”换成了“品望”的概念。“最清最雅”是单指性别意义，而“品望”则是指向文化精神意义的。这就表现了贾宝玉与甄宝玉精神情趣的不一致。贾宝玉在甄宝玉开首的几句话里并没有获得精神的共鸣。下面这些话就更让贾宝玉感到格格不入了。甄宝玉接着贾宝玉的话说：“弟少时不知分量，自谓尚可琢磨；岂知家遭消索，数年来更比瓦砾犹贱。虽不敢说历尽甘苦，然世道人情，略略的领悟了些须。世兄是锦衣玉食，无不遂心的，必是文章经济，高出人上，所以老伯钟爱，将为席上之珍；弟所以才说尊名方称。”（第一百十五回）

在开始的对话中，贾宝玉就感到了甄宝玉的精神是与他并不相通的，而“贾宝玉听这话头又近了禄蠹的旧套”，是越加反感了。当侄儿贾兰附和甄宝玉说了一番“从历练中出来的，方为真才实学”话之后，贾宝玉就在心里感慨：“这孩子从几时也学会了这一派酸论！”因而说道：“弟闻世兄也诋尽流俗，性情中另有一番见解。今日弟幸会芝范，想欲领教一番超凡入圣的道理，从此可以洗净俗肠，重开眼界。不意视弟为蠢物，所以将世路的话来酬应。”（第一百十五回）这其实是贾宝玉对甄宝玉近了“禄蠹”的旧套的婉转批评。甄宝玉接着贾宝玉的话说：“世兄高论，固是真切，但弟少时也曾深恶那些旧套陈言。只是一年长似一年，家君致仕在家，懒于酬应，委弟接待，后来见过那些大人先生，尽都是显亲扬名的人；便是著书立说，无非言忠言孝，自有一番立德立言的事业，方不枉生在圣明之时，也不致负了父亲师长养育教诲之恩：所以把少年时那些迂想痴情，渐渐的淘汰了些。如今尚欲访师觅友，教导愚蒙。幸会世兄，定当有以教我。适才所言，并非虚意。”（第一百十五回）贾宝玉听了这话，“愈听愈不耐烦，又不好冷淡，只得将言语支吾”（第一百十五回）。

曹雪芹对甄宝玉与贾宝玉思想境界的不一致，给贾宝玉所带来的精神痛苦是表现得极为深刻的：“且说宝玉自那日见了甄宝玉之父，知道甄宝玉来京，朝夕盼望，今儿见面，原想得一知己，岂知谈了半天，竟有些冰炭不投。闷闷的回到自己房中，也不言，也不笑，只管发怔。”（第一百十五回）当宝钗问“那甄宝玉果然象你么?”宝玉道：“相貌倒还是一样的，只是言谈间看起来，并不知道什么，不过也是个禄蠹。”“他说了半天，并没个明心见性之谈，不过说些什么‘文章经济’，又说什么‘为忠为孝’。这样人可不是个禄蠹么？只可惜他也生了这样一个相貌！我想来有了他，我竟要连我这个相貌都不要了！”（第一百十五回）贾宝玉以为甄宝玉与他相貌一模一样，思想精神也应该是一模一样的，但是他的朝夕盼望落空了，甄宝玉虽然相貌与他一模一样，但是，思想精神却与他貌合神离，相距甚远，简直就是冰炭不投的两种人。之后贾宝玉又旧病复发，这不能说与甄宝玉见面没有关系：贾宝玉在生活中茕茕独立，没有一个知己，孤立无援，因而又失魂落魄。

曹雪芹从贾宝玉的角度表现了与甄宝玉的不一致，其实是在表现甄宝

玉的巨大变化；而表现甄宝玉的巨大变化其实也是在表现贾宝玉的不变化，即他对强加于他生活模式的抗拒，对自己自由思想意识与人生方式的坚持。

柳湘莲的“尤三姐辞行”梦

《红楼梦》之所以成为“红楼梦”，当然是因为它写了若干的梦，但是，只因为它写了若干的梦才被称为“红楼梦”，那就过于简单了。《红楼梦》的梦因为与人生相连，与人的思想情感相连，与人的命运相连，更重要的是与人的潜意识相连，就使《红楼梦》表现的内容更为丰富、复杂和深邃。在所有的梦中，柳湘莲的梦是别具一格的。如果说其他梦如贾宝玉的梦预示了好多人的命运，王熙凤的梦预示了贾府由烈火烹油走向“白茫茫大地真干净”，林黛玉的梦隐喻了她对命运的焦虑和悲剧性的预感，那么，柳湘莲的梦则是使柳湘莲思想和人生发生重大转折的梦。尤三姐的自杀当然给柳湘莲以重大打击和刺激，使其产生了忏悔的思想，但是，柳湘莲并没有由此产生挥剑割断青丝而出家的念头。只有在他恍恍惚惚进入潜意识，潜意识化作尤三姐的意象，向他倾诉自己的痴情与选择，他的思想情感才发生了重大变化，梦醒之后，柳湘莲毅然决然割断青丝，跟着道士飘然而去，不知所终。由此可见，这个梦见尤三姐的梦，对柳湘莲是多么的重要。

柳湘莲梦见尤三姐的前后发生了判若两人的极端变化：梦见尤三姐之前，柳湘莲是一个浪子；而梦见尤三姐之后，则慧剑斩情丝，毅然为僧，跟着道士，不知去向。由浪子到僧人，是那个“尤三姐辞行”梦起到了决定性的重大作用。因而，我们可以有充分理由判断，柳湘莲梦见尤三姐的梦是导致他发生变化的重要原因。更准确的说法，应该是，梦见尤三姐是柳湘莲心理变化的重要表现方式。

我们这样说，并不是忽视尤三姐的自刎给柳湘莲造成思想转变的作用，尤三姐的自刎给柳湘莲造成巨大思想冲击，并使其产生了深刻的忏悔之情。尤三姐的自刎完全是因为柳湘莲对尤三姐的误解。柳湘莲本来与尤三姐有定情之约，那把鸳鸯剑就是定情之物。但是，柳湘莲又对尤三姐起了疑心，这在他与宝玉的对话中已经暴露无遗：

宝玉笑道："我又听见焙茗说，琏二哥哥着实问你，不知有何话说？"

湘莲就将路上所有之事，一概告诉了宝玉。宝玉笑道："大喜，大喜！难得这个标致人，果然是个古今绝色，堪配你之为人。"湘莲道："既是这样，他那少了人物？如何只想到我？况且我又素日不甚和他相厚，也关切不至于此。路上忙忙的就那样再三要来定下，难道女家反赶着男家不成？我自己疑惑起来，后悔不该留下这剑作定。所以后来想起你来，可以细细问了底里才好。"宝玉道："你原是个精细人，如何既许了定礼又疑惑起来？你原说只要一个绝色的。如今既得了个绝色的，便罢了，何必再疑？"湘莲道："你既不知他来历，如何又知是绝色？"宝玉道："他是珍大嫂子的继母带来的两位妹子。我在那里和他们混了一个月，怎么不知？真真一对尤物！——他又姓尤。"

湘莲听了，跌脚道："这事不好，断乎做不得了！你们东府里，除了那两个石头狮子干净罢了！"宝玉听说，红了脸。湘莲自惭失言，连忙作揖说："我该死胡说！——你好歹告诉我，他品行如何？"宝玉笑道："你既深知，又来问我做甚么？连我也未必干净了！"湘莲笑道："原是我自己一时忘情，好歹别多心！"宝玉笑道："何必再提，这倒是有心了。"（第六十六回）

正是因为柳湘莲对尤三姐有了这样的错误认识，听了宝玉的话之后，就毅然地与尤三姐退婚。这就造成了尤三姐的悲剧。

贾琏正在新房中，闻湘莲来了，喜之不尽，忙迎出来，让到内堂，和尤老娘相见。湘莲只作揖，称"老伯母"，自称"晚生"，贾琏听了咤异。

吃茶之间，湘莲便说："客中偶然忙促，谁知家姑母于四月订了弟妇，使弟无言可回。要从了二哥，背了姑母，似不合理。若系金帛之定，弟不敢索取；但此剑系祖父所遗，请仍赐回为幸。"贾琏听了，心中自是不自在，便道："二弟，这话你说错了。定者，定也。原怕

> 反悔，所以为定。岂有婚姻之事，出入随意的？这个断乎使不得。”湘莲笑说：“如此说，弟愿领责备罚，然此事断不敢从命。”贾琏还要饶舌。湘莲便起身说：“请兄外座一叙，此处不便。”
>
> 那尤三姐在房明明听见。好容易等了他来，今忽见反悔，便知他在贾府中听了什么话来，把自己也当做淫奔无耻之流，不屑为妻。今若容他出去和贾琏说退亲，料那贾琏不但无法可处，就是争辩起来，自己也无趣味。一听贾琏要同他出去，连忙摘下剑来，将一股雌锋隐在肘后，出来便说：“你们不必出去再议，还你的定礼！”一面泪如雨下，左手将剑并鞘送给湘莲，右手回肘，只往项上一横。可怜：
>
> 揉碎桃花红满地，玉山倾倒再难扶！（第六十六回）

尤三姐自刎之后，贾琏“命湘莲快去（逃走）。湘莲反不动身，拉下手绢，拭泪道：‘我并不知道是这等刚烈人！真真可敬！是我没福消受。’大哭一场，等买了棺木，眼看着入殓，又抚棺大哭一场，方告辞而去”（第六十六回）。柳湘莲的这种行为，可以看作柳湘莲对他鲁莽退婚的悔过，是对没有认识到尤三姐是“真真可敬”女性的忏悔，是对自己退婚造成尤二姐自杀的谴责。但是，柳湘莲的这些行为，还不是他思想性格和人生方式的重大转变，促成柳湘莲思想性格和人生方式发生重大转变的是他的“尤三姐辞行”之梦。柳湘莲的“尤三姐辞行”之梦是发生在柳湘莲的潜意识之中的。

曹雪芹这样描写柳湘莲的梦：

> 正走之间，只听得隐隐一阵环佩之声，三姐从那边来了，一手捧着鸳鸯剑，一手捧着一卷册子，向柳湘莲哭道：“妾痴情待君五年矣。不期君果‘冷心冷面’，妾以死报此痴情。妾今奉警幻仙姑之命，前往太虚幻境，修注案中所有一干情鬼。妾不忍相别，故来一会，从此再不能相见矣！”说毕，又向湘莲洒了几点眼泪，便要告辞而行。湘莲不舍，连忙欲上来拉住问时，那三姐一摔手，便自去了。这里柳湘莲放声大哭，不觉处梦中哭醒，似梦非梦，睁眼看时，竟是一座破庙，旁边坐着一个瘸腿道士捕虱。

湘莲便起身稽首相问："此系何方？仙师何号？"道士笑道："连我也不知道此系何方，我系何人。不过暂来歇脚而已。"柳湘莲听了，冷然如寒冰侵骨。掣出那股雄剑来，将万根烦恼丝，一挥而尽，便随那道士，不知往那里去了。（第六十六回）

对柳湘莲由意识进入潜意识的过程，曹雪芹做了很好的交代，那是柳湘莲抚棺大哭一场之后，"出门正无所之，昏昏默默，自想方才之事：'原来这样标致人才，又这等刚烈！'自悔不及，信步行来，也不自知了。"（第六十六回）"自想方才之事：'原来这样标致人才，又这等刚烈！'自悔不及"，仍然是意识行为，但"信步行来，也不自知了"，则是由意识进入潜意识的表现方式了。而梦的意象的出现，则标志着柳湘莲完全进入了潜意识，梦的意象就是柳湘莲潜意识的表现形式，那看去是尤三姐的行为，实则是柳湘莲自己潜意识情感的象征。

"正走之间，只听得隐隐一阵环佩之声，三姐从那边来了，一手捧着鸳鸯剑，一手捧着一卷册子，向柳湘莲哭道：'妾痴情待君五年矣。不期君果冷心冷面，妾以死报此痴情。'"梦中尤三姐一手捧着鸳鸯剑，一手捧着册子，是柳湘莲潜意识幻化出的意象，那尤三姐捧着鸳鸯剑，是因为鸳鸯剑是柳湘莲定情的信物，而捧着的"册子"则太虚幻境中记载女性悲剧命运的"神谕"。这个"一手捧着鸳鸯剑，一手捧着册子"的意象，极为深刻地表现出柳湘莲对作为女性的尤三姐的命运悲剧的无意识理解：鸳鸯剑象征了尤三姐对情的专一、执着和赤诚，柳湘莲梦见了那鸳鸯剑就表示他已经认识到尤三姐的痴情。而"册子"则是对女性悲剧命运的先天性的不可改变的注定。柳湘莲梦见了尤三姐"捧着册子"，那个"册子"是记载女性悲剧命运的判词，也就象征了柳湘莲对尤三姐这个女性悲剧命运的理解。

柳湘莲的深深忏悔化作了尤三姐的深情倾诉，那深情的倾诉当然就是柳湘莲的心理活动。柳湘莲幻化成尤三姐意象的梦境又是与柳湘莲的意识紧密相连的，是由柳湘莲的男权统治思想造成的。尤三姐是那样一个刚烈、忠贞的女性，贾珍、贾琏是那样地垂涎于她，可以给她带来荣华富贵、锦衣玉食，但是她却丝毫不为所动，不管贾珍、贾琏是如何百般挑

逗、千种诱惑，她仍然守身如玉。相反，却可以显示自己的千姿百态、万种风情，尽情洒脱地戏弄那两个淫棍。尤三姐与尤二姐虽然都是贾府中的“尤物”，为了能够活下去，尤二姐成了贾琏的玩物，尤三姐却走了与尤二姐绝对不同的道路。她要找到自己理想的恋人，她苦苦坚持而又满怀希望地等待自己的恋人，尽管那是她一厢情愿地想象的恋人，而事实上，柳湘莲并不是如她想象、期待的那样的恋人。柳湘莲梦中，尤三姐指责他“冷面冷心”，而辜负了自己的一片痴心，这就是柳湘莲潜意识中对女性痴情男性负心的心理内容，但是，柳湘莲梦的显像又确实具有这方面的隐形意味。

尤三姐说“妾以死报此痴情”，这个“痴情”并非指柳湘莲的痴情，柳湘莲对尤三姐并没有什么痴情，而是指尤三姐自己。这是柳湘莲潜意识中，对尤三姐痴情的深刻理解。在柳湘莲的理解中，尤三姐的痴情被辜负了，被误认为是淫奔无耻、风尘女子，而她就只能以死来体现自己的痴情了。这是作为负心汉的柳湘莲自己对痴心女子的忏悔之情。

“今奉警幻仙姑之命，前往太虚幻境，修注案中所有一干情鬼”，柳湘莲梦见尤三姐的这个意象又包含着极为丰富的内容。读者对警幻仙姑和太虚幻境都有一个“前理解”，那还是在第五回贾宝玉的“太虚幻境梦”中，贾宝玉跟着秦可卿进入太虚幻境，又跟着警幻仙姑进入了“孽海情天”，在“薄命司”中看见了“金陵十二钗簿册”，那册中就记载着贾府所有女性悲剧命运的“神谕”，那里面都是“情鬼”。那里面虽然没有对尤三姐的记载（金陵十二钗副册仅显示香菱一人的悲剧命运，由香菱的身份、命运推断，尤二姐、尤三姐当属副册中人），但是，警幻仙姑让她去修注案中所有一干“情鬼”，她也当属于这种“情鬼”模式中的一位。这就表明，在柳湘莲的潜意识中，包含着尤三姐也是属于女性必然悲剧命运下场的理解。

“‘妾不忍相别，故来一会，从此再不能相见矣！’说毕，又向湘莲洒了几点眼泪，便要告辞而行。湘莲不舍，连忙欲上来拉住同时，那三姐一摔手，便自去了。”这当然还是尤三姐的形象，但是它却是柳湘莲的心理。一方面可以看作是柳湘莲对尤三姐不忍离开的想象，另一方面又可以看作是柳湘莲对尤三姐的依依不舍的对象化表现。从“不忍相别”到“那三姐一摔手，便自去了”，既表现了尤三姐的思想情感变化，又表现了柳湘莲思想情感变化，但归根到底，还是柳湘莲自己潜意识心理的表现。尤三姐不忍相别，前来告辞和柳湘莲欲上前“拉住”，表现了柳湘莲内心对尤三姐情感的变化，也表现了柳湘莲对尤三姐退婚的悔恨，“拉住”是想回到退婚之前情感状态的象征方式。但是，尤三姐对柳湘莲的欲“拉住”反应却是“一摔手”，便自去了。对柳湘莲梦中尤三姐的表现，读者非常容易理解成就是尤三姐的行为表现，很容易忘掉了尤三姐的表现是在柳湘莲的梦中。柳湘莲梦中的尤三姐行为丰富了对尤三姐的艺术创造，使其形象更加光辉灿烂。柳湘莲梦见了尤三姐，那可能是符合尤三姐思想性格的表现，但最主要的还是对柳湘莲自己心底秘密的表现。

如果我们认为柳湘莲梦中要“拉住”尤三姐是他悔恨的表现，那么，尤三姐“一摔手，便自去了”则是柳湘莲对尤三姐决绝态度的潜意识理解。尤三姐的“一摔手，便自去了”，是柳湘莲对尤三姐那个女性悲剧命运、也包括对他自己这个男性造成尤三姐女性悲剧命运的重新认识。

尤三姐曾经是钟情于贾宝玉的，那是贾宝玉、尤三姐和尤二姐那里曾经“混过”一个月发生的。这是在第六十六回兴儿与尤三姐的对话表现出来的：

> 忽见尤三姐笑问道：“可是，你们家那宝玉，除了上学，他做些什么？”兴儿笑道：“三姨儿别问他，——说起来，三姨儿也未必信：他长了这么大，独他没有上过正经学。我们家从祖宗直到二爷，谁不是学里的师老爷严严的管着念书？偏他不爱念书，是老太太的宝贝。老爷先还管，如今也不敢管了。成天家疯疯癫癫的，说话人也不懂，干的事人也不知。外头人人看着好清俊模样儿，心里自然是聪明的；谁知里头更糊涂。见了人，一句话也没有。所有的好处，虽没上过学，倒难为他认得几个字。每日又不习文，又不学武，又怕见人，只爱在丫头群儿里闹。再者，也没个刚气儿。有一遭见了我们，喜欢时，没上没下，大家乱玩一阵；不喜欢，各自走了，他也不理人。我们坐着卧着，见了他也不理他，他也不责备。因此，没人怕他，只管随便，都过的去。”
>
> 尤三姐笑道：“主子宽了，你们又这样；严了，又抱怨：可知你们难缠。”尤二姐道：“我们看他倒好，原来这样。可惜了儿的一个好胎子！”尤三姐道：“姐姐信他胡说？咱们也不是见过一面两面的，行

事言谈吃喝，原有些女儿气的，自然是天天只在里头惯了的。要说糊涂，那些儿糊涂？姐姐记得穿孝时，咱们同在一处，那日正是和尚们进来绕棺，咱们都在那里站着，他只站在头里挡着人。人说他不知礼，又没眼色。过后他没悄悄的告诉咱们说？——‘姐姐们不知道：我并不是没眼色；想和尚们的那样腌臜，只恐怕气味熏了姐姐们。’接着他吃茶，姐姐又要茶，那个老婆子就拿了他的碗去倒，他赶忙说：‘那碗是腌臜的，另洗了再斟来。’这两件上，我冷眼看去，原来他在女孩儿跟前，不管什么都过的去，只不大合外人的式，所以他们不知道。”

尤二姐听说，笑道：“依你说，你两个已是情投意合了。竟把你许了他，岂不好？”三姐见有兴儿，不便说话，只低了头磕瓜子儿。兴儿笑道：“若论模样儿行为，倒是一对儿好人！只是他已经有了人了，只是没有露形儿，——将来准是林姑娘定了的。因林姑娘多病，二则都还小，所以还没办呢。再过三二年，老太太便一开言，那是再无不准的了。”（第六十六回）

从尤三姐与兴儿和尤二姐的对话中，我们可以清清楚楚地看出，尤三姐曾经钟情于贾宝玉的，只是兴儿说到贾宝玉的对象“将来准是林姑娘定了的”，才使尤三姐钟情宝玉的念头断绝了。那么，贾宝玉在许多人那里是不可理喻的、疯疯傻傻的人，尤三姐为什么偏偏钟情于他呢？那就是贾宝玉对女性的深切同情、理解和呵护。贾宝玉曾经为“二尤”遮挡过和尚们，那是因为贾宝玉怕和尚的腌臜气味熏了姐姐们；而姐姐要用老婆子喝过茶的茶碗喝茶，贾宝玉又说那碗是肮脏的，另洗了碗再斟来。在尤二姐的感受里，那个几乎令所有人都不解的贾宝玉，才是真正理解女性、体贴女性、尊重女性、热爱女性、呵护女性、关怀女性的男性，而不是像贾珍、贾琏那样把女性当作玩弄、蹂躏和糟蹋对象的男人。但尤三姐与贾宝玉没有姻缘，不能相爱。她曾经也把柳湘莲视为贾宝玉那样的男性，但是，她的向往和憧憬落空了。在尤三姐的眼里，几乎所有的男人都是把女性当作性对象来玩弄的，她找不到爱恋的对象，找不到精神依托的对象，找不到把女性当作人的男人，找不到理想的伴侣，找不到想象中的爱情，因而，她“一挥手”才告别了这无爱的男人的世界，告别了这无爱的人间。在曹雪芹对柳湘莲梦的描写中，是包容着尤三姐这些内容的。

柳湘莲的“尤三姐辞行”之梦，是一个促使柳湘莲人生重大转折的梦。从一个浪子转变为一个僧人，从一个男权主义者转变为对女性有了充分理解的人，从一个无情无义之人转变为一个忏悔者。这个转变很大程度上是由这个梦完成的。由于梦对潜意识的意象化表现，使柳湘莲对自己的行为有了更深切的认识，对尤三姐的思想行为有了新的理解；而且无论是对自己的男权统治思想，还是对尤三姐的女性自由追求都有了超越自己意识层面的认识。在这个梦中，柳湘莲意识到了自己的错处：不仅在于退婚造成尤三姐的自刎；更在于对女性的隔膜，在于是从他这个男性的角度去对待女性，而不是从女性的角度对待女性；还在于他是以一种大男子主义支配了自己的思想行为，自己可以“赌博吃酒，以至眠花卧柳，吹笛弹筝，无所不为”（第四十七回）却要求女性专一。在他的梦中，隐隐约约地感到了自己没有理解尤三姐，没有理解女性。由此梦，柳湘莲发生了巨大变化，由先前的乱爱浪子，转而一变为无情无欲的僧人。这与其说是柳湘莲的信仰，不如说是柳湘莲对自己的一种惩罚。

秦钟的“留恋”梦

秦钟这个人物在辉煌巨著《红楼梦》之中，只是一个小小的角色：在第七回出现，贾宝玉与秦钟初次相见；在第九回贾宝玉为秦钟大闹学堂；第十五回送秦可卿的灵柩去铁槛寺的时候，秦钟与小尼姑智能在馒头庵幽会；在第十六回就夭亡了，秦钟的梦就出现在他夭逝之际，曹雪芹仍然是通过意识和潜意识两个层面来表现秦钟的心理内容，并且是在意识层面之后揭示秦钟的潜意识心理内容。

我们先来看曹雪芹对秦钟的描写。秦钟的梦是在临死之前做的，这个梦的时间对解读秦钟的梦有着非常重要的作用。“那秦钟早已魂魄离身，只剩得一口悠悠余气在胸，正见许多鬼判持牌提索来捉他。那秦钟魂魄那里肯就去？”（第十六回）秦钟生命奄奄一息，但是其魂魄却不肯离去。这是为什么呢？曹雪芹接着写了秦钟的心理活动：“又记念着家中无人管理

家务，又惦记着智能儿尚无下落，因此百般求告鬼判。”（第十六回）这种心理活动是属于秦钟的意识层面的，是他留恋生命、留恋生活、留恋智能儿等的表现形式。这种对生命和生活的留恋，使其生成了一种求生而不愿速速离世的欲望，这就导致了秦钟在生命垂危之际能够以苟延残喘的方式弥留。因为挚爱的亲人没有到场见上最后一面，因为这种欲望的支撑，将死之人宁肯忍受不能咽气的巨大痛苦折磨，也要等到相见的亲人来到跟前看最后一眼。这样的事例，在生活中是屡见不鲜的。曹雪芹对秦钟不肯离世的描写，写得非常真实、现实。这就在秦钟的梦里出现了他向鬼判百般求告，无奈鬼判不肯徇私的梦象。鬼判反叱咤秦钟“亏你还是读过书的人，岂不知俗语说的：‘阎王叫你三更死，谁敢留人到五更。’我们阴间上下都是铁面无私的，不比阳间瞻情顾意，有许多的关碍处”（第十六回）。这是秦钟对他即将结束生命但又留恋生命的意识转换成的梦幻意象。这些意象表现了秦钟对生命的深深留恋和无可奈何的心理活动。秦钟梦的前半段，或者说梦的第一个情节，是表现“那秦钟魂魄那里肯就去?”的缘由，对家（无人管理）和情人（智能儿）的留恋。这只是秦钟意识层面的表现，即秦钟意识到的心理内容。秦钟的潜意识才是曹雪芹要着力表现的内容。正是秦钟的潜意识内容，才使其创造了他看见宝玉来了的梦。梦见宝玉来了，则是他不肯咽气留恋这个世界的最重要原因。这属于秦钟梦的后半段，或者是秦钟梦的第二个情节。

正闹着，那秦钟的魂魄忽听见“宝玉来了”四字，便忙又央求道：“列位神差略慈悲慈悲，让我回去，和一个好朋友说一句话，就来了。”众鬼道：“又是什么好朋友?”秦钟道：“不瞒列位：就是荣国公的孙子，小名儿叫宝玉的。”那判官听了，先就唬的慌张起来，忙喝骂那些小鬼道：“我说你们放了他回去走走罢，你们不依我的话。如今闹的请出个运旺时盛的人来了。怎么好?”众鬼见都判如此，也都忙了手脚，一面又抱怨道：“你老人家先是那么‘雷霆火炮’，原来见不得‘宝玉’二字。依我们想来，他是阳间，我们是阴间，怕他亦无益。”那都判越发着急，吆喝起来。（第十六回）

秦钟的梦就是在贾宝玉来到连叫了两三声“宝玉来了”那一瞬间发生的，是贾宝玉连叫两三声“宝玉来了”唤起了秦钟的潜意识，使其做了一个贾宝玉来看他的梦。秦钟之所以梦见宝玉来了，那是因为他潜意识中就是希望宝玉能够来与他见上最后一面，说上最后一句话。这里有两个问题需要进一步分析：一个是秦钟在极短的时间做了一个很长的梦，另一个是秦钟梦到贾宝玉来了，贾宝玉就真的来了。

秦钟做梦要见贾宝玉，贾宝玉就真的来了，秦钟的梦与实际发生的事是高度吻合了。怎么会有这样巧合的事呢？这是因为，第一，秦钟梦见贾宝玉来了是在贾宝玉说“宝玉来了”同时发生的，是贾宝玉说的“宝玉来了”促使秦钟潜意识中牵念贾宝玉要见贾宝玉的欲念被激发了出来，从而形成了梦见贾宝玉来了的梦。秦钟为能够见到贾宝玉还想象了鬼判和众鬼都惧怕“宝玉”的理由。这虽然是好像经过了一段时间的有情节的梦，但是在秦钟那里只是一瞬间的意识流动。由于意识的加速流动，人做梦的一瞬间会经历许多事情。在一瞬间做了一个很长的梦，这在心理活动中叫作“意识流”。梦中意识流动的时空远比人在现实的时空要大不知有多少倍。中国古代一个“黄粱梦”是最典型的：唐代的时候，穷困潦倒的卢生在邯郸旅店里，遇到一个自称吕翁的道士，与道士倾诉他的抑郁不得志，道士送给他一个枕头，卢生酣然入梦，梦中娶清河崔氏女为妻，中进士，做了舍人，官升至节度使，大破戎虏，为相十余年，有五个儿子，都做了高官，孙子十余人，这些子孙都与名门望族结了姻亲。卢生年过八十而卒，可谓享尽荣华富贵。当那个飞黄腾达的美梦醒来之际，黄米饭才刚刚煮熟。卢生的梦里是在一顿小米饭的工夫，过完了自己荣华富贵的一生，那是潜意识加速流动的结果。是卢生把自己被压抑的欲望投射到了他的梦中所形成的。

弗洛伊德在他的《释梦》中记载了默里一个梦：“他病了，在他的房间的床上躺着，母亲坐在他身边，他睡着了，梦见他处在大革命的恐怖统治时期。在他目睹了一些谋杀打斗场面之后，他终于被带上了革命法庭，在那儿他看见了罗伯斯庇尔、马拉、富基埃坦维尔等当时的风云人物。他们审问他，问了几个他现在也记不清的问题之后，就给他判了死刑。他被带到行刑场，周围围满了暴民。他爬上了断头台，被刽子手捆在木桩上，

木桩倾斜了，刀已落了下来，他感到已经身首异处。这时突然惊醒，仍然惊魂未定，这时才发现是床头板倒了下来，正如刽子手的刀一样打在他的颈椎上。”① 这个梦是把他自己平时被压抑的做英雄愿望投射到了那一瞬间。

曹雪芹是深深地了解人做梦的神秘过程的，在秦钟的梦里表现了这一神秘过程，只是在“宝玉来了”一句话短暂的时间，就表现了秦钟梦的一个很长过程。

由于秦钟的梦是与贾宝玉来看秦钟的行为同时发生的，准确地说是在贾宝玉说“贾宝玉来了”触发下才发生的，因而秦钟梦见贾宝玉来了，并非是预示梦，这是与其他人的预示梦绝对不同的。但是，秦钟为什么可以在贾宝玉说“贾宝玉来了”就做了贾宝玉来了的梦呢？这就与秦钟和贾宝玉的友谊有关。在秦钟这一面，他的意识层面是留恋生命与生活的，但在他的潜意识层面是留恋贾宝玉的。但在贾宝玉没来之前，他还是不自知的。只有在听到“贾宝玉来了”他才把他的潜意识欲念通过梦的意象方式表现出来。在秦钟的意识层面，在将死之际他是留恋生命且留恋生活的，所想到的是家里没人管理，恋人智能儿下落不明等，但是，在他潜意识中所留恋的还是宝玉。他为什么那样留恋宝玉呢？是因为与宝玉的一段所谓的“同性恋”么？这确实是曹雪芹也讳莫如深的问题。当贾宝玉和秦钟夜宿馒头庵的时候，贾宝玉撞见了秦钟与智能儿的私会，“宝玉拉着秦钟出来道：‘你可还强嘴不强？’秦钟笑道：‘好哥哥，你只别嚷，你要怎么着都使的。’宝玉笑道：‘这会子也不用说，等一会儿睡下咱们再慢慢儿的算账。’一时宽衣安歇的时节，凤姐在里间，宝玉秦钟在外间，满地下皆是婆子们打铺坐更。凤姐因怕‘通灵玉’失落，便等宝玉睡下，令人拿来塞在自己枕边。却不知宝玉和秦钟如何算账，未见真切，此系疑案，不敢创纂。”（第十五回）这里，曹雪芹故布疑障，这是一种叙述策略，故意留有余地让读者去补充与想象。秦钟留恋贾宝玉是因为贾宝玉与他有着共同的思想精神倾向。

在秦钟弥留之际，也是在秦钟潜意识深处留恋贾宝玉之际，贾宝玉来

① ［奥］弗洛伊德：《释梦》，车文博主编，九州出版社 2014 年版，第 47—48 页。

看秦钟了，这在贾宝玉来说，是因为他与秦钟有着深厚的情谊。那友情是在贾宝玉的意识层面，是两个没有进入社会的美少年惺惺惜惺惺的情感，这只是贾宝玉意识层面的心理内容，在他的潜意识层面他与秦钟的友情是对一种思想精神的向往而形成的“情结”。正是这两个方面的结合，才使得贾宝玉那样看重与秦钟的友情。当听到秦钟将不久于人世的时候，他立马去看秦钟，也就是送秦钟最后一程。而他刚刚到秦钟所在之地就反复高声说道：“宝玉来了！”这一方面说明贾宝玉对秦钟的情感，另一方面也说明他知道秦钟对他在生命弥留之际来看他的期待。这既有意识层面的理解又有潜意识层面的呼应。

贾宝玉能够与秦钟建立起友谊，是因为贾宝玉欣赏秦钟的俊美，是对那俊美所象征的思想精神的欣赏。“比宝玉略瘦些，眉清目秀，粉面朱唇，身材俊俏，举止风流，似更在宝玉之上；只是怯怯羞羞有些女儿之态”（第七回），秦钟的这种风度立刻征服了贾宝玉，引发了他的浮想联翩：

> 那宝玉自一见秦钟，心中便如有所失，痴了半日，自己心中又起了个呆想，乃自思道：“天下竟有这等的人物！如今看了，我竟成了泥猪癞狗了！可恨我为什么生在这侯门公府之家？要也生在寒儒薄宦的家里，早得和他交接，也不枉生了一世。我虽比他尊贵，但绫锦纱罗，也不过裹了我这枯株朽木；羊羔美酒，也不过填了我这粪窟泥沟：‘富贵’二字，真真把人荼毒了！”那秦钟见了宝玉形容出众，举止不凡，更兼金冠绣服，艳婢姣童，——“果然怨不得姐姐素日提起来就夸不绝口，我偏偏生于清寒之家，怎能与他交接亲厚一番，也是缘法。”二人一样胡思乱想。（第七回）

贾宝玉和秦钟一相见，就彼此“胡思乱想”了，二人你言我语，十来句就越觉亲密起来。为了多与秦钟在一起，不喜读书的贾宝玉居然积极地去私塾读书了。宝玉与秦钟一起上学之后，宝玉“终是个不能安分守理的人，一味的随心所欲，因此发了癖性，又向秦钟悄说：‘咱们两个人，一样的年纪，况又同窗，以后不必论叔侄，只论弟兄朋友就是了。’先是秦钟不敢，宝玉不从，只叫他‘兄弟’，叫他表字‘鲸卿’；秦钟也只得混着

乱叫起来”（第九回）。贾宝玉与秦钟由叔侄关系变成了兄弟朋友关系，这体现了少年人的心理与情绪。为此，作家又写到宝玉与其他美貌少年的密切：宝玉和秦钟在私塾中遇到了两个“妩媚风流”的同学——“香怜”“玉爱”——四个人在一起“缱绻羡爱”，“四人心中虽有情意，只未发出。每日一入学中，四处各坐，却八目勾留，或设言托意，或咏桑寓柳，遥以心照，却外面自为避人眼目。”（第九回）在这里，就表现了宝玉对青春少年的丰富情感，贾宝玉不是因为爱欲才和这些男孩子们在一起，而仅仅因为他们的青春美丽纯洁无瑕，彼此吸引。

因此，贾宝玉在初看秦钟的时候，就觉得在秦钟的比对下，自己好像泥猪癞狗，这显然是对相貌的感悟。秦钟美丽的相貌使他想起了与秦可卿的类同，而秦可卿不仅是生活中的人物，还是他梦中的神性角色，因此，他在感到秦钟像秦可卿之后才“如有所失”。贾宝玉欣赏的是秦钟所具有的女性气质，这与贾宝玉欣赏的女儿观有着隐秘关系。

表面看来，贾宝玉与秦钟建立起的友谊，是属于那种英俊少年之间相互欣赏的纯情，这里面有少年之间的所谓“同性恋”倾向，但更多的还是“惺惺惜惺惺”的情感，而从更深层心理看，则是两个还没有走向成人社会（即还没有成为被那个“好了歌”所表现的欲望的滚滚洪流所裹胁）所秉持的人生观相同的少年所建立起的友谊。那是还没有被社会所污染所异化的纯净的人之间的吸引。也就是说贾宝玉是“宝玉”，秦钟也是“宝玉”，所谓的“惺惺惜惺惺”其实质是“宝玉”与“宝玉”象征的是纯洁的人之间的吸引与友爱。曹雪芹把这样一个少年赋名为秦钟（即“情种”的谐音）就是在隐喻这方面的意思。只要我们把贾宝玉、甄宝玉和秦可卿还有蒋玉函、柳湘莲、北静王等放在一起比较，就会看到曹雪芹写秦钟的用意。同样是英俊少年，他们起初都是相互欣赏的，但是，那个与贾宝玉有同样家世、同样相貌和同样女儿观的甄宝玉却完全走向了自己的反面，走向了读书做官的道路。贾宝玉与甄宝玉的决裂是在第一百十五回；蒋玉函是一直到作品的终了，贾宝玉出家，其准妾袭人嫁给了他。蒋玉函也是一个英俊的少年，其思想也是与贾宝玉靠近的，但却没有发生甄宝玉那样的逆转。曹雪芹表现了与贾宝玉几个相近少年的不同人生选择和人生道路，秦钟是早早夭折的一位。秦钟的未来发展向度没有得到表现与预示，只停留在了他们相互欣赏的阶段。

曹雪芹写秦钟包括他的梦，当然是表现了秦钟的思想性格，但最根本的目的，却是在烘托贾宝玉，写贾宝玉那个年龄阶段的思想意识，也描述了青少年那个阶段的思想意识。秦钟在生命弥留之际，在留恋家务没人管理和恋人智能儿之后，还隐秘着对贾宝玉的留恋，但贾宝玉在秦钟那里也只是一种象征，他象征的是对人的超越于世俗价值的另一种东西的留恋，那种东西也不能用由友谊等来概括的，而是属于人世间的最纯洁的思想情感。在秦钟走向黑暗的生命弥留之际，他留恋生命和这个世界，是因为他的心底还觉得人世间还有那人性纯洁的美丽光辉在闪耀。

在贾宝玉人生的道路上，不仅是一个又一个美丽纯洁的少女离他而去，还有一个又一个纯情的少年也离他而去。一个又一个美丽纯洁的少女离他而去，或者是死去，如黛玉和晴雯；或者不知所终，如妙玉；或者是远嫁他乡，如探春。而一个又一个少年，则或是因为变成了另一种人，如甄宝玉；或是为了避祸而远遁他乡，如柳湘莲；或是寻觅世俗人生的安宁，而隐于世俗之中，如蒋玉函，等等。秦钟是第一个中途夭折的，这在贾宝玉的生命感受里，永远地记着秦钟与甄宝玉的不同，永远地记忆着秦钟的纯情，永远地记忆着秦钟的美好。与贾宝玉一起“厮混”的青春少女一个一个离去了，与贾宝玉一起友好的少年也一个一个离去了，贾宝玉在他的人生道路上是越来越孤独，越来越缺少同道，越来越走向绝望。

秦钟的梦是一个很短的梦，却表现出曹雪芹对人的内心的理解、把握与表现，对心理表现梦的理解、把握与表现。既在一瞬间表现了人的复杂的思想情感，又在梦的层次中表现了人深藏的心理内容，既表现了人的意识层次内容，又表现了人的潜意识内容。他还把这些表现重复了生存环境。与此同时，还表现了他一箭双雕的写作手段，他是在写秦钟的梦，用秦钟的梦表现了秦钟的思想性格。同时，他又是在写贾宝玉，通过秦钟的梦写贾宝玉，写贾宝玉隐秘的思想精神。秦钟的梦，与甄士隐的梦、秦可卿托梦王熙凤、鸳鸯梦见秦可卿一样，不独是对做梦人自身命运归宿的象征，同时也是借这些梦来警示贾宝玉勘破情之虚、情之幻，勘破“皮肤滥淫之情”，寻觅“意淫”的真谛。更是，借这些梦来传达作者“大旨传情”的创作主旨。

第五章　表现家族悲剧结局的梦

王熙凤的“盛极必衰”系列梦

在第十三回，写了王熙凤梦见秦可卿托梦，让她知道“否极泰来，荣辱自古周而复始”，虽然是“鲜花着锦”“烈火烹油”但“盛筵必散”，要她在祖茔附近置办田地、办私塾，以备家族败落之需。这也是《红楼梦》中一个极为重要的梦，王熙凤的梦是一个神话式的梦，它在本质上表现的仍然是神话。

在《红楼梦》的梦的大系统中，看王熙凤的梦，这个梦有它自己非常独特的内容。王熙凤的梦与甄士隐的梦、贾宝玉的“太虚幻境梦”等一样，都是属于神话式的梦，因而，王熙凤的梦与甄士隐、贾宝玉的梦等有一致性的内容，那就是以神话性的叙事表现一种文化原型。但是，在《红楼梦》诸多的神话式的梦中，王熙凤的梦又有其他梦不可替代的内容，表现着其他神话式的梦不可替代的文化原型。

这主要表现在两个大的方面，一是梦的具体形式的不同，二是表现原型的不同。首先我们来看梦的具体形式的不同。甄士隐的“石头记”神话梦，虽然也牵涉到现实中的贾宝玉和林黛玉，梦中的那些人物则完全是神话性质的人物。贾宝玉的“太虚幻境梦”，虽然也牵涉到现实中的人物，那是在神话式的梦中看到的现实中人的未来命运，不是对现实的表现，而仍是属于神话性质的表现。但是，与甄士隐“石头记”神话的梦、贾宝玉的“太虚幻境梦”绝对不同的，王熙凤梦见秦可卿，是秦可卿在临死前“托梦”王熙凤，托者与被托者都是现实中的人物；“托梦”的内容也是现实中的内容：秦可卿嘱托王熙凤要懂得否极泰来、乐极悲生的规律，准备后手，以便在家族败落时应急。这种人物和内容都是现实的而不是另一个世界（比如太虚幻境）的。

但是，这并不能说明这个纯属现实性的梦就不具有神话性质。这是因为，王熙凤的现实性的梦是被神话原型架构的，是神话原型支配王熙凤做了一个应对现实危机的梦。换一句话说，是曹雪芹为实现创作目的，写了王熙凤用神话原型应对现实未来危机的梦。这就表现出王熙凤的梦与甄士隐、贾宝玉梦的大大不同，甄士隐、贾宝玉的梦是梦见神话世界，表现了神话原型；而王熙凤梦见的是现实世界，在现实世界中领悟了神话原型。"石头记"神话梦见的是贾宝玉人生的未来原型；"太虚幻境梦"梦见的是众多女性的悲剧命运原型；王熙凤的梦梦见的则是贾府及其象征的整个社会的末日原型。这三个神话式的梦构成了《红楼梦》悲剧主题原型性内容。

一　王熙凤梦见了历史和未来

《红楼梦》的故事开始不久，那贾府生活正是"鲜花着锦""烈火烹油"之时，王熙凤做了这样一个梦：

> 凤姐方觉睡眼微蒙，恍惚只见秦氏从外走进来，含笑说道："婶娘好睡！我今日回去，你也不送我一程。因娘儿们素日相好，我舍不得婶娘，故来别你一别。还有一件心愿未了，非告诉婶娘，别人未必中用。"
>
> 凤姐听了，恍惚问道："有何心愿？只管托我就是了。"秦氏道："婶娘，你是个脂粉队里的英雄，连那些束带顶冠的男子也不能过你，你如何连两句俗语也不晓得？常言：'月满则亏，水满则溢。'又道是：'登高必跌重。'如今我们家赫赫扬扬，已将百载，一日倘或'乐极生悲'，若应了那句'树倒猢狲散'的俗语，岂不虚称了一世诗书旧族了？"凤姐听了此话，心胸不快，十分敬畏，忙问道："这话虑的极是，但有何法可以永保无虞？"秦氏冷笑道："婶娘好痴也！'否极泰来'，荣辱自古周而复始，岂人力所能常保的；但如今能于荣时筹

画下将来衰时的世业，亦可以常远保全了。即如今日诸事俱妥，只有两件未妥，若把此事如此一行，则后日可保无患了。”（第十三回）

秦可卿提醒王熙凤要有“月满则亏，水满则溢”“登高必跌重”的危机意识，并提出合理化建议：“赶今日富贵，将祖茔附近多置田庄、房舍、地亩，以备祭祀、供给之费皆出自此处；将家塾亦设于此。合同族中长幼，大家定了则例，日后按房掌管这一年的地亩钱粮、祭祀供给之事。如此周流，又无争竞，也没有典卖诸弊。便是有罪，己物可以入官，这祭祀产业，连官也不入的。便败落下来，子孙回家读书务农，也有个退步，祭祀又可永继。”（第十三回）然后又预言了贾家马上会有一件大喜事，但也不过瞬息繁华，并留下了“三春去后诸芳尽，各自须寻各自门”的预言。

王熙凤的这个梦——秦可卿“托梦”王熙凤，是《红楼梦》一个谜。贾府正处于“鲜花着锦”“烈火烹油”蒸蒸日上之际，王熙凤怎么会梦到贾府可能的末日呢？秦可卿又怎么可能托梦与王熙凤呢？或者说，王熙凤怎么可能梦到秦可卿托梦于她呢？要真正理解这些谜，最关键的是必须理解王熙凤到底梦见了什么。

王熙凤梦见的是历史和未来。历史是一种历史规律，未来是贾府未来的结局。她梦见的“否极泰来，荣辱自古周而复始，岂人力所能保常的”，这是一种历史规律，这种历史规律就是一种原型，而未来是被这种历史规律支配的，也就是被这种原型支配的。因而，由贾府当下的“鲜花着锦”“烈火烹油”之兴盛就可以判断到将来的“白茫茫大地真干净”的衰落与末路。秦可卿嘱托王熙凤在祖茔之地置办田产，举办私塾正是为了应对将来衰落与末路之危机的。

王熙凤的这个梦有三个方面的内容：一是表现了从兴盛走向衰落是历史规律的观点；二是由此预示了贾府衰落的结局；三是为应对衰落而生发的策略。但核心思想是对贾府衰落结局的预示，“由盛而衰”的历史规律的思想认识，是为说明贾府衰落而提供铺垫的思想认识，应对贾府衰落危机的策略也是由贾府衰落结局而生成的。

贾府后来的结局应了王熙凤的梦；这个梦真的成了王熙凤对未来危机未卜先知和应对未来危机的锦囊妙计。

二　王熙凤梦到的是神话原型

王熙凤梦见秦可卿嘱咐她的三件事，这是秦可卿临死的时候来告诉王熙凤的，这看起来是极为神秘的。但从王熙凤心理的角度看，这种神秘性又是可以理解的。秦可卿临死前告诉王熙凤的话，并非是秦可卿的灵魂来到王熙凤的梦中嘱托王熙凤，让她对将来的危机应该有所准备，而是王熙凤自己内心的活动以梦中秦可卿来嘱托她的方式表现出来。王熙凤的梦梦见了历史和未来，梦见了贾府未来的衰落，梦见了应对未来危机的策略。但问题之一是，王熙凤做这个梦的时候，才20多岁，她还没有很丰富的人生阅历和对历史的深刻认识，没有任何描写可以说明王熙凤是读过历史书籍的；也没有任何材料可以说明王熙凤的人生经验足以对贾府的未来作出预测；问题之二是，这个梦出现在《红楼梦》第十三回，也就是说贾府正在鼎盛时期，王熙凤怎么可能梦见了贾府未来的衰落?

王熙凤的意识层面，是不可能有这种心理内容的；但王熙凤的潜意识心理却完全可以有这种心理内容。秦可卿“托梦”王熙凤，即王熙凤的梦是曹雪芹的创造，因而，它是以曹雪芹对梦的深刻洞察为基础的。在曹雪芹对梦的表现中，比如对甄士隐的石头记神话梦，贾宝玉的“太虚幻境梦”，都不是表现他们的意识层面的心理内容，而是表现他们集体潜意识的心理内容。王熙凤梦见秦可卿嘱托她的梦，与甄士隐、贾宝玉的梦一样，也不是王熙凤的意识内容，而是超出她意识之外的，属于她的集体潜意识心理内容。也就是说，王熙凤的梦并不是来自王熙凤的意识层面，而是来自她的潜意识层面。

在曹雪芹对梦的心理内容的深刻洞察中，表现出曹雪芹对人具有双重心理内容的认识。在甄士隐、贾宝玉和王熙凤的心理中，既有意识内容，也有集体潜意识内容。他们的神话式的梦就属于他们集体潜意识心理的表现。没有曹雪芹对人的双重心理内容的认识，他就不可能描写甄士隐、贾宝玉等人的神话式的梦，就不可能表现超出他们生活经验的不属于他们意识层面的思想意识。曹雪芹表现的这种心理秘密，只有到了弗洛伊德和荣格的心理学中才得到了深刻揭示。弗洛伊德认为，人的心理结构是由意

识、前意识和潜意识构成的，意识是人自己能意识到的思想情感，前意识是一度被遗忘但通过回忆能够唤回的思想意识，而潜意识则是出生后欲望被压抑了，因而形成了潜意识。荣格不同于弗洛伊德的观点在于，荣格认为潜意识不是人出生后欲望被压抑才形成的，而是种族的心理积淀，是原始意象的种族记忆，是心理遗传。荣格把集体潜意识运用对梦的解释中去，成为释梦的一种最重要方法。荣格深刻指出："对一个意义深远的梦的阐释——就像我们之前进行的那个——仅仅停留在个人氛围中是绝对不够的。那个梦包含着一种原型意象，暗示着做梦者的心理情境延伸到了个人潜意识的层面之外。他的问题不再完全是同个人相关的，而是触及了一般人类问题。"[①] 荣格对梦的集体潜意识研究方法，告诉我们对梦的研究是不能停留在个人生活范围内的，而必须考虑到集体潜意识的重要作用；而集体潜意识的重要作用就是它以象征的方式表现了"原型意象"；而"原型意象"的表现不再完全是同个人相关，而触及了一般人类问题。

用荣格的集体潜意识方法解释王熙凤的梦，我们确实可以看到新的内容。王熙凤的梦不是对秦可卿无所不知、未卜先知能力的表现，甚至也不完全是王熙凤对贾府担心的表现，而是通过历史规律的认识以及对贾府未来危机应对方式的表现呈现贾府未来衰落的结局。如果用原型意象来总结，那就是"盛极必衰"的原型意象。王熙凤的梦虽然梦到了秦可卿，秦可卿临死之前"托梦"于她，给她阐述了周而复始的历史规律，也讲述了"鲜花着锦""烈火烹油"之后的必然衰败，并且还语重心长地告诉了她在祖茔附近置办田地和举办私塾的应对策略，但是，其核心意象仍然是"盛极必衰"的原型意象。

王熙凤是以这个"盛极必衰"的原型意象解读了贾府当下的"鲜花着锦"和"烈火烹油"的壮丽富贵，将来必定是衰败腐朽和落得"白茫茫大地真干净"。"盛极必衰"的集体潜意识"原型意象"并不属于王熙凤个人的思想意识，而只能是她记忆中的集体潜意识。王熙凤是由"盛极必衰"的原型意象即周而复始的历史规律看到了贾府的未来衰败与没落的命运。

---

① ［瑞士］卡尔·古斯塔夫·荣格：《象征生活》，储昭华、王世鹏译，国际文化出版公司2011年版，第83页。

这才是王熙凤梦见秦可卿“托梦”的秘密之所在。

王熙凤之所以在贾府正在鼎盛时期，正是“鲜花着锦”“烈火烹油”之际，做了将来必定衰落与腐朽的梦，还在于，人的梦有一种“补偿”功能。“梦对于扩增意识所知有重要帮助，梦若发挥不了这种帮助，是因为未被好好解释明白，梦总是强调另一面，以求维持心理平衡。”① 王熙凤被秦可卿“托梦”，就是这种“补偿”功能的表现。

三 “盛极必衰”原型意象的应验

王熙凤的梦，一方面是“盛极必衰”原型意象的表现，在这个表现中预示了贾府未来衰败和没落的命运；另一方面，王熙凤梦的“盛极必衰”的原型意象，又成为贾府命运的原型，贾府的由盛而衰正是按照王熙凤梦到的“盛极必衰”原型意象发展而来的。贾府衰败与没落的命运是王熙凤梦见的“盛极而衰”原型的重复。

“功名奕世，富贵流传，已历百年”的贾府，虽然已有“运终数尽不可挽回”的颓势，但仍然难掩其奢华靡丽的气象。秦可卿这个贾府的重孙媳妇辈的丧礼，来往的高官显宦、王公贵族之多，可以窥见贾府的富贵荣华：

> 镇国公牛清之孙现袭一等伯牛继宗，理国公柳彪之孙现袭一等子柳芳，齐国公陈翼之孙世袭三品威镇将军陈瑞文，治国公马魁之孙世袭三品威远将军马尚德，修国公侯晓明之孙世袭一等子侯孝康，——缮国公诰命亡故，其孙石光珠守孝不得来，——这六家与荣宁二家，当日所称“八公”的便是。余者更有南安郡王之孙，西宁郡王之孙，忠靖侯史鼎，平原侯之孙世袭二等男蒋子宁，定城侯之孙世袭二等男兼京营游击谢鲲，襄阳侯之孙世袭二等男戚建辉，景田侯之孙五城兵马司裘良。余者锦乡伯公子韩奇、神武将军公子冯紫英、陈也俊、卫若兰等，诸王孙公子，不可枚数。堂客也共有十来顶大轿，三四十顶小轿，连家下大小轿子车辆，不下百十余乘。连前面各色执事陈设，

① ［英］安东尼·史蒂文斯：《私人梦史》，薛绚译，海南出版社2015年版，第68页。

接连一带摆了有三四里远。走不多时，路上彩棚高搭，设席张筵，和音奏乐，俱是各家路祭：第一棚是东平郡王府的祭，第二棚是南安郡王的祭，第三棚是西宁郡王的祭，第四棚便是北静郡王的祭。原来这四王，当日惟北静王功最高，及今子孙犹袭王爵。现今北静王世荣年未弱冠，生得美秀异常，性情谦和；近闻宁国府冢孙妇告殂，因想当日彼此祖父有相与之情，同难同荣，因此不以王位自居，前日也曾探丧吊祭，如今又设了路奠，命麾下的各官在此伺候。自己五更入朝，公事一毕，便换了素服，坐着大轿，鸣锣张伞而来，到了棚前落轿，手下各官两旁拥侍，军民人众不得往还。（第十三回）

"元妃省亲"更彰显了贾府无上荣宠：

为迎接元妃省亲而建成的大观园更是"园中香烟缭绕，花影缤纷，处处灯光相映，时时细乐声喧：说不尽这太平景象，富贵风流"。

……

"清流一带，势若游龙，两边石栏上，皆系水晶玻璃各色风灯，点的如银光雪浪；上面柳杏诸树，虽无花叶，却用各色绸绫纸绢及通草为花，粘于枝上，每一株悬灯万盏；更兼池中荷荇凫鹭诸灯，亦皆系螺蚌羽毛做就的，上下争辉，水天焕彩，真是玻璃世界，珠宝乾坤。船上又有各种盆景，珠帘绣幕，桂楫兰桡，自不必说了"。

……

"庭燎绕空，香屑布地，火树琪花，金窗玉槛；说不尽帘卷虾须，毯铺鱼獭，鼎飘麝脑之香，屏列雉尾之扇。真是：金门玉户神仙府，桂殿兰宫妃子家"。

（第十八回）

宝玉和众女儿搬入大观园之后，这里成为了红楼儿女的伊甸园，他们在这里读书写字、弹琴下棋、作画宴游、结社吟诗，大观园里笙歌盈耳、笑语如潮，"秋爽斋偶结海棠社　蘅芜院夜拟菊花题""林潇湘魁夺菊花诗　薛蘅芜讽和螃蟹咏""史太君两宴大观园　金鸳鸯三宣牙牌令""琉璃世

界白雪红梅　脂粉香娃割腥啖膻”“芦雪庭争联即景诗　暖香坞雅制春灯谜”，等等，大观园是诗情画意的乐园，是青春浪漫的乐土，这里是纯真女儿的天堂。生活于此，是让人心满意足、舒心畅意的。

所有这些热闹非凡的生活景象，都表现了贾府“鲜花着锦”“烈火烹油”的繁盛富丽生活。然而，贾府还是不可避免、无可挽回的由盛转衰。尽管王熙凤是比男人更精明、更干练、更具备能力的，尽管探春也曾“兴利除宿弊”改革大观园，但这些努力都是无力回天的，贾府（包括四大家族）已然是江河日下、日落西山，逐渐走向了衰朽与没落。贾母这个贾府宝塔尖上的人物，其丧礼的寒酸困窘与盛时秦可卿丧礼的豪华隆重形成了鲜明对照，由此可以照见贾府的盛衰情形：

> 于是贾政等在外一边跪着，邢夫人等在内一边跪着，一齐举起哀来。外面家人各样预备齐全，只听里头信儿一传出来，从荣府大门起至内宅门，扇扇大开，一色净白纸糊了；孝棚高起，大门前的牌楼立时竖起。上下人等登时成服。贾政报了丁忧，礼部奏闻。主上深仁厚泽，念及世代功勋，又系元妃祖母，赏银一千两，谕礼部主祭。家人们各处报丧。众亲友虽知贾家势败，今见圣恩隆重，都来探丧。择了吉时成殓，停灵正寝。
>
> ……
>
> 虽说僧经道忏，吊祭供饭，络绎不绝，终是银钱吝啬，谁肯踊跃，不过草草了事。
>
> （第一百十回）

连送殡的灵车还需去亲朋处借，甚至雇车，贾府的没落与衰败可见一斑。曾经诗酒浪漫的大观园变成了“风声鹤唳”“草木皆妖”的荒园；红楼女儿最终风流云散、香消玉殒。“锦衣军查抄宁国府　骢马使弹劾平安州”，宁国府还是被抄没了家产，贾珍、贾赦等被革职发配。

贾府衰朽没落的过程正应了王熙凤“盛极必衰”的梦，或者说正是那一历史原型的现实重复。现实以贾府的走向衰朽与没落重新演绎了“盛极必衰”周而复始的历史规律。

贾府衰朽与没落的过程重复了王熙凤“盛极必衰”的原型梦，是《红楼梦》主题的重要方面。王熙凤的梦在《红楼梦》的各种梦中占有非常独特的意义。甄士隐的“石头记”神话梦与开篇曹雪芹叙述的“石头记”神话一起，构成了贾宝玉人生的神话原型，从而使贾宝玉的人生重复了这一神话原型；贾宝玉的“太虚幻境梦”以看见“金陵十二钗簿册”和听到的“红楼梦仙曲十二支”的方式，表现了女性悲剧命运的原型，而贾府众多女性悲剧命运恰好是那十二类悲剧命运原型的重演；王熙凤在贾府正在鼎盛时期做了一个“盛极必衰”的原型之梦，而在这个梦之后，贾府就渐渐地走向了衰朽与没落，贾府的衰朽与没落正是对王熙凤“盛极必衰”原型之梦的重复。“石头记”神话是从贾宝玉的角度表现人生的悲剧的；“太虚幻境梦”是从众多女性悲剧命运的角度表现女性悲剧命运的；而王熙凤则是从整个贾府的衰朽与没落表现整个家族，并通过家族的衰朽与没落表现整个社会走向衰朽与没落的悲剧的。

王熙凤的“盛极必衰”原型之梦，在《红楼梦》的梦的整体系统中具有重要意义，就在于它是表现贾府这个贵族之家的由盛而衰的悲剧命运的。正是由于这个家族的盛极必衰的悲剧命运，对《红楼梦》的悲剧主题有了重要的补充与丰富。家族悲剧命运与贾宝玉个人悲剧命运，与众多女性悲剧命运结构在一起，便形成了《红楼梦》的整体悲剧，使其悲剧的主题更为深邃与凝重，更具弥漫性和无所不在性。《红楼梦》从各个方面表现悲剧主题，就像一部交响乐一样，各种乐器都奏出悲剧的旋律，就共同形成了悲剧主旋律的交响乐。

王熙凤的“盛极必衰”的原型之梦，得到了现实的重复，这与“石头记”神话被贾宝玉人生所重复、“太虚幻境梦”被众多女性悲剧命运所重复是一致的：现实对原型的重复。现实重复原型是《红楼梦》的创造方法，但这种创作方法同时也生发出一种形式意义：原型决定现实，现实重复原型是一种不可改变的命运。因为原型是由历史生成的，因而现实就是由历史决定的。这就形成了《红楼梦》悲剧主题的必然性，历史是不可改变的，因而现实的悲剧命运也就是不可改变的。这就是《红楼梦》的主题，是曹雪芹要着重表现的悲剧主题。

在阐释王熙凤的“盛极必衰”、周而复始的梦的时候，我们对《红楼梦》的悲剧主题似乎有了一种新的理解。许多学者认为高鹗所续的《红楼梦》对曹雪芹设计的悲剧主题表现的不够彻底，认为悲剧不够悲。其理由是，还写到了贾兰的考取功名，将来“兰桂齐芳，家道复初”，隐喻了贾府可能的中兴，等等。王熙凤的梦透露了曹雪芹的悲剧观，那是一种周而复始的悲剧观。“盛极必衰”，但衰过就可能是衰极而盛，贾府就有可能是从衰朽与没落重新渐渐走向兴盛。历史就是这样周而复始的循环的，这是历史的循环过程，并非是“盛极必衰”之后的彻底毁灭。《红楼梦》的悲剧是一种周而复始循环中的悲剧，并不是绝对的悲剧，一切都死光了，什么都不存在了的悲剧。悲剧是由盛而衰的悲剧，衰就是悲剧。这和自然界的循环是一样的，冬天过去必然是春天。冬天一切都凋零了，衰落了，死去了；但是，春天来了，一切又都复活了，重生了。因而，不能责难曹雪芹或者高鹗没有把悲剧写到底。写到底又是一个什么样子呢？这已经是一个大悲剧了，贾宝玉重新回到大荒山青埂峰下，林黛玉与贾宝玉的至真至纯的爱情毁灭了，林黛玉魂归离恨天了；薛宝钗独自一个人过着“焦首朝朝还暮暮，煎心日日复年年”的孤苦生活，大观园的少女一个又一个或者死去，或者远走他乡，整个贾府都衰落了，已经“落了片白茫茫大地真干净”了。还要一个什么样的悲剧呢？

这个“盛极必衰”的悲剧之后，很可能是“衰极必盛”的开始，历史就是这样周而复始的循环的，贾府这个贵族之家同样是被这种规律支配的。曹雪芹的《红楼梦》的故事同样也表现了这样一种规律。

四　王熙凤其他四个梦的整体化分析

曹雪芹写梦有几个明显的特点，第一是从神话的角度写人的梦，实际是写神话式的梦；第二是用这种神话式的梦作为一种原型来表现；第三是把神话原型之梦与现实相对应来写的，第四是现实是对梦的重复；第五，因为梦是神话原型的象征，因而，重复了梦便重复了原型。除此之外，还有第六：梦是具有连续性特点的。所谓梦的连续性，就是一个人做了几个梦，那几个梦是有明显心理内容的连续性的。

王熙凤先后做了五个梦，这五个梦是王熙凤一种潜意识心理的、有连

续性的表现。第一个梦是秦可卿死前来对她预备贾府后事的嘱托，那是一个“盛极必衰”的原型之梦；第二个梦是娘娘派人来“夺锦”梦，那是一个在“盛极必衰”原型作用下，一种恐惧心理的表现；第三个梦是“大观园月夜感幽魂”，又梦见秦可卿来问她怎么忘记了“盛极必衰”的警告，是“盛极必衰”潜意识原型的再一次表现；第四个梦是梦见了自己对尤二姐忏悔，那是“登高必跌重”之后的心理表现；第五个梦是梦见一男一女要上炕，是预感到身败名裂、家破人亡的象征。五个梦构成了王熙凤潜意识心理的整体，都是在“盛极必衰”原型作用下的潜意识表现。由“盛极必衰”原型——隐喻贾府的没落到“登高必跌重”对自己身败名裂、家破人亡的暗示，王熙凤在潜意识中完成了对贾府和自己命运的理解。离开了这五个梦的整体，王熙凤单独的梦不可能获得真正的解释。

（一）“夺锦”梦是“盛极必衰”过程的象征

王熙凤的五个梦是具有连续性的，“夺锦”梦是王熙凤系列梦中的第二个梦。它前承第一个梦见秦可卿临死前来嘱托预备贾府后路——实际是“盛极必衰”原型梦，后接再一次梦见秦可卿的警示，其实是“盛极必衰”潜意识原型的重新警示。“夺锦”梦是在贾府初步显露走向衰败端倪背景下，王熙凤“盛极必衰”潜意识原型的又一种象征性投射。它源于“盛极必衰”的潜意识原型，但又是“盛极必衰”潜意识原型的一个发展性表现。

相对于秦可卿“托梦”，“夺锦”梦是很简略的。它只是王熙凤梦到了娘娘——非自家的娘娘派人来夺锦。

> 昨儿晚上，忽然做了个梦，说来可笑：梦见一个人，虽然面善，却又不知名姓，找我说：娘娘打发他来，要一百匹锦。我问他是那一位娘娘，他说的又不是咱们的娘娘。我就不肯给他，他就来夺。正夺着，就醒了。（第七十二回）

这个“夺锦”梦极为典型地表现了王熙凤潜意识原型以象征方式的投射。按照原型理论，原型心理一旦形成必须被投射出去。不投射出去就不能获得潜意识与意识的平衡。潜意识原型投射的方式是象征，也就是潜意识心理以创造一种对应物或者故事的方式，使潜意识原型得到象征性表现。“象征符号是一种工具手段，我们用它把意义编成密码，化入有形事实的世界。象征符号是我们可以感知的表述式样，背后藏着有目的的意图。解析象征的窍门是把表述式样背后的用意猜出来，把它转换成文字。”① 这个“夺锦梦”之所以是王熙凤“盛极必衰”原型心理的投射，就在于“夺锦”的象征性意义。“锦”是金、是钱财，是利益，是“鲜花着锦”“烈火烹油”的象征。“被夺”是金、钱财，利益、盛世景象的被削弱、被占有、被夺走的象征。“娘娘”是最大权威的象征——这来源于贾府对元妃娘娘的依傍——但又不是自家娘娘，那就是上天娘娘，即最大权威的象征，是最大权威派人来“夺锦”即夺取贾府的钱财和鼎盛辉煌——其实是王熙凤感到贾府在“鲜花着锦”“烈火烹油”鼎盛表面景象的后面正在走向衰败的心理感受的象征性表达。

王熙凤做这个梦的时候，贾府虽然还处在鼎盛时期，但那已经是渐渐露出走向衰败的端倪。贾元春省亲是贾府辉煌的顶峰，之后则是由辉煌的顶峰向下滑去：“魇魔法叔嫂逢五鬼”，在贾府风光日盛的时候，贾宝玉和王熙凤这两个核心人物却遭人暗算，预示了贾府这个钟鸣鼎食之家潜藏的内部纷争；“变生不测凤姐泼醋”“鸳鸯女誓绝鸳鸯偶”这两次事件展示的是贾琏、贾赦父子的骄奢淫逸的生活，他们罔顾了皇亲国戚的名望；“辱亲女愚妾争闲气　欺幼主刁奴蓄险心”展现的是贾府下层主子与奴才之间的纷争；“茉莉粉替去蔷薇硝　玫瑰露引出茯苓霜”展现的是奴才与奴才之间的纷争，趁着主子们不在家的时候“各屋里大小人等都作起反来了”(第五十九回)；“惑奸邪抄检大观园”这是贾府抄家的一次预演，恰如探春所言“你们今日早起不是议论甄家，自己盼着好好的抄家，果然今日真抄了！咱们也渐渐的来了！可知这样大族人家，若从外头杀来，一时是杀不死的。这可是古人说的，‘百足之虫，死而不僵’，必须先从家里自杀自灭起来，才能一败涂地呢!”(第七十四回)；“开夜宴异兆发悲音”，中秋佳节之时，宁国府众人推杯换盏开怀畅饮之时，寂静无人的祠堂墙下传来长叹之声，恍惚听得祠堂槅扇开阖之声，让人觉得风气森森，更添凄惨之感；“凸碧堂品笛感凄清　凹晶馆联诗悲寂寥”，似乎整个贾府都笼罩在凄

① ［英］安东尼·史蒂文斯：《私人梦史》，薛绚译，海南出版社2015年版，第188—189页。

凉感伤的氛围之内；“俏丫鬟抱屈夭要风流　美优伶斩情归水月”，那些纯情的女儿已经开始风流云散、香消玉殒了；“薛文起悔娶河东吼　贾迎春误嫁中山狼”，红楼儿女的婚姻悲剧，已不再单纯是所嫁非人，而是在家族走向末路过程中的无奈选择；“省宫闱贾元妃染恙　闹闺阃薛宝钗吞声”，贾府上层女儿的命运悲剧的大幕已徐徐拉开；“薛文起复惹放流刑”，曾经的“人命官司，他却视为儿戏，自谓花上几个钱，没有不了的”（第四回），而今，虽是误伤，却也被发配流放了；“因讹成实元妃薨逝　以假混真宝玉疯癫”贾府的保护伞，元妃逝去，贾宝玉也失去“通灵宝玉”而疯癫；“悲远嫁宝玉感离情”，探春被迫远嫁他乡；“锦衣军查抄宁国府　骢马使弹劾平安州”，宁国府被查抄，贾赦等人被发配；“史太君寿终归地府　王熙凤力诎失人心”，贾母去世，王熙凤也失去了众人的支持；“中乡魁宝玉却尘缘”贾宝玉终于放弃一切，遁世出家。贾府由原来的鼎盛逐渐走向衰落，这是一个极为隐秘的过程，“鲜花着锦”“烈火烹油”的鼎盛景象还掩盖着衰败的端倪和走向。这个衰败的端倪和走向，一般人是觉察不到的，就是贾府中的重要人物也是没有觉察到的。正所谓“不识庐山真面目，只缘身在此山中”。然而，作为整个家庭的最聪明伶俐、最有雄心和野心、最有能力的女人王熙凤，在秦可卿丧事的时候曾大显身手，表现出她超越一般男人的管理能力和支配能力；在她借助贾府赋予她的权利为自己赚取钱财时，也是大显身手，表现出她的心狠手辣、无所不用其极——她却分明地感到了整个贾府正在由辉煌向末日走去。正是这种心理感受才导致她做了一个娘娘派人来“夺锦”的梦。

但是，王熙凤之所以能做这个“夺锦”梦，最根本的原因还在于她曾经做过的“盛极必衰”之梦。从心理联系来说，这个“夺锦”梦是“盛极必衰”之梦的延续。如果说，“盛极必衰”之梦是一种原型之梦，那么，“夺锦”梦则是由这个“盛极必衰”的原型之梦发展而来的梦。“盛极必衰”原型之梦是“夺锦”梦的渊源，“夺锦”梦则是“盛极必衰”原型之梦的流脉。从原型的角度看，“盛极必衰”之梦是王熙凤潜意识心理以秦可卿对王熙凤“托梦”的象征性表现方式，梦里虽然是秦可卿临死之际对贾府未来危机的警告、对应对未来危机的嘱托，但实际上是王熙凤自己内心深处的潜意识所隐藏的“盛极必衰”原型的一种显现形式。在贾府最辉煌灿烂的时候，王熙凤做了这个“盛极必衰”的梦，是王熙凤潜意识对意识的一种补偿性校正。这个“盛极必衰”原型的产生，成了王熙凤后来所有潜意识之根。“夺锦”梦——贾府走向没落的象征，也包括王熙凤自己赚取的钱财被巧取豪夺，正是在盛极必衰、登高必跌重原型的作用下产生的。“夺锦”主要是表现王熙凤对贾府走向没落的潜意识感应，但也包含着对她自己登高必跌重心理原型的表现。在王熙凤的意识的思想活动中，她感到了她自己的命运是与贾府的命运连在一起的，贾府荣，她则荣；贾府衰，她则衰——她自己必将随着贾府的没落而由高处跌到下处，自己的财产也被夺去。“夺锦”表现的不仅是“盛极必衰”，更是“必衰”的过程，“必衰”的形式，“必衰”走向盛极的反面。但也是对“盛极必衰”原型的进一步具体化、丰富化与完整化。

（二）“感幽魂”之梦

王熙凤的第三个梦是又一次梦见秦可卿。那是在小说一百一回：

> 凤姐只带着丰儿来至园门前，门尚未关，只虚虚的掩着。于是主仆二人方推门进去。只见园中月色比着外面更觉明朗，满地下重重树影，杳无人声，甚是凄凉寂静。刚欲往秋爽斋这条路来，只听“唿唿”的一声风过，吹的那树枝上落叶，满园中“唰喇喇”的作响，枝梢上“吱娄娄”的发哨，将那些寒鸦宿鸟都惊飞起来。凤姐吃了酒，被风一吹，只觉身上发噤。丰儿后面也把头一缩，说：“好冷！”凤姐也撑不住，便叫丰儿：“快回去把那件银鼠坎肩儿拿来，我在三姑娘那里等着。”丰儿巴不得一声，也要回去穿衣裳，答应了一声，回头就跑了。
>
> 凤姐刚举步走了不远，只觉身后“咈咈哧哧”，似有闻嗅之声，不觉头发森然直竖起来。由不得回头一看，只见黑油油一个东西在后面伸着鼻子闻他呢；那两只眼睛恰似灯光一般。凤姐吓的魂不附体，不觉失声的“咳”了一声，却是一只大狗。那狗抽头回身，拖着个扫帚尾巴，一气跑上大土山上，方站住了，回身犹向凤姐拱爪儿。
>
> 凤姐此时肉跳心惊，急急的向秋爽斋来，将已来至门口，方转过山子，只见迎面有一个人影儿一恍。凤姐心中疑惑，还想着必是那一房的丫头，便问：“是谁?”问了两声，并没有人出来，早已神魂飘荡了，恍

恍忽忽的似乎背后有人说道："婶娘连我也不认得了?"凤姐忙回头一看，只见那人形容俊俏，衣履风流，十分眼熟，只是想不起是那房那屋里的媳妇来。只听那人又说道："婶娘只管享荣华、受富贵的心盛，把我那年说的'立万年永远之基'，都付于东洋大海了!"凤姐听说，低头寻思，总想不起。那人冷笑道："婶娘那时怎样疼我来，如今就忘在九霄云外了?"凤姐听了，此时方想起来是贾蓉的先妻秦氏，便说道："嗳呀！你是死了的人哪，怎么跑到这里来了呢?"啐了一口，方转回身要走时，不防一块石头绊了一跤，犹如梦醒一般，浑身汗如雨下。

第一次梦见秦可卿是在第十三回。在前面我们曾分析过，王熙凤梦见秦可卿"托梦"是她内心原型意象的投射，那虽然是秦可卿的"托梦"，但却是王熙凤自己潜意识中"盛极必衰"原型的表现。正因为有了这种原型性心理，王熙凤才又做了一个"夺锦"的梦。"夺锦"梦不仅是与"盛极必衰"梦有内在心理联系的，而且还是"盛极必衰"原型梦的具体化发展，是盛极必衰具体化过程的一个故事化表现。到了再一次梦见秦可卿，那就是王熙凤内心中"盛极必衰"原型对她的又一次强化与警示了。

又梦到秦可卿，从做梦的背景来看，那是贾府由"烈火烹油""鲜花着锦"的鼎盛时期已经走向没落的途中了。"烈火烹油"的烈火已经逐渐熄灭，之前往烈火上浇的"油"已经干涸了；"鲜花着锦"的"锦"已然暗淡褪色，之前向锦上添的花儿也已经颓谢衰败。贾府经历了元妃省亲、宝玉生辰等一系列事件之后，正在无可挽回的向"忽喇喇大厦将倾"的颓势走去：抄检大观园、元妃薨逝、宝玉失玉、探春远嫁、黛玉魂归离恨天、史太君寿终归地府，等等。正是这种贾府的没落背景，再一次激活了王熙凤内心"盛极必衰"的原型。但是，又梦到秦可卿却不是前次梦见秦可卿的重复，不是对"盛极必衰"原型的简单的重复，而是对"盛极必衰"原型的强化与发展。

在分析"盛极必衰"原型和"夺锦"意象的时候，我们用的是象征的方法，其实，所有的原型心理的表现方式都是象征的。象征是这样形成的：要把原型意象投射出去，人就要找到对应物，或者构造相似的故事。王熙凤再一次梦见秦可卿，也仍然是王熙凤潜意识中的创造。那个"狗"

意象的出现，从后面搭向她的身体，是她对贾府连同她自己遇到的不可知力量的符号化象征，而那个“狗”后来向她作揖而别，则是那种不可知力量对她施加影响之后的告别。在紧接着不可知力量“狗”的意象表现之后，出现了秦可卿的形象。但是，秦可卿的形象不是“狗”的意象的转换，虽然从一个意象幻化到另一个意象是梦念的转换常见的手段，但是，王熙凤的梦还不属于这种意象转换。那么，王熙凤由梦见了“狗”到又梦见了秦可卿，究竟表现的是什么思想意识呢？从两者结构在一起的形式来分析，“狗”所象征了不可知力量的来袭，秦可卿又来到王熙凤面前则是对不可知力量来袭的警示。正因为有了“狗”是不可知力量的出现，才出现了秦可卿对不可知力量出现的警示。在梦中，秦可卿对王熙凤有三问：“婶娘，连我也不认得了?”“婶娘只管享荣华，受富贵的心盛，把我那年说的‘立万年永远之基’都付于东洋大海了!”“婶娘那时怎样疼我来，如今就忘在九霄云外了?”这是王熙凤自己对“盛极必衰”原型的再一次唤起，对“盛极必衰”原型忘记的再一次重温。

（三）对尤二姐的忏悔之梦

王熙凤的第四个梦是梦到尤二姐，这出现在《红楼梦》第一百十三回，小说这样描写：

> 凤姐此时只求速死，心里一想，邪魔悉至。只见尤二姐从房后走来，渐近床前，说：“姐姐，许久的不见了！做妹妹的想念的很，要见不能，如今好容易进来见见姐姐。姐姐的心机也用尽了，咱们的二爷糊涂，也不领姐姐的情，反倒怨姐姐作事过于刻薄，把他的前程去了，叫他如今见不得人。我替姐姐气不平。”凤姐恍惚说道：“我如今也后悔我的心忒窄了。妹妹不念旧恶，还来瞧我!”平儿在旁听见，说道：“奶奶说什么?”凤姐一时苏醒，想起尤二姐已死，必是他来索命。被平儿叫醒，心里害怕，又不肯说出，只得勉强说道：“我神魂不定，想是说梦话。给我捶捶。”

王熙凤的这个梦是她的恐惧之梦，也是她的忏悔之梦。做这个梦的时候，贾府最主要的靠山元春已经薨逝，贾府已经经历了抄家之灾，贾府的

顶梁柱贾母已经“寿终归地府”，贾府已经到了“树倒猢狲散”的时候。此时的王熙凤，已经是“力诎失人心”，贾母的丧礼，是王熙凤最后一次施展抱负的舞台，王熙凤本想有所作为，“先前仗着自己的才干，原打量老太太死了他大有一番作用”（第一百十回）。可惜却只能黯然收场，下人们因为无利可图，所以推三阻四，互相推诿，应付了事。“这些丫头们见邢夫人等不助着凤姐的威风，更加作践起他来。”（第一百十回）上层的主子们“一人一个心思”，王熙凤只能“含悲忍泣”，苦苦支撑，直至吐血晕倒。而此时，贾府的奴仆招惹外贼将家产盗出，使得贾府的窘境更加严重，可谓雪上加霜。整个贾府处于风雨飘摇之中，王熙凤的叔叔王子腾死于回京的路上，王熙凤的兄长王仁、王德巧立各种名目贪财敛财已经招致多方的怨恨，薛蟠因为意外打死人而被捕下狱。贾史王薛四大家族一损俱损。四大家族均是摇摇欲坠，这种外在的压力使得王熙凤身心俱疲，陷入重重罗网之中，难以挣脱。

处于这样危如累卵的环境中，王熙凤早已失去了原有的风光、强权，内心的焦虑逐渐加重。赵姨娘意外在贾母停灵的寺内暴毙，这似乎成为压倒王熙凤的最后一根稻草。“这里一人传十，十人传百，都知道赵姨娘使了毒心害人，被阴司里拷打死了。又说是‘琏二奶奶只怕也好不了，怎么说琏二奶奶告的呢？’这些话传到平儿耳内，甚是着急，看着凤姐的样子，实在是不能好的了。况且贾琏近日并不似先前的恩爱，本来事也多，竟像不与他相干的。平儿在凤姐跟前只管劝慰。又兼着邢王二夫人回家几日，只打发人来问问，并不亲身来看。凤姐心里更加悲苦。贾琏回来也没有一句贴心的话。”（第一百十三回）此时的王熙凤身边只有一个平儿在帮助她，可谓是众叛亲离，因此，王熙凤“只求速死”。死亡是王熙凤选择逃离沉重现实的唯一途径，临死之际，王熙凤应该感受到了浓浓的失望、绝望。曾经她是那样的强势、嚣张：“你是素日知道我的，从来不信什么阴司地狱报应的；凭是什么事，我说要行就行”（第十五回）；而今，大厦将倾，却只有她一个人独自承受重压。因此，王熙凤对曾经的努力、抱负、豪情、壮志都产生了极大的质疑、动摇，由此才会出现向尤二姐的忏悔的梦。王熙凤愧悔于以往心狠手辣借刀杀人置尤二姐于死地，这背后掩藏的是，王熙凤对自己以往行为的否定，与其最后众人都把贾家衰败的罪名归之于她，不如当初她不曾付出心血。王熙凤感受到了她曾经竭尽全力去支撑的家族，已经没有了她的容身之地，她只能“哭向金陵事更哀”，“琏二奶奶的病有些古怪，从三更天起，到四更时候，没有住嘴，说了好些胡话，要船要轿，只说赶到金陵归入什么册子去。众人不懂，他只是哭哭喊喊。”（第一百十四回）王熙凤还是被残酷的现实打败了，她失去了以往的自信、自尊、自强，她相信了阴司报应，接受了命运的安排。这个向尤二姐忏悔的梦，是王熙凤在“盛极已衰”原型作用下，穷途末路的心境的最真实写照。

（四）王熙凤的最后一梦

王熙凤的第五个梦，极其简单：“凤姐刚要合眼，又见一个男人一个女人走向炕前，就像要上炕似的。”（第一百十三回）这个梦是直接承续“尤二姐的忏悔之梦”，是对上一个梦的延续，在上一个梦中，王熙凤已经显露出忏悔之意，否定了以往的强势。而这个梦，则是王熙凤最终被人取代的结局的象征，也是贾府结局的象征之梦。梦中的“一男一女”象征着对王熙凤的取代，之所以会有这样的梦，是源自王熙凤的真实地内心感受：当王熙凤因为操劳过度，意外小产的时候，她的管家之权就被分给了探春、宝钗、李纨，这已有的现实已经为王熙凤敲响了失权的警钟。平儿也曾和王熙凤交流过：“何苦来操这心？‘得放手时须放手’，什么大不了的事，乐得施恩呢。依我说，纵在这屋里操上一百分心，终久是回那边屋里去的，没的结些小人的仇恨，使人含恨抱怨。况且自己又三灾八难的，好容易怀了一个哥儿，到了六七个月还掉了，焉知不是素日操劳太过、气恼伤着的？如今趁早儿见一半不见一半的，也倒罢了。”（第六十一回）平儿提醒王熙凤“纵在这屋里操上一百分心，终久是回那边屋里去的”，王熙凤只是暂时的替叔父管家，贾宝玉娶了宝二奶奶之后，她终究还是要回到贾赦那边的，这些事实都作用于王熙凤的潜意识。所以，她才会有“一男一女上炕”的梦。而现实的生活也印证了王熙凤的梦境，在她死后不就，贾琏将平儿扶了正，平儿成为新的“琏二奶奶”，这也意味着王熙凤终于被众人遗忘了，只落得“生前心已碎，死后性空灵”的结局。尽管生前她机关算计，但最终只能是“家富人宁；终有个，家亡人散各奔腾。枉费了意悬悬半世心，好一似，荡悠悠三更梦。忽喇喇似大厦倾，昏惨惨似灯将尽。呀！一场欢喜忽悲辛”（第五回）。王熙凤的梦，是对她未来悲剧

结局的象征，是“盛极已衰”原型作用下的个体悲剧的象征。

贾母的“元妃嘱托”梦

贾母梦见元妃娘娘来她这里嘱托的梦是很典型的心灵感应梦。贾母的梦是由薛姨妈向薛蝌转述的方式表现出来的：

> 薛姨妈道：“上年原病过一次，也就好了。这回又没听见娘娘有什么病，只闻那府里头几天老太太不大受用，合上眼便看见元妃娘娘，众人都不放心。直至打听起来，又没有什么事。到了大前儿晚上，老太太亲口说是‘怎么元妃独自一个人到我这里？’众人只道是病中想的话，总不信。老太太又说：‘你们不信，元妃还和我说是：“荣华易尽，须要退步抽身。”’众人都说：‘谁不想到？这是有年纪的人思前想后的心事。’所以也不当件事。恰好第二天早起，里头吵嚷出来，说娘娘病重，宣各诰命进去请安。他们就惊疑的了不得，赶着进去。他们还没有出来，我们家里已听见周贵妃薨逝了。你想外头的讹言，家里的疑心，恰碰在一处，可奇不奇？”（第八十六回）

在贾母的梦和元妃薨逝之间，形成了一种神秘的心灵感应。贾母梦见元妃独自一个人来她这里，并和她说“荣华易尽，需要退步抽身”。这个梦是令人惊骇的，但是，更令人惊骇的是，薛姨妈说的：（贾母梦见元妃梦）“恰好第二天早起，里头吵嚷出来，说娘娘病重，宣各诰命进去请安。他们就惊疑的了不得，赶着进去。他们还没有出来，我们家里已听见周贵妃薨逝了。你想外头的讹言，家里的疑心，恰碰在一处，可奇不可奇？”这里的“他们就惊疑的了不得”，是因为贾母的梦与元妃的病是十分的吻合了的。也就是说，元妃的病是被贾母心灵感应到了，或者说，是贾母的梦预见了元妃的病。

然而，这还不是最令人“惊疑的了不得”的奇事，最令人“惊疑的了不得”的事是，这个梦成了元妃娘娘薨逝的预演。第九十五回的题目“因讹成实元妃薨逝”就明确表现了元妃娘娘薨逝与贾母之梦的内在关联。这个“因讹”的“讹”不仅是指外面传言元妃薨逝，还是指贾母梦见元妃病重实质是贾母梦见了元妃的薨逝（这是曹雪芹有意在贾母心理感应梦和元妃薨逝之间建立内在的联系）。贾母的梦成了对元妃薨逝的预见或预后。这就在贾母的梦和元妃的薨逝之间形成了一种非常奇妙的心灵感应。元妃的薨逝被贾母的心灵感应到了。但这真的是贾母和元妃祖孙之间的心灵感应么?

在贾母这个梦之后，元妃之所以没有像王熙凤梦见秦可卿那个梦的同时秦可卿立即就死去，只是一场病的虚惊，但那也是一种薨逝的延迟而已。就像那个算命先生推算元妃的末日是“寅年卯月”，而元妃薨逝之日是“甲寅年十二月十九日，已交卯年寅月”，那样预示了她的死亡之日那样，贾母的梦也是预见了元妃必然薨逝。

从象征的角度说，贾母梦见元妃病重和薨逝，是贾母集体无意识原型投射的结果。贾母的心灵感应梦，梦见的元妃独自一个人来到他这里，与她说“荣华易尽，需要退步抽身”，并非是元妃病危的心理活动即对贾母的辞行和嘱托被贾母感应到了，而是贾母自身心理活动的投射，即内心集体无意识原型的投射。也就是说在贾母内心中，存在一个隐秘的集体无意识原型，正是这个集体无意识原型的投射形式即元妃独自一个人来辞行和嘱托，与现实中的元妃薨逝吻合了。这个原型是“盛极必衰”。元妃向贾母辞行和做最后的嘱托，就是这个“盛极必衰”原型的象征性形式。

贾母的“盛极必衰”的集体无意识原型是由近因和远因两种原因形成的。所谓近因就是贾母近期了解到的元妃病重及外边谣传等。所谓远因就是作为贾府中最年长者对贾府和整个社会走向的感悟。是前者激活了后者，从而使贾母在潜意识中创造了元妃薨逝的梦。

激活贾母“盛极必衰”原型的近因有五个方面：第一个方面是元妃的病，元妃身体有病这是为贾母所了解的。薛姨妈说：“上年原病过一次，也就好了。这回又没听说有什么病”。第二个方面是元妃自己的话对贾母的影响。元妃来省亲临走的时候拉住贾母、王夫人的手，再三叮咛：“不须记挂，好生保养。如今天恩浩荡，一月许进内省亲一次，见面尽容易的，何必过悲？倘明岁天恩仍许归省，不可如此奢华靡费了！”（第十八回）这个“倘”字表明了元妃对明年能不能继续省亲是没有十分的把握

的，这个“倘”字所流露的担忧是被贾母所充分感受到了的。第三个方面，外面盛传周贵妃娘娘薨逝了，这对贾母心理也造成重大影响。第四个方面，前几年正月，贾母还叫人将元妃八字夹在丫头们八字里头，送出去叫算命的“推算”。算命的说：“‘这正月初一日生日的那位姑娘，只怕时辰错了；不然，真是个贵人，也不能在这府中。’老爷和众人说：‘不管他错不错，照八字算去。’那先生便说：‘甲申年，正月丙寅，这四个字内，有‘伤官’‘败财’。惟‘申’字内有‘正官’‘禄马’，这就是家里养不住的，也不见什么好。这日子是乙卯，初春木旺，虽是‘比肩’，那里知道愈‘比’愈好，就像那个好木料，愈经斫削，才成大器。’独喜得时上什么辛金为贵，什么巳中‘正官’‘禄马’独旺：这叫作‘飞天禄马格’。又说什么‘日逢‘专禄’，贵重的很。‘天月二德’坐本命，贵受椒房之宠。这位姑娘，若是时辰准了，定是一位主子娘娘。’这不是算准了么？我们还记得说：‘可惜荣华不久；只怕遇着寅年卯月，这就是‘比’而又‘比’，‘劫’而又‘劫’，譬如好木，太要做玲珑剔透，本质就不坚了。’他们把这些话都忘记了，只管瞎忙。我才想起来，告诉我们大奶奶，今年那里是寅年卯月呢？”（第八十六回）。这四个方面的影响又造成了第五个方面即贾母对贾府盛衰命运的疑虑和担忧。因为在贾母看来，其实整个社会也这样看，贾府的盛衰完全系与元妃一人，元妃是皇妃，皇妃的地位决定着贾府的命运走向。一人得道鸡犬升天，是不言自明的事实。因而，元妃在，贾府的“鲜花着锦”“烈火烹油”的日子就在；元妃亡，贾府繁荣富贵就要没落衰亡。这五个方面是促成贾母做元妃薨逝的梦的原因。

但是，贾母之所以能够形成元妃薨逝的梦，最根本的原因还在于在贾母内心中有一个“盛极必衰”的原型。这个原型不仅存在于贾母的内心深处，也存在于最广大民众内心深处。外面之所以广泛流传贵妃娘娘薨逝了，或者就直接传为元妃娘娘薨逝了，民众的根据不是什么具体事实，而是根据一个历史规律，那就是“盛极必衰”。民间还有“三十年河东，三十年河西”的谚语，也正是对“盛极必衰”周期性规律的表达。因为元妃娘娘为皇妃，给贾府带来了极致的辉煌，其景象如“鲜花着锦”“烈火烹油”。但是，根据周期性的历史规律这不会是永久的繁荣和富贵。这既是为民众所理解的，也是为贾母所担忧的。而这个“盛极必衰”的周期性历史规律的认识，也是被贾母内心所体悟到的。

贾母是贾府最年长者之一，她所经历和积累的历史经验是最为丰富的。在第四十七回她就同众人说过“我进了这门子（指贾府），做重孙媳妇起，到如今，我也有个重孙子媳妇了，连头带尾五十四年，凭着大惊大险、千奇百怪的事，也经了些”，贾母是经历了贾府由卑微走向繁盛的，经历了“大惊大险、千奇百怪的事”的。在贾宝玉还未成年的“太虚幻境梦”梦见的集体无意识原型，在王熙凤这个年轻女性梦见的“盛极必衰”的原型，在贾府这个阅历最深的贾母内心中是同样存在的。这个“盛极必衰”的原型在经过了元妃病重和外面传言元妃薨逝等信息作用下，被“激活”了。而这个被激活的原型意象就以梦的方式被投射出来。因而，贾母梦中的元妃独自一个人来到她这里，并向她嘱咐：“荣华易尽，须要退步抽身”等，其实是贾母内心中“盛极必衰”原型投射的结果。“盛极必衰”原型以元妃病重实则是以薨逝之前来告别和对贾母嘱托的形式显示其自身，因而，元妃来告别和嘱托（遗嘱）就是“盛极必衰”原型的象征性显现。

这里面又涉及贾母的这个元妃薨逝的梦与元妃实际薨逝的吻合，这当然又是一个难解之谜。前面说过，贾母的梦实际上是对元妃薨逝的感应，之所以没有在做梦的同时薨逝，而是隔了一段时间，但那只是薨逝的延迟，而并非是贾母感应梦的不灵验。但是，贾母的元妃薨逝梦怎么能够真的预见呢？这仍然源于两个神秘重合：第一个重合是元妃薨逝与历史规律的重合。“盛极必衰”是一个历史规律，或者说是历史先例和范型，后来的现实是被这个历史规律制约的，后来的社会现实是对历史先例和范型的重复。元妃的薨逝以及隐含的贾府的由盛而衰的走向正是被这个“盛极而衰”的原型模式所规定的。元妃的薨逝正是表现历史先例和范型成为现实。正是这个历史先例和范型正在成为现实，才导致了第二种重合，即贾母的元妃薨逝梦与元妃真的薨逝现实的重合。如果说前一个重合是现实与历史先例和范型的重合，那么，贾母的元妃薨逝梦与元妃真的薨逝的重合，则是心理原型与现实的重合。心理原型与现实之所以能够重合，那是因为，历史先例和范型作为一种原型是遗传在贾母内心中的集体无意识，这也是贾母在生活中渐渐习得的集体无意识。这种集体无意识在元妃病重和外面传言元妃薨逝的信息得到了“激活”，这就使贾母做了元妃薨逝的

梦。贾母的元妃薨逝梦是在现实对原型重合的“境域”中产生的，贾母的元妃薨逝梦与现实元妃真的薨逝自然就产生了重合。从这个角度看，贾母的心灵感应梦并不是对元妃的心理感应，而是对现实重复历史先例和范型的感应，即对集体无意识原型的感应。

贾母的这种对集体无意识原型的感应，就是她自己也不甚明了。贾母自己也奇怪为什么好几天重复地做元妃独自来她这里的梦，而且“合上眼便看见元妃娘娘”，“到了大前儿晚上，老太太亲口说是‘怎么元妃独自一个人到我这里?’”这就表明贾母梦见元妃娘娘是好多天、好多次。令贾母感到疑惑的是，第一，为什么接连几天梦见元妃？第二，贾母疑惑“怎么元妃独自一个人到我这里”？第三，贾母还疑惑元妃为什么和我说“荣华易尽，须要退步抽身?”（这类似于王熙凤梦见秦可卿和她说“盛极必衰”之类的周期性规律）因为在贾母看来元妃是皇妃，她是不会独自一个人到自己这里来的，她省亲时来这里曾经是前呼后拥、声势浩大的。因而，元妃独自一个人到这里，必定是不正常的。贾母分明感到这不是好兆头，一定是预示着什么不祥。更重要的是，元妃不仅独自一个人来贾母这里，还和贾母说“荣华易尽，须要退步抽身”。这在贾母看来，不就是一种遗嘱性的嘱托么？这种感受对贾母来说，是震颤灵魂的。其实这都是集体潜意识原型作用的结果，是集体潜意识在反复酝酿创造投射出它的原型。虽然贾母自己也不明白她梦见元妃薨逝的意义，但是，这并不妨碍读者的理解。读者在贾母做梦及其与前后“境域”的关联中，是能体会到贾母梦的真正意义的。

对贾母的梦连同对王熙凤、贾宝玉等人梦的分析，是对多种艺术形象的分析。这种分析是努力重新发掘和建立人物的心理——梦即是人的心理与潜意识原型的联系，是历史与现实的联系。这种联系之所以存在，就在于，它是曹雪芹的有意识创造。在曹雪芹表现贾母等人的梦中，是特意要表现他们的心理与潜意识的联系，与历史先例和范型的联系，与现实重复原型的联系的。而这种心理原型的联系正是对曹雪芹先设置一个神话原型，然后再表现现实对这个神话原型重复——整体构思的辐射到人物心理的艺术表现。

结语　由来同一梦

说到辛酸处，荒唐愈可悲。
由来同一梦，休笑世人痴！

《红楼梦》是用这首偈语结束的。在这偈语之前是对空空道人与贾雨村对话的描写：那是空空道人又从青埂峰前经过，见那补天未用之石仍在那里，上面字迹依然如旧，又从头的仔细看了一遍，见后面偈文后又历叙了多少收缘结果的话头，便又抄了一遍，想找一个清闲无事的人，托他传遍，直寻到急流津觉迷渡口草庵中，睡着一个人，便要将抄录的《石头记》给他看看，哪知那人再叫不醒，空空道人使劲拉他，才慢慢睁眼做起，接了空空道人抄录的《石头记》草草看了，仍旧掷下道，这事我已亲见尽知，你可以到一个悼红轩中，有个曹雪芹先生，只说贾雨村言，托他传述。空空道人果然找到了一个悼红轩，方把《石头记》示看，那雪芹先生笑道："果然是'贾雨村言'了！空空道人便问：'先生何以认得此人，便肯替他传述？'"那雪芹先生笑道："说你空空，原来肚里果然空空！既是'假语村言'，但无鲁鱼亥豕以及背谬矛盾之处，乐得与二三同志，酒余饭饱，雨夕灯窗，同消寂寞，又不必大人先生品题传世。似你这样寻根究底，便是刻舟求剑、胶柱鼓瑟了！"（第一百二十回）作者接着写道："那空空道人听了，仰天大笑，掷下抄本，飘然而去。一面走着，口中说道：'原来是敷衍荒唐！不但作者不知，抄者不知，并阅者也不知；不过游戏笔墨，陶情适性而已！'后人见了这本传奇，亦曾题过四句偈语，为作者缘起之言更进一竿。"（第一百二十回）

作者的这段空空道人与贾雨村对话的描写和最后那首偈语是与《红楼梦》开头空空道人抄录《石头记》描写和那首缘起的“荒唐”诗相呼应的。第一回中，在讲述了“石头记”神话之后，描写了空空道人访道求仙，从大荒山无稽崖青埂峰下经过，忽见一块大石，上面记述着无才补天、幻形入世，被那茫茫大士和渺渺真人携入红尘、引登彼岸的一块顽石：上面叙着堕落之乡，投胎之处，以及家庭琐事等故事。然后是空空道人与石头的对话，石头阐述了自己的创作主张之后，空空道人听石头如此说，思忖半晌，将这《石头记》再检阅一遍，因见上面大旨不过谈情，亦只是实录其事，绝无伤时诲淫之病，方从头至尾抄写回来，闻世传奇。从此空空道人因空见色，由色生情，传情入色，自色悟空，遂改名情僧，改《石头记》为《情僧录》。东鲁孔梅溪题曰《风月宝鉴》。后因曹雪芹于悼红轩中，披阅十载，增删五次，纂成目录，分出章回，又题曰《金陵十二钗》；并题一绝。——即此便是《石头记》的缘起。诗云：

满纸荒唐言，一把辛酸泪！
都云作者痴，谁解其中味？

我们将第一百二十回空空道人描写和“由来同一梦”偈语诗和开头空空道人描写和“满纸荒唐言”诗放在一起来思考，那是因为，曹雪芹本来就是把它们作为一个问题来表现的。那个问题便是用“满纸荒唐言”来表现“由来同一梦”。

“满纸荒唐言”首先就表现了《红楼梦》的虚构性。贾雨村言——假语村言和甄士隐——真事隐的名字就指向了故事的虚构性。但《红楼梦》的虚构性更主要体现在《石头记》故事上，“贾雨村言”和“甄士隐”的谐音是指向“石头记”神话和梦幻形式的。《石头记》是讲述一块大荒山无稽崖青埂峰的石头，经女娲补天锻炼之后，幻形为“宝玉”，又成为神瑛侍者，神瑛侍者又转世投胎成为贾宝玉的故事。《石头记》又改称为《红楼梦》，那是因为贾宝玉做了一个“太虚幻境梦”，梦见了“金陵十二钗簿册”和“红楼梦仙曲十二支”，而贾府女性悲剧命运恰恰是对“金陵十二钗簿册”和“红楼梦仙曲十二支”梦的重演。从《石头记》到《红楼梦》不仅是名称的变化，还包含了作品主题内容的变化。前者是重在贾宝玉的人生由石而玉、由玉而石的变化，女性悲剧命运是包含在石—玉—石的变化之中的；而后者则重在表现女性命运的变化，石—玉—石的变化是被包容在女性命运变化之中的。书名由《石头记》变为《红楼梦》，很可能隐藏了曹雪芹创作重心的多次调整。作品之所以命名为《红楼梦》，那是因为两大原因：一个原因是贾宝玉的“太虚幻境梦”，成了作品最为核心性的内容，他梦见了女性悲剧命运原型，那些女性们也梦见了自己命运的原型，而实际生活中的女性们既重演了贾宝玉的梦，也重演了自己的梦。而贾宝玉由石而玉、由玉而石的变化也是女性悲剧命运的原因。“宝玉”是由女娲补天所炼的，女娲要炼玉补天是因为那个“天”即那个社会被男人统治而造成了女性悲剧的结果。“宝玉”所以转换为神瑛侍者、神瑛侍者所以转世投胎成为贾宝玉，就是为了“补天”即改变女性悲剧而发生的。贾宝玉没有改变女性悲剧，因而就由“玉”而石了。“石头记”神话故事就这样与女性悲剧命运故事重新结构在一起。

另一个原因是，开头那个“石头记”的神话故事，本身就具有梦幻性质。在幻想性质上，神话与梦是同一的。石—玉—石的贾宝玉人生过程，也是具有梦幻性质的。贾宝玉的人生变化，对理想的追求和理想的破灭就如同梦幻一样，贾宝玉自己的人生成了对“石头记”神话原型重演的形式。由此，把《石头记》更名为《红楼梦》是再合理不过了。

“满纸荒唐言”当然就指向了那种梦幻的形式。小说第一回，在贾宝玉人生故事开始之前，曹雪芹首先讲述了一个“石头记”神话，那块无才补天的弃石幻形为宝玉，被一僧一道携入红尘世界，“历劫”十九年，又重返大荒山无稽崖青埂峰成为一块石头。这个“石头记”的神话框架就是贾宝玉人生的原型。补天弃石幻形的“宝玉”被警幻仙子安排为赤霞宫的神瑛侍者，神瑛侍者转世投胎成为贾宝玉，在经历了爱情失败、人生理想追求失败、对女性呵护和关爱失败之后，跟着一僧一道出家，最终又回到大荒山无稽崖青埂峰成为一块石头。贾宝玉的人生成了对那个“石头记”神话原型的重演。

曹雪芹之所以把神话性质的“石头记”和梦幻性质的“太虚幻境梦”放在一起来表现，那是因为在曹雪芹看来，神话和梦都是源于人的潜意识

心理的，都是人的潜意识原型的表现。神话学大师曾经这样论述神话与梦的关系："梦境是个人化的神话，神话是去个人化的梦境。梦境和神话都以相同的精神动力学方式来体现象征意义。然而在梦境中，做梦者的独特困扰改变了象征符号的形式，而神话中的问题和解决方法直接适用于整个人类。"[①] 坎贝尔的论述恰好说明了曹雪芹把神话和梦作为《红楼梦》最重要表现形式的原因：用神话和梦都是为了表现具有历史先例和范型意义的原型。

这样看来，曹雪芹的创作方法就是用梦幻形式讲述故事。"满纸荒唐言"指的就是这种梦幻形式。然而，"满纸荒唐言"中却包含着曹雪芹的"一把辛酸泪"，这辛酸泪是什么呢？是"满纸荒唐言"所包含的意味。但是，曹雪芹是担心读者不能理解这"满纸荒唐言"所包含的深刻意味的，因而，他写道："都云作者痴，谁解其中味？""都云"就是所有的"看官"即读者都说作者是"痴人说梦"，极度迷恋梦的形式，有谁能理解梦幻中的深刻意味呢？曹雪芹的担心不是没有道理的。长期以来，学者们对《红楼梦》的神话与梦的研究大多是割裂的，是把它们作为人物命运的"暗示"来阐释的。曹雪芹写作之初就料到了"看官"（当然也包括研究者）不能理解梦幻形式的意味，因而写下了那"满纸荒唐言"的诗。

曹雪芹不仅有"满纸荒唐言"的观点，还有关于真实的主张。这样的观点也是在第一回由空空道人与石头对话中表现出来的。空空道人看了石头上的故事之后，向石头说了两种意见：第一，无朝代可靠；第二，并无大贤大忠、理朝廷、治风俗的善政。石头则说，我这石头所记不是那种假借"汉""唐"的名色，只按自己的事体情理，反倒新鲜别致。那种千部一腔、千人一面的东西。"竟不如我这半世亲见亲闻的几个女子，虽不敢说强似前代书中所有之人，但观其事迹原委，亦可消愁破闷；至于几首歪诗，也可以喷饭供酒；其间离合悲欢，兴衰际遇，俱是按迹循踪，不敢稍加穿凿，至失其真"。"满纸荒唐言"和"不敢稍加穿凿，至失其真"两种说法，实际上是表现形式和生活真实两方面的问题。"满纸荒唐言"是指神话和梦幻形式，"不敢稍加穿凿，至失其真"是指生活真实。"其间离合

① ［美］约瑟夫·坎贝尔：《千面英雄》，黄玉苹译，浙江人民出版社 2016 年版，第 14 页。

悲欢，兴衰际遇，俱是按迹循踪，不敢稍加穿凿，至失其真”是指依据生活本质的，不能离开生活本质胡编乱造。“满纸荒唐言”的神话和梦幻形式是建立在对生活进行真实表现的基础上的，是用神话和梦幻形式表现生活真实，或者说，只有用神话和梦幻形式才能更深刻更彻底地表现生活本质。

那看去“满纸荒唐言”的梦幻形式具有深邃的意味，曹雪芹在作品的最后做了最精练的回答：“说到辛酸处，荒唐愈可悲。由来同一梦，休笑世人痴!”“由来同一梦”就是“满纸荒唐言”梦幻形式的深刻意味。“由来”是从发生到现在，是指所有人都重复了《红楼梦》的梦。这里面包括贾宝玉和贾府女性重复了他们自己的梦，也包括《红楼梦》之外的“看官”重复了《红楼梦》的梦。

《红楼梦》的梦与现实人生构成了一种“卯榫”式结构：贾宝玉的“太虚幻境梦”“石头记”神话、诸多女儿的自身命运梦构成了红楼梦大建筑的“卯”的形式，而贾宝玉和诸多女儿的现实人生悲剧对他们梦的重复，则形成了一种“榫”的形式。现实人生悲剧的“榫”嵌入到梦的“卯”之中，就形成了《红楼梦》的“卯”和“榫”结合的结构。正是“卯榫”结构才形成了“有意味的形式”：人的命运是对梦的形式的重演，人生如梦。

《红楼梦》中梦的叙事是一种原型叙事，这是一种伟大的想象创造。梦是指向人的，指向人的心理——从梦表现人的心理的角度说，《红楼梦》其实是一部心理小说。从古至今，没有一部小说能像《红楼梦》这样把人的心理表现得这样深透。《红楼梦》不是那种表现表层的心理，不是一般心理小说，而是如荣格所说的“幻觉模式”那样的小说。

用“幻觉”表现就使人的心理通向了潜意识原型，《红楼梦》是透过人的心理指向人的潜意识原型的，潜意识原型是历史先例和范型。因而，指向原型就是指向历史先例和范型。曹雪芹是通过梦的形式抵达了对人的深刻认识，对生活的深刻认识，对社会历史的深刻认识，对人的悲剧性结局的深刻认识。

把对人生的认识，对生活的认识，对社会历史的认识，都融入、凝铸到一种梦的假定性形式中去。在梦的假定性想象和虚构中，表现了对人的潜意识的理解，对人的命运的理解，对历史模式对人的框范的理解，对女性价值观和对价值观的理解，对神话思想的理解，对现实世俗价值观的理解，对人的悲剧性的必然性理解。梦的形式是假的，不是生活现象那样的形态，但是，它却比实际生活形态更为真实。

在《红楼梦》中，梦是历史先例的象征，对梦的重演就是对历史模式的重演。贾宝玉和红楼女儿的梦是历史先例和范型的表现，红楼女儿对“太虚幻境梦”和她们自己梦的重演，就是对历史先例和范型的重演；贾宝玉的人生对“石头记”神话的重演也是对人生范型的重演。《红楼梦》的主题正是从这种对历史先例和范型的重演中生发出来的。

由此引发我们对《红楼梦》主题内涵的重新阐释，《红楼梦》的主题可以从多个角度、多重内涵进行概括，但其最核心的内涵却是悲剧主题，学界有多种概括：爱情主题说、四大家族兴衰说、曹雪芹自传说、子孙不肖后继无人说、叛逆与反叛逆斗争说、悲金悼玉青年女性悲剧说、史书说、悟书说、情书说，等等。各种说法都接触到了《红楼梦》内容的某个方面，若是从《红楼梦》梦与现实的“卯榫”结构角度进行探究，就会发现《红楼梦》更深邃的悲剧内涵。

《红楼梦》是以青春女性的毁灭和贾宝玉人生的毁灭表现人的毁灭的。《红楼梦》最主要的内容是表现女性悲剧命运，表现贾宝玉爱情毁灭和人生毁灭的。女性悲剧命运是被先在的历史模式规定的，贾宝玉的人生之路也是被历史模式限定的。《红楼梦》是表现女性的毁灭，女性价值观的毁灭，爱的毁灭，自由的毁灭，青春的毁灭，人的毁灭，等等。这种种毁灭源于梦所表现的历史先例和范型的。《红楼梦》的伟大之处还体现在“由来同一梦”的延续性中。毁灭性的悲剧是以循环性延续下去的。作品的结尾写到贾兰考上了举人，贾宝玉的遗腹子有可能成为贾宝玉那样的人物，这是由“兰桂齐芳”暗示出来的。据此有红学家批评说，续写者高鹗没有把悲剧写到极致，没有把“家散人亡各奔腾”“落了片白茫茫大地真干净”败落结局写出来，也就是说没有把贾家家族的悲剧表现到彻底的程度。但这是一种从家族悲剧角度的看法，而不是从人的角度所做的分析。曹雪芹是写到了家族的悲剧，但是，曹雪芹是从人的角度写家族悲剧的。人的悲剧始终是曹雪芹的重心、中心主题。人的毁灭不仅是贾宝玉一代人的悲剧，更是所有时代人毁灭的悲剧。贾兰或贾宝玉的遗腹子所重复的仍然是贾宝玉人生的悲剧。“由来同一梦”说的就是这样一种思想。《红楼梦》以对下一代人对上代人悲剧的重复与循环使悲剧主题的绝对性达到了无以复加的程度，这也是“由来同一梦”的重要内容。

从接受美学的角度看，“由来同一梦”还包括《红楼梦》的梦与读者人生构成的“卯”与“榫”结构。曹雪芹写到了贾宝玉由石而玉、由玉而石的人生故事，贾宝玉的人生就是对“石头记”神话的重演，就是对梦幻形式的重演，而对梦幻形式的重演就是对原型的重演。而贾府众多女儿的命运对贾宝玉“太虚幻境梦”和她们自己梦的重演，也是对历史原型模式的重演，整部《红楼梦》的梦和对梦的重演又构成了一种“卯”的形式，而读者的人生体验有一种“榫”的内容，读者在阅读的时候就会自觉不自觉地把自身人生体验“榫”的内容结构到《红楼梦》梦的“卯”的形式中去，这样，读者对《红楼梦》的阅读过程就成了梦的“卯”和人生体验“榫”的结构过程。由此看来，“由来同一梦，休笑世人痴”是把人生对梦的重演的悲剧模式，指向了有史以来所有的人，所有的人都在重演那梦也就是重演那悲剧命运的原型。“由来同一梦”就成了《红楼梦》最深刻的外延性悲剧主题。

附录 《红楼梦》“梦”研究的缺失与研究的可能

纵观《红楼梦》研究史，我们会发现，《红楼梦》“梦”的研究是取得了很大成绩的，对揭示《红楼梦》的主题，对《红楼梦》的艺术成就，对人们更深刻地领悟《红楼梦》的意义，都是比较有意义的。但是，也必须同时看到，《红楼梦》“梦”研究存在的问题是有很重要的问题并没有得到深入研究，有些重要问题甚至还没有被接触到，有些问题是作了较为表面的或者是错误的解说。相对于《红楼梦》对梦的想象创造，相对于梦对《红楼梦》主题表现的深刻思想和伟大艺术成就，相对于学界已经提供的学术思想方法，《红楼梦》“梦”研究还明显存在缺失，还有很大的研究空间，还有许多问题亟待探讨和解释。

《红楼梦》的主要内容，甚至是《红楼梦》的灵魂性内容是由梦来表现的。被认为是《红楼梦》总纲的第五回的“贾宝玉太虚幻境”，就是以梦的形式表现出来的。而对主要人物的命运表现，都有梦的描写。从形态学的角度看，“红楼梦”有三种形态，一种是神话形态，如“石头记”神话；二种是梦的形态，如贾宝玉的“太虚幻境梦”，诸多女儿梦等；三种是现实生活形态，即贾宝玉和诸多女儿的现实生活。其中，梦的形态是连接神话和现实生活的中间形态。《红楼梦》是以梦的形态表现一种神秘力量对生活和人生的决定作用的。

《红楼梦》的一个最隐秘的结构就是梦和现实生活的对应：在整部《红楼梦》开始之前，先表现贾宝玉梦见“金陵十二钗簿册”和“红楼梦仙曲十二支”，然后是贾府众多女儿人生悲剧对贾宝玉的“金陵十二钗簿册”和“红楼梦仙曲十二支”的重演。这就构成了梦“重演红楼梦”的结构。梦成了诸多女儿悲剧命运的预演，诸多女儿的人生悲剧成了对梦的重演。而诸多女性悲剧人生都有梦的表现，梦也成为诸多女性悲剧的一种预示。

这种梦的预演和人对梦的重演方式，构成了《红楼梦》一种中国古典建筑的“卯榫”式结构：贾宝玉和诸多女儿的梦相当于《红楼梦》这座宏伟大厦的“卯”，而诸多女儿的悲剧人生则相当于《红楼梦》这座宏伟大厦的“榫”，贾府女儿其实还包括贾宝玉、甄宝玉等男性现实人生的“榫”与他们梦的“卯”高度契合，就使《红楼梦》这座伟大的建筑更加的恢宏而壮观。梦与现实生活的卯榫结合，使《红楼梦》的悲剧主题表现得更为深邃。

贾宝玉的“太虚幻境梦”，还有甄宝玉的梦，以及其他女性的梦，都为贾宝玉、甄宝玉和诸多女性建构了一种深刻的心理内容。在他们和现实生活之间，梦不仅起到了一种极为重要的作用，还起到了一种心理联系的作用。比如贾宝玉，他在实际生活中，不仅经常是以从女娲炼石补天神话那里带来补天精神去感受生活，发展自己的人生，而且还从“太虚幻境梦”那里感受女性悲剧命运，感受自己与林黛玉的爱情悲剧，感受所有的一切命运。红楼女儿的梦就既成为她们命运的一种方式，又成为她们心理感受的一种方式。

现实人生是对梦的重演，这一重演所表现出的悲剧主题是绝对性的，因为不管人们如何努力抗争，都不可能摆脱那一悲剧命运。梦不仅成了一种预言，梦还成为一种历史规律、规则、规范的象征。曹雪芹是把梦作为历史规律、规则和规范来运用的。人对梦的不能挣脱实际就是对历史规律、规则和规范的不能挣脱。人重演梦的悲剧命运就是重演历史规律、规则和规范对人的作用。这种重演梦的悲剧人生，就把悲剧主题表现得更为惊心动魄。这种相当于规律、规则和规范的东西究竟是一种什么东西呢？《红楼梦》是以梦的形式引出故事的，这是一种梦的叙事方式，但梦的叙述方式是一种什么样的方式呢？就目前《红楼梦》“梦”研究来说，其主要的研究成果还没有表现出对梦的思想艺术的深刻解释，还没有通过梦的研究使《红楼梦》的悲剧主题得到更深刻的揭示，还没有解答上面提出的

诸多问题，而这些问题恐怕是《红楼梦》梦研究的最重要问题。梦的研究最有影响的观点是“暗示说”，即梦是对人物命运和故事结局的“暗示”。但这个影响极为广泛的“暗示说”并不能解释《红楼梦》的叙事方式问题，并不能解释梦的叙述方式是一种神秘力量对人的命运规定问题，并不能解释梦与现实对应的结构性问题，并不能解释《红楼梦》的梦是与神话连接在一起的问题。《红楼梦》开篇是一个“石头记”神话，而紧接着是甄士隐的梦，甄士隐的梦又梦见了“石头记”神话，这就表明了梦与神话相连，或者使梦具有了神话般的性质，这也就隐喻了后面贾宝玉等人的梦也具有神话性质。而梦是对人物命运的“暗示”这种说法，就把梦的神话性质给遮蔽了。

贾宝玉的“太虚幻境梦”和诸多女儿的梦，对他们命运是具有确定不移的预示作用，这种预示作用是由梦的内容表现出来的，是贾宝玉等人梦到的一种属于人的潜意识原型的东西，而“暗示”的解释则掩盖了这种潜意识原型心理的发掘。

《红楼梦》的梦与现实人生悲剧形成的对应性结构，也深刻表现了梦所象征的神秘力量对人的悲剧命运的决定性作用，而梦的对人命运的“暗示”的观点则把梦所象征的对人的悲剧性决定作用完全给忽略了。“暗示”说对《红楼梦》悲剧的解释，因为命运和结局的暗示而使《红楼梦》的深刻悲剧主题被浅显化了。

梦的艺术表现方面的研究，应该说是取得了很大成果的，其观点对人们理解红楼梦的艺术性起到了很大作用。但是，由于梦的艺术表现方式的研究离开了梦属于神话式的梦这一根本问题，因而，梦的艺术表现研究还没有把最重要的艺术表现方法揭示出来。冯阳的硕士学位论文《论〈红楼梦〉的潜意识描写》可以说是《红楼梦》“梦”研究的重要收获。冯阳认为：“《红楼梦》从多个角度，为我们描绘了潜意识的种种表象，并且在作品中把这种精神的客观存在和艺术的形式完美地结合起来，形成了一个潜意识表象的描述系统。这在潜意识表象的艺术探索上，达到了一个全新的历史高度。”① 作者还进一步总结道：“《红楼梦》中的潜意识描写，在中

① 冯阳：《论〈红楼梦〉的潜意识描写》，硕士学位论文，内蒙古大学，2004年。

国小说史上有重大意义。它是第一次从一个层面的高度把潜意识表象运用到小说创作中，肯定了人类显意识以外这一层面的精神存在，开启了小说创作的一个新视角。在人物形象塑造上，它把潜意识作为透视人物的一个新视点给人物塑造提供了新方法，并且在人物内心世界刻画的深度和力度上，达到了空前的高度。它尝试了从人物潜意识出发的叙述视角，达到了意、境两融的境界高度，这是诗歌境界小说化的一次深层尝试。"[①] 但是，该论文并没有充分解释人的潜意识是怎样形成的，并没有解释潜意识与神话的关系，并没有解释潜意识对人的命运的预示等。该论文虽然从一个新的角度研究了《红楼梦》的梦，但是，由于它把神话和人的命运相隔离，因而，并不是对梦的一种整体性的、根本性的研究。

《红楼梦》研究出现了很多成果，比如对悲剧主题的各种探索，对人物思想性格的分析，对艺术表现方法的阐释，对结构的解释，还有对神话的研究，等等。这些探索、分析、阐释和研究都是有意义的，但是也都是有明显缺欠的。由于《红楼梦》的梦是相当于神话的，对梦的忽略的《红楼梦》研究，就如同忽略了《红楼梦》"石头记"神话研究一样，是缺少根源性的研究。《红楼梦》的梦是相当于神话式的梦，它所起到的作用是类似神话的作用，因而，把梦作为神话的研究，就是一个必须弥补的重要课题。《红楼梦》是一个伟大建筑的存在，可以从各种角度研究它的各个方面，但是，各个角度的各种研究，必须是以理解它的神话和神话式的梦为前提的。

《红楼梦》"梦"研究的缺失，就是《红楼梦》研究的缺失。中国梦文化传统为《红楼梦》梦的研究提供了思想方法。这种梦文化传统由四个大的方面构成：第一个是关于梦的解释文化传统。由古至今，关于梦的解释，数不胜数，是一笔极为宝贵的精神遗产。第二个是关于梦的文学和文化表现传统。第三个是关于梦文学史和文化传统的研究，如傅正谷的《中国梦文化》[②]、傅正谷的《中国梦文学史》[③]、傅正谷的《梦的预测》[④]、申

① 冯阳：《论〈红楼梦〉的潜意识描写》，硕士学位论文，内蒙古大学，2004 年。

② 傅正谷：《中国梦文化》，中国社会科学出版社 1993 年版。

③ 傅正谷：《中国梦文学史》，光明日报出版社 1993 年版。

④ 傅正谷：《梦的预测》，天津古籍出版社 1994 年版。

洁玲的《梦文化》①，等等，也是一笔宝贵的梦研究遗产。第四个是关于梦文学作品的分析研究，从古至今，也不绝如缕，也是梦文学遗产中的重要内容之一。这些梦文学和文化传统为解释《红楼梦》的梦，提供了中国式的解梦观念与方法，为深入解释《红楼梦》的梦提供了可能。

如果我们深入领悟《红楼梦》的梦，就会感到，曹雪芹创作《红楼梦》的梦，虽然是他奇异瑰丽的伟大想象，但是还是延续了深厚的中国梦文学和梦文化的。他的伟大想象是在梦文学和文化传统基础上形成的，最为明显的是对《牡丹亭》等梦的形式创作的借鉴。对中国梦文学和梦文化传统的必要了解与掌握，对探索《红楼梦》的梦谜底，有很大帮助。

20 世纪 80 年代之后，中国学术界掀起了引进国外方法论的热潮，其中弗洛伊德的精神分析、荣格的原型批评理论是最重要的内容。精神分析和原型批评理论是有内在关联的理论方法。精神分析中对梦是被压抑欲望满足的解释当然是片面性的，但是，对梦、神话和童话是潜意识表现的解释，是直接启发了荣格原型理论观点。中国学术界先后翻译的弗洛伊德单行本和全集、荣格的《心理学与文学》以及荣格的全集，还有原型批评的集大成者弗莱的《批评的解剖》等，都对神话和梦的研究方法作系统性的论述。与此同时，学术界也翻译过国外研究神话和梦的著述。国外的精神分析和原型批评方法的理论特点是系统性和科学性，它弥补了中国传统梦理论擅长感性而理性不足的缺欠。对精神分析和原型批评方法的借鉴运用，就有可能带来对《红楼梦》研究的重要突破。

弗洛伊德认为梦的本质是潜意识愿望的曲折表达，是被压抑的潜意识欲望伪装的、象征性的满足。荣格认为，梦中的内容可能是远古神话，而潜意识是由远古神话模式表现出来的，因而，梦就是梦到了神话。弗莱说反复出现的意象就是神话，而神话就是原型，梦是神话原型的一种表现方式。这些论述把中国梦论的感性、诗意、暗示的表述给理论化了。运用这些理论方法研究《红楼梦》的梦，自然会对梦做出全面的、富有创建性的解释。

需要特别指出的是，用荣格的原型批评理论方法研究《红楼梦》的

① 申洁玲：《梦文化》，中国经济出版社 1995 年版。

梦，不是用西方理论方法套《红楼梦》的梦，是为《红楼梦》找到一种最适合解释它创作秘密的研究方法。精神分析和原型批评方法，在一般看来是对人、文学，包括神话和梦的一种全新揭示，特别是对人的潜意识原型的全新揭示。这种理论方面的全新揭示，曹雪芹是早于西方理论家很多年就在《红楼梦》中有了深刻的、丰富的、多方面的表现的。一部旨在表现现实生活的作品偏偏以一个“石头记”神话开篇，这是为现实人生找到一种远古神话的精神坐标。这种论述是在现代神话学大师坎贝尔的《千面英雄》和《指引生命的神话》和阿姆斯特朗的《神话简史》等著作中反复论述的话题。上述西方理论家和作家关于神话和梦的研究，以及神话创作等所表现出的思想，在《红楼梦》中有丰富而深刻的表现了，这一个创作早于西方理论家和作家很多年。荣格曾把梦作为神话式的表现方式来研究，而神话就是原型，因而，梦的方式就是神话的方式。神话的方式即是表现潜意识的方式。原型理论家曾经论述神话和梦是一种原型叙事，这在《红楼梦》是有经典范例的。一部鸿篇巨制的《红楼梦》就是以“石头记”神话和贾宝玉的“太虚幻境梦”开始它的叙事的。原型理论家说梦是对历史先例和范型的表现，曹雪芹创造的梦早就表现了这个规律。原型理论家说梦表现的原型会对人产生极大的心理影响，这在《红楼梦》的梦里时常出现。《红楼梦》的很多女性都是按照她梦到的方式死去，或发生悲剧的结局。这一方面可以看作是人生悲剧命运对神话原型的重演，另一方面也可以看作是梦的原型对人的心理暗示的结果。

精神分析特别是原型理论方法，不是强加在《红楼梦》的理论方法，而是为《红楼梦》找到了适合解释它的理论方法。《红楼梦》早于原型批评理论表现了神话与梦对人的潜意识的发现和艺术表现，是原型理论方法使我们发现了《红楼梦》表现的人的潜意识原型，发现了《红楼梦》的超前，发现了《红楼梦》的伟大。

后　记

《红楼梦》是一部令人永远也读不完解不尽的“天书”，是一部百科全书式的巨著，中国传统的评点方法、题咏方法、索隐方法、考据方法以及西方的小说批评方法、美学方法、社会学方法、价值学方法等都可以运用到《红楼梦》的研究之中。正如作家所慨叹的“都云作者痴，谁解其中味”，每一个人运用相同的或者不同的方法，都会解出不同的“味”来的。

《红楼梦》作为伴随我成长的经典著作，对她的认识，有一个逐渐深入的过程。初高中时，把《红楼梦》当作“名著”来读，学生时代关注的是宝黛之间缠缠绵绵的爱情故事，喜欢的是个性鲜明的人物形象，痴迷的是脍炙人口的诗词歌赋。后来，《红楼梦》不再是外在于我的文学作品，而是变成了我生命的一部分，对《红楼梦》的进一步阅读，使我认识了那个时代的生活，也认识到了那个时代的人性。

再后来，《红楼梦》从我的欣赏对象、阅读对象变成了我的研究对象。自1996年参加工作以来，一直在主讲元明清文学，《红楼梦》始终是我最主要的研究对象。从2005年为本科生开设《红楼梦研究》选修课，再到后来为硕士研究生主讲《明清小说研究》，也主要是讲解《红楼梦》。《红楼梦》逐渐成为我学术研究的重心，这期间也研读了大量的红学著述，丰富了我对《红楼梦》的理解与研究。

在研读《红楼梦》的过程中，我逐渐有了一得之见。我认为《红楼梦》是作家曹雪芹“十年辛苦不寻常”之作，是经过了多次的删改之后的完成稿（尽管后四十回中有高鹗等人的文字，但曹雪芹是全部完成了自己的创作的）。相较于前期的手抄本形式，我认为程乙本作为最终的刊印本，它前后关联，首尾贯通，主题鲜明，意蕴清晰。所以我选择这个版本作为我的研究对象。曹雪芹在他半生穷困潦倒之后，在“举家食粥酒常赊”困窘生活中，他恋恋不舍的花柳繁华地、温柔富贵乡中锦衣玉食、饫甘餍肥的生活，他牵肠挂肚的那些“小才微善”“或情或痴”的女子，他念念不忘的诗酒唱和、纵情悠游的青春都涂抹了浓重的回忆的色彩，披上了梦幻的外衣。作家既以梦开始他的小说，又以梦结束他的作品，同时在小说中创造了形形色色的梦，梦成为小说最鲜明的特色。《红楼梦》后四十回的几个大梦“黛玉的剜心之梦”“妙玉的走火入魔梦”“甄宝玉的太虚幻境梦”贾宝玉的“重游太虚幻境梦”等和前八十回的梦一样精彩一样意蕴丰厚一样是现实人生的原型象征。作家在“繁华落尽成一梦”之后，将他对世态人情的体悟、对旦夕祸福的体验、对人生难以摆脱逃避的悲剧感受，都浓缩进他的文字之中，故此，作家在“历过一番梦幻之后，故将真事隐去”，“梦”成为《红楼梦》一种“有意味的形式”，成为小说的核心内容。“红楼”“梦”是曹雪芹由一己之得失、一家之荣衰而扩展到对家族、历史、文化的反思，《红楼梦》中的梦既是一种形式，也是一种内容，更是一种“原型”。当我运用神话原型理论来解读《红楼梦》的“梦”的时候，我对此前困惑已久的问题有了自己的解答，“红楼梦”这个书名之所以那么脍炙人口为众多的学者、读者所钟爱，是因为这是一个关于“红楼”、关于富贵、关于爱情、关于青春的梦。这不是以荣格原型理论来“套”《红楼梦》的“梦”，也不是为中国古典作品贴上“西方理论解读”的标签。在“解梦红楼”的过程中，我越发感到了曹雪芹的伟大，早在荣格发现“梦”是一种原型性的表现之前，曹雪芹就已经将这样的一种方法形象地呈现在他的作品之中，只不过曹雪芹没有用“原型”的抽象概念，但是，曹雪芹却用“梦”与“神话”精彩地表现了“原型”的内容，曹雪芹是把他所体验的、感受到的人的婚姻悲剧、爱情悲剧、命运悲剧、家族悲剧、政治悲剧、时代悲剧等用“梦”的形式、先在的形象直观地呈现在他的笔下，使读者真切感受到人的现实生活是受先在的原型支配的，是对先在的“梦”的重演。

本书的写作前前后后花了将近 5 年的时间，其间既有对以往所学理论方法的不断探索、尝试，也有在教学过程中不断的思索。其间，给研究生开设的文学批评方法论课程，所讲授的精神分析批评方法和原型批评方法，对本书写作起到了不可或缺的作用。

本书写作过程中，曾得到李秀云、杨朴等老师的无私帮助，其中一些文章曾吸收了他们很好的建议与意见。本书出版过程中也得到中国社会科学出版社郭晓鸿主任和责编张玥老师的大力帮助。在此，一并表示我深深的谢意。本书的一些文章曾在我的本科课和研究生课上讲解过，他们的认同对我坚持本书写作起到了很大的推动作用，对学生的热情支持表示我衷心的感谢。同时，还要感谢我工作的学校——吉林师范大学对本书出版给予的大力支持。

作者

2021 年 6 月于吉林师范大学

吉林省高校人文社科重点基地东北文化研究中心